剣闘士に薔薇を

ダニーラ・コマストリ＝モンタナーリ
天野泰明［訳］

国書刊行会

THE PUBLIO AURELIO

MORITURI TE SALUTANT by Danila Comastri Montanari

剣闘士に薔薇を◉目次

［　］は訳者による注記を示す。

剣闘士に薔薇を

◉登場人物

プブリウス・アウレリウス・スタティウス……ローマ元老院議員
カストル……アウレリウスの秘書
パリス……アウレリウス家の家産管理人
ティトゥス・セルウィリウス……ローマ騎士、アウレリウスの友人
ポンポニア……その妻
クラウディウス……ローマ皇帝
メッサリナ……ローマ皇妃
ケリドン……
ヘリオドロス……
ヘラクレス……
ガッリクス……
トゥリウス……
クァドラトゥス……
（以上）剣闘士
アルドゥイナ……女剣闘士
アウフィディウス……剣闘士訓練所の親方
クリュシッポス……剣闘士訓練所の医師
ニュッサ……無言劇《パントマイム》の人気女優
セルギウス・マウリクス……法廷演説家
セルギア……その妹
フラミニア……謎の上流階級婦人
クセニア……アウレリウス家の奴隷娘
ニゲル……家賃取り立て人

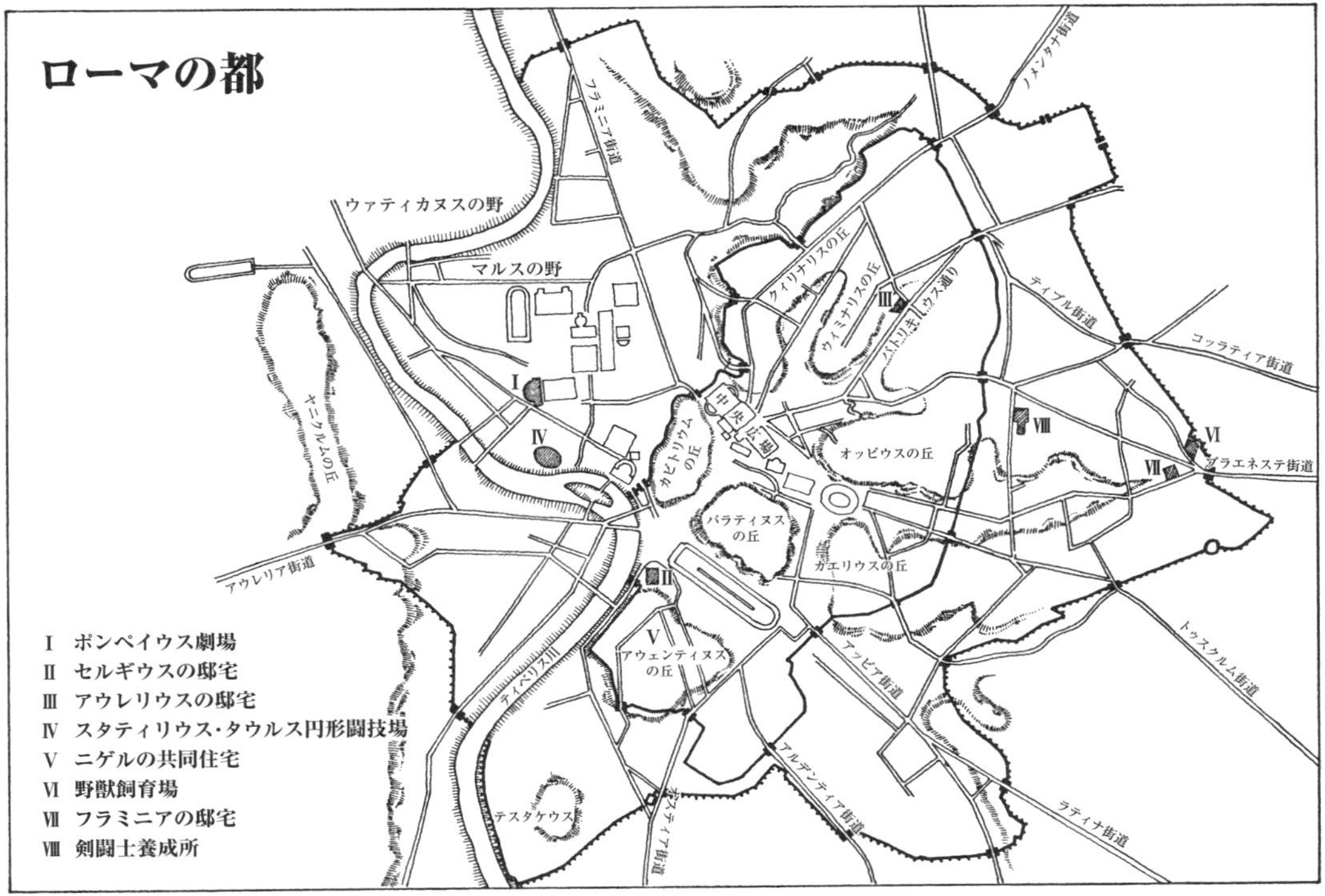

ローマの都
I ポンペイウス劇場
II セルギウスの邸宅
III アウレリウスの邸宅
IV スタティリウス・タウルス円形闘技場
V ニゲルの共同住宅
VI 野獣飼育場
VII フラミニアの邸宅
VIII 剣闘士養成所
フラミニア街道
ノメンタナ街道
ウァティカヌスの野
マルスの野
クィリナリスの丘
ウィミナリスの丘
ティブル街道
コッラティア街道
ヤニクルムの丘
カピトリウムの丘
中央広場
オッピウスの丘
プラエネステ街道
パラティヌスの丘
カエリウスの丘
アウレリア街道
トゥスクルム街道
アッピア街道
アウェンティヌスの丘
ティベリス川
アルデアティア街道
テスタケウス
ラティナ街道

剣闘士養成所

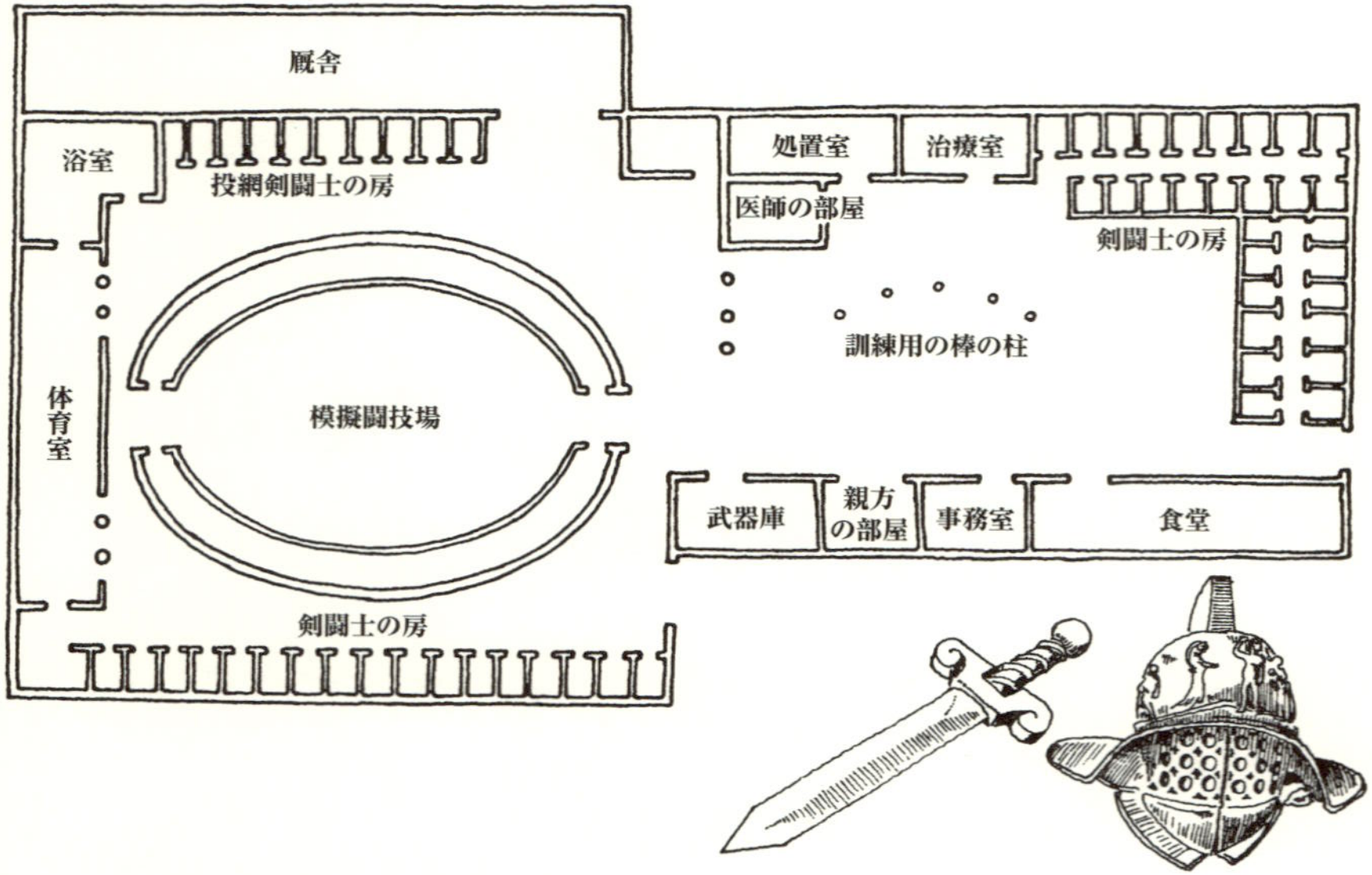

厩舎
浴室
投網剣闘士の房
体育室
模擬闘技場
剣闘士の房
処置室
治療室
医師の部屋
剣闘士の房
訓練用の棒の柱
武器庫
親方の部屋
事務室
食堂

立派に生きるための習練と立派に死ぬための習練は、同じ一つのものである。

エピクロス

I

ローマ建国より《アブ・ウルベ・コンディタ》七九八年目、ローマ（紀元四五年、夏）
ユニウス月のカレンダエの日の前日［五月三十一日］

皇帝観覧席の後方の天蓋の下で、元老院議員プブリウス・アウレリウス・スタティウスは、先ほどからおちつかない思いに身を固くしていた。隣の席には、ローマ騎士のティトゥス・セルウィリウスが座っている。

マルスの野《カンプス・マルティウス》の一角を占める、ここスタティリウス・タウルス円形闘技場の場内は、もう満員の観衆ではちきれんばかりだった。それでも、平民用の広い入場門《ウォミトリア》から、押し合いへし合い、まだ人々がなだれこんでくる。この日の催しは、記憶に残るものになるはずだった。みずからも剣闘士試合を熱烈に愛好する皇帝クラウディウスが、金に糸目をつけず、ローマ市民がこれまで見たこともない最高の闘技会を提供すると約束していたのである。

闘技場の観客席の上には、照りつける太陽の光をさえぎるために、大きく天幕が張られていた。中央部には、熱帯地方の森を再現した築山《つきやま》がこんもりとしつらえられ、やがて剣闘士たちがそこから野獣を狩り出す趣向になっていた。その周囲にぐるりと広く撒《ま》かれた砂が、勝ち誇る勝者の足に踏みしめられ、敗者から流れる血を吸いこむときを待っている。

ティトゥス・セルウィリウスはすっかり興奮して、隣の友人アウレリウスに、闘技場のしかけを一つ一つ指さしながら、待ちに待った見世物の開始に胸を高鳴らせていた。アウレリウスの方は、好奇心と反発の入り混じった気分で、中央の砂場を見つめていた。見世物とはいえ、残忍な流血は彼の好みではなかった。元老院議員という自分の地位がしからしめる社会的義務から逃れられないというただそれだけの理由で、彼は皇帝席の後方に据えられた、ふだんは空っぽの専用席に身を置くことにしたのである。

円形闘技場の死の舞台装置が放つ不気味な魅力を振りはらいたくなって、並みいる群衆の間にさまよわせていたアウレリウスの視線が、皇帝貴賓席の上に落ちた。豪奢な紫衣に身をつつんだ老皇帝クラウディウスが、へつらい上手な廷臣たちに囲まれて、夢中で巨額の賭けのやりとりをしている。そのかたわらの贅沢な綾織《あやおり》の天蓋の下に、たぐいまれな美貌を誇り、とかく噂の絶えない皇妃ウァレリア・メッサリナの、誇らしげに肩をそびやかした後ろ姿が見えた。アウレリウスの位置からは、皇帝とりまきの高官たちのきれいに剃られた首筋ごしに、彼女の流れる黒髪と、東方の人形を思わせるとのった横顔の一部がうかがえるだけだった。

「ほら、出てきた！」いきなりセルウィリウスが彼の裾を引っ張った。指先が示す入場口から、剣闘士たちがどっとあがった観衆の大歓声に迎えられて入ってくる。

豹の毛皮をまとった最初の一団が、貴賓席の前を通り過ぎていった。それに続けて、トラキア剣闘士たちがあらわれる。小ぶりの円楯《パルマ》を使ってわが身を死から隔てる唯一の防具とする剣闘士たちである。そのあとを、胸当てをきらきらと輝かせながら、隆々たる筋肉にたっぷり油をすりこませた魚剣闘士《ミルミッロニス》が進んでいく。

男たちのたくましい腕を露骨なまでにふんだんに見せつけられて、名家の婦人たちは、こらえきれないため息をもらした——人間の命の糸を断ち切る運命女神《パルカ》の手をすり抜けて勝利をつかむ男に約束されるなまめかしいため息を。

「ケリドンだ！　闘技場《アレーナ》の王者の登場だ！」セルウィリウスが叫んだ。「あそこの投網剣闘士《レティアリィ》の中にいる。やっぱりすごい体格だな。まわりの剣闘士が小さく見える」

アウレリウスは、観客席の下方にそそり立つ巨大な肉のかたまりに、気のり薄な視線を向けた。

《小ツバメ《ケリドン》とはな……。あんな人殺し器械に、よくもそんな馬鹿げた名前をつけたものだ……》ふたたび群衆の歓声がどっとあがって、アウレリウスは我に返った。堂々たる上背の剣闘士が三人、力強い肩に金髪をなびかせながら入場してきた。そのときアウレリウスは、妙な点に気づいて思わず眉根をよせ、視線をこらした。ちっぽけな衣服におおわれただけの三人の体軀には、どこか奇妙なところがあった。胸のあたりの筋肉がやけにふくらみを見せていて、不恰好ながらどことなく女性の胸を思わせる。いやそうだ、間違いない……。あの屈強なブリタンニア人剣闘士たちは、まぎれもなく女なのだ！

三人のうちいちばん背の高い女剣闘士が、皇帝席の正面で顔をあげた。もじゃもじゃの黄色い髪の毛の下から赤く上気した顔がのぞき、小さな丸い目が凶暴な光を放っている。《何ともまあ、見事な女性的調和の見本だな》アウレリウスは、げんなりして心の中でつぶやいた。

ようやく歓声がやみ、場内が静まり返った。整列を終えた剣闘士たちが、皇帝観覧席に向かって武器を高く掲げている。

その瞬間、乾いた喉からいっせいに発せられた叫び声が一つになって、嵐の到来を告げる突風のように闘技場《アレーナ》を揺るがせた。「さらば《アウェ》、皇帝陛下《カエサル》。死なんとする者どもがお別れを申し上げます《モリトゥリ・テ・サルタント》！」

「まだいいじゃないか。せめてケリドンの対戦までは！」セルウィリウスが拝むように言った。

「もううんざりだ、ティトゥス。死というたった一つの見世物を、何時間も際限なく見させられているんだから。それに、この血の臭いのなまぐささ！　吐き気がしてくる」アウレリウスは不機嫌な口調でそうこたえると、腰をあげようとした。

ローマ騎士は返す言葉がなかった。たしかに悪臭は、しばらく前から観客席の最上段にまで達していて、あちこちに置かれた香炉も、女性たちがありがたそうに鼻の下にかざすジャコウの細い棒も、もう空気を清める力をもたなかった。

「このあとがブリタンニア人の女剣闘士の出番で、その次がケリドンなんだ。今ここで席を立ったら、クラウディウス帝に対する侮辱になってしまう。今日の催しを実現させるために皇帝がどれだけ金を注ぎこんだか、君もよく知っているはずじゃないか」セルウィリウスは、何とか友人を説き伏せようとして言葉を並べた。

　アウレリウスはあきらめて、不承不承座り直し、中央の砂場に目を向けた。《死なんとする者どもがお別れを申し上げます》とはよくも言ったものだ！　いったい誰に強要されたからといって、彼らはあんなことをするのだろう。連中は正気なのか？　剣闘士たちの多くは奴隷身分ですらない。何度も契約更新をしながら、多額の金と引き換えに闘技場《アレーナ》で日々、自分の命を危険にさらすというありがたい栄誉をもった専門職業人なのだ。それも生業《なりわい》の一つと言ってしまえば、そうには違いない。けれどもアウレリウスは、自分がむしろ野獣たちの方に強く共感してしまうのを禁じえなかった……。軽食《グスタティオ》のための短い休憩時間がはさまれたことにほっとため息をつく一方で、まだ闘技会《ルディ》は半分も終わってないのかと、彼は腹立たしい思いを抱いた。奴隷たちが、軽い食べ物や飲み物をもって席の間を行き来している。アウレリウスは、胸元を大きくはだけた晴れの衣裳の女性陣を眺めて目を楽しませることにした。言うまでもなく、見世物としてはこっちの方がよっぽど彼の趣味に合致していた。

「アウレリウス様」名高い遊女が声をかけてきた。「このところすっかりお見限りですのね。さみしがらせないでくださいな」

「ちかぢか顔を出すとしよう、キュンティア」アウレリウスは嘘をついた。もはやあの遊女は、法外な値段にまったく見合わないのだ。

「スタティウス君よ、君は剣闘士試合の何たるかをからきし理解しとらんそうだな」元老院《クリア》の同僚議員が彼をなじり始めた。「君ほどの人物が、かくも競技の精神に欠けるところがあるとは、まことにもって驚く限りだ。のべつ親指を立ててばかりとか……」嘆かわしいと言わんばかりに首を振り、

「君にまかせていたら、剣闘士は全員助命すべしという結末になってしまうな」《もう、たまらん》とアウレリウスは内心つぶやいた。自分の時間を社会的、身分的義務に捧げるだけでは足りなくて、おとなしく座ってむせかえる血の臭いを嗅ぐだけでもまだ足りなくて、熱狂して大喜びの真似までしなければならないというのか！

「さあ、再開だ。角笛が鳴っている」セルウィリウスが注意をうながした。「これからがおもしろいんだ！」

客席のおしゃべりが打ち切られ、観客たちがそそくさと自分の席に戻っていくその一瞬、ひるがえる市民服《トガ》の間をぬって、アウレリウスはメッサリナの美しく高慢な、謎めいた視線をとらえた。彼は暗黙の了解を、短い微笑に浮かべて目礼を返した。《どうぞご遠慮なく、皇妃。わたくしでしたら口が堅いですよ……》アウレリウスは皮肉めかして、心中ひそかに皇妃に語りかけた。

「おや、今度の標的はいよいよ奥の院かい。恋の手練れは向かうに敵なしだね。ポンポニアが耳にしたらきっと……」セルウィリウスが軽口をたたいた。

アウレリウスは思わずびくりとした。セルウィリウスの妻ポンポニアは、ローマの都きっての地獄耳の持ち主で、遠慮会釈もないゴシップ好きだ。自分と皇妃との間に何かあるかもなどと、ちょっとでも勘繰《かんぐ》り始められたらとんでもないことになる。奔放なる帝室の愛の女神メッサリナは、ご婦人方の格好の噂のたねなのだ。アウレリウスはあわてて友人の注意を剣闘士試合の方に引き戻そうとして、「ほう！　ブリタンニアから来たアマゾネスたちとエチオピア人とを対戦させるんだな」と言って、アフリカ人剣闘士の黒い身体が、対戦相手の北方人の肌の白さと強烈な対照を見せているのを指さした。

「ああ、舞台効果満点だね」セルウィリウスがそうほめるうちに対戦が始まった。

たちまち女剣闘士の一人が不意を突かれて倒れ、一刀両断に首がはねられた。二人目も、すぐに砂にまみれ、剣の一撃に貫かれた。三人目がただ一人残った。相手のエチオピア人は二人。初めにいた三人のうち一人はすでに彼女の剣によって骸《むくろ》と化している。アマゾネスは決然と、くみしやすしと見た方めがけて躍りかかり、猛烈に剣を打ちつけ始めた。相棒があわてて仲間の救援に向かう。

しかし勝負は、またたく間に決していた。敵の胸に剣をぐっさり突き刺した巨体の女剣闘士は、すばやく刃を引き抜くと、残った一人に向かって、ぎらりと凶暴な目つきを振り向けた。あわれなエチオピア人は、怒れる復讐の女神《エリニュス》が自分に襲いかかろうとするのを見るや、たちまち足をとめ、長剣を投げ出して、女剣闘士の雄叫びに追われながら、闘技場じゅうを逃げまわり始めた。

観衆は躍りあがって歓声をあげ、「アルドゥイナ！　アルドゥイナ！」と彼女の名前を叫びながら、親指を下に曲げて臆病者にしかるべき罰を与えよと要求した。「喉《ユグラ》を刺せ！」

勝者は時をおかず、その声に従った。

冥府の川の渡し守カロンに扮した葬儀奴隷《リビティナリイ》がとびだして死体をそそくさと運び去り、砂をかきならして敗者の倒れた痕跡を消した。そこに場内の歓声がわっとあがって、投網剣闘士ケリドンの入場を告げた。

ケリドンは、手に握った三叉の槍を振り回しながら、堂々たる足取りで中央に進み出た。一方、彼と対戦する不運にみまわれた相手の方は、うなだれたまま、すでに決定ずみの運命が成就するときを待っていた。王者は負け知らずだった。これまで闘技場《アレーナ》を生きて出た対戦者はいなかった。

圧倒的な実力差で、試合が始まった。闘技場の勇士に対し、無名の対戦相手が弱々しい長剣一本を振りあげたところで、手も足も出るはずがなかった。あっという間に相手を投網にからめとると、畏怖すべき投網剣闘士は獲物ににじり寄っていった。

顔を砂埃にまみれさせた敗者の目に、血と砂によごれたサンダルが近づいてくるのが映った。先端を不気味に尖らせた三叉の槍が振りあげられ、一瞬、みじめな人生が最後に仰ぎ見る太陽の光をさえぎった。敗者は観念して目をつむった。耳を聾する地鳴り。もう終わりだ。

じっと待った。永遠とも感じられる瞬間が流れ過ぎていく……何も起こらない……彼はほとんどしぶしぶながら、自分がまだ生きていると思わざるをえなかった。そう、どうやら事は思ったのとは違うように進んでいるらしい。

おそるおそる目を開けて、そっと頭をもちあげてみた。

ほんの鼻先に、剣闘士のサンダルのかかとがあった。爪先を上に向け、砂塵の中でぴくりとも動かない。そのサンダルの向こうにケリドンの脚、そしてあおむけの胴体が、三叉の槍を握ったまま砂の上で横たわっていた。ケリドンは絶命していた。

II

ユニウス月のカレンダエの日［六月一日］

「あの光景は間近から見るべきだったぞ、カストル！　階段席の上方からでは、何が起こったのかわからなかったろうが、あれは……」

「事の次第は、始めから終わりまで、至近距離よりとっくり拝見させていただきました、ご主人様《ドミネ》」アウレリウスの忠実なる秘書カストルは、こほんと咳払いをした。「外国人使節の席からも、たいへんよく見えますので」

「使節の席から？」アウレリウスは驚いた。

「さようでございます」カストルがうなずく。「あそこからですと眺望は抜群。保証いたします」

「つまり、お前はそこにいたということか！」アウレリウスは思わず大声をあげながら、今になってもこの狡猾な解放奴隷《リベルトゥス》の思いがけない手口に驚かされてばかりいる迂闊《うかつ》な自分を内心で叱りつけた。

「元老院議員席からも大して離れておりませんな」秘書がすました顔で念をおす。「休憩時間中に、遊女とお言葉を交わされていらっしゃったのにも気がつきました」

「いったい全体、いつからお前は東方の王の全権委任使節になったというのだ、カストル。あの席はきわめて高位の人物しか座れないはずだぞ」

「わたしにも、いささか知人がございまして……」

「まあいい。だったらケリドンのことをどう思う」アウレリウスは話を戻した。

「やらなくてよい試合までやろうとしたツケですな」とカストルは肩をすくめ、「闘技場《アレーナ》に入ってきたときのあの尊大ぶりから推して、勝つのはおれに決まっているという高揚感に酔いしれすぎて、さしずめ心臓にでもきたのでしょう……。そんなことより、遊女のキュンティア様のことですが、あまりつれなくなされない方がいいですぞ。あの女性は、高位高官に強いコネをもっています。現にパラティヌスの宮殿でささやかれている噂によれば、彼女は……」

「カストル、お前が帝室の内情について何を知っているというのだ」アウレリウスは憮然として言葉をさえぎった。「今度は、秘書官たちと親友にでもなったか」

「上の方に友人が何人かおりますもので」秘書はあいまいなこたえ方をした。

「だろうな」アウレリウスはそれ以上の詮索をあきらめた。このアレクサンドリア〔エジプト北部、地中海に臨んだ都市〕生まれの解放奴隷の能力からすれば、いつの日か、皇帝その人と並んで輿《こし》の上でクッションにもたれていてもおかしくない。

「ともあれ、もう少し体面というものに気を配ってしかるべきです」カストルは主人をたしなめ始めた。「剣闘士試合を見ながら不快感を隠さない、高名な遊女の誘いを断る、素姓の知れない人間を人目もはばからず連れ歩く、ときたのでは……」

「うむ、連れ歩く人間の中には、ローマじゅうの人間をぺてんにかけまくっている、東方生まれのさる悪党のごとき人間もいたんだったな」アウレリウスがおもしろがってまぜ返す。

「まじめな話をしているのです。パラティヌスの丘では……」

「あそこでは、わたしという人間の存在だって知られていないさ」

「知られているのです」カストルは主人の言葉を否定した。「わたしの言葉をお信じにならないのなら、ただちに証拠をお目にかけましょう」そう言って彼は送達状をさしだした。「宮殿からのお呼び出しです。楽しい話ではなさそうですな」

　アウレリウスは書簡を手に取ってしげしげと眺めた。封印はまぎれもなく皇帝ティベリウス・クラウディウス・ドルスス・ネロのそれである。封を切ると、油断ならない秘書の視線を避けるようにして読み始めた。

「小間使い奴隷に浴室の準備をととのえるよう、もう命じておきました。刻限に遅れないように出かけられるでしょう」カストルが告げた。

　なるほど呼び出しの指定時刻はその日の午後となっていた。しかし、封印が破られている形跡はない。だとすると、この狡猾な秘書はどうやってそのことを知ったのか。

「なあに、ナルキッソスに会えばいいだけの話だ」アウレリウスは嘘をついた。クラウディウス帝の腹心の秘書官である解放奴隷ナルキッソスとの面談だということにしておけば、もっともらしいだろう。だいたい、これが皇帝本人から直接届いた書簡であることを、カストルに教えなければならない理由などないのだ。

「目の前でお会いになれば、さすがにクラウディウス帝も年齢《とし》相応にお見えになるでしょうな」秘書は何も聞こえなかったかのように、平然として言葉を続けた。「なにしろ、六十に手が届こうというわけですから」

「手紙を読んだんだな、カストル！」アウレリウスが怒りの声をあげた。「どうやって開いた？封蠟は破れていないのに！」

「幼少のみぎりに故郷アレクサンドリアで、実践的な知識を少々学び取っておりまして」秘書はけろりとした顔でこたえた。「早くもその時代から、将来に対して心平らかに立ち向かうためには、よき基礎教育こそ欠くべからざるもの、というのがわたしの持論だったのでございます」

アウレリウスは、これ以上問題を追及しないことにした。忠実なる秘書が、本人の言うエジプトの修業時代とやらにどんな種類の能力を身につけたかは、嫌というほど知っていた。それは、誰が相手であれ、まんまと詐欺、瞞着《まんちゃく》、ペテンにかける信じがたい腕前であり、その才腕はまた、目の前にぶらさがったものを何でもかんでも、他人《ひと》の油断をついてあっという間にくすねるという天賦の能力に裏づけられたものなのである。とはいえ、この狡猾な東方人がこれまで何度も自分の力を主人のために役立ててくれたことを考えると、彼の誠実さをあれこれあげつらうことなどできなくなるのだが……。

「皇帝との面談がどんな内容なのか、そいつもお前にわかっているんだったら、わざわざ出かけていく手間も省けるな！」アウレリウスは居直った。

「いやいや、お出かけになる方がよろしいです、それも遅滞なく。さもないと、逆鱗《げきりん》にふれかねません」秘書は動ずることなくうながした。「正装用の白服《トガ》を用意させましょう。メッサリナとばったり、ということもありえますからな。皇妃はご主人にめっぽうホの字です。円形闘技場で目撃したぞ、彼女の流し目を」

これではまるきり特別監視下の要注意人物だ、とぼやきながら、アウレリウスは体を清めるために邸《ドムス》の浴室へと足を運んだ。カストルのやつ、この頃すっかり出しゃばりになったぞ……。

それから数時間後、近衛兵による念入りな検査を受けてから、アウレリウスは警護の兵士に案内されていくつもの通路をたどったあと、扉の前でじっと待っていた。

皇帝は自分の顔をわかってくれるだろうか。ずいぶん昔、アシニウス・ポッリオの図書館で何時間も共に過ごしたときの思い出が、アウレリウスの目の前によみがえってきた。甘美な会話、エトルリア語の手ほどき、気のきいた寸言。希望に燃える若き貴族だった彼プブリウス・アウレリウス・スタティウス。そして、とっくに成人でありながら誰からも無視されて馬鹿者扱いされていたクラウディウス。彼は幼少のときから、吃音《きつおん》と片足の発育不全のために一族の嘲笑の的になっていた。美形ぞろいで、傲慢で、自信たっぷりのクラウディウス一門の人々は、彼のことを、自然の犯した失敗作、出来そこないなどと嘲って、家族の一員と認めなかった。

《うつけのクラウディウス》という仇名《あだな》を彼につけて軽蔑していた人々は、うぬぼれのあまり、クラウディウスを言語と歴史に精通した学者にすることになったその繊細な知性、知識欲が理解できなかった。逆説的なことに、そのような身体上の欠陥があったがゆえに、彼は権力への階梯における危険なライバルと見なされず、一度ならず命を救われた。高名な親族たちが一人また一人と、毒や短剣によって容赦なく消し去られていくなかで、あわれなクラウディウス、誰からも相手にされなかった《うつけのクラウディウス》は、ひっそりと生き延びることになった。そしてついに、世界の四辺に支配を及ぼす一大帝国の最高指導者となったのである。

いや、幻想を抱いてはいけない、とアウレリウスは自分に言い聞かせた。これから自分が面会するのは、かつて共に書をひもといた人物ではなく、海陸の支配者、神君ローマ皇帝なのだ。

　秘書官がアウレリウスに合図を送ってよこし、扉が開いた。クラウディウスは、大理石の大きな机にかがみこんで、なにやら書類の山を一心に調べていた。《たしかに年をとられたな》――アウレリウスは愛情のこもった眼差しで皇帝の姿を見つめながら、無言でそう思ったが、すぐにさっと姿勢を正し、右腕をまっすぐにさしのべて、型にのっとった挨拶をした。「皇帝陛下《カエサル》、ご機嫌うるわしゅう！」

　皇帝は視線をあげた。髪は白くなり、筋肉質の両腕――不幸な身体のうち、唯一、力のみなぎっている部位――に血管がからみあって浮き出ているのが見えた。ローマの第一人者は、ゆっくりと身を起こした。

「よく来た、元老院議員《セナトル》スタティウス」クラウディウスも、形式的な口調で言葉を返した。そして、おぼつかない足取りで片足を引きずりながら、アウレリウスの方に近寄ってきた。アウレリウスは、皇帝の面前という場で要求される、いかめしい不動の姿勢のまま、表情を硬くしてじっと待った。

「元老院議員スタティウスよ！」いきなり老皇帝の一喝がとんだ。「君は、何年間も、さんざめく饗宴と色恋ざたに明け暮れしているうちに、ひょっとして忘れてしまったか。ポッリオの図書館で、皆の嘲笑を受けていたあわれな不具者と哲学の議論をして共に過ごした時間のことを。若く、美男で、健康な君は、あの遠い日々、わしが君にエトルリア語の手ほどきをした日々のことも、覚えてはおらんのだろう。時のたつのを忘れて語り合いながらも、わしは不思議に思ったものだ。どうしてこのように才気煥発で、武にもすぐれた青年が、うつけのクラウディウス、からかわれ、物真似され笑われる低能のクラウディウス、ちんぴらどもの足搦《あしがら》によろけ、あわれに顔を歪ませて口を痙攣《けいれん》させるばかりの不幸な男との約束を律儀に守って、必ず会いにやってくるのかと。君はきっと忘れることができたのかもしれん。だが、わしは違う」

アウレリウスは、わきあがる感動の大波に呑みこまれそうになりながら、必死にこらえた。

「今では誰も、わしを笑いはせぬ」クラウディウスは言葉を続けた。「わしがよろけでもすれば、百人の人間が寄ってたかって体を支えようとする。ところが君、ほかならぬ君が、わしに型どおりのそっけない挨拶をし、そのうえ皇帝陛下《カエサル》と呼びかけてくるとは」

宙に硬くさしあげられていたアウレリウスの腕が落ち、張りつめていた肩の力がゆるんだ。アウレリウスが一歩前に進みでると、老人は不自由な方の足を引きずりながら彼のところにやってきて、両腕を大きく広げた。

「アウレリウス！　わが友よ！　ようやく来てくれたな。わしが幾度呼んでも、君はまったく来てくれなかった……」

アウレリウスは、内心では非難されることを予期しながらも、不意を突かれて弁解を口にした。

「あなたは皇帝陛下で……」

「君のいまいましい矜持《きょうじ》ってやつか！」クラウディウスがさえぎった。「いいか、わしは何よりもまず君のエトルリア語の先生なのだぞ」彼は、アウレリウスにもたれかかりながら笑った。「さあ座って、わしに聞かせてくれ。君の偉業のことは耳に入っておる。女、冒険、旅、哲学……。何と興味深い人生だ！　しかるに、このわしはめんどうな職務に縛りつけられ、楽しみの時間ももたせてはもらえぬ」

「あなたは神なのですから……」アウレリウスは気づかうようにやさしく言った。

「何が神なものか！　わしの短い方の足は、相変わらずすさまじく痛む。わしが神なら、この痛みを何とか始末せんと思うかね」老人は冗談をとばした。

「けれども、あなたは皆を蹴散らしました。今や皇帝です」アウレリウスはうれしそうに言った。

「それは違う」クラウディウスが言葉を返した。「わしは指一本、動かす必要がなかった。神々のおかげで、わしの親愛なる親族たちは互いどうしが殺し合ってくれたのでな。ほんとうのところを言ってくれ。帝国の統治は、今よりもっと悲惨になっていてもおかしくなかった……それなのに、わしに感謝している人間がいると思うか。誰もおらん。宮殿の歴史家どもは、わしがくたばる日が来たら、わしの治世に泥を塗って次の皇帝におもねろうと、そればかりを待ち望んでおる。今だって、毎日わしがどんなことを聞かされねばならんか、君にわかるか……。上から下まで、誰もかれもが不平不満ばかり。まるで悲嘆のどん底に沈んだそぶりをする未亡人の大合唱だ。貴族たちは、ほんのわずかなのに権力を取り上げられたといって不平を言う。元老院は、わしが十分に敬意を払わんといって不平を言う。騎士階級は、わしが税金を払わせることにしたからといって不平を言う。平民までが、わしが属州の人間にローマ市民権を与える決定をして以来、不平を鳴らしておる。まるでローマの都以外にローマはないと言わんばかりだ。わしは、ちっぽけな数のローマ人のことではなく、世界全体のことを考えねばならんというのに！　連中に、マウレタニアやブリタンニアやユダエアの重要性がどうしてわかる。いまだにキンキンナトゥスの時代に生きているつもりなのだ」

ローマの第一人者は、身振り手振りも激しくまくしたてた。「将来の人間がわしのことを何と言うか、察しがつくだろう。あれは間違って帝位に就いたあわれな愚者だっただの、女たちに首根っこを押さえられていただの、酒に溺れていただの……。わしが切り拓いた荒れ地、敷設した水道、建設した港、公布した法律のことを、いったい誰が記憶するというのだ」

「歴史が記憶します」アウレリウスはためらわずにこたえた。

「歴史か」クラウディウスは苦々しく顔を歪ませた。「君は相変わらずの夢想家だな。二千年後の学生も、ローマ法が存在したという知識、キケロの演説が存在したという知識をもっていると、本気で考えておるのか」

「もちろんです。すべては可能です」

「とんでもない」老皇帝が言い返した。「ローマも、その言語も、その文明も、痕跡すら消え失せてしまうのだ。エトルリア語がどうなったか、考えてみるがいい。今ではエトルリア語を知っている人間など、ほんのひと握りにすぎん……。だが、今は現在のことを話そう。未来をあずかるは神々のみ、と言うからな」

　老人は自分の杯にワインをたっぷりと注いだ。皇帝が大の、いや過度の飲酒家であることは万人の知る事実だった。

「これまでもわしは剣闘士試合を開催してきた」クラウディウスはふたたび話を始めた。「毎回、大入りになってくれることを期待してな。わしにとって、民衆の支持の確保は、最大の重要性をもつのだ……。ところが、あのケリドンのたわけ者めが殺されてしまいおって、そのため未曽有《みぞう》の事態が生じておる！」

「しかし、所詮は一介の剣闘士なのでは……」

「一介の？　今日では闘技場《アレーナ》の栄光に輝く者は、軍団を率いる将軍や元老院議員よりも高い価値をもつのだぞ」ローマの第一人者はそう言いながら、アウレリウスの履いている靴の独特の甲当てや、白服《トガ》の緋色の縞飾り《ラティクラウイウス》という、元老院身分を象徴する飾りに意味ありげな視線を送った。

「そうですね」アウレリウスはため息をついた。「パンとサーカス《パネム・エト・キルケンセス》という言葉どおり……」

「まさにそうだ」クラウディウスはうなずき、「そして、今や誰もが、自分たちの偶像を殺害した張本人に、わしが見せしめの罰を下すことを待ち望んでおる。やり口は不明だが、ケリドンは明らかに殺されたのだからな。君も想像がつくだろうが、剣闘士試合の賭けには、非常に多くの人間が大枚を投じておるのだ……」

「しかし、投網剣闘士は順位が高くないでしょう」アウレリウスが言葉をはさんだ。

「ケリドンは別格だ。あの男の賭け率は一〇対一だった。これが何を意味するか、むろんわかるな。やつの死によって、あちこちで一財産がまるごと所有者を変えたのだ。わし自身も、ありがたくもない儲《もう》けをさせてもらったわ！」

　賭け、酒、女。道徳家が皇帝クラウディウスに対し、血に飢えた先帝たちのことを棚に上げて、欠点として非難するのがこれだった。

「わしのざまを見るがいい。大衆相手に人気取りをせねばならんとは、破廉恥な煽動者ふぜいと何が違うというのだ。昔はまったく別な理想を抱いていたものだ。覚えておるか。わしは共和制を建て直し……」

「あなたのように、皇帝という職務をになう人間にとって、理想とはめったに許されない贅沢なのです」アウレリウスは言葉を返した。

「わしは君がうらやましい、アウレリウス。君は何も必要としない、皇帝さえもな。このわしの方が、君を必要としておるのだ」クラウディウスは真面目な口調で言った。「たとえ自分が生ける神であろうと、助力を求めることは恥ではない。天上のユピテル神も、ティタヌス神族を打ち破ったときには他の神々に救援を仰いだのではなかったかな?」皇帝は巧みな喩《たと》え話を引いた。「本題に入ろう。過去に君が、謎につつまれたいくつかの犯罪を見事に解決していることは、わしの耳にも届いておる……」

「あれはみな、内輪だけの出来事だったはずですが」アウレリウスは驚いた。

「冗談だろう、君。ローマでは壁にも耳がある。それに、わしは皇帝だぞ。ちまたに放つ密偵だって、少しはもっているのだ……」

アウレリウスは、笑みがもれそうになるのを抑えた。皇帝が多くの秘密に通じていることは疑いなかった。おそらく、都いちばんの噂好きで地獄耳のあのポンポニアもしのぐくらいに。

「元老院議員のスタティウス君に、昔のエトルリア語入門の授業料を払ってもらうときが来たようだな。ケリドンを殺した犯人を見つけて、それを飢えた民衆の口に投げ与えるのだ。そうすれば、帝国の危機が君の手で救われることになる」

「やってみましょう、クラウディウス。ただし、条件が一つあります」

「条件?」老人は、おもしろそうな顔をして眉をひそめた。「神君クラウディウスに対して条件をつけるとは、君はいったい何者なのかな」

「自由人として生まれたローマ市民であり、元老院議員のプブリウス・アウレリウス・スタティウスです」皇帝の友人はほほえみながらこたえた。

「で、その条件とは?」

「事件解明を、わたしのやり方で完全に自由に、最大限の自由裁量をもって進めてよいという条件です。誰からの口出しも受けたくありません」

「元老院議員スタティウス君」クラウディウスは難色を示した。「そいつは少々、荷が重くなるとは……」

「なにとぞお願いいたします、皇帝陛下!」アウレリウスは礼儀を無視して、皇帝の言葉を途中でさえぎった。「犯人発見をお望みでしたら、ぜひ自由にやらせてください」

「よかろう」クラウディウスは両手をあげた。「それではここで君を、公式に事件解明にあたる特命長官に任命しよう。君の言葉はすべてわしの言葉になる。さあ行くのだ、アウレリウス」

「失礼いたします、皇帝陛下」アウレリウスは挨拶もそこそこに、部屋の出口に向かった。

「エトルリア語の動詞を復習するのだぞ!」クラウディウスが背後から大声でどなった。「君は文法がからきしだめだったからな」

III

ユニウス月のノナエの日の四日前［六月二日］

「なんて恐ろしい出来事、なんてむごい災難、なんてまがまがしい惨劇、なんて不吉な巡り合わせなのかしら！」ポンポニアが息もつがずに嘆きの言葉を並べた。

「まあまあ、ポンポニア。知り合いだったわけでもなかろうに」アウレリウスは、友人の妻が闘技場《アレーナ》の王者ケリドンの死に絶望の声をあげるのにびっくりしてなだめた。

「今までケリドンの試合は一度だって見逃したことがなかったのよ。一度もよ！　それなのにあの男ったら……」ポンポニアの声がいちだんと高まる。「あの男ったら、よりによって、わたしがたった一度見に行かなかったときに殺されるんですもの。このわたしが、ドミティッラの口から教えてもらわなくちゃならなかったなんて！」

「なんだ、そういうことなら話半分にしか聞けないな」アウレリウスはちらりと皮肉っぽくこたえた。「だって、ケリドンについてなら、ぼくらのポンポニアさんはそんじょそこらのドミティッラが束になってもかなわないくらい知っているに決まっているんだからね」アウレリウスは、彼女が一生の不覚をとった名誉挽回に、どんな事実でも提供してくれるに違いないと踏んで、かまをかけてみた。

「ちょうど試合の日にローマを留守にしなくちゃならなかったのよ。これが不運じゃないっていうなら……。え、今なんて言ったの？　ケリドンについて？　もちろん何か知っているどころじゃないわ。ニュッサもかわいそうよ……」

「ニュッサ？」アウレリウスは聞き返した。たしかどこかで聞いたことのある名前だが、遊女だったか、それとも踊り子だったか……。

ティトゥス・セルウィリウスは、それまで妻のポンポニアの饒舌《じょうぜつ》の前でじっとおとなしくしていたが、弾かれたように身を乗りだした。「女優だよ、無言劇《パントマイム》の花形さ。彼女とケリドンは愛人関係で……。それにしてもこれはローマじゅうの人間が知っていることなんだがね。君はいったいどこの世界の住人なんだ、アウレリウス」彼はあきれ顔をした。

そんな重要な事実についてもうとかったアウレリウスは、もっと詳しく教えてくれとあわててうながした。

「ニュッサは、ポンペイウス劇場に出演している今いちばん名の売れた無言劇女優なんだ。舞台に出るたびに大騒ぎの大混乱が起こる。彼女の色っぽさときたら、そりゃもう……」セルウィリウスは言いかけた途中で、続きは無遠慮な耳のないところで話そうという意味の身振りをこっそり送ってよこした。

「あら、あなた何かご存じなの？」いつものように、妻が問いただすような疑いの口調でたずねてきた。「まさか、わたしをおいて一人で見に行ったんじゃないんでしょうね」

セルウィリウスは、何を馬鹿なと憤慨したふりをして質問をかわしながら、アウレリウスに目配せした。

「そうね、たしかにニュッサは女優として大胆と言っていいわ」知らないことのない彼女は解説を始めた。「男女の場面の演技だって、あとはご想像におまかせなんて中途半端なことはぜったいしないで、衣裳を着たまま舞台が終わることがないんですものね。ねえあなた、あなたのお好みにはきっと合わないわよ」彼女は夫の方にくるりと向き直って言った。「品がないの。もううんざりするくらい。おまけに、ガニ股なのよ」

「どうして知ってるんだい」夫が、少しむっとしてたずね返す。

「ドミティッラといっしょに舞台を見に行ったの。ほら、あなたが御用でプラエネステの町にお出かけだった日。ほんと、ごくふつうの子なのよ、あの子。嘘偽りなしに大したことないわ。そりゃずいぶん観客には受けているけど……。あの晩は二万人入っていたかしら、すごい口笛がとんだわね」

「お色気無言劇の人気女優と、闘技場《アレーナ》の王者か」アウレリウスは考えこんだ顔つきでつぶやいた。

「まったくよくできた組み合わせだな」

「愛は愛なのよ」とポンポニアがかばう。

「二人をつくり給うたのが神々なら、二人を結び合わせ給うたのも神々」セルウィリウスが哲学者然としてしめくくった。

そこへ小間使いがおずおずと入ってきて、裁縫女たちが新調の衣裳のご試着のために控えておりますと女主人に告げた。ポンポニアはすぐに女奴隷を先に立てて姿を消した。セルウィリウスがほっと安堵《あんど》の息をもらす。

「やれやれ、あやうく口が滑るところだったよ」彼は声をあげながら、額に浮かんでいた汗をぬぐった。「ほんとうはあの晩、プラエネステになんか行かなかったんだ。ポンポニアが腹を立てるといけないからそういう口実をつくったんだが……」彼は真実を白状した。「早い話、あの二万人の観客の中にぼくもいたのさ。鉢合わせしなくてよかった……」

アウレリウスは、友人が細心の警戒をしてこっそり禁断の舞台を見に行ったのに、妻の方はゆったりと最前列に座って見物している光景を思い浮かべて、おもしろそうに笑った。

「ニュッサがガニ股だなんてとんでもない。あの体の動きは、君もぜったいに見るべきだよ、アウレリウス。そこでだね、折り入って頼みがあるんだが」セルウィリウスは共犯者どうしのような口ぶりになって声をひそめた。「もし近々、君とぼくとで、夜……そうだな、詳しく検討しなくちゃならない法律問題があるとか何とか、口実をこしらえてもらえないかね。そうすれば、二人でいっしょにニュッサを見に行けるじゃないか」

「引き受けたよ、ティトゥス」とアウレリウスはうなずき、「だが、ポンポニアの耳に入らないようにしないとね。もし彼女に知れたら、ぼくは生き皮を剝がれる」

「ちょうどあさって、ニュッサの出演があるんだ」

「それは好都合だ。席の予約はいらないよ、ぼくの専用席がある」彼は青銅の入場券を友人に見せた。

「君たち元老院議員には、何でも特権があるからねえ」セルウィリウスが半分おどけて批判を口にした。

「とんでもない、特権なんかあるものか」アウレリウスが首を振る。「今や、帝室の解放奴隷たちの席の後ろの方に一つでも腰掛けがころがっていたら、オリュンポスの神々に感謝を捧げなければならないご時世さ」冗談を言いながら、アウレリウスは腰をあげた。

出口に向かって玄関広間《アトリウム》を横切ろうとしたとき、垂れ布の陰からポンポニアの太った手があらわれて彼を手招きした。「アウレリウス、ちょっと来て！」そっと用心しながら彼女が呼ぶ。「あの女優のことなんだけど、見に行ってみるといいわ」ポンポニアがひそひそ声で言った。「並の舞台とは違うから、きっと気に入るわよ。さっきは夫の前だったから、わざと言わなかったの。あの人はああいう人だから、変なことでも考え始められたら困るし、年齢《とし》も年齢《とし》だし……」彼女はそこでため息をついた。「夫のことを考えてこっそり教えてあげようと思ったの、わかってくれる？」

「ポンポニア、そこまで夫を気づかうのは、まさに最高栄誉賞ものだよ」アウレリウスはにっこりほほえんで彼女を安心させた。「大丈夫、ぼくは一言だってもらしたりしない」

IV

ユニウス月のノナエの日の三日前［六月三日］

アウレリウスを乗せた輿が、オッピウスの丘のふもとにある皇帝所有の大養成所《ルドゥス・マグヌス》の長いレンガ壁の前でとまった。

剣闘士の営舎のたたずまいは、一見、軍隊の練兵場と変わるところがない。けれども一歩、塀の中に足を踏み入れれば、そこを支配するのは、前線のローマ軍団のそれをもしのぐ厳しい規律なのである。剣闘士の世界にわが身を売った者は、その瞬間から、正式な法的契約にもとづいて、心身ともに養成所の親方《ラニスタ》の所有物になる。それは、奴隷と主人の関係とまったく同じで、どんな罰を与えられようと、どんな苦痛を加えられようと、たとえ命を奪われようと、黙って受け入れるしかないのである。それでも、少なからぬ人間が自分からすすんで契約を結ぼうとする。

先触れ役の奴隷が破鐘《われがね》のような大声を張りあげて、「ローマの元老院議員プブリウス・アウレリウス・スタティウスである！　開門せよ！」と叫ぶと、養成所の門衛奴隷《セルウス・アブ・アドミッシオネ》がすぐに門を開いた。

アウレリウスは、後ろにカストル、セルウィリウス、そして奴隷の長い列を従えながら、威風堂々と養成所の敷居をまたいだ。整列した訓練士《ドクトル》たちが待ち受けている。その横には、命の奪い合いの模擬戦を行う木造の小規模な円形試合場が見えた。この訓練士たちも以前は剣闘士であり、死闘を生きてくぐり抜けたあと、そのまま新人の訓練にあたる仕事をうけおって養成所に残っているのである。闘技場《アレーナ》の王者になろうとする新人たちは、観衆の前に立つ日が来るまで、何カ月、場合によっては何年間も、彼らの厳格な指導のもとで、苛酷きわまりない訓練に耐えなければならない。訓練士は、かつて自分たちも訓練で受けた笞《むち》の苦しみを、新参者に対して味わわせてやろうと、心に決めているのである。

親方《ラニスタ》のアウフィディウスが、まとわりつかんばかりのうやうやしさで出迎えた。脂ぎった大男で、年齢から筋肉はたるんでいるものの、目つきは鋭く、傲慢なまでの自信を顔に浮かばせている。「元老院議員スタティウス様をお迎えできまして、無上の光栄と存じます。どうぞ何なりとご命令くださいますよう。皇帝陛下からは、何ごともすべてスタティウス様のお指図に従い、お役に立つようにとのご意向をたまわっております。何はともあれ、酒食の用意もととのえてございますれば、ひとまずわたくしめの部屋でご一服いただき……」

「ご苦労」アウレリウスは、相手と距離を保つために短くさえぎると、「最初に営舎の中をひとわたり見ておきたい。まず、あそこの建物は何か」と、訓練所の端に見える低くてわびしい別棟を指さした。

「食堂でございます。あそこでわが剣闘士団が共同で食事をいたしますわけで」

「試合の前夜には、熱心な愛好家もおおぜい会食にやってくる。ぼくも、先日の最後の晩餐《リベラ・ケナ》の席にいたよ」とセルウィリウスが脇から言った。

アウレリウスは黙ったままうなずいた。闘技会《ルディ》の前夜には、厳密な管理にもとづくいつもの質素な食事と違って、剣闘士たちの前に食べきれないくらいのご馳走が並べられることは彼も知っていた。そういう豪華な夕餐が、彼らの多くにとっては、最後の食事となるのである。

「あの晩は、例のエチオピア人たちも、さすがに食事に手をつけていなかった……予感していたんだな。あわれなものだ」セルウィリウスは思い出して、同情のため息をついた。

「ははあ、あの連中のことですか」親方が口をはさんだ。「当然ながらわたくしは、勝てるわけがないと最初からわかっておりました。剣闘士としては、目もあてられない腕前の連中でしたが、それはそれとして、ブリタンニア女と組み合わせると映えるのですな。目の覚めるようなとでも申しましょうか、新鮮な趣向の見世物はそうそうあるものではございません。おわかりいただけると思いますが、つまり……」

「もうよい」アウレリウスは短くさえぎった。

「ごらんいただけませんでしたか？　それは惜しいことをなさいました。あの一番は、大当たりでしたので」親方はもみ手をしながら嘆いてみせた。

「役者が死んで一回限りで終わり、残念だろう」アウレリウスは辛辣に言った。「ケリドンは、前日の晩餐にいたのか」

「もちろんでございます。健啖《けんたん》ぶりを発揮しておりました。かたや大違いだったのは、対戦相手のクァドラトゥスです。こやつの方は、実力も取柄もない無駄飯食らい。先も長くないに決まっております。二度も運のいい目に会ってたまるものですか。あんな能無しがのうのうと生き残り、しかるにケリドンという、力も技もはるかに勝ったわが最優秀の剣闘士が、骸《むくろ》と化して死体置き場に寝かされているかと思いますと……。元老院議員様、ケリドンを殺したやつをどうか見つけ出してください！　わたくしは、この手でそやつの喉笛を掻き切ってやります」親方は、おおげさな身振りで両の手のひらを宙に向かってさしあげた。「わたくしが、賭けでどれだけ損失をこうむったかだけでもお察しいただければ！」

「残念だったな」アウレリウスは、冷たく一蹴した。権力者を遇することに慣れている親方は、自分の不運を嘆くのをぴたりとやめて、一同を闘技訓練用の装置が据えられている中庭の砂地へとみちびいた。

「ここに立ててあります棒の柱は、反射神経を鍛えるためのものです」親方が説明を始めた。「ごらんのように基部に横棒が何本かはめこんであり、回転する仕掛けです。これを相手に見立てて、障害になる横棒を跳んでかわし、それと同時に的めがけて一撃を加えるという訓練です。新人に敏捷性が十分についてきましたならば、今度は横棒を、切れ味鋭い剣に取り替えます」親方は、まるで盤面ゲーム《ラトルンクリ》で決めの一手を指したときのような表情になって、くっくっと会心の笑いをもらした。「ひとつ間違えば、脚がすっぱり！　お気づきのことと思いますが、わが剣闘士団に、たんなる肉のかたまり、切り刻まれて殺されるだけが能の男はおりません。鍛えに鍛え抜かれた剣闘士、見世物の名に恥じない真の見世物を高いレベルで披露できる強者を闘技の場に送りだしているのです。命は――命だけでなく、懐にたまる金ももちろんですが――もっともすぐれた者に与えられる褒賞であり、死はもとより計算ずみの危険……」そこで親方は急いで言葉をつぎ、「とはいえ、そうは言いましてもむろん、少なからぬ無駄に対処する必要はあります。はったりや自惚《うぬぼ》れだけが取り柄の見かけ倒しのやからや、能力のない連中も入ってくるのです。この手の者どもはさっさと厄介払いするに越したことはありません。どのみち、供給がとぎれることはないのですから。有罪宣告を受けて送りこまれてくる者や戦争捕虜を数に入れなくても、わが剣闘士団に入りたいという人間は、ずらりと列ができるほど。けれども厳しい選抜がありますから、軟弱な者は訓練にすら生き残れません。しかし……」そこで親方は遠くを見るような目つきになってつぶやいた。「しかしケリドンこそは、天性の剣闘士でした。通常のトラキア出身者と違って、用いる武器は短剣《シカ》ではありませんでしたが、わたくしはあやつを見たとたんに王者の資質を見抜いたのです」

「うむ」とアウレリウスはうなずいた。「忘れられがちだが、闘技会《ルディ》の起源は、敵軍に対するローマの勝利の祝賀行事だ。そこでは、ローマに敗れた民族が、サムニウム人なら凹んだ楯というように、自民族に伝統的な武器を用いて闘うものとされていた……」

「二輪戦車を使う戦車剣闘士《エッセダリイ》が流行《はや》り始めたのも、ガッリア征服後だったね」とセルウィリウスが口をはさんだ。

「流行《はやり》と言えば、この頃の人気は船の戦いでございますな。なんでもクラウディウス帝は、フキヌス湖の干拓を進める前に、湖上でとてつもない規模の海戦を催されるご意向とか。かつてのアウグストゥス帝の模擬海戦《ナウマキア》も顔負けとなりますぞ……」親方が誇らしげに言った。

アウレリウスは、親方と高揚感をわかちあう気はさらさらなく、周囲を当惑ぎみに眺めまわした。

「解しかねることが一つある、アウフィディウス。少なくともお前の話によれば、ここは世界でもっとも優秀な剣闘士を鍛え上げる場所のはずだが、それにしては武器がほとんど目につかないのはなぜだ」

親方は驚いて、まじまじとアウレリウスを見た。どうしてそんなことがわからないのだ！

「スタティウス様、ここでは勝手に剣を手に取ることを許しておりません。そんなことを許せば、激しやすく乱暴な者たちばかりですから、ほんのささいな諍《いさか》いがもとで、たちまち殺し合いが暴発しかねません……」

「観衆の前で死ぬときをおとなしく待っていないで、か」アウレリウスが皮肉を返した。

「そのとおりでございます」親方は、アウレリウスのあてこすりを無視して、真面目な顔でうなずいた。「わたくしと武器を研《と》ぐ役目の奴隷の二人だけが、武器庫の鍵を保管しております。それはともかく、こちらへおいでください。負傷者の手当てを行う治療室《サナリウム》をお見せいたしましょう。ここでは、いわゆる《掻き落とした汚れ》を集めております。つまり、剣闘士が汗をぬぐい落とすのに使った砂や、体を光らせたり、つかまれにくいようにする目的で塗った油を掻き落としたものです。万病に効くとされておりまして、その売上げによる収益も、わたくしどもにとっては少なからぬものが……」

アウレリウスは鼻の先をしかめた。闘技場《アレーナ》の汗と油と砂埃からなる不快な固形物が、多くの人間にとって、ありがたい厄除けになると思われているだけでなく強力な薬剤ともされていて、しかも現実に使用されているかと思うと、それだけでぞっとした。

「この向こうにあります部屋は、倒れた剣闘士の装具を外す処置室《スポリアリウム》でございます」親方は説明を続けた。

「つまり、死体置き場ということだな」

「さようで」

「ケリドンの死体もまだ置いてあるのだな」アウレリウスは念を押した。

「ございます」

「よし」アウレリウスは満足してうなずき、「さっそく見よう。死体を検分した医師も呼んでくるのだ」

ケリドンの死体は、すでに下働きの者によって汚れをふきとられ、木の台の上に横たわっていた。周囲の床には、焼印の跡のなまなましい死体が何十も折り重なるように積み上げられていて、名前も記されない墓穴に投げこまれるのを待っていた。臆病者が死んだふりをしてこっそり逃れることがないよう、真っ赤に焼けた鉄を体に押し当てるのが営舎の流儀なのである。アウレリウスは胸がむかつくのをこらえて、視線をそむけた。

そのとき、背後で低く抑えた咳払いがして、外科医師クリュシッポスの到来を告げた。ギリシャ人医師は、小さく生やした口髭の下で薄いくちびるを曲げ、傲岸不遜な表情を浮かばせていた。

「死因が何かをうかがいたい」アウレリウスは、尊大な物腰の医者に対して敬意をはらう口調を選びながらも、単刀直入に本題に入った。しかし相手は、ギリシャ人に典型的な高慢さを全身から発して、それに応じようとしなかった。

「まず万人周知の事実であるが、体内には四つの体液が存在し、それぞれは相互にしかるべき平衡を保たねばならない」不遜な医者は、教えてやるといわんばかりに語り始めた。「四つの体液とは、すなわち血液、黄胆汁、黒胆汁……」

「そして粘液」アウレリウスは、気短に相手の言葉をさえぎった。「異例の要請と思われるだろうが、解剖学の講義は不要だ。ただちに明確な返答がほしい」

クリュシッポスは反射的にむっとしたが、不器用にそれを隠そうとした。白服《トガ》の緋色の縞飾り《ラティクラウィウス》を見せびらかしているこの貴族は、どうやら自分に多少の医学知識があると思いこんでいるらしい。だったらしっぺ返しを食らわせて、無知無学に決まっている真の姿をさらけ出させれば溜飲が下がるというものだが、相手は皇帝の特命を受けている長官だ。しかるに自分は皇帝から報酬を得ている身……。

「死体検分の結果として」クリュシッポスは、折れて出ることにした。「倒れた際のものと思われる擦過傷が二、三、首と腕に認められたほかは、残念ながら異常な点は見つからなかったと申し上げざるをえない。となると、おそらく異物の体内侵入により体液の平衡状態が攪乱《かくらん》を受け……」

「迂遠《うえん》な物言いはよせ！」アウレリウスはしびれを切らした。「毒が使われたと言いたいのか」

「あくまで一つの推測……」医者は言質をとられまいと言葉をにごした。「他に何も痕跡が見られぬ以上は……」

「要は、わからないということではないか！」アウレリウスは鼻を鳴らした。

「さよう」医者は冷たくこたえ、それ以上口を開かなかった。

ここは皇帝所有の剣闘士養成所だ。であるからには、医師も一流に違いないとアウレリウスは考えた。しかし、だからといって信頼してしまっていいだろうか。いや、むしろ……。

「クリュシッポス、わたしが何歳かわかるか」アウレリウスはだしぬけに質問をぶつけた。

ギリシャ人医師はくちびるをへの字に曲げてアウレリウスに近寄り、まぶたの裏側を検査した。

「不規則な生活、大量の飲酒、脂肪過多の食事、女性多数、少なからぬ悪習」と、医者は専門家の目で診断を下していった。「だが、頑健な身体と怠りない鍛錬がその補いをつけている……。四十歳というところでしょうな。若く見せたいと努力されているようだが」としめくくって、最後につけくわえた。「たしかに、無理というわけでもなかろう。ただし、肝臓にお気をつけになることだな」

アウレリウスは、自分の年齢がそこまで明らかなのかと思ってむっとし、唸り声をもらした。クリュシッポスはたしかに医師として有能だ。それを疑うことはできない。となると、この尊大な医者が嘘をついているのでない限り、毒が使用されたことになる……。だが、ケリドンはどう見てもクァドラトゥスとの対戦が始まるまでぴんぴんしていた。いったいどんな毒物を使えば、何時間もたってから、しかもしかるべき時点で、あのような電撃的な結果を生じさせることができるのだろう。


考えに沈んだ表情のまま、アウレリウスは、一行が待っている中庭に戻った。

「すぐに尋問に取りかかろう。昼食まで、まだ間がある」彼は迷わずに決めた。

「アウフィディウスは、きっと何か特別料理を用意しているだろうな」美食に目のないセルウィリウスが言う。

「いや、昼食は食堂で剣闘士とともにするのだ」アウレリウスは友人を失望させた。「人間の性格を知りたいと思ったら、その人間が食事するところを見るにしくはない」

「うへっ、営舎のメシか！　神々よ、我をこの危難から救い出したまえ」善良なるローマ騎士は、胃のあたりに手をあてながら、うめき声をあげた。剣闘士の食事が、滋養の点では申し分なくても、口腹の悦びからは果てしなく遠いことを知らない人間はいなかった。

「ご主人様《ドミネ》、それでは親方《ラニスタ》の落胆はいや増すばかり。先ほどの休憩の心づくしも袖にされたわけですから」とカストルが口をはさみ、「いかがでしょう、せめてセルウィリウス様お一人だけでも親方の招待に応じていただき、その間にご主人は、食堂で、心ゆくまでご存分に、投網剣闘士《レティアリイ》やら魚剣闘士《ミルミッロニス》やらの心の内を探る、ということにされては」

セルウィリウスは、感謝と感動の眼差しをアウレリウスの忠実なる秘書にじっと注いでいた。やれやれ、これで今晩、カストルのやつはまたしても新品の短衣《トゥニカ》をせしめることになるわけだ。アウレリウスは、親方が取り調べのために用意した小部屋に腰を下ろして投網剣闘士の入室を待ちながら嘆息した。

剣闘士の中でも、投網剣闘士たちは、殺されたケリドンをいちばんよく知る存在だったに違いない。同じ投網剣闘士どうしが対戦することはないのだから、ひょっとして、剣を交える他の剣闘士たちとの間にはありえない絆《きずな》すら生まれていなかったとも限らない。

「第一の者、入れ！」アウレリウスの命令に応じて、警戒心に身を固くした男が部屋に入ってきた。目をじっと伏せて顔を上げない。ぎこちなさをときほぐそうと、アウレリウスは自分が口にしていたワインを相手にもすすめた。

「いや、結構」と男は首を振り、「おれは、ポスカしか飲まない。酒を飲めば頭がにぶり、反射神経がとろくなる」

水と酢を混ぜた飲料であるポスカは、喉の渇きはいやすものの、美味なものではもちろんない。アウレリウスは、身体をつねに最良の状態に保とうとする強い意志に感心した。

「名前は何というのだ」

「ヘリオドロス」

相手が言葉少なで、できるだけ自分をさらけ出すまいとしていることに、アウレリウスは気づいた。まるで闘技場に立っているときと同じように……。

「よし、ヘリオドロス。君の体調を乱そうなどというつもりは毛頭ない。まず聞くが、剣闘士になったのは、どういう理由からなのだ」

「おれが生まれたのはシチリア。エトナ火山に近い山地にあるヘルビタって町だ」男は語り始めた。「すごく貧乏な家だった。おれは小さい頃から、荒っぽいことがわりと強かった。だから、一か八か試してみる気になった。剣闘士養成所に入って、今では契約条件もいい。くたばりさえしなければ、大金持ちになってシチリアに帰れる」

「なるほど、明快だな」とアウレリウスはうなずいた。「ところで、君と同じように、属州からやってきて、剣闘士の世界で金を得ようと考えている者は、どれくらいいる」

「たくさん。おれの町から来たやつだけでも他に五人いた。今はおれだけだ。あいつらはすぐにのぼせ上がる連中だった。この仕事は、頭を冷やしていなけりゃだめだ。すぐにあの世行きになる」

「ケリドンは、どうだった」

「桁外れに強くて、かなうやつはほとんどいなかった。投網と三叉の槍をあんなにうまく使うやつはいなかった。しかし、あのまま年季をつとめあげるのは無理だったと思う。今も言ったが、強いだけじゃだめだ。あいつは自信がありすぎた。遅かれ早かれ、誰かに足をすくわれたはずだ。ま、とにかくおれにとっては競合するやつが一人減った……」

「ケリドンが倒れたところは見たか」

「試合のあとだったから見ていない。おれは、試合が終わって闘技場の地下に戻ったら、いつも一人きりになって気を鎮めて自分を取り戻すことにしている。それに、他人がどうなろうとおれにはどうでもいい。自分が生き延びることで手いっぱいだ。かんたんな話じゃないから」

「ご苦労だった、ヘリオドロス。とりあえずはこれで十分だ」

アウレリウスは息をついてうなった。剣闘士がみな今の男ほどの口数だとしたら、大した期待はもてない。

「次の者！」というアウレリウスの呼び声に応じてあらわれたのは、背が低くてたくましい、ずんぐりした体形の男だった。分厚いくちびるの上から、馬鹿でかい二本の口髭が垂れている。

「名前は？」

「ヘラクレス！」男は、ひどい蛮族なまりの大声をあげた。

「ラテン語はしゃべれるか」アウレリウスは疑いながら、いちおうたずねてみた。

「ラテン語しゃべる、いらない。わし、強い、わし、サルマティア人、わし、剣闘士！」

「ケリドンと知り合いだったか」

「ケリドン強い、すごく強い。今、あいつ死んだ。わし、いちばん強い！」

「ケリドンが倒れたとき、お前はどこにいた」

「うう―？」男は額にしわを寄せた。

「お前の知っていることで何か……」

「うう―？」男はまたうなり声をあげた。明らかにローマ人の言語が理解できないのだ。

こんな調子で続けたところで、成果など得られるわけがない。アウレリウスは、身振りで相手を退出させた。

ヘラクレスが出ていくと、秘書のカストルが、後ろに快活そうな青年を従えて入ってきた。つややかな巻き毛の金髪が、ふだんから腕のいい理髪師の手をわずらわせていることを語っている。

「ご機嫌うるわしゅう、スタティウス様！」青年は、ぴしりと右腕をさしのばして挨拶の言葉を放った。「ガッリクスと申します。ご命令により参上いたしました」

「ほほう、ラテン語が見事だな」アウレリウスは感心した。

「アウグストドゥヌム［現、フランス中部のオータン］の出身であります。お驚きになるかもしれませんが、かの地にも文明がございますので」若者は、口ぶりに皮肉をまじえてこたえた。

「よく知っている」アウレリウスは笑顔でうなずき、「君の地方から、わたしは麦酒《ケルウエシア》を取り寄せているし、君たちが牛の乳から作っている黄色い油脂も珍重している。ローマの都ではみな関心をもとうとしないが、わたしは自分の料理人にオリーヴ油のかわりにこれを使ってみるよう命じた。肉にこんがりと焼き色がついて、煮込み料理がじつに美味に仕上がったよ」

「洗練されたご趣味の元老院議員プブリウス・アウレリウス・スタティウス様が、麦酒《ケルウエシア》を愛飲され、ケルトの味付けをお楽しみになっているとは！　思いがけないお言葉です。それならもちろん、かの地で使われているズボンもご着用でしょうね」

「あれはごめんだな、不便でかなわない。両脚が布地でがんじがらめにされると思うと、気が違いそうになる」アウレリウスは冗談をとばし、「だが、わたしの方でも、アルプスの向こう側のガッリア地方から来た剣闘士の口から、キケロなみのラテン語がとびだしてくるとは意外だった。好奇心から聞くが、いったいどこで習得した」

「学校でです。故郷でわたしは、さる大金持ちの奴隷でした。彼から読み書きを習うよう命じられたのです。主人の邸宅で、わたしは多くの特権にあずかっておりました。主人の衣服を着るもよし、食事の席につらなるもよし、はては主人の寝台で眠ることも」ガッリクスは目配せをして笑った。

「なるほど……。で、そんな金持ちのお気に入りが、どうして闘技場で剣を振り回すことになったのだ」

「主人の一人娘というのが、なかなかの美形でして、ある晩、わたしはついうっかりして、主人の寝床と娘の寝床を間違えたってわけです。さらに、主人が太っ腹で、自分が死んでもお前にはたっぷり行くように取り計らっておくからな、と言ってくれていたのを、ちょっと先回りしましてね」

「殺したのか」アウレリウスはびっくりした。

「まさか、いくらなんでもそこまでは。ただ、ご主人様の逝去《せいきょ》を待たずに、ブツを抜き取らせていただいたというだけです。で、目下はその返済中という次第……。主人がわたしに抱いていた愛情も、どうやら金銭に対する愛情ほどには強くなかったと見えまして」

「そうは言うが、この世界も君にとって勝手が違うわけでもなさそうだな……」

「たしかに、わたしはあの肉の山のような連中に比べればいささか小柄ですが、闘技の場で物を言うのは、腕力よりも敏捷性ですからね。相手がいくら突きを繰り出しても、わたしはするりとイタチのようにかわしてみせます。これまでのところは、幸運の女神の微笑にあずかってきました。あと二カ月もしないうちに、自由の身分となってここを出ます。借金もなく、いささかの蓄えをたずさえて」

「そろそろケリドンの話に入ろうか」

「どうぞ」

「彼とは付き合いがあったか」

「付き合いも何も！　しょっちゅう会って、営舎の外にも連れ立って出かけましたよ。サイコロ遊びに興じたり、娼家にくりだしたり……」

「外出が許されているのか」アウレリウスは意外に思った。

「もちろんです。勝利者は、祝杯もあげなければなりませんからね。ここでは、大きな練習試合があるときになると、ローマの貴顕がぞろぞろ見物に来ますよ。ご婦人方のきゃあきゃあ声ときたら！　お客を迎えることもあれば、こちらが名家のお邸に招かれることだってあります。そのうえ、われわれが街に出ると、取り巻きになりたくて、いい家の御曹司《おんぞうし》たちが我がちに近寄ってきますよ」

「にぎやかにやるときは、ふつう、どこへ行くのだ」

「場合によりますね。ニオベ亭に行くか、そうでなければどこかの家の宴席だったり。実際、豪華な饗宴になると、会食者の前で、われわれが闘技の実演を求められることもあります。わたしは喜んで引き受けていますよ。大物と知り合いになれて、それがいつの日か役立つかもしれませんから。他の連中はともかく、わたしはこんな反吐《へど》の出るような仕事を一生続ける気なんて毛頭ないのです。ケリドンは、当然ですがいちばんの引っ張りだこでした。みな、やっきになって招こうとしていましたよ」

「それでは、ガッリクス、よく考えてからわたしの質問にこたえてくれ。営舎の中で、誰かケリドンがいなくなることによって得をした者はいるか」

「誰かですって？　誰もかれもです。追撃剣闘士《セクトレス》、トラキア剣闘士、魚剣闘士、サムニウム剣闘士……みな、クジ引きの結果次第で、ケリドンの対戦相手になりかねなかったわけですからね」

「だが、君たち投網剣闘士はそうではない……」アウレリウスは相手の言葉をただした。実際、投網剣闘士に対して、剣と楯で闘うトラキア剣闘士、ないし他の武器を専門とする剣闘士を対戦させるのが、闘技会《ルディ》の典型的な組み合わせだった。投網と三叉の槍を使う投網剣闘士どうしは闘わないのである。

「ご冗談を。たしかに、今申し上げた理由から、投網剣闘士は別個の房《ぼう》で寝起きさせられ、他の剣闘士と混じり合うことはありません。しかし、だからといって、われわれ投網剣闘士が和気あいあいの間柄と思ってもらっては困ります。ケリドンは頂点に立つ王者でした。彼が死んだ今、その座を狙えるチャンスが、あとの者全員にとって増したわけです」

「君も狙っているのか」

「わたしはナンバー・ワンになることに関心などありません。むしろ、ほどほどのランクにいて、なにがしかの特権を保持していられるよう努めています。その意味で、ケリドンは生きていてくれた方が、わたしにとってははるかに都合がよかったのですがね」

「君はずいぶん醒《さ》めているな。君のような人間は、養成所にはそう多くないと思うが……」

「それはもう！　ここは、図体のでかい馬鹿者だらけですからね。剣を振り回すしか能のない、たくましいだけの痴《し》れ者の集団です。尋問してみれば、すぐにおわかりになりますよ」ガッリクスは吐き捨てるようにそう言うと、アウレリウスになれなれしげな視線を送って退出した。アウレリウスにはそれが気に入らなかった。

「目端のきいた若者ですな」とカストルが口をはさんだ。「どれ。いま少し交流を深めてくるとしますか。暫時、この場を失礼させていただきます」

《類は友を呼ぶ。ペテン師どうしは通じ合うのだな》アウレリウスは、漠たる不安を覚え始めて独語した。《いやはや、あの二人がつるんだら、何をたくらむか知れないな》

しかし運命には耐えるしかないと、ストア哲学の教えに従って観念しながら、アウレリウスは「次の者を呼べ！」と命じた。

「するとトゥリウス、お前はケリドンと友人だったというのか……。そうだと認めたのは、お前が初めてだ」アウレリウスは一瞬、間を置いて驚きの声をあげた。

「そのとおりです」四番目の剣闘士はうなずいた。髪が黒く、髭のない顔のトゥリウスは、アウレリウスの面前でだいぶ落ち着かない様子だった。まるで、今イラクサに触れてしまったというようにしきりに手をさすりながらぎくしゃくと返答する一方で、のべつ右に左に体を揺らせているので、アウレリウスよりずっと辛抱強い人間でも、いらいらさせられて癇癪《かんしゃく》を起こしかねなかった。

「他のやつらはみんな、ケリドンが死ねばいいと思っていたんです。ねたみですよ、要するにねたみだけなんです。ガッリクスもそうです。あのめかしこんだ巻き毛の小僧め。どこへ行っても金魚の糞みたいにケリドンのあとをついてまわって……。あいつだって、チャンスさえあれば、どんなはした金でもケリドンを売るつもりでいたんだ……」神経質そうに相変わらず体を揺らしながら、トゥリウスは非難の言葉を並べた。

「だが、ケリドンは彼を弟分にしていたわけだろう」

「違いましたよ、初めは」とトゥリウスは否定した。「あの若造がモゴンティアクム［現、ドイツ西部のマインツ］産の髪染め《サポ》を使って金髪にしているのを、ケリドンはずいぶん嘲笑《あざわら》っていました。みんながいる前で幾度も、お前はいっそ三叉の槍じゃなくて、頭の毛をカールさせる鉄の鏝《カラミストルム》を振り回して闘技場に出た方が似合うぞと言って笑いものにしましたし、女みたいにラテン語をお上品にしゃべくると言って、面白おかしく声真似までしてました。実際、あいつの房に理髪師の焼き鏝《ごて》を放りこんでからかったこともありました。けれども、あいつは歯の浮くようなおだてや追従《ついしょう》を並べて、とうとうケリドンの腰巾着におさまった。そいつがケリドンの命とりの発端なんです」トゥリウスは、無念やるかたないというように首を振った。「わたしは、ケリドンに口が酸っぱくなるほど言っていたんです。夜は外に出ないでちゃんと休め、体調をととのえていなけりゃだめだ、剣でひと突きされたらおしまいなんだ、家族のことを考えてみろってね。だが、あいつは聞かなかった。あの気障《きざ》なろくでなしといっしょに、安酒場にくりだしたり女遊びに行ったりして」

「家族?」アウレリウスは驚いて聞きとがめた。「ケリドンに家族はいなかったはずだ。トラキア〔現、ブルガリアのあたり〕で戦闘によって一族すべてが殺され、ひとり生き残った男だったと聞いているが……」

「たしかに本人はそう言っていました。けれども、べろべろに酔っ払って口がゆるむと……トラキアのトの字も出なくて、フォルム・ガッロルムという地名を口にしていましたよ」

フォルム・ガッロルムは、アルプスのこちら側の、ムティナ〔現、北イタリアのモデナ〕にほど近い町だ……。トラキア人の大物剣闘士が、アエミリア街道沿いの辺鄙《へんぴ》な町とどんな関係があったというのだろう。

「ケリドンについて、お前の知っていることを全部話してくれ。重要と思えないことも含めて」

トゥリウスの顔にためらいが見えた。「他には何も知らないのです。ただ、ケリドンのまわりにいた連中はみんな欲得ずくだったってことだけです。きたないものですよ、闘技場《アレーナ》の世界は。スタティリウス・タウルス円形闘技場に、良識の入りこむ隙間なんてないんです」トゥリウスは肩を落として嘆息した。

「正直なところ、お前のような感受性をもつ人間が剣闘士の中にいると知って驚きだ。なぜこの世界に身を置くことになったのだ」

「死刑の判決を受けたからです。処刑台にのぼるか、それとも剣闘士試合《ムネラ》かと選ばされましてね。それで、今ここにいるわけです」

アウレリウスは理解を示してうなずいた。あわれな男だ。生きてゆかんがために、おそらくはパンの一切れでも盗んだのだろう。その咎《とが》をうけて野獣の間に放りこまれるとは……。温和で礼儀もわきまえたこの男が、強烈な興奮を渇望するローマ人を満足させるために恐ろしい仕事をやらされていることを思うと、アウレリウスは心を動かされた。

「何の罪だったのだ」彼は気をつかって、そっと聞いてみた。

「父殺しです」トゥリウスは、平然とこたえた。「親父と兄貴を斧《おの》で殺したあと、死体をバラバラにして家の近くの森に埋めたんですが、そのとき気《せ》が急いていて、あいにく親父の方の首を放りこむのを忘れてしまって」

「なぜそんなことを？　どんな仕打ちをされたのだ」アウレリウスは、ぞっとなってたずねた。

「とくに何も。まわりをうろうろされるのが嫌になりまして」トゥリウスは笑顔でこたえると、呆然としたままの元老院議員を残して部屋を出ていった。人間の心がわかると思っていた自分の自負とは何だったのかとアウレリウスを考えこませながら。

そこへ、カストルが不機嫌な表情で入ってきた。「とんでもない食わせ者ですぞ、あのガッリクスという若僧は！」秘書は大声で怒りをぶちまけた。「あやつとサイコロで一勝負に及んだのですが……なんと、サイコロに細工をほどこしておりましたよ。ただちに見破って取り上げましたら、懐から同様のサイコロがまだ二つも出てくる始末！」

「嘆かわしいことだな」アウレリウスは、からかい半分の口調で受け流した。正直さというものに対する忠実なる秘書のきわめて独自な感覚には、もう慣れっこになっていた。エジプトのアレクサンドリアで、詐欺をはたらいたために処刑台の露と消える寸前のカストルを救ってやったのはもう何年も前のことだが、いまだにこの男の倫理観には、徳をめざす途上でこれといった進歩が見られないようだった。「で、勝負はどうなったのだ」

「どうもこうもありません」カストルはうなった。「あのちくしょうときたら、わたしのサイコロの細工にも気づきまして！」

食堂は、ごったがえしていた。

食事は、実際にはまずまずのもので、アウレリウスは周囲の人間動物の生態を、間近からゆっくりと観察することができた。

闘技場《アレーナ》の強者《つわもの》たちは、威厳を放つアウレリウスの存在に、何の当惑も感じていない様子だった。正面に座っている男は、顔も上げずに、皿の中のものをガツガツむさぼり食っていた。その隣でサムニウム剣闘士が、まるで敵の腹に剣を突き立てるように、羊肉にナイフをぐさりと刺している。

アウレリウスは席を立つと、宗教儀式に没頭するかのように黙ったまま食事に専念している男の隣に腰を下ろしにいった。一口一口ゆっくり口に運び、香り高い神々の食物《アンブロシア》を食するかのように味を噛みしめている。「うまいか」とアウレリウスは声をかけた。

「じつに。昨日から、あんなにひどいと思ったスープの味も、素晴らしい神酒《ネクタル》のように感じられます」

「あやういところだったな、クァドラトゥス」

剣闘士は、何の言葉もいらない雄弁なしぐさをした。

「まだ実感がわきません。おれという人間は、いつも悪運につきまとわれてばかりだったのに……。ケリドンがばったり倒れて死んでいるのがわかったとき……」彼は、夢を見ているような目つきになりながら、心の内をあからさまに知られたくなくて皿に目を落とした。「だが、それも続くわけがないです」と、処刑前夜を迎えた死刑囚のような口調で言葉を続け、「また試合に出させられる。そうなったら今度は、天上からクィリヌス神が駆けつけてきてくれても、おれを救い出すことは無理だ……。とにかく、今のところおれは生きている。こうやって食っている」

「あのとき、何が起こったと思う」

「さあ……。運命をつかさどるパルカ神が、おれの命の糸を切るハサミをなくしちまったか。それとも、至高至上のユピテル神がおれをからかってやろうと思《おぼ》し召《め》したか」

「それを言うなら、からかわれたのは、むしろケリドンの方だろう」

「そりゃそうですが」クァドラトゥスはうなずいた。「前の晩から嫌な予感がしていたんです、おれが対戦させられるんじゃないかと。ケリドンが相手じゃ、いちばん強いやつだって苦戦するのに、このおれがどうやって」

「どうして？　君も腕が立つんだろう」相手のあまりの謙遜を意外に思い、アウレリウスは聞き返した。

クァドラトゥスは、思わず笑い声をあげた。「おれが？　腕が立つ？　手の指のタコを見てください。これが剣を使う人間のタコに見えますか。おれは根っからの農民なんだ。闘技場や剣闘士の見世物なんて縁がなかったんだ。なのに、死体になってここから出ていく……」

「驚いたな。それならば、いったいどうしてこの世界に入ったのだ」

「自分から入れてくれと言ったと思いますか」クァドラトゥスは、不機嫌な声でこたえた。「放りこまれたんですよ、女房だった性悪女と、その愛人のせいで！ そいつは、金をしこたま蓄えた女房がいた男で、おれの女房と結託して自分の女房を殺して、罪をおれになすりつけたんです」

「しかし、裁判もあっただろう……」

「裁判なんて！」クァドラトゥスは苦い笑いに顔を歪ませた。「証人を金で買うやつが出てきた日には……。殺される直前に女がおれといっしょにいるところを見たと言い出した人間が、四人もあらわれましたよ。おかげで、あっという間におれは鎖につながれました。闘技場送りの判決が下りましたが、さいわい、野獣《アド・ベスティアス》相手の刑じゃなくて剣闘士《アド・ルドゥム》にさせられる刑でした。でなけりゃ、訓練もされずに猛獣の前に投げだされるところでしたからね」

「ひどい話だ」アウレリウスは、考えこみながら言った。

「悪運のせいです。おれは、小さい頃から主人に使われて作男《さくおとこ》をしていましたが、他のやつの不始末なのにおれが罰をくらって殴られることがしょっちゅうでした。もうその頃から、誰もおれの近くに寄ってこようとしませんでした、悪運を呼ぶ男だからって……。そのうちに、女房が妊娠しました。あとになってわかりましたよ。おれという人間は、女房がさっき言った愛人との間にできたガキを押し付けるのに使われていただけだって。……今じゃ、あの二人はのうのうと左団扇《ひだりうちわ》で暮らしていて、このおれは首をはねられるのを待っているだけです」一瞬、無意識のうちにクァドラトゥスはこぶしを握った。「ここの連中が、おれのことを何と言っていると思います？ あいつは死人だ、体からもう死臭がにおっている、そう言っているんです」

「もちろん、ケリドンが死んでくれて君にはよかったわけだ」アウレリウスは、いささか不本意ながらそう指摘した。「ところで、試合の始まる前はどこにいたのだ。誰も君の姿を見なかったようだが……」

クァドラトゥスは、押し黙ったままだった。

「いいか、クァドラトゥス。君に嫌疑をかけようというのではない。だが、よくよく考えてみるのだ。わたしの質問にこたえた方が君のためになる。とどのつまり、ケリドンの死によっていちばん得をしたのは君なのだ……」アウレリウスは、何とか説得しようとした。

「便所にいたんだ！」クァドラトゥスは、吐き出すように言った。「びびって、もらしそうだったんだよ！　我慢できるものならしてみろっていうんだ」

大声でそう言い放つと、彼は立ち上がり、首を横に振りながら、背を丸めて自分の房へと帰っていった。

V

ユニウス月のノナエの日の前日［六月四日］

翌日の昼も近い頃、アウレリウスは自邸の浴室に隣接する体育室でマッサージ台の上に横たわり、エジプトで大枚を投じて購入した美しい女奴隷ネフェルの熟練の手わざに身体をゆだねていた。熱い蒸し風呂をたっぷり楽しみ、冷水に飛びこんだあと、つややかな黒い肌のネフェルの魔法の指にもみほぐされていると、とろけるように体がゆるんでいく……。筋肉のこわばりが体じゅうから消え失せ、頭がふたたび活発に動き出した。

事件の発端は、剣闘士養成所だ。あそこをもっと探らなければならない。とりわけ投網剣闘士たちだ。しかし、ケリドンの相手側の剣闘士からも、関係が薄かったとはいえ何かつかめるかもしれない。例えば、独特の存在であることによって、大養成所《ルドゥス・マグヌス》の中でまったく特別な位置に立つ人間からも……。

「カストル」アウレリウスは、マッサージ台の脇にじっと控え、エジプト人奴隷の優美な体の動きに視線を送り続けている秘書に声をかけた。「お前を見こんで、やってもらいたいことがある」

「喜んで、と申し上げたいところですが」カストルは、マッサージを終えたネフェルがうやうやしく一礼して下がっていくのを目で追いながら、額に両手をあてた。「あいにく今朝から、ひどい頭痛に見舞われておりまして……」

「しかたないな。それなら誰か他の者にするか。奴隷の中でいちばん男らしくて魅力的な風貌の者というと、誰になる。たぶんトゥッルスか……」

「トゥッルスですと？」カストルがせせら笑った。「ご冗談でしょう。ゆであげた魚のような面《つら》をさげたあの男が……。で、どんなご用向きなのですかな」秘書は、ネフェルが棚の上に置いていった、香油を含ませた海綿《かいめん》を手に取ると、探りを入れてきた。「いやあ、それにしても、今朝、医者のヒッパルコスが処方してくれた頭痛の水薬は、まことに霊験あらたかです。もうすっかり良くなってきましたよ！　失礼、お話の途中でしたな」カストルは、主人の背中をやけに熱心にこすり始めた。

「ケリドンがどんな人間と関係があったか調べねばならん。女がいたな……」

「ニュッサですな！」待ってましたとばかりに、カストルが先回りする。

「いや、ニュッサのことではない」アウレリウスは、秘書をがっかりさせた。「あの女優については、わたしが劇場に会いに行く。お前は、養成所に出向いて聞き出すのだ」

「しかし、女などいませんぞ、あそこには」カストルはいぶかしげに声をあげたが、やがてまさかという目つきになって、主人の顔をまじまじと見つめた。「ひょっとしてアルドゥイナのことですか？……あんな化け物に近づくのは、世界中の金を積まれても、ごめんこうむります！」

「セステルティウス貨二枚でどうだ」アウレリウスが金額交渉に入る。

「なんと！　二セステルティウスなどというはした金で、血に飢えたアマゾネスに首をへし折られる危険を冒しにいけとおっしゃいますか。わたしという人間をその程度のものとしか思っていらっしゃらないとは！　木や石ではあるまいし、わたしにも感受性というものがあります」カストルは、傷つけられたという表情をした。

「その感受性とやらにさしさわりが出ないためには、半アウレウス〔金貨の単位〕出せば足りるか？」アウレリウスが額を上げる。

「一アウレウスに、極上のファレルヌス・ワイン二甕、プラス必要経費！」とカストルは妥結額を示し、「手ぶらで女を口説きにいけるとお思いですか。有力貴族プブリウス・アウレリウス・スタティウスの秘書が、一文無しの物乞い同然の格好で娘のもとを訪れたと知れた日には、人から何と言われますか」

「よし、それで手を打とう。ただし、もっていくのはせいぜい花環《はなわ》くらいにしておけよ。相手は女剣闘士だ、遊女ではない」

「生きて戻れたら、それこそ奇跡です！」カストルは、懐中にすばやく金をおさめた。「いずれにしてもわたしに対するこの仕打ちに、未来永劫、良心の呵責を覚えまするぞ」


ポンペイウス劇場で、割れんばかりの拍手喝采のうちに舞台が終わった。

無言劇《パントマイム》を見終わった観客たちが、劇中で縦笛《アウロス》や竪琴《キタラ》がかなでていた曲のさわりを口ずさみながら、ぞろぞろと列柱回廊に向かって流れていく。回廊には、かつてこの劇場が大ポンペイウスによってローマ初の石造建築の劇場として建造された際に、文人アッティクスがみずから選定した名優の彫像が並んでいた。そのうち女性像の前で多くの者が足をとめ、名のあった女優をかたどる大理石に目をやりながら、たった今堪能したばかりの魅力的なニュッサの肢体と頭の中で比較してみては、後者にあらためて軍配をあげないではいられないのだった。

女性が役者になることがローマの都じゅうの憤激を買った時代は、すでに遠ざかっていた。法外な出演料をとって舞台に立つ女性は、いまだに法の上では卑しむべき、娼婦同然の存在と見なされていたものの、観客はその熱烈な崇拝者となっていた。名門貴族につらなる身でありながら、父祖代々の財産を女優《ミムラ》の甘い愛撫とささやきを得るためにつぎこんで破産するに至った人間も一人にとどまらなかった。

「大丈夫かい？　ほんとうに会ってくれるかい？」興奮しきったセルウィリウスは、先に立ってアウレリウスを舞台後方の柱廊へと引っ張っていきながら、しきりに気をもんでいた。

「もちろんさ。その旨、前もって言づてを入れてあるのだから」アウレリウスが友人をなだめる。

「でも、そういう言づては、他にもたくさん来ているんだろうな。そもそも、君が元老院身分だということも、彼女にとってはどうってことないのかもしれないし」セルウィリウスは弱気な顔でため息をついた。

「あるいはそうかもしれない。けれども、元老院うんぬんはともかく、ぼくが彼女に送った言づては、ずっしり重い金の腕環付きだ。安心したまえ。ローマでは、皇帝の宮殿の門ですら金の力で開く。いわんや、うら若き女役者の楽屋の扉においてをやだ。まあ、拝見といこう」

アウレリウスの言葉を聞きながらも、セルウィリウスは待ちきれない思いで、しきりにまばらな灰色の髪の毛を指で撫で直しては、薄くなり始めた頭部を何とか隠そうとしていた。

実際、セルウィリウスが緊張気味なのも無理はなかった。その晩のニュッサは、これまでの演技をさらに上まわる迫真の演技を見せていたのである。表現の力を身体の動きにしかゆだねられない無言劇という芸能において、大胆な身振りといい、官能的なしぐさといい、瞳の放つ白熱の光といい、観客の心を燃え上がらせる点でニュッサに並ぶ者はいなかった。興奮した観客が今にも舞台になだれこむのではないか、あるいは、仕事熱心な司法官がだしぬけに立ち上がって道徳演説をぶち始め、猥褻《わいせつ》すぎるといって上演を中止させるのではないかと、何度もあやぶまれたくらいであった。

「軍神アレスと女神アフロディテのあの同衾《どうきん》シーン！　あの神話をあんなふうに演じられるのは彼女だけだ。何という洗練、高雅さ、演技力！　どうだろうね、君、もしぼくがニュッサを邸に招待したら、応じてくれるかな……」善きローマ騎士の興奮ぶりはとめどがなかった。

「そのときは、必ず奥さんに相談することだよ」とアウレリウスは友人に釘をさし、挑発的な無言劇女優の蠱惑の演技について、ことさらに無関心な態度をよそおった。

そうこうするうちに、楽屋の周辺にたむろしていた群衆も次第に減り始めた。もっとも熱心な取り巻きたちも、結局楽屋に入れてもらえないことがわかると、がっくりしながらしぶしぶ、しかし、つれなく閉ざされたままの扉に向かって投げキッスを送ることは忘れずに去っていった。

人影がなくなると、門番奴隷がなれなれしい笑いを浮かべて、二人に近づいてきた。「ニュッサ様がお待ちですよ。さあ、こちらへどうぞ」

「おお！　エロス神よ、ポトス神よ、ヒメロス神よ！」興奮に我を忘れたセルウィリウスは、愛の神々に呼びかけの言葉を放った。

小ぶりな楽屋の中で、いささか地味な短衣《トゥニカ》に着替えたニュッサが、鏡の前に座っていた。女奴隷たちがまわりを囲んで化粧落としに励んでいる。ニュッサはまぶたを下げ、うっとりとした表情で、着付け奴隷のマッサージにけだるく身をまかせながら、手のひらで膝の上の丸い柔らかな毛のかたまりをゆっくりと撫でていた。

「ようこそ《アウェ》、元老院議員スタティウス様」彼女は軽く頭を動かして挨拶をした。わずかに開いたまぶたの間から緑色の、どこか蛇を思わせる瞳があやしく光った。

そのとき、ニュッサが膝の上にのせていた毛のかたまりが突然動きだした。小さな鼻先があらわれて、きよときよと動く。

「首環のお礼を申しますわ。この子もたいへん気に入った様子」ニュッサは、白イタチの首に光っているアウレリウスから贈られた高価な装飾品をむとんちゃくに指さした。

先ほどから話に加わりたくてうずうずしていたセルウィリウスが、アウレリウスをひじでぐいぐい突いて、紹介をうながしてきた。

「こちらはローマ騎士のティトゥス・セルウィリウス」アウレリウスの紹介の言葉に対して、ニュッサは視線を振り向けもしなかった。上から下までさまざまな人間を遇することに慣れた彼女は、二人が楽屋に入ってきた瞬間から、どちらが相手をすべき大物か、ただちに見抜いていたのである。

「化粧落としを続けてもよろしいかしら」そうアウレリウスにたずねながら彼女が丸椅子の上で座り直すと、まるで偶然のしわざのように、短衣《トゥニカ》の下からちらりと腿が露わになった。

「どうぞどうぞ、ぜひどうぞ」聞かれもしなかったセルウィリウスがこたえて、唾をごくりと飲みこむ。

「ケリドンのことだが……」とアウレリウスは切り出した。

「彼の死はわたしにとって、それはそれはつらい衝撃でした。口の端《は》にのせようとしただけで、心は地獄《タルタロス》落ちの苦しみに苛《さいな》まれます」ニュッサは大げさな口ぶりでアウレリウスの言葉をさえぎると、両手を額にあてた。「彼のことは生涯、忘れられないでしょう」

「今夜の舞台では、さほど悲嘆に打ちひしがれているふぜいは見えなかったが」役者が舞台の外で見せるわざとらしい茶番に我慢できないアウレリウスは、あてこすった。

「考え違いをしないでいただきます、スタティウス様！　わたしはプロの女優です。舞台は仕事。私生活とは何のかかわりもありません！」彼女は色をなして言い返した。「お考えにもなってください。今夜、舞台上のわたしは、何千もの観客が口からよだれを垂らしながら——口以外の体の部位については申したくありませんが——、目を釘づけにしてわたしを見つめている前で演技をしなくてはならず、そのかたわら、心はわが愛しのケリドン、素晴らしき友にしてかけがえなき友であったケリドンを失った悲しみに血を流していたのです」

「ああ、かわいそうに……」ほれぼれした目つきでセルウィリウスが吐息をもらした。

アウレリウスは、じりじりし始めた。セルウィリウスが横にいたままでは、いつまでたってもこの女とまともな話ができない。

「ティトゥス！　彼女は喉がかわいている。急いでワインをもってきてさしあげるのだ」アウレリウスは、きっぱりと命じた。

「近くの角に居酒屋があるから、行ってすぐに戻ってくる！」

「まさかこちらの洗練された乙女に、二束三文のお神酒《みき》を飲んでいただこうなんてつもりじゃないだろうね。輿《こし》に乗ってノメンタナ街道までひとっ走りし、あそこの飲食店《テルモポリウム》から買ってくるべきだろう」

「あんなところまで？　それだと、とんでもなく時間がかかるじゃないか」セルウィリウスは、会話から仲間はずれにされたくなくて抵抗した。

「そうさ。だからこそ、早く行けばそれだけ早く戻ってこられる」アウレリウスはそう言い渡して友人を楽屋から押し出すと、女奴隷たちの方を向いて、「お前たちも外に出るのだ」と命じた。

ニュッサは、一言も抗議しなかった。クッションに座って背中を丸め、子供っぽいしぐさで白イタチをきゅっと抱きしめると、アウレリウスにためらいがちな視線を向けた。

「これでようやく二人だけになれたな、ニュッサ。心が張り裂けた女の演技はもうやめていいぞ」アウレリウスはずばりと本題に入った。「まず初めに、お前があの剣闘士以外に関係をもっていた男について、洗いざらい話してもらおうか」

「わたしのことをそんな女と……」ニュッサは警戒して言い返そうとした。

「ごまかそうとするのはよせ」アウレリウスは、堪忍袋の緒が切れて相手をさえぎった。「わたしは皇帝の特命を受けている長官でもある。ということは、君の優雅なお芝居をいつだって中止させ、そのうえ告発して公開の笞《むち》打ち刑に処すこともできるのだ。偽物ではなく本物の笞を使って、君の愛してやまない観衆の前でな！」

「そんなこと……」ニュッサは、なんとか抗弁しようとした。今や自信が揺らぎ始めていた。ローマでは、女優の地位はけっして安定したものではない。アウレリウスの脅し言葉が、可能性からあっさり現実に転じかねないことを、彼女はよくよく承知していた。

「だいたい、そうしていけない理由がどこにある。舞台で君が見せる笞打ち刑の場面は、じつに迫真の演技だからな。笞が本物でないからかな？　それとも、ほんとうに笞で打たれるのが好きだからなのかな？」アウレリウスは、荒々しくニュッサの手首をつかんで追い打ちをかけた。

「何が知りたいの」ニュッサが乱暴に手をふりほどく。

口調が一変していた。気取りや媚《こ》びた態度が消え、取り引き条件について話す実業家のような強い声になっていた。

「君はケリドンといっしょに、饗宴の余興に呼ばれることがあったそうだな。その饗宴の顔ぶれが知りたい。三文役者や道化役者の名前は言わなくていいぞ……」

「名のある人たちばかりだから、言いふらされると困るけど……。わたしがよく出ていたのは、セルギウス・マウリクスの宴会よ」

「法廷演説家の?」アウレリウスが口を不快に歪めて念を押すと、ニュッサはうなずいた。「いくらもらって、客たちの前で演技を披露したのだ」

「このわたしが、はした金に手を出すと思わないで!」ニュッサが、かっとして言い返した。「わたしが劇場でいくら取っているかご存じ? 二十万セステルティウスよ。あなたのおおぜいのご同輩が得ている地代収益の丸一年分でもかなわない額よ」

「ほう、ほとんどムネステル並みだな」アウレリウスは、驚嘆の口笛を鳴らした。ローマ随一の人気を誇る俳優ムネステルが途方もない出演料を要求していることを知らない人間はいなかった。また、皇妃メッサリナのたんなるごひいき俳優以上の存在であることも。……もっとも、大きな声で皇妃の素行をあげつらう勇気のある人間など、どこもいないのだが。

「それなら、なぜセルギウスの邸で演技を見せることを引き受けていた」アウレリウスは、きびしい口調で問い続けた。

「長い知り合いだからよ。裁判で一度、弁護してくれたわ」

アウレリウスは、考えをめぐらせた。セルギウス・マウリクスは、老獪《ろうかい》な大物弁護人として名を馳せているだけではなかった。彼は、金があり目的のためには手段を選ばない人間たちとつるんでいて、そういう連中が裁判にかけられても、決まってセルギウスの力で無罪となることでも知られていた。実際は、ローマの法律では、弁護人が被告から金銭を受け取ることは禁じられていた。友人や、自分が庇護する者たちがかかわる訴訟事件は、無料で弁護を行うのが古来の慣習だったからである。しかし、久しい以前から、自分を救ってくれた弁護人に対して、目に見える形で報い、気前よく財布のひもを解くことが習慣として定着していた。

そもそもセルギウスの場合は、もし法外な謝礼を要求されることになっても、それだけの価値があった。彼が弁護演説をすれば、実際に当人が無実であろうとなかろうと、有罪宣告が下ることはまずなかったからである。したがってこの高名な演説家は、権力者や金に糸目をつけない人間たちから、友人として感謝されることをつねに期待できた。そのうえ、弁護人の常として、弁護した人間たちの秘密についても知りすぎるくらい知ることになったから、彼らの方でも後日、セルギウスに便宜をはかることを拒絶できなかった。

したがって、もしニュッサが過去にあやしげな事件にからんでいたのであったとしたら、セルギウスは当然、彼女を意のままにできる何らかの事実を握ったことだろう。自邸の客の前で芸を披露させることなど序の口に違いない……。なにしろ、この腕の立つ法廷演説家は、饗宴の主人役としても奇矯《ききょう》な趣味をもつことで知られている。セルギウスとその妹は、踊り子や大根役者、剣闘士や曲芸師や三文詩人、さらにローマの都のもっとも好ましからぬ人士といった変わった顔ぶれをまわりにはべらせるのが好みなのである。

そのとき、「お待たせ!」という大声とともに、酒壺を二つかかえたセルウィリウスが、息せき切って楽屋にとびこんできた。「思いきり急がせたよ。ちょうど、アルバ・ワインとエルブルス・ワインがあってね。両方とも七年物しかなかったんだが」

「セルギウス邸の饗宴で出されるものに比べたら、どんな酒だって見劣りしてしまうさ。だが、今度だけは、われらがニュッサもかんべんしてくれるに相違ないよ」そう言って、アウレリウスは引き上げるそぶりを見せた。

セルウィリウスは、まるで一生に一度の幸運、逃したら最後、二度と恵まれないこの幸運を手放したくないという表情になって、出ていきたがらずにうろたえた。ニュッサはそれに気づくと、しどけなく、くちびるに笑みを浮かべて彼に近寄り、甘いかすれ声でささやきかけた。「まあ、ティトゥスったら……」

彼は接吻を受けようとくちびるを突き出し、魅惑の瞬間をしっかり味わおうとしてうっとりと目を閉じた。あたたかいものが皮膚をかすめる。ざらりとした舌がそっと触れる感触、しっとり冷たい鼻先が近づいて……はっと驚いてまぶたを開けたセルウィリウスのすぐ目の先に、ニュッサが顔に近づけている白イタチのこずるそうな目が光っていた。

セルウィリウスは実際のところ大いに心残りだったが、帰路についてもまだ陶然としたまま、「何てかわいらしい女性だろう」とつぶやいていた。「優美で、やさしくて、魅惑的で……」

「そんなことよりも、短衣《トゥニカ》に金髪がくっついていないかどうか、邸に入る前によく見ておいた方がいいんじゃないか?」アウレリウスはそう忠告すると、門の前で必死になって、身に危険を招きかねない白イタチの毛を一本一本、着衣からつまみとっているセルウィリウスを一人にして別れた。

VI

ユニウス月のイドゥスの日の八日前［六月六日］

数日後、アウレリウスは家産管理人をつとめる家令のパリスを呼んだ。「パリス。ムティナの町には、われわれの業務代理人はいたかな」

「いえ、ご主人様《ドミネ》、あの町にはおりません」優秀な家産管理人は、主人が急に仕事に関心を寄せ始めたことにびっくりしながらこたえた。ふだんは、帳簿に目を通す気になってもらうだけでも、何時間、いや何日も何週間も、追いかけまわさなければならないことがまれではないのである。

実際、名門貴族のアウレリウスは祖先から莫大な家産を相続したうえに、さらに海上交易や銀行業など、実入りの多い活動に手をそめて財産をいやがうえにも増加させていたのだが、金を数えることはけっして彼の第一の関心になかった。むしろ、貴族らしい鷹揚《おうよう》さを発揮して惜しみなく使う方を好んでいたが、こうした振る舞いを、つつましく賢明なパリスは心ひそかに嘆かわしく思っていたのである。

「ボノニア［現、北イタリアのボローニャ］ならば事務所が置いてございます。ムティナにいちばん近いのは、あそこです」パリスが言葉を添えた。

「使者を送るとすると、往復にどれくらいかかる」

「一週間以上かかります。しかし、もしお急ぎの用件でしたら、伝書鳩という手があります。ご承知のように、イタリア半島じゅうをくまなくおおう連絡網がございます。二、三日もすれば、返事が受け取れましょう」

「それを使おう、パリス」アウレリウスはうなずいて、「ケリドンが、ムティナおよびフォルム・ガッロルムの町とどんな関係があったのか、それを突きとめたい。ボノニアの使用人たちなら、近隣の都市で事実の収集にあたるのもたやすいだろう。いちばん重要な事実をもたらしてくれた者には、褒美としてローマ転居を許可することにしよう」

「その方法はうまくありません」パリスは首を横に振って、主人を思いとどまらせた。

「なぜだ」アウレリウスは眉をひそめた。「地方の人間がみなローマの都に居を構えるのを一生の念願にしていることは、お前もよく知っているだろう。この褒美がなぜ……」

「ボノニアの人間にはききめがないのです」パリスは、主人の言葉を終わりまで待たずに言った。「あの都市の住民は、ケルト人とエトルリア人からなりますが、そろって自分たちが世界でいちばんよいところに住んでいると信じ切っているのです。首都ローマの燦然たる輝きを尻目に、《世界の都ボノニア《ボノニア・カプト・ムンディ》》などとうそぶいております。どんな理由があっても、ローマに居を移すことを願い出ることは絶対にしません。もしも、よその土地で暮らす仕儀に立ち至った場合には、一日も早く自分たちの愛する町に帰ろうと、ただちにあらゆる手段を尽くし始めます。そういう事情がありますので、褒美は金になさいませ」慎重を旨とする家産管理人は、そうすすめた。

「わかった、その言葉に従うことにしよう」アウレリウスは、そもそも帝国の首都をさしおいて地方の一小都市が選択の対象になるなどということがありえるのか、異論をさしはさむのはとりあえず棚上げにして、パリスの助言に同意した。それに、ケルト人とエトルリア人の住む地方はもともと気風がだいぶおかしいという風評もあったから、さほど驚いたわけでもなかった。「文面は書き終わったか。よし、すぐに送ってくれ」

封蠟に印をおしたとき、人間のものとは思えない大声が、中庭の柱廊の方から響いてきた。

「不死のヘカテ神よ、聖なるアフロディテ神よ、偉大なるアスタルテ神よ！」カストルが、まるで血気にはやる近衛兵の一隊に追われているとでもいうような勢いで部屋にとびこんできた。

衣服がしわくちゃになった秘書の姿を見て、家産管理人は口をへの字に曲げた。いったいプブリウス・アウレリウス・スタティウス様ともあろう貴族が――いささか変人といっても、きわめて洗練されたたしなみをもつお方でありながら――どうしてカストルのしたい放題を大目に見るのだろう。パリスにはそれがどうしても理解できなかった。とくに去年、南のカンパニアの地で遭遇した事件のあと、あの若くて純心で汚れのない奴隷娘のクセニアを連れてお帰りになってから、悪辣な秘書めは、しきりにいかがわしい甘言を弄して彼女を籠絡しようと狙っているというのに……。

「アルドゥイナに、あやうくひねりつぶされるところでした。あれは野獣です、復讐《エリニュス》の女神の化身です！　ティシフォネ、メガイラ、アレクト［いずれも個別の復讐神の名前］を合わせたものよりもっと悪い！　もう二度とあの女に近づけなどとおっしゃらないでください。こう見えても自尊心がありますから」

「そんなものがあったのか。隠すのがうまいな」

「とにかく、わたしも命は大事です」

「で、何がわかった」アウレリウスは、カストルが例によって報酬の額を吊り上げようとして、おおげさな言葉づかいで多大な困難をくぐりぬけてきたことを強調しているのはとっくにわかっていたので、さっさと本題に入った。

「その前に、お支払いを」はたして、カストルが手を出してきた。「四十五セステルティウスになります」

「四十五セステルティウス？」アウレリウスは目を丸くした。「気はたしかか、お前」

「焼きを入れた鉄で作った上物の短剣は、非常に高価ではありましたが、女剣闘士への贈り物として最適の品と思いました次第。それに、それだけ投資したかいがありました。ケリドンは、上流社会の婦人にうまく食いついていたのです。セルギウス邸にしばしば呼ばれていただけではありません。由緒ある家柄のさる既婚婦人のもとにも、どうやらこっそりと通っていた模様です。その婦人というのは、ながらく東方に滞在していて、つい先頃、ひそかにローマに戻ったお方らしいのですが……」

アウレリウスはびくりと心臓がふるえるのを覚えたが、気づかれないよう平静をよそおった。カストルに褒美の金を与え、セルギウス・マウリクスが法廷で弁護人をつとめるはずの次の裁判がいつなのか調べるよう命じて、部屋から下がらせたあと、彼は図書室の脇の小さな書斎にこもり、考えこんだ表情で机の前に腰を下ろした。手にもった麦酒《ケルウエシア》の杯をじっと見つめたまま、口をつける様子もない。

戸惑いの視線が、机上に据えられたエピクロスの胸像の彩色された瞳の上に落ちた。まるで、求める解答がそこにあるとでもいうように……。名門の家柄でありながら、ローマで名を隠している女性というのは……もしや、ひょっとしたら彼女のことか？

VII

ユニウス月のイドゥスの日の七日前［六月七日］

　アウレリウスを乗せた輿が、中央広場《フォルム》の真ん中を占めるユリウス大講堂《バシリカ・ユリア》の前でとまった。彼がとびおりると、同行のセルウィリウスも遅れじとあとに続く。カストルの調べが正しければ、まもなく裁判の弁論が始まるはずだった。

　アウレリウスはことさら急いで建物の中に入ろうとせず、ゆっくりと正面の石段をのぼり始めた。彼はこの機会のために、緋色の縞飾り《ラティクラウィウス》が白地にくっきり映える正装用の市民服《トガ》をまとってきていた。市民服《トガ》の正しく上品な着こなしにかけては、はばかることない自信があった。ちまたを見れば、布地をゆったり優雅に巻くどころか、濡れ雑巾のように肩からぞろりとずり落とした人士を目にすることの何と多いことか……。襞《ひだ》取りをきれいにととのえ、腕にバランスよく掛けることに気配りする人間など、今はもういない。あまりにあわただしいローマの都は、そんな細部にわたる関心を、いやおうなく過去の遺物に押しやりつつあった。感傷的な幻影にひたる少数の年寄り貴族がありがたがるだけの……。

　きらびやかに着飾った名家の婦人が二、三人、思わせぶりな眼差しで挨拶の言葉をかけてきた。

アウレリウスは、彼女たち一人一人に、にっこりほほえみかけては優雅に挨拶を返し、気のきいた物言いで褒め言葉を呈した。

「さあさあ、ナルキッソス神の生まれ変わり君、もう中に入った方がいいんじゃないのか」セルウィリウスがうながした。「裁判を見るためにここに来たのかい、それともご婦人方を口説くために来たのかい」

法廷は、セルギウス・マウリクスが弁護に立つときの常で、すし詰めの満員だった。

人々は、まるで舞台にのぼる名優を見にきたように、肩を押し合って背伸びをしていた。実際、この名演説家が被告のために熱弁をふるうさまと、劇場で俳優が見せる演技との間に、大きな違いはなかった。高らかな声、身のふるわせ方、激発的なしぐさ、気をもたせる間合い……。審判人たちを感動させるために繰り出されない手法はなかった。

「……かの雄々しきマリウスがユグルタを屈服せしめし日よりこのかた……」法廷の王者はちょうど、朗々たる演説を開始していた。

おおかたの弁護人と違って、セルギウスは原稿をたんに読み上げたりせず、演劇のように暗唱していた。

「……カルタゴをめぐり大カトーいわく……すでにして不実の輩《やから》カティリナは……神君アウグストゥスの賢明なる言葉を引くならば……レムニウス法、プブリキウス法、およびユリウス法のいずれも……」

「まあ、何の話かよくわからないが、とにかく有能そうには見えるな。何年も研鑽《けんさん》を積んだたまものかな」とアウレリウスが言葉をもらした。

「冗談じゃないよ」セルウィリウスが振り向いて、「セルギウスは法律のことなんかぜんぜん知らないんだ。法学者の一団を配下にかかえて訴訟にそなえていてね、法学者がよこしたものを堂々と読み上げると、それで一丁あがりなのさ。なにしろ、聞き手の意表をつく腕前にかけては名人だから……。そら、得意中の得意が始まった。人間の不正に対する嘆き節だよ」

「……正義をみそなわす女神テミスが、神々のご座所オリュンポス山より……」えんえんと続く新たな朗唱が始まった。

「それにしても、これは何をめぐる裁判なのかな」故事や神名が雨あられと降りそそぐものの内容がさっぱりつかめず、アウレリウスはつぶやいた。

「姦通だよ」セルウィリウスが肩をすくめた。「妻が使用人と浮気したと言って、夫が訴えている」

「ということは、寝取られ亭主の訴えに対して、わざわざいにしえのキンキンナトゥスやスキピオを呼び出し、カティリナの陰謀やポエニ戦争やアウグストゥス帝の改革のことまでもちだして、そのうえ、ローマの万神殿《パンテオン》やギリシャのオリュンポス山から神々を総動員させているのか」アウレリウスはあきれた。

「訴訟に勝つには、そうやるものなんだね」セルウィリウスが、馬鹿にした笑いを浮かべる。「ギリシャ人だって、審判人の無知につけこんで、ありもしない法律をでっちあげることまでしたんだから……。おや、演説がそろそろ締めくくりに入ったようだ」聴衆の頭ごしにうかがっていたセルウィリウスが告げた。

「弁論終了《ディクセルント》！」そのとき審判人団の一人が高らかに宣言し、原告側と被告側の弁論の終了を告知した。しかしそのあとも、アウレリウスはじっと我慢して、尋問、証拠《プロバティオ》説明と続く裁判の進行を見物しなければならなかった。

ようやく聴衆の歓声がどっとあがるなかで最終判決が言い渡された。

すぐに原告の夫が不機嫌な顔つきで、一言も言わず、法律家を後ろに従えて立ち去っていった。

セルギウスが、またしても裁判に勝ったのである。

「ほらあそこ、取り巻き連中の真ん中にいる」セルウィリウスが指さしたその先に、市民服《トガ》姿の一団がセルギウスを取り囲んでいた。「被告になった女性は、あれだね……」

女はちょうど、自分の救い主を崇《あが》めんばかりの眼差しで見つめているところだった。一刻も早く、場所を別に移して感謝の気持ちを表明したがっている様子が、ありありと見てとれた。

「古ギツネも、おだての言葉にはやけに敏感だ。さあ、行ってみよう」とセルウィリウスはアウレリウスを引っ張った。


「やあ、アウエ セルギウス・マウリクス。まことに素晴らしい弁論でしたな」

「これはこれは、元老院議員のアウレリウス・スタティウス！」セルギウスが高い声をあげた。「おや、ティトゥス・セルウィリウスまで……。訴訟事件でもおかかえか」

「いやいや、あなたの雄弁のほどをじかに拝聴したくて、こうして繰り出してきたのですよ。昨今では、すぐれた雄弁家がすっかり少なくなりましたから……」アウレリウスは、これみよがしの追従《ついしょう》を並べた。

「だったら、前もって知らせてもらえば良い席を確保しておけたのですがな。さて、特段ほかに御用がないということでしたら、これにて《ウァレテ》……」法廷の大立者は、美人の依頼人のもとに早く戻りたい様子を丸出しにして別れの言葉を口にしかけた。

「じつを言えば、用件は他にも少々……」アウレリウスは、愛想のよい微笑を大げさに浮かべて、相手を引きとめた。「ケリドン殺害の件です」

「お役に立てませんな。剣闘士の弁護は扱わんのです。どっちにしろ、殺害犯は法廷に立たされる前に、いきり立つ群衆の手にかかって八つ裂きにされるのが落ちでしょうがな」

「しかし、あなたはニュッサのことをよくご存じのはず。ケリドンの愛人だったあの……」

「知らない人間がいますか。ローマじゅうの人間が一度は、薄衣《うすぎぬ》なしの彼女を拝んでいますよ」セルギウスは笑った。

「とはいえ、自分の家の中で、というわけではないでしょう」アウレリウスは、あっけらかんとした顔で切り返した。

セルギウスは思わずむっとして怒りをあらわにしかけたが、その拍子に、手元から心覚えを書き付ける巻物がすべり落ちた。アウレリウスはさっとかがんで拾い上げ、ついでに横目で内容を盗み見ようとした。

この出しゃばり貴族は何をたくらんでいる？　セルギウスは心中でいぶかった。元老院議員プブリウス・アウレリウス・スタティウスのことは、もちろん知っていた。富裕な名門貴族のくせに、他人の私事にのべつくちばしを突っこんでまわる不快な性癖の持ち主。書物を広げ、気ままな旅をし、女の尻を追いかけて暮らすだけの暇つぶし者……。そういう男が、いったいどんな理由があって、おとなしく引っこんでいればいいものを、おれのまわりを嗅ぎまわり始めたのだ。

「ニュッサも何のつもりでわしとの友情関係を君になどもらしたのかな。もしや君も、彼女の親しい取り巻きの一人なのかね」セルギウスは、不快そうな口ぶりで問いただしながら、なおも首をひねった。元老院議員スタティウスといえば文人関係としか交際をもたないという評判のはずだが、ひょっとするとこの男、見かけによらず、上の方とつながりでもあるのか……。

「いやいや、それならよかったんですがね。わたしは公務の一環で彼女に会いに行ったのですよ。ケリドンの死について解明するよう、クラウディウス帝から特命を受けた長官として」アウレリウスは、大したことではないという調子をよそおってこたえた。

皇帝の名前が出たとたんにセルギウスはよそよそしい態度を一変させ、驚き顔でアウレリウスを見返した。このろくでなしの色男気取りが、皇帝から特命を……。「わしにもお話があるというわけですな」彼はあわてて自分の方から水を向けた。

「いや、急ぎません。あなたの都合次第です……。どうです、堅苦しい真似はやめにしましょう。愛想のない応接室《タブリヌム》での面談よりも、上等な夕食でも囲んで気楽なおしゃべりとしゃれた方が面倒がない。うちの料理人のホルテンシウスは、正真正銘、料理の魔術師ですよ」

「ありがたいお言葉だが、それならわしの邸の方に、ティトゥス・セルウィリウスもいっしょにいらしていただきたい。わが家の客人になっていただければ、この上ない喜びですからな」

「そこまでおっしゃるなら……」とアウレリウスは応じた。「それに、お宅にうかがえば、うるわしのニュッサにもあいまみえさせてもらえる楽しみがあるでしょうから」

セルウィリウスは、心臓が口からとびでそうなくらい胸を高鳴らせた。彼女にまた会える！

「もちろん。では、イドゥスの日の前日ということで、お待ちしますぞ」そう言うや、セルギウスはあわただしげに去っていった。

「愛の神アフロディテにかけて！　すぐに手を打たないと……」不安にかられたセルウィリウスが絞り出すような声を出した。「どうだろう、やっぱり食事を抜くのがいちばんかな」

「二、三日断食したくらいじゃ、足りないかもしれないね……」友人の丸々した体形を批判的な目で眺めながら、アウレリウスは言葉をにごした。

「マッサージという手もあるな……」とセルウィリウスは考え直し、「君のところのサムソンの手が借りられないかね。力が弱い人間ではだめだから」

「ぼくの方はかまわないが……」アウレリウスは、懐疑的になりながらこたえた。

やることなすことすべてが荒っぽい大男サムソンを、アウレリウスはたしかに当初、マッサージ係の奴隷として買い入れていた。しかし、その野性的な手わざで、あやうく靭帯という靭帯をずたずたにされかかる目に合った日から、サムソンはまことに賢明にも荷物運びの仕事にまわされていた。もっとも、そちらの方の任務遂行においても、少なからず損害を引き起こしていないわけではなかったのだが。

「じゃあ、さっそく君の邸に行こう」と言いながらセルウィリウスは小さく声をひそめた。「それから、このことはポンポニアにはないしょにしておいた方がいいと思うんだ。勝手な思いこみをしかねないからね。わかるだろう？……」

「わかりすぎるほどね」アウレリウスは、ぼそりとこたえた。美人女優に対する友人の入れ揚げぶりからは、ろくな成り行きが予想されなかった。「さあ、輿が来た。乗ろう」

「いや、君だけ乗ってくれ。ぼくは徒歩にする。少し運動した方が体にいいから」セルウィリウスは、けなげな勇気を発揮してそう宣言すると、輿を肩にかついだヌビア人奴隷たちが短い歩幅で走り出すのにあわせて、肥満した体をゆさゆさ揺らしながら、必死にそのあとを追いすがり始めた。

「体育室から、引き絞るような悲鳴が聞こえてまいりますな。誰かを拷問中で?」浴室にやってきたカストルが、不審そうにたずねた。

「いや、セルウィリウスが大声をあげているだけだ」アウレリウスは、冷浴室《フリギダリウム》からぶるっと震えながら出た。「衝撃療法というやつで減量できると考えているようなのだが……」

「なるほど。まあ根気よく続ければ、二カ月くらいのうちには効果のほどもあらわれましょう」カストルが主人に熱いタオルをさしだす。

「たしかに。ところが猶予はほんの数日しかない」アウレリウスは、セルギウスとの会話のことを語って聞かせた。

「晩餐にあの女優が!」カストルが口笛を鳴らした。「それは素晴らしい。わたしは、ご主人がおちの金をあしらった軽マント《クラミュス》をまとっていけば、見栄えもよろしいでしょうな。あのギリシャ風衣裳ならば、ギリシャ人としてのわたしの顔だちが、しかるべき上品さをもっていっそう引き立ちますし……」

アウレリウスは押し黙った。この秘書は、まだ奴隷だったときから命令に逆らいたがる性分だったが、解放奴隷《リベルトゥス》の身分にしてやったあとは、以前に輪をかけて悪質になった。さらに去年、格別の働きをしてくれた見返りに、カンパニアから奴隷娘のクセニア――じつはカストルといい勝負の札付きの泥棒娘だったが――を連れ帰ることにしてやってからは、とんでもないことに、二人そろって何はばからず、まるで自分たちが正当な所有主であるかのように邸内をのし歩いている。この反抗的な男には、ここで何としても示しをつけねばならない。連れていくなど論外だ。

「なぜお前も招待されていると勝手に考えるのだ」アウレリウスは、きびしく問いただした。

「一点の非の打ちどころなきギリシャ人秘書の存在は、つねに、品格をなにほどか高めるものでございますからな」カストルは、理屈を並べ始めた。「とりわけその者が、有能かつ明敏、優雅にして人々の心をとらえ、教養に満ち、機知にあふれ、人当たりもさわやかにして……」

「話が長いぞ、カストル」

「志操堅固、かつまた膂力《りょりょく》にすぐれ、弁舌はなめらか、そのうえ……」

「あらゆる神々にかけて！　そんなたわごとを、これほどまとめて聞くのは初めてだ」

「そのうえ……」

「そのうえ？」

「そのうえ、とくに耳を澄ます能力に長けたるときは」

「その能力も開店休業とあってはな」アウレリウスは首を横に振って、「もうずいぶん長いこと、おもしろい事実をつかんでこないようだが」

「ケリドンの死によって、法廷演説家セルギウス・マウリクスの懐に転がりこんだ賭けの配当金額に関する事実ぐらいでは、ご主人の……その旺盛なる好奇心をご満足させるに至りませんか」抜け目ない顔つきで、カストルが小声でつぶやく。

アウレリウスはとびあがった。カストルというやつは、つねに何か隠し玉をしこんでいるのだ！

「早く言うのだ！」

「胴元に、少々親しいつきあいの者がおるのですが……」秘書は無関心な顔をよそおって、手入れの行き届いた自分の手の爪に目をやりながら言葉を続けた。「あの三百代言は、ケリドンの対戦相手のクァドラトゥスの勝ちに、一千セステルティウス賭けていたそうです」

「勝てるはずのないあの男に一千セステルティウスも……」アウレリウスはつぶやきながら考えこんだ。「裏に何かあるな」

「晩餐の夜に、奴隷たちにでも探りを入れて、たやすくつきとめてごらんにいれましょう」カストルは頼もしげに請け合い、かくしてセルギウス邸同行を確保した。

そのとき、全身をくるぶしまで真っ白な布につつんだ亡霊のような人影が、浴室の入口にあらわれた。セルウィリウスだった。砂浜一面に散らばった貝のように、額に玉の汗を吹き出させている。彼はそのまま、貯蔵食糧を運ぶ荷車の上に乱暴に投げ出された大麦袋さながら、浴槽の大理石の縁の上にぐしゃりとくずおれた。

「はああ……」大きな息がもれる。シーツがずり落ち、襞《ひだ》の間から青あざだらけの腕がのぞいた。

「あのサムソンてのは、手加減してくれないんだね」と彼は不平をもらした。

「準備が早く進んでいるようじゃないか……」アウレリウスは心配しながらたずねた。「着ていくものは、もう決めたのか」

「うん、透かしの入ったゆったりした麻の短衣《トゥニカ》を着て、その上に、金糸と銀糸の刺繍をたっぷり飾った、思いきって派手な晩餐衣裳を着ようかと考えているんだが」

カストルが咳払いをした。「セルウィリウス様。まことに卓越したご趣味と存じますが、僭越ながら、かつまた、あくまでセルウィリウス様のご選択を重んじてであることは言うまでもございませんが、ほんの二、三、ささいなことでご助言をさせていただけるならば……」

「言ってくれ言ってくれ、カストル。お前の助言なら大歓迎だ」セルウィリウスがうながした。

「お召しになるのは、渋い、灰白色のダルマティア風上衣がよろしいでしょう。お体が細く見えますし、青あざをおおい隠すのにも好適……」

「なるほど、そのとおりだ」セルウィリウスが熱心にうなずく。「その上に、赤い小マントを軽くはおれば、全体が華やいでくるように思うが、どうかな」

「軽薄で安っぽい肩覆い《ラエナ》をですか？」注文のうるさいギリシャ人秘書は、首を横に振った。「だめです。悪いことは申しません。黒みがかった、ぐっと地味なケープをはおるのです。その方がはるかにおよろしい。あるいは何なら、フード付き小外套《ラケルナ》ですな」

「しかし……それだと、ずいぶん老けた感じに見えないか」不安をただよわせた声で、セルウィリウスが聞き返す。

「若い娘は、熟年男性の放つ魅力の前に容易になびくというもの」カストルは、色事をめぐる積年の経験の高みから、高邁《こうまい》な真理を垂れた。「それよりも、御髪《おぐし》の形を直しなさいませ。それではまるきり、腕白ざかりの小僧も同然」

　聞き分けのいいセルウィリウスは、ためらうことなくアウレリウスの理髪係であるアゼルのもとに急行し、かくしてその日の午後いっぱいを使って、なよっとしたこの中年のシュリア系フェニキア人の手に、髪型修正の作業をゆだねることになった。

「二週間以内に、セルウィリウス様があの女優を落とす方に、五対一でいかがですか」カストルがそう言って、アウレリウスに片手をさしだしてきた。

　ローマ人は、骨の髄まで賭博好きだった。都の住民は、戦車競走だろうが、皇妃の愛人だろうが、何でもかんでも賭けの対象にしていたのであり、さすがのアウレリウスもこの根深い習慣から無縁ではなかった。

「破産したいのか、カストル」アウレリウスは驚いた。いくらセルウィリウスがその気になって張りきったところで、ニュッサとねんごろな仲になるなど、万に一つもありえるはずがないではないか……。

「銀貨二枚を賭けましょう」カストルがなおも迫る。

「かりにもしティトゥスが勝利宣言をしたとしてだ、それが事実かどうかは、どうやって判断するのだ」アウレリウスが問い返した。

「論より証拠というやつですな」万事心得ておりますとばかり、カストルが片目をつぶる。「ニュッサのきわめて個人的な所有物、例えば下着、それも胸当てとか腰巻とか……セルウィリウス様がそれを持参することができたときに、わたしの勝ちとしましょう」

アウレリウスは、事がこの狡猾な解放奴隷にかかわるときの常で、ごまかしはどこに潜んでいるのだろうといぶかしく思いながらも同意した。

かくして賭けは成立したが、アウレリウスはたちどころに後悔した。賭け金の高さからして、カストルはあの手この手でニュッサ籠絡の手助けに走るに違いない。それに、万一ポンポニアに気づかれることになったら……。これはまずい。ここは心を鬼にして、事が進まないうちに友人の熱愛を断ち切ってしまわなければならない。セルギウス邸での晩餐の席上から早々に！

VIII

ユニウス月のイドゥスの日の六日前［六月八日］

「ご主人様、おじゃまいたします……」アウレリウス家の家産管理人パリスが、うやうやしく扉口に立った。「ボノニアから返事の書簡が届いております。どちらに置きましょう」

「書斎に頼む」とアウレリウスは指示すると、「パリス、話は違うが、ピテクサエ島［現、ナポリ沖のイスキア島］の別荘の建築家が来ていたことを、どうして言ってくれなかったのだ」

パリスは真っ赤になり、当惑して目を伏せ、しどろもどろになった。「失念しておりましたに違いありません……」

アウレリウスはびっくりしてパリスを見つめ返した。パリスの記憶力は折り紙付きで、伝説的と言っていいはずだった。長年、アウレリウスのために尽くしてきた手抜かりを知らないこの家産管理人が、どんなささいなことであれ、物忘れをしたことなど一度もなかったのである。

「この頃、パリスの様子が少し変だと思わないか」しばらくしてから、アウレリウスはカストルにたずねた。「まるで何か心配事でもあるように見える。まさか病気でなければいいのだが。あれがいなくなったら、どうしていいかわからなくなる」

カストルは内心、しめしめとほくそ笑みながら、何食わぬ顔をした。気質も性癖も正反対のカストルとパリスは、同じ主人《ドミヌス》につかえる身でありながら、互いに相手のことを永遠のライバル視していた。

「書簡の内容を点検するお手伝いをいたしましょうか」カストルは、勢力挽回を狙って申し出た。かんたんにすむ短い仕事は率先して申し出る、そうすれば、長くてやっかいな仕事が自分に降ってくることはない、というのがカストルのいわば処世訓だった。どうせ二、三通の書簡だろう。主人といっしょにさっと目を通せば、あとは丸一日、遊んでいられる。

「お前がそう言ってくれるなら……」アウレリウスは、カストルの申し出をありがたく受け入れた。

愛読するエピクロス派哲学者の著作にじっくり没頭したいときにアウレリウスがこもることにしている書斎は、邸《ドムス》の中でもいちばん静かな一角にあって、柱廊に面していた。

「冥界の神々《ハデス》よ！」扉を開けたとたんにアウレリウスは叫んだ。秘書も青くなって目をむいた。封印を捺された何百もの巻紙が、机といわず椅子といわずあふれかえり、棚を占領し、エピクロスの胸像をもうずもれさせて、床もほとんど見えなくなるくらい部屋いっぱいに氾濫していたのである。

「火の神へファイストスにかけて！　お前が手伝うと言ってくれて助かったぞ、カストル……あぶなく今日は一日暇《ひま》をやるところだったからな」アウレリウスは、おもしろそうに笑った。

カストルは、抑えたしゃっくりを一つもらすと、まだかろうじて顔を出していた床の一角にぺたりと尻餅をついた。

「さあ、取りかかるぞ」アウレリウスが、カストルの隣にやってきてうながした。

「ほほう……これはフォルム・ガッロルム生まれの男からだ。若い頃ケリドンに会ったときの話が記されている……」

「遊女のクィンティッラは、自分が一度ケリドンとねんごろの仲になったことがあるとご自慢だ……」

「ムティナの町の洗濯女が、ケリドンに洗濯代を踏み倒されたと憤慨している……」

「まだあるぞ、カストル。この手紙を見ろ」


セプティキウス・ルスティクスから、プブリウス・アウレリウス・スタティウス様へ。

いと名の高き元老院議員様に一筆啓上いたします。

ローマにいらっしゃる皆さん方は、どうもお人がいいようですね、何でもかんでも鵜呑みになさっちまって。おいらが教えてさしあげますが、ケリドンてのは、ほんとの名前をプラキドゥスといって、昔、ムティナの町の縄作り職人スプリウスのとこで働いてた男なんでさ。親方にさんざ迷惑をかけたあげく、奴隷女まで孕《はら》ませちまいました。

おいらの言うことに間違いなんかありません。なんせ、この縄作りのスプリウスってのが義理の兄貴、つまりおいらの姉貴デキアの旦那ってわけでして。今は夫婦とも当地ボノニアに住んでて、ご褒美の金をもってってやれるなら、こんなありがたいことはないです。何しろ二人には腹を空かせた子供が四人もいて、一家総勢六人だっていうのに、縄の売り上げがさっぱりだからでして。


「どこがいったい、皆殺しになった村でただ一人生き残った勇敢な戦争捕虜だ。よくもまあ、でっち上げたものだ」アウレリウスは口笛を鳴らした。

「こんなものも出てきました」とカストルが追いかけて、「プラキダという名の女の手紙です。フォルム・ガッロルム在住のこの平民女は、いつ頃になれば腹違いの弟ケリドンのもっていた財産をセルギウス・マウリクスは自分に渡してくれるのかと尋ねてきています。自分が唯一の相続人だと言って」

「よしよし、おもしろくなってきたぞ……」アウレリウスは満足げにつぶやいた。

それから二時間後、すべての書簡を念入りに点検し終えたアウレリウスとカストルは、闘技場《アレーナ》の無敵の王者ケリドンの詳細な経歴を手にするに至っていた。ケリドンは本名をプラキドゥスといい、フォルム・ガッロルムの生まれだが、早くにムティナに移住した。自由人でローマ市民。子供の頃から母親の悩みのたねで、いくつもの職――縄作り、馬車引き、果物売り、荷物運び――を転々としたあげく、剣闘士になる道を選び、成功をつかんだ。それ以後、ムティナの町には二度と足を踏み入れなかったが、金銭的に窮状におちいりつつあった姉に対しては、月々なにがしかの金が届くように手配していた。

そしてこうしたことを、法廷演説家セルギウス・マウリクスは知らないはずがなかった。というのも、姉への送金は、ほかならぬ彼の手を介して行われていたのである……。

「晩餐の夜にあれこれつつく材料ができましたな」カストルが口をはさんだ。

「うむ。だがその前に……他にも、このことを知っていたに違いない人間がいるぞ。覚えているか。剣闘士養成所のトゥリウスだ。もう一度、顔を見に行かねばならないな」

そのとき、パリスが扉口に姿をあらわして、ひどくうやうやしい態度でアウレリウスに告げた。

「お客様のご来訪でございます」パリスは、主人が元老院議員としての風格にそぐわないおかしな連中と好んで付き合いたがることに対してつねづね苦々しく思っていたが、客の来訪を告げるこのときの声には、いつもの非難がましい口ぶりがなかった。「たいそう品のある、優雅な方でございます」と驚きを隠さず、「おそらく、交易にたずさわる方か、あるいは何らかの業務の代理人をつとめていらっしゃる方かとお見受けいたしましたので、応接室《タブリヌム》にお通しいたしました」

《不死のヘルメス神にかけて！　よりによってこんなときに商談が入るとは》アウレリウスは、仕事熱心な家産管理人を朝から二度も叱る気持ちになれず、腹の中で嘆いた。

しかし、パリスは今回ばかりは、客人の格について大きな見立て違いをしていた。応接室で、賓客用の背もたれ付きの椅子に腰を据えて、上等なワインの杯に舌つづみを打っていたのは、剣闘士のガッリクスだったのである。

「アウレリウス様、突然おじゃまして申しわけありません。ちょっと不幸な災難が出来《しゅったい》したものですから、わたしの口からお伝えするのがよろしいと思って参上しました。何しろ養成所の他の連中では、誰を寄こしても、地獄の番犬《ケルベルス》顔負けのあの家産管理人に出くわして、玄関から一歩も中に入れてもらえないでしょうからね……」

「その災難とは？」アウレリウスは、相手の気取った口ぶりが癇《かん》にさわって、短くさえぎった。

「剣闘士の一人が、不運に見舞われたのです」

「驚く話でもないな」とアウレリウスは肩をすくめ、「君たちのうちで、訓練中に命を落とす者はさぞ多かろう」

「それが今回は、いささか状況が違っておりましてね」ガッリクスは、動じるふうもなく言葉を返した。「トゥリウスが死んでいるのが発見されたのです。内部からがっちり大きな掛け金をかけられた房の中で……」

「トゥリウスが！」アウレリウスの顔がさっと青ざめた。「至高至上のユピテル神にかけて！　何ということだ。すぐに行く」怒り出したいのをこらえながら、彼は輿の用意を命じた。

　数分後には、アウレリウスを輿に乗せた奴隷たちが、速足で大養成所《ルドゥス・マグヌス》に向かって走っていた。


「元老院議員様、わたしはもう破滅です！」がっくり肩を落とした親方《ラニスタ》のアウフィディウスがアウレリウスを迎えた。「何者かが、わたしのいちばん腕の立つ剣闘士たちに呪いをかけました。見てください。それがトゥリウスの房で見つかりました」大声でそう言うと、楕円形に近い黒っぽい木片を恐ろしげに指さした。アウレリウスは手に取ってじっと見つめた。彩色された表面に目の形が無骨に刻みこまれており、真ん中に黒く描かれた二つの円が、アウレリウスを、さながら悪意を放つかのように見つめ返している。

「二つの瞳です」と親方がうめいた。「これは邪視《バスカニア》です、呪いです！　剣闘士たちは、どうやられたのかわからない死に方をしました……呪術で殺されたに違いありません！　危険です、もう手をお触れにならない方がよろしいです！」親方は恐怖の叫び声をあげてアウレリウスに警戒をうながしたが、神々の存在にもまして呪術の存在を信じないアウレリウスは、警告を無視して、木片を短衣《トゥニカ》の懐に無造作に押しこんだ。

「呪術師を使ったのです。裏に狂信者がいるか、それとも賭けで大損をした人間が腹いせをたくらんでいるに違いありません。あるいは、いつも人間性とか何とか馬鹿ばかしい理屈で闘技会《ルディ》に異を唱えるあのストア派のインチキ哲学者どもが糸を引いているのでしょう。人心をいたずらに煽る卑劣な臆病者の売国奴のいくじなしの平和主義者どもめ！　敵の回し者になりさがり、ローマのローマたる勇武の気高き精神に泥を塗りつけようとするとは！」親方は罵倒の言葉を並べた。

アウレリウスは耳を貸さず、急いで処置室《スポリアリウム》に向かった。外科医師のクリュシッポスが、トゥリウスの遺体にかがみこみながら彼を待っていた。

「今回もまた、外傷は見あたらない。首に見られるかすかなこの傷を別にすれば……」医者は、前置きせずに所見を述べた。

「ケリドンにあったのと同じ傷だ！　邪視など関係あるものか」アウレリウスは声をあげ、「急ぐのだ、クリュシッポス。傷のところを切開してくれ。二人がどのようにして殺されたのかわかるかもしれん」

クリュシッポスは細いメスを取りあげて作業にかかったが、視線を注意深くそそいだまま、ふと動きをとめた。

「どうだ、何か見つかったか」アウレリウスは身を乗りだした。

「異物が、小さなかけらが深く突き刺さっている。ここはていねいに切り開いてゆかねば、異物自体を損傷させかねない……」医者は職業的冷静さでそうつぶやくと、精密な処置に使うピンセットを手にとってふたたびかがみこんだ。「とれた。これがそれだ。先端が金属針のように、非常に細く尖っている」

「毒が塗られていたのだな……。ケリドンの死体をもう一度調べよう。おそらく同様のものが見つかるに違いない」アウレリウスがただちにうながした。

「すでに火葬の薪《まき》の上で灰となって、撒き散らされておる」クリュシッポスの返事にアウレリウスは失望した。

「ゼウス神の顎鬚にかけて！　最初のときに、もっとよく調べられなかったのか！」怒りにまかせて、彼は不満をぶつけた。

「あのときは、あなたもいっしょにいらしたはず。そんな指示もありませんでしたぞ」医者が、むっとして反論した。

「針を見せてくれ。弓では放てないくらい短いのに、外から見えなくなるほど深く突き刺さっていたとは……。どうすればこんなことが？」

「その質問をわたしに向けるのは、お門違いというもの」医者は両腕を広げ、「武器の専門家なら、この部屋を一歩出ればいくらでもいる。わたしは医師だ。肉屋ではない」クリュシッポスは両手をていねいに酢で洗いながら、厳粛な顔つきでこたえた。


しかし、クリュシッポスの言とはうらはらに、養成所の中で助けになった人間はいなかった。

「われわれが使うのは、長剣《グラディウス》と短剣《シカ》、せいぜいが槍か鉾《ほこ》です。毒など、とんでもない！　わたしの剣闘士たちはみな、闘技のプロです。まっとうな人間として、インチキなしに相手を殺しています」親方は憤慨した。「どんなことがあっても絶対に、そこまで身を落とすことなどありません。そんなあくどいやり方はぜんぜん無縁なのです！」

「矢、見せる！」ヘラクレスがうなり声を発して、太くて毛深い手を伸ばしてきた。

「何でもない」と言って、アウレリウスは追い返した。サルマティア人剣闘士の無骨な手では、こんな細い針はつまむことすら無理だし、まして注意深い操作など望むべくもない。

「元老院議員様、じつは失念しておりましたことがありまして……」親方が口ごもりながら、小声で切り出してきた。「トゥリウスがきのう、スタティウス様にお目にかかって話したいことがあると申しておりましたのです」

「何だと？　それをお前は知らせてこなかったのか」アウレリウスは、怒り心頭に発して大声をあげた。

親方の頬が赤く染まった。「たかが一介の投網剣闘士の言い出したことで、元老院議員様のように高位の方のおじゃまをしてはならないと思いましたので……」彼は取り返しのつかないことをしたという表情でしどろもどろになった。「そう思って、お調べの続きで次回お見えになる際に話せばよいと申しつけておいたのです」

「この大馬鹿者！」アウレリウスはどなった。「お前がぐずぐずしている間に、口を封じられてしまったのだぞ」

親方は両手をぎゅっと握って目を伏せ、反射的にこみあげた怒りを抑えた。もうだめだ。いばりくさったこの貴族はクラウディウス帝におれの失態を報告する。おれはここを追われる……。

「死体が発見された房に案内せよ！」アウレリウスは、突き放すように命じた。

数分後、彼は薄暗い小部屋に足を踏み入れていた。内部はスパルタ風に質素で、家具らしきものは衣類と防具をしまっておく長箱が一つあるだけだった。このわびしい部屋から唯一、外に開かれている高い小窓には、鉄の格子がはまっていた。

「寝台の上で見つかったのか」

「いえ、床に倒れておりました。そこの、窓の下のところです」と親方が指さした。

アウレリウスはすばやく窓からの距離を目測した。いくら長い腕でも、外部から手を伸ばしてトゥリウスの体に触れることは不可能だ。窓に近寄り、格子の強度を試してみたが、びくともしないだけでなく、まわりに付着している蜘蛛《くも》の巣から判断して、格子が長いこと外されていないことは歴然としていた。

そのとき突然、扉の向こうで地獄が引っくり返ったような大騒ぎが起こった。

「通すんだよ！」鋭い金切り声が響きわたった。「暗い森のすべての女神たちにかけて！　ここを通せっていうんだよ」

アウレリウスは、扉にとんでいった。このうえ、頭のにぶい見張り兵の検問をいちいちくぐらなければ剣闘士たちから内密の話を聞けないなどということになってはたまらない！

「やっと会えたね、元老院議員さん！」アウレリウスが扉を開け放つや、アルドゥイナがうれしそうなうなり声をあげた。

「中に入ってはどうかな」アウレリウスはていねいな口調で招き入れ、彼女の手から軽い槍を受け取り、兜を脱がせた。剣闘士であろうとなかろうと女性は女性なのだから、そう遇するべきだろう。とはいえ、気持ちはあっても実行するのは容易でなく、アルドゥイナの粗野で男っぽい立ち居振る舞いが、さらにそれをむずかしくしていた。

「話をうかがおう」何か重大な事実が明かされるものと信じて、アウレリウスは全身を耳にした。

「あんたの使用人はどうなったんだい？　この間ここに来て、わたしに贈り物をくれた男だよ。また来るっていう約束だったんだけどね……」女剣闘士の丸い小さな目の奥に、情欲がきらめいていた。

何ということだ！　二人目の犠牲者が死体置き場に横たわっているというのに、この男まさりのブリタンニア女は、カストルに熱を上げてここに押しかけてきたのだ。アウレリウスは、知ったことかと言って部屋から放り出したかったが、思いとどまった。機嫌をそこねさせたらあぶない。この女の実力のほどは、闘技場で目にしたではないか……。

遠回しな約束の言葉を口にして彼女を安心させてから、アウレリウスはすぐに親方《ラニスタ》の部屋へととって返した。

「アウフィディウス、投網剣闘士のすべての試合と訓練は中止にせよ！　事件解明が終わらないうちに、腹をえぐりだされた姿を見せられるのはごめんだからな。クァドラトゥスも同様だぞ」アウレリウスは命令を言い渡した。

「何ですと?!」親方が声をあげた。「明日、クァドラトゥスのやつを砂場《アレーナ》に放り出すはずでしたのに。野獣相手の試合をやらせて、あんな無駄飯食らいの面《つら》など二度と見なくてすむように」

「それから、アルドゥイナも完全休業だ。五体満足でいてもらわねば困る……」アウレリウスは秘書のことを思い出して、内心にやりとしながらそうつけくわえた。

「破産しろとおっしゃるのですか！」親方は半分泣き声で抗議した。

「だったら、クラウディウス帝がお前のことを、剣闘士団を守る能力なしとご判断していいのか。忘れるな、ここの剣闘士はみな皇帝の所有に帰するのだぞ。そしてお前は、その管理責任者なのだ」

そう釘をさして、アウレリウスは養成所の中庭に出た。

まだ訓練が行われている最中だった。恐怖の回転棒を相手に、脚を切断の危険にさらしながら訓練中だった剣闘士たちのところに、使用人の一人が近づき、中止の合図を出した。

クァドラトゥスは安堵のため息をつくと、ベンチのところに行ってぐったり腰を下ろした。呆然としたうれしそうな微笑が、顔に広がっている。

「信じられない」口から声がもれた。「明日の試合がなくなった。獰猛な野獣を相手にするはずだった試合が……。まるで、神々のおわすオリュンポス山の上に、おれのことを守護しようと思し召されるどなたかがいるみたいだ」

「オリュンポス山の上にか、それともこの地上にか」アウレリウスは、農民男の広い肩をポンと叩きながら笑った。

「幸運の女神がおれの額にキスしてくださったのは、これで二度目になります。ぬか喜びはしたくないですが、ひょっとしたらうまくいくんじゃないか、命が救われるんじゃないかって気がしてくることがときどきあります……」クァドラトゥスは、首をそっと振りながら、ささやくように言った。

「どんなことだってありうるさ。君が英雄になることだってあるかもしれん」アウレリウスは相手を励まそうとして、もう一度肩を叩いた。

「このまま続いてくれれば、もし続いてくれれば……」クァドラトゥスはため息をつき、アウレリウスが輿に乗るところまで見送りに来た。

真っ黒い肌のヌビア人奴隷たちは、主人がやってくるのを見ると、弾かれたように立ち上がった。

「あんたの秘書を待ってるよ」アルドゥイナが、輿に乗ろうとするアウレリウスに念を押して呼びかけた。「頼んだよ、くれぐれもよろしく言っておくれ!」

IX

ユニウス月のイドゥスの日の前日［六月十二日］

いよいよセルギウス・マウリクスが催す晩餐の日の夕暮れがやってきた。

「プブリウス・アウレリウス・スタティウス様の輿に道をあけよ！　ローマ元老院議員アウレリウス・スタティウス様のお通りであるぞ！」　先触れ役の奴隷が大声を張り上げるあとを、輿を担いだ奴隷たちが、トゥスクス通りをフルメンタナ門の方向に向かって小走りで進んでいく。

松明《たいまつ》持ちが何人も先頭に立ち、後方にも一群の奴隷を従えた小集団の行列は、家畜広場《フォルム・ボアリウム》を横に見て、大競技場《キルクス・マクシムス》を通り過ぎたあたりから、ゆっくりとアウエンティヌスの丘を、セルギウス邸目指してのぼり始めた。

「これでいいかな、上品に見えるかな」同じ輿に横たわったセルウィリウスが、不安そうにたずねる。

アウレリウスは、友人が無言劇女優に対してほんとうに好印象を与えることになってはまずいとの思惑から、カストル推薦の渋くて品のよいダルマティア風上衣ではなく、本人の肥満ぶりが目立つ服装になるよう、わざとギリシャ風の派手派手しい色の寛着《シュンテシス》を着てはどうかと助言していた。それもこれもポンポニアのことを思えばこそだ、けっしてカストルとの賭けに勝つためではない――アウレリウスは自分で自分にそう言い聞かせては心のやましさを振りはらった。

「完璧だよ、セルウィリウス。それに、ニュッサは必ず細かいところにも目をとめてくれるさ」彼はこう言い添えて、セルウィリウスの指にいくつも輝いている、財産のほどを示す高価な指環のことにもそれとなく言及した。

そうこうするうちに、担ぎ手奴隷たちは、残った力をふりしぼって、アルトゥス通りの最後の急勾配を突破し、当世風の広壮な建物が立つ小さな広場に到着して停止した。

「ほう、これは素晴らしい。この高台からだと、下の地区が一望のもとだ」アウレリウスが感嘆の声をあげた。「ほら、あそこがパン屋の広場だ。それからティベリス川の港。向こう岸の地区も……」

しかしセルウィリウスの方は、気の高ぶりのあまり、見事な眺望もまったく目に入らない様子で、しきりに理髪師アゼルに超絶技巧でととのえてもらった灰色の巻き毛の上にぽっちゃりした手をあてて髪型のくずれを気にしていた。やがて邸の門が開いて、門番奴隷《オスティアリウス》たちが二人を玄関《ファウケス》へと案内した。カストルはそっと、奴隷たちが寝起きする区画の方へと姿を消した。

「ようこそ。お待ちしておりましたぞ」食事室《トリクリニウム》の入り口で、セルギウス・マウリクスが二人を出迎えた。その声には老練な舞台俳優なみの技量で温かみがこめられていたが、目は冷たく、そこに声と同じ温かみはうかがえなかった。「妹のセルギアはご存じでしたかな」彼は、豪華な衣裳で着飾った目つきの鋭い婦人を引き合わせた。

アウレリウスは、彼女のことを知っていた。恥じらいを無縁とする都の女性の中でも指折りの一人として知られ、奴隷や剣闘士を相手に快楽をむさぼるだけでなく、二回の離婚をへて戻ってきた自邸で、兄と何やらあいまいな関係を結んでいるという噂もあった。

いささか年齢《とし》が行っているにしても、セルギアは男の気をそそる魅力を十二分に保っていた。突き出た胸、輝く瞳、ややつっぱりぎみだが驚くほど艶のある肌。アウレリウスは思わず、ケルススの著作で読んだ、顔筋上の皮膚をずらせて女性の頬に花の盛りの薔薇色を回復させるという、有名な施術の痕跡がないかと目で探したほどだった。

しかし、どんな手段を用いているにせよ、セルギウスの妹は今のところ、時間のもつ破壊力との戦いに勝利していた。不敵な笑みを浮かべながら彼女が投げかけてくる思わせぶりな蠱惑の眼差しに、アウレリウスはまんざら魅力を感じないでもなかった。

「ようこそ、スタティウス様」セルギアは墨を引いた目で射抜くように彼を見つめながら、甘い声で挨拶した。この貴族は女性の魅力に弱いとの評判だわ、力強くて無骨な剣闘士の抱擁に身をまかすことなどもうやめて、優雅で洗練された快楽を追求してみるのも悪くないかも……。

「ニュッサはどこです」セルウィリウスが気をはやらせてたずねる。

「ふふ、まあそうあせらず」法廷演説家がなだめた。「われらの美しき友は、晩餐中に踊りを披露するのですよ……。それに、驚きの有名人がもう一人。まあお楽しみに」

主人は客を、大きな丸テーブルのまわりに三つの広い臥台が半円状に並べられた宴席へと導いた。セルウィリウスは左側の臥台にゆったりと身を横たえ、さっそくナプキン《マッパ》を取り出した［ローマの饗宴ではナプキンを持参した］。

「おやおや、そんなものは必要なかったのですぞ」セルギウスが半分笑いながら奴隷に合図すると、薔薇の花弁をいっぱいに浮かべた手洗い鉢と香水をふったナプキンが運ばれてきた。

前菜《グスタティオ》はどれもきわめて美味だ――アウレリウスは、そう認めざるをえなかった。法廷の大立者は贅沢好みだった。もっとも、法外な謝礼を受け取っていることを考えれば意外でも何でもないのだが。

「この香草のサラダ《アケタリア》はなかなかの逸品だ」アウレリウスは賛辞を口にしながら、「おや、食べないのか、ティトゥス」と、食道楽の友人がなぜか今夜は小鳥のエサぐらいしか口にしようとしないのに驚いてたずねた。ふだんなら饗宴の席でのセルウィリウスの牛飲馬食ぶりは、まわりの者を面食らわせるほどなのである。

「やめておくよ。ほら、過ぎたるはなお、っていうし……」セルウィリウスは言いわけの言葉を口にした。

《そうか、食事制限《ディアエタ》をしていたんだったな》とアウレリウスは思い出したが、すぐにあの手この手で友人を口腹の悦びへと誘惑し始めた。彼が腹にたっぷり詰めこめば詰めこんでくれるだけ、あちらの方面の禁断の果実は、味わえる可能性が遠ざかっていくわけだから……。「このイチジクの葉の包み焼きは絶品だな！　さあ、ティトゥス、一口だけでもぜひ味わってみなくては。せっかく招いていただきながら、これに口をつけなかったら、客としての礼儀にもとる」

善良なローマ騎士は、礼儀知らずと思われたくなくて、五個飲みこんだ。

「そちらの牛乳入りふわふわ卵を少し食べてみたまえ……こちらのオリーヴをちょっとかじって食欲を刺激してみたまえ……」アウレリウスは顔色一つ変えず、次々と料理をすすめていった。「仕上げに、ラビクムの白ワインを一杯ぐっとやりたまえよ。胃がすっきりするぞ」

「ほんとうは、いけないんだけどね……」セルウィリウスはいちおうそう言ってから、後ろめたさで美食の甘い誘惑の声が掻き消されないうちにと、急いで杯を傾けた。

「たったそれだけなのかね」邸の主人があきれ顔をした。「賭けてもいいが、われらがローマ騎士は、ニュッサが姿をあらわすまで頭を明晰にしておきたいというおつもりですな」

「賭けという言葉は、聞きたくありませんね」アウレリウスはしめたとばかり、うんざりした口調をよそおって切り出した。「わたしは、ケリドンに賭けたせいで一財産をふいにしましたよ」

「君一人じゃないよ」とセルウィリウスがなぐさめて、「ローマの半分が財産をなくしたんだから」

「その理屈でいけば、ローマのもう半分は、懐をたっぷりうるおしたわけだ」アウレリウスは当然の論理で言葉を返すと、「セルギウス、あなたは運のよかった方の陣営なのかな、それとも毛をむしりとられた方の陣営なのかな」と誘うように問いかけた。

「わしかな」三百代言は笑いながら、「わしなら、今回は運に恵まれましたよ。夢のお告げがありましてな。ちょうどあの日の明け方、目覚める直前の夢の中に、光り輝く四角《クアドラトゥス》の図形があらわれた。それで、出場する剣闘士の一人にクァドラトゥスという名前の者がいると知ってその男に大金を賭け、勝ったという次第」

「なるほど、その夢は神々が送ってよこしたに違いない。ひょっとしたら、ちっぽけな弓から細い矢を放つことができる小さな恋の神《クピド》のしわざかな……」アウレリウスは、トゥリウスの傷のことを念頭に置いてほのめかしてみたが、相手は気づいた気配を示さなかった。

そうこうする間にも、奴隷たちがテーブルから残り物を下げて、次の料理を盛った皿を並べ、酒酌み奴隷《ポキッラトレス》がそれぞれの杯を年代物のワインで満たして回っていた。

そのとき、やにわに照明が暗くなり、ゆらめく松明の炎の間にニュッサがあらわれた。身には、体が透けて見えるゆるやかなギリシャ風外衣《ペプロス》しかまとっていない。

「これより諸君にお楽しみいただくは、正真正銘の新作出し物」とセルギウスが自慢げに告げた。「《炎上するトロイアの城壁におけるカッサンドラ凌辱》！　まだどこの誰も鑑賞したことがないのですぞ」

セルウィリウスが思わずむせかえってワインをこぼすと、アウレリウスはすかさず杯になみなみと酒を注ぎ足した。

ニュッサは燃えあがる炎を背景に、ベールを一枚一枚落としながら、挑発的な体の動きを開始した。やがて幕の陰から、ギリシャ軍戦士に扮した体格のいい男があらわれると、女優にとびかかり、彼女の腰をおおっていた最後の布きれを剝ぎとった。

「ああ、アウレリウス。あれじゃまるで……本気だよ！」と、セルウィリウスが喉を絞ったような声をあげる。

「今の観客は、やらせくさい演技じゃ我慢しないわ」セルギアが言い放った。「現実どおりが求められているのよ」

「男女の場面くらいなら、まだいい」アウレリウスは辛辣に言った。「だが、円形劇場ではもっと凄惨な虐殺が演じられている。人間がほんとうに死ぬのだ。そんなことを流行《はや》らせたのはカリグラ帝だ。謀反人に、十字架にかけられる盗賊の役を振りあてて、劇中で実際に処刑させたのだ！」

「別にかまわんと思うがね。民衆とは、強烈な興奮を必要とするものなのだ」邸の主人が教えを垂れるような口ぶりで言った。

アウレリウスは、友人の様子をちらりと盗み見た。演技の進行につれて、首筋の血管がみるみるふくれあがっている。

「ちょっと飲み物でも口にした方がいい、落ち着くから」とアウレリウスがうながすと、セルウィリウスはファレルヌス・ワインの杯を一気に飲み干してしまった。

「さてさて、ここでギリシャ方の傲岸不遜なる武将、オイレウスの子アイアスが、アテナ女神の祭壇に逃れた処女カッサンドラを追いかけて襲いかかる……」法廷演説家が笑いながら解説する。

「おお、これじゃ演技なのか実際なのか……」ひっきりなしにファレルヌス・ワインとラビクム・ワインをあおり続けるあわれなローマ騎士の口から、つぶやきがもれた。

「なるほど、ニュッサはまさにこの種の演技の披露で名を馳せているわけか」アウレリウスは顔色ひとつ変えずに口をはさんだが、それと同時に、先ほどからセルギアがさりげない風をよそおいながら、脚をしきりにすりよせてくるその感触を楽しんでいた。

凌辱場面の上演が、ニュッサの放つ獣のような快楽の叫びで終了すると、セルウィリウスは全身汗びっしょりのまま、臥台の上でへなへなと伸びてしまった。

「さあさあ、ワインを少し飲んで、元気を出さなければ」アウレリウスは友人をそっと励ましたが、心の中では、刺激に弱い彼の心臓があまりショックを受けていなければいいのだがと心配していた。ポンポニアの言っていたとおりだ、セルウィリウスはある種のことに関してはもう年なのだ。

「俳優の二人も、すぐにこの席に来るわ」とセルギアが告げた。「アイアスを演《や》ったのが誰だったか、おわかりかしら」

「さて、誰だったんだろう。腰から上は武具で見えなかったし……」セルウィリウスが真っ正直なつぶやきをもらす。

「ほうら、彼の登場！」セルギアは、興奮を隠そうともせずにほほえんだ。「ご存じのガッリクスよ」

「ようこそ、アウレリウス様」ケルト人剣闘士は、ニュッサとともに姿をあらわして、悪びれもせずに挨拶した。

「商売替えをすることに決めたようだな」とアウレリウス。

「こちらの方が、剣を振り回すより実入りがいいですし、ぐっと楽しいですからね。もちろん、命の危険もないですすし。剣闘士の契約期間が満了したあかつきには、こちらに専念するつもりですよ」

「見事な転身だな。そう思わないか、ティトゥス」

しかし、ティトゥス・セルウィリウスは視線をニュッサに吸い寄せられていて、話をまったく聞いていなかった。胸のまわりにちっぽけな布きれを無造作に巻きつけ、腰を申しわけ程度の小片でおおっただけのニュッサが、ちょうどそのとき、セルウィリウスと同じ臥台に並んで横になろうとしていたのである。

あわれなローマ騎士は、ふたたびワインをぐっとあおって、有名な客のおじゃまにならないようにと、体を小さく縮こまらせた。

しかしあいにく彼の肥満した体軀をもってしては、いくら身を縮めたところで、全裸に近いニュッサの柔らかな肉体の相当な部分に触れそうになることは避けられなかった。この衝撃の事態に耐えるべく、セルウィリウスは、さらにファレルヌス・ワインをたっぷり二杯飲まなければならなかった。

「先ほど邸の主人から、賭けで幸運に恵まれた話をうかがったのだが」とアウレリウスは話をむしかえした。「ガッリクス、君もクァドラトゥスに賭けたのか」

ケルト人の若者は、習慣によってもうここが自分の定位置に決まっているというように、セルギアの臥台の上で平然と横になっていたが、しかし彼女の方は、今夜はせっかく違う趣向を考えていたのにというようながっかりした表情を顔にただよわせていた。アウレリウスの腿に押しつけられていた、先ほどまでますます大胆になるばかりだった脚の力が、ゆっくりと弱まっていった。

「わたしは賭けはしないのです」ガッリクスは首を振り、「せいぜい、友人にちょっぴり裏情報を流すくらいでしてね」

「先日の試合でも、そうだったのか」

「ええ、おかげでずいぶん顧客を失いましたよ。ケリドンに賭けるよう、みんなにすすめてまわった報いです」彼は、牛肉のセロリ・ソースがけをたっぷりとつかみ取りながら、冗談めかした口調で言った。

アウレリウスは目のすみで、ニュッサがあだっぽくウィンクしながら、セルウィリウスの口に、ネギや球根の料理を入れてやっているのを見た。ローマ騎士は目を閉じて、葉タマネギの甘酢漬けと色気たっぷりの女優という二重の悦楽に、抵抗する力もなくひたりきっていた。ヒヤシンスの根、エシャロット、アスフォデルのつぼみ、ポロネギが、一つまた一つと、至福の微笑を浮かべてぱっくり開けたセルウィリウスの口の中に消えていく。

次は野鳥料理の番だった。そして、キノコと魚の料理が続いた。

アウレリウスは、会話のあちこちに思わせぶりの言葉をはさんで相手の反応を引き出そうとしていたが、何の成果も得られないでいた。法廷で長年、狡猾な詐術を駆使してきたセルギウス・マウリクスは、ちょっとやそっとのことでは尻尾をあらわさなかった。

そのかわりに、ワインの方はセルウィリウスに対して着々と所期の効果を発揮しつつあった。彼は、料理が最後まで行かないうちに、とうとう臥台の上でがっくりと眠りこけてしまった。そろそろ友人を自邸に送り届けなければ、というアウレリウスの言葉に、セルギアは怒りのこもった失望の色を顔に浮かばせた。入り乱れての乱痴気騒ぎといかなくても、二人だけの親密な語らいくらいはあてにしていたのに……。このアウレリウスという男は、ほんとうは評判ほどの放蕩者ではないのだわ。

「そういえば、忘れていた」アウレリウスは、邸の外に足を踏み出す寸前に、セルギウスに向かって何気なくつぶやくように言った。「プラキダが、弟の遺した財産について詳細を知りたがっているようだ。知らせてやってくれますか」

セルギウスの顔がさっと青ざめた。「プラキダ？　誰のことだったかな……」とあやふやな口調になる。

「ほら、ケリドンの腹違いの姉ですよ、ムティイナの町に住んでいる」アウレリウスは、あっけらかんとした顔で追い打ちをかけた。「あなたは、彼女に送金の世話をしてやっていたのでしょう？」

「ああ、そういえばそうだった。できるだけ早く知らせると伝えてもらえるかね」法廷の大立者は、たいしたことではないという風にもぐもぐこたえたが、心の中では、この出しゃばり男はおれのやっていることについてどのくらい知っているのだろうと不安をつのらせていた。

アウレリウスは、別れの挨拶のときに、セルギウスの手入れの行き届いた手がかすかに震えるのを見逃さなかった。

「事件解明に役立つかもしれないことは、どんなことでもお知らせ願いますよ」邸内に戻ろうとするセルギウスに、アウレリウスはぬけぬけとうながした。

輿がアウェンティヌスの丘の坂道をくだり始めた頃になって、セルウィリウスはようやく目を覚まし、ふにゃふにゃとニュッサの名前を呼んだ。

X

ユニウス月のイドゥスの日［六月十三日］

アウレリウスが、パリスの控えめながら執拗な扉を叩く音で目を覚ましたとき、日はもう高くのぼっていた。邸《ドムス》の家産管理人は扉の脇に立って、寝室係の二人の奴隷が、主人のさわやかな洗顔のために、タオルと、香りをつけた水の入った盥《たらい》を掲げて部屋に入っていくのを見守った。

アウレリウスは元老院の同僚議員や友人たちから、朝の習慣について一度ならず批判されていた。ローマでは奴隷を含めて誰でも毎日、午後になれば浴場に行くのであるから、洗顔などは不要だし軟弱な行為だと、みな声をそろえて言うのである。しかし彼は、たとえなおざりであっても顔を洗って、角《つの》をすりつぶした粉で歯を磨かないと、どうしても一日を始められなかった。

「ご主人様《ドミネ》、ポンポニア様がいらしているのですが」とパリスが告げた。「たいそう取り乱したご様子でして、気つけのお飲物をさしあげましたが、何の効き目もありません。すぐお目にかかっていただけましたら……」

中庭柱廊から聞こえてくる甲高い悲嘆の声と、奴隷たちの行き来するせわしない足音から判断して、ポンポニアが礼儀作法をとびこえ、邸の主人の髭そりが終わるのを待たずに今すぐ会いたがっていることが、アウレリウスにもよく理解できた。

　彼は、うっすら髭の伸びている頬をさすって弱ったなと思ったが、せめてもの身だしなみとして、就寝中に着ていた薄い普段着の短衣《トゥニカ》の上に、急いでもう一枚の短衣《トゥニカ》を重ねて出ていくことにした。

　彼女の方も、アウレリウスの服装をあげつらえるような状態ではまったくなかった。応接室《タブリヌム》で立ったまま身もだえしているポンポニアを、門番奴隷ファベッルスと二人の屈強な奴隷が倒れないよう支えていたのだが、それでも怪力のサムソンが助太刀に加わらなかったら、三人はその重荷にとても耐えきれなかっただろう。

「ああ、アウレリウス」失意のポンポニアは、大きな胴体を奴隷たちにかかえられながら、幅のたっぷり広い椅子の上にくずおれた。「夫が……ティトゥスが……」

《オリュンポスの神々よ！　どうかたくらみがばれたのでありませんように！》内心でひそかに祈るアウレリウスの背中に冷たいものが走った。ポンポニアの目は、タカの目だ。もしもうっかり者のセルウィリウスが、衣服から一本でも金髪を取り忘れていたら……。

「夫が……ティトゥスが……もう二週間もわたしを振り向いてくれないの」彼女は絶望を声にした。「毎晩、ぼうっとした顔のままわたしの隣で横になったかと思うと、あっという間にいびきをかき始めて……。わたし、夫の眠ってしまった感覚を呼び覚ますために、何でもやってみた。肌を大胆に露出したり、襟ぐりを気の遠くなるくらい開けたり、皇妃もきっとうらやむようなカツラをつけたり……。でも、だめ！　いつだってぐっすり寝てしまって、夢の中に行ったきり。きのうの夜も、帰宅が遅かったし……。ねえ、アウレリウス、夫はいったいどうなってしまったの。こんなふうになるなんて、今まで一度もなかったわ」

アウレリウスは、気が落ち着かないまま うなずいた。間違いない、セルウィリウスの熱愛がいよいよ家庭内波乱を巻き起こしつつあるのだ……。

「肌の色をもっともっとよくしようと思って、牛乳と蜂蜜のお風呂に何時間もつかっているの」しょげかえったポンポニアはさらに続けた。「小間使いの奴隷たちだって、わたしが何度も違う髪型を試させるものだから、ヒステリーを起こしかけているくらい。それなのに……」そう言いながら、また嗚咽《おえつ》をもらし、「夫は気づいてさえくれないわ。ああ、アウレリウス、お願いだから教えて。わたし、どうしたらいいの」

アウレリウスはじっと考えた。相手は若い。そのうえ、ニュッサの気取りや嬌態《しな》のつくり方は技巧の極致だ……。

「何もしない方がいい」彼は思い切って断言した。「化粧やカツラを全部やめるんだ。セルウィリウスの目に、妻のほんとうの姿が映るようにするんだ」

「それじゃ中年女に見えてしまうわ!」ポンポニアが抗議の声をあげた。事実、彼女は五十の坂をそろそろ越えようかというところだった。

「いいや、熟年の魅力がいっぱいの女性さ。ティトゥスの愛情は健在だ。ぜったいにね……」

そう言いながらも、《せめてそうあれかしと祈りたいよ……》と彼は悲しげに考えた。

「でも、きのうの夜だって……」

「彼がきのうの夜をどこで過ごしたかは、探りだしておこう。ここはぼくにまかせるのだ。もし裏に何かあれば、必ずわかる」そう言い切って、アウレリウスはやさしく彼女を慰めた。「それより、じつはまた、力を貸してもらいたいことが出てきたんだ」

ポンポニアは、思わず関心をひかれて、目の化粧で黒く染まった涙を頬から拭き取りながら、顔を上げた。見透かされるのはいやだったが、暗雲ただよう夫婦関係の危機にもかかわらず、生来の抑えがたい好奇心がかきたてられてしまったのである。しかしアウレリウスは言い淀んだ。こんな状況でなければ、一も二もなく、彼女が社交界にもつゴシップ収集網を全面展開して、わずかでもいいからあの女優《ミムラ》に関する手がかりを見つけてほしいと頼むところなのである。けれども、探りを入れていくうちに、夫が何にのぼせあがっているかを彼女が突きとめてしまったら……。そう思うと、今度ばかりはためらいがあった。しかし、そうはいっても、意地悪な女友達の口から教えられて屈辱をかみしめる羽目におちいるよりは、独力で真相を発見する方がましではないか。

アウレリウスは決心した。やっぱりポンポニアを走らせて、ニュッサの過去について手がかりを探らせよう。少なくとも、ポンポニアが夫を取り戻すためにライバルと正面対決する成り行きになった場合に使えるような、取って置きの事実が何かつかめるかもしれないし。

「ポンポニア、あの女優だって無から出てきたはずはない。出自を探ってもらえないかな」

「かんたんなことのように言うのね」彼女は、ずぶのしろうとを前にしてプロがさとすような口ぶりになった。「そうなるとニュッサの身づくろい係《コスメティカ》か、それとも他の小間使いと顔見知りにならないといけないわ。劇場関係は、わたしの行動半径のちょっと外だから」

「きっと、うまく半径を広げられるよ」アウレリウスは、自分のしたことがこれでよかったのかとまたしても考えながら、彼女を部屋から送り出した。

ポンポニアの後ろ姿を見おくるパリスの口から、「ああ、愛とはまことに……」という、うっとりしたつぶやきがもれた。

アウレリウスは、びっくりして眉を上げた。堅物で、女性に目もくれない家産管理人の度外れた貞潔ぶりは、邸《ドムス》の奴隷全員がからかいの的にしているほどだった。パリスが奴隷娘につきまとうところなど誰も見たことがなく、もしあるとしたら、それは仕事の不行き届きを叱りつけているときなのである。

だが、最近頻繁になる一方の物忘れ、心ここにあらずといった様子、そして放心の表情はどうもおかしい。ひょっとして恋でもしているのか。まさかと思いながら、アウレリウスは、愛と無縁だった謹厳な家産管理人の乾ききった心に潤いをもたらしたのは、いったい誰なのだろうと、首をひねった。

そのとき、カストルがノックなしで入ってきて、パリスの存在など透明であるかのように無視して、いちばん座り心地のいい椅子の上にどっかり腰を下ろした。

「やあ、ご主人様《ドミネ》。昨夜はおもしろいことが判明しましたので、ご報告に参上いたしました。なんと、あの法廷演説家は、一週間前からすでに自分の金庫番《アルカリウス》に命じて、賭けのための現金を銀行から引きおろさせていましたよ……」そう言うと、うれしそうに、主人のセティア産ワインの壺から酒を汲み始めた。

「なるほど。どうやらケリドンの負けは、準備万端ととのえられた負けだったようだな」アウレリウスはうなずいた。「試合が八百長だったと判明したところで、めずらしい話でも何でもない。戦車競走でも、御者に金を握らせることはちょくちょくある」

「ギリシャ人のわたしに、おっしゃらないでください」秘書は、ふっとため息をもらしながら、「オリュンピア競技祭で、対戦相手に金で負けてもらって勝利の月桂冠を得たという告発が、選手に対してどれくらいあったとお思いですか。四百年前という時代でさえ、すでにエウポリスが……」

「しかし、剣闘士の試合とオリュンピア競技祭とでは話が違うぞ」歴史の講釈にのめりこもうとする秘書の口をアウレリウスが封じた。「ローマ人の闘技会《ルディ》では、負けるとはすなわち死ぬことだ。ケリドンがそんな話に喜んで乗ったと思うか。いや、あの男は何も知らないでいたと考えるしかないのだ……。よし、それではケリドンがあの日、試合《ムネラ》の開始前に誰かと会っていなかったかどうか探りだしてくれ。試合直前の剣闘士との接触は固く禁じられているのが決まりだが、現実がそうでないことは周知の事実だ……。あわせて、前日の最後の晩餐《リベラ・ケナ》の夜についても調べるのだ。ケリドンは愛人のニュッサに会いに行っていたかもしれない。それはそうと、アルドゥイナのことも、つれなくするなよ。お前がどうしているかとたずねられたぞ」

「ああ、あの女剣闘士ですか……。まさかと思われるでしょうが、彼女は王族の血筋です」カストルが調査した事実を明かす。「母親がケルトの古いドルイド神官の一族の生まれで、クノベリウス王の遠い従姉妹《いとこ》にあたるのです。つまりアルドゥイナは、ブリタンニアでさんざんローマ軍を悩ませたあのカラタクス王の身内ということになります。捕虜になる以前は、故郷でも勇敢な戦士として名が知られていました。そんなわけで、クラウディウス帝の軍団に敗れて虜囚の身となりローマに連れてこられたときに、親方《ラニスタ》たちがこの女を剣闘士試合の呼び物の一つにしてやろうと考えたのです」

「お前も運がいい男だ」アウレリウスがにやりと笑う。「王女様を口説ける機会など、そうあるものではないからな」

「王女様か何か知りませんが、あの女に色気もへちまもあるものですか！　だいたい、差し向かいで彼女に会っているせいで、ローマの都の全女性陣に対して、もうわたしの面目は丸つぶれもいいところです。したがいまして、これ以上、あんなたわけたご機嫌取りに邁進《まいしん》するつもりはありません！」カストルは、きびしい口調で断言した。

「多少のニンジンをぶらさげられたくらいでは、か」アウレリウスがほのめかす。

「わたしのことを金で動かせる人間だと、相変わらずお考えになっているのですな」何という侮辱という表情で、カストルが憤慨した。「他の人間ならばいざ知らず、このわたしは卑しい金のために身を落とす真似などいたしません」

「そういわず、本音を吐いたらどうだ」アウレリウスは、相手の立腹にまったく取り合わないで追い打ちをかけた。「引き換えとして、いったい何がご所望だ」

「ポンペイウス劇場にて、ご主人様のお名前を使って動いてもよい、というお許しがいただけましたならば……」カストルが提示した条件に、アウレリウスはずいぶん安上がりにすんだものだと意外に思いながら、すぐに許可を与えた。

ポンポニアをうまくなだめ、カストルも満足させた今、アウレリウスは一人になる必要を強く感じていた。

ローマでは、孤独は非常に貴重な宝だった。それは、たとえ莫大な富を積んだところで、つねに得られるというものではなかった。ローマの都は、つまるところ広大な一つの広場なのであって、人々は奴隷や被護民《クリエンテス》や友人に囲まれて、つねに公共の場の中で生きていたのである。とはいえ、友人との間でさえ共有できないものはある。

そこでアウレリウスは、秘書に対してきっぱりと、「下がってよいぞ」と言い渡した。

カストルは動かなかった。

「先だって優雅な形の短剣を見かけました。あれをアルドゥイナへの贈り物とすれば、礼にかなった振る舞いになるかと……。もちろん、ご承諾いただけますな。王家の血を引く人物の前に、手ぶらでまかり出るわけにはいきません」

「いいだろう」とアウレリウスは許可した。「だが、せいぜい数セステルティウスの値段ならだぞ」とあらかじめ釘をさして、相手の退出を待った。このあと何をするつもりか、カストルに言うつもりはなかったので、自分が動く前に早くどこかに消えてくれと念じていた。

ところが、秘書はまるで大理石の彫像のように、依然として不動のままだった。

「まだ何かあるのか」アウレリウスは、じりじりして言葉をぶつけた。

「ブリタンニア女は、わたしの物腰に感銘を受けております」とカストルは言い出した。「野卑で粗暴きわまる男どもの間にまじって日々を過ごさねばならないのですから、それも無理からぬことでしょう。そこで、わたしがそれなりに品格ある服装をし、申し分ない姿をして出向けば、上々に遇されるのではないかと思うのですが……。ご主人がおもちの衣裳のうち、あの亜麻布製の短衣《トゥニカ》など、どうでしょう」

「だが、あれはまだ一度も着ていないのだぞ」

「まさにおっしゃるとおり」とカストルは主人の反論を受けて、「おろしたての衣服を着て歩く人物を、世間は二流、三流の下っ端として軽んじるものです。真に高貴な男性は、必ずまず誰か他の者に二度ばかり着用させます。使用感によって優雅さがかもしだされたところで、初めて自分が袖を通すのです……」

「わかったわかった。貸してやるから、もう下がれ」とアウレリウスは短く切りあげた。

「それから、その上にご主人の頭巾つきマントをはおるつもりなのですが……。ありがとうございます、これで完璧です」

アウレリウスは背を向けて、厚かましい秘書が出ていってくれて扉が閉まるのを待ち受けたが、いつまでたってもその気配がないので、もう一度振り向いて顔を上げた。カストルはまだそこにいた。

「ご主人様《ドミネ》、先ほどのまことに見事な仕立ての短衣《トゥニカ》ですが、肩のところで留めるものが何もございません。半分はだけた姿でうろうろするのも見苦しく……」

「貴重品入れから、衣裳留めを二つ出して使え。ぐずぐずせずに早く行くのだ！」とうとうしびれを切らしたアウレリウスは、怒りを声に出してどなった。

ようやく一人になれた彼は、ゆっくりと麦酒《ケルウェシア》をすすったあと、寝台に身を横たえた。思いは、とっくに忘れていたはずの自分自身の過去のとある時期へと向かっていった。

紅のベール、神々への供犠、……そして赤ん坊のプブリウス、怒り、嘘、無関心……。彼女に再会するとき、自分はどんな気持ちになるだろう。


「どなたともお会いにはなりません」門番奴隷がつっけんどんに応対した。

「わたしには会うはずだ」アウレリウスは、声に重みをもたせて言い返した。

奴隷は、彼を玄関広間《アトリウム》に立たせたまま、疑わしそうな顔をして邸の奥に入っていった。

アウレリウスは、薄暗い邸内を眺めわたした。

壁に描かれて褪色しかかった神話のフレスコ画が、仲間どうしの親しげな、しかしちょっと当惑ぎみの目配せを自分に送っているかのように見える。そう、あれはキュクロプス［神話の一つ目巨人］の目玉だ。あれに向かって、一度、怒りのあまりランプを投げつけたことがあった。おざなりに拭き取られた黒い煤《すす》の跡がまだ見える……。

「ここにあなたが？」背後で声がした。何の驚きもない、ただ事実を確認するような口調だった。

アウレリウスは振り向いた。まさしく彼女だ！……しかし、何と変わり果てたことだろう。

「幽霊を見るような目つきはやめてもらいたいわね」怒りがあらわになった言葉が投げつけられてきた。

「相変わらずだな」と彼はこたえながら、あとについて応接室《タブリヌム》に入った。

フラミニアは背の高い椅子に座ると、ワインを注いだ。

「そうよ、わたしの姿は変わったわ。わたしを見たとき、あなたがどんな顔をしたか、気がつかなかったとでも思う？　否定してくれなくて結構よ。あなたのその完璧な礼儀正しさが、わたしにはいつも我慢ならなかった。それはそうと、わたしはローマにお忍びで帰ってきているんですからね、言いふらされては迷惑よ。人前に自分をさらす気なんて、さらさらないわ」彼女は、あばただらけになった顔に手をやりながら、低い声で言った。

「長い病気だったな……」アウレリウスは、ささやくように言った。

「生き延びられる人間はわずかしかいない。だけどわたしはしぶといから。よくご存じのように」

彼はあらためて、記憶の中に美しく残っている彼女の顔を見つめた。そして、あの頃は憎みさえしたその冷たい瞳も。

「さあ、用件だけ言って、とっとと帰ってちょうだい」蜂蜜入りワイン《ムルスム》をぐっとあおると、フラミニアは大声でどなった。「家に人を入れるのは嫌。たとえどこかの元老院議員でもね」

「だが、ケリドンは入れた」アウレリウスはつとめて平静な口調を保とうとした。

「あの男のことが知りたかったわけ」フラミニアはかすれ声で言った。「一言ですむ話よ。ぼろぼろの醜い女になっても、その気になったらローマ一の花形《はながた》男を買うくらいの金が、わたしにはあるっていうこと」

「何度もここに呼んだのか」

「二度だけ。いやいや来たことは一目瞭然だったわ。わたしの誘いを断ったらどんな目にあうかわからないと知っていたのよ」彼女は怒りを抑えながら、一言一言はっきりと口にした。「どっちにしても、わたしはすぐに飽きた。あの男は、ベッドの中よりも闘技場《アレーナ》の方が得意だったのね。二度目なんか、役立たずだったわ」

「いつもながら手厳しいな」アウレリウスは眉を上げて、「ところで、死んだところは見たのか」

「ええ。ウェスタ神殿の巫女《みこ》の席から見ていたわ。女祭司長のはからいで、わたしはベールで顔を隠したまま試合が見られるのよ。あらかじめ言っておくけど、泣いたりはしなかったわ、あの男が地面に倒れたとき」

アウレリウスは黙っていた。

「さ、話はすんだわね。出口へ案内するわ」彼女はつっけんどんに会話を閉じた。

「それには及ばない、フラミニア。家の中は覚えている」

アウレリウスは、振り返ることなく出ていった。

XI

ユリウス月のカレンダエの日の十六日前〔六月十六日〕

「ご主人、ご主人、お聞きください。すごい事実をつかんできましたぞ!」カストルが、竜巻のような勢いでとびこんできた。

アウレリウスは、集中していた書物から視線を上げた。それはローマの都でもっとも充実した棚ぞろえを誇る書籍商ソシウスから届けられたばかりのポンポニウス・メラ『世界地理』の新しい書写本《ウォルメン》だった。じつに興味深い論考で、地理学という学問にかかわることなら何に対しても好奇心を燃やすアウレリウスは、カストルの闖入《ちんにゅう》を一瞬、いまいましく思った。

《中断に値するような事実と願いたいものだな》心の中でそうつぶやきながら、彼は秘書に向き直った。「剣闘士養成所から戻ったのか」

「養成所と劇場からです」とカストルはこたえて、「ああいった剣闘士連中のご面相を拝ませられたあとでは、目を楽しませる必要がありますからな。それはともかく、お聞きください。ケリドンは最後の晩餐《リベラ・ケナ》が終わったあと、取り巻きどもを引き連れて養成所の外へ繰り出し、それからニュッサも引っぱり出そうとしていたのです。むろん親方はかんかんに怒って、やめさせようとしました。

養成所随一の剣闘士が、こともあろうに試合前日の晩に、無礼講をぶちあげようというのですからな。しかし、ケリドンをとめることはできませんでした。自分のような大物の花形剣闘士を、十人並の他の連中と同列扱いするとは何ごとか、というわけです」

「つまり、ケリドンは一晩中、外出していたわけか……」

「さようです」

「それで？」

「夜明けの二時間前に、もはや親方も頭をかかえ、あの男は試合に出ることすら忘れてしまったのかと観念し始めた頃になって、ようやくご帰館だったとのことです」カストルは、とくとくとして調査の成果を語り続けた。「ご報告はまだありますぞ。試合の当日、セルギウスが闘技場のどのあたりにいたのかについても突きとめました。法廷演説家とその妹は、名士が居並ぶ観覧席には座らずに、闘技場関係者の間に立ち混じって、剣闘士が砂場に入場する出入口のすぐ脇に陣取っていたのです」

「よくやった、カストル」アウレリウスは秘書をねぎらった。「これでいろいろ説明がついたぞ。二人のうちどちらかが試合前に地下にいるケリドンに近づいて一服盛るのは、かんたんな話だからな」

「さすがのご慧眼《けいがん》。ところがあいにく……」秘書は、いかにもわざとらしい心痛の表情を浮かべて言葉をにごした。

「あいにく、とは？」

「あの二人のまわりには、連れが二十人ばかりおりました。その誰もが、闘技会の間じゅう席を立つ者はいなかった、それはどこへ出て誓ってもいいと、口々に申すのでございますよ」

「しかし、そんな証人など、昔から金を使えばいくらでも揃えられるからな……」アウレリウスは、わずかな期待をかけて言い返してみた。

「彼らの周囲にはさらに多くの観客がいたことをお忘れなく。全員の買収はおろか、一人一人をつかまえて因果を含めるだけでも七面倒なことになるでしょうな」カストルは、主人の期待を打ち砕いた。

「たしかにそうだ」とアウレリウスは認め、「われながら早とちりしていたな」ともらした。

「まだご報告があります。トゥリウスが死んだ日の前夜、養成所内を一人の女が歩きまわっているのが目撃されておりました。ベールをまとっていたため、誰なのかは見張りの者もわからなかったよし。ま、実際、彼らにしてもわざわざ呼びとめたりはしなかったわけですが……。規則を無視して、やんごとなきご婦人が剣闘士の房で一夜を過ごすことは、今に始まったわけでなし」

もしやそのベールとは、誰にも見られてはならない顔面を隠すためだったのでは……。アウレリウスは一瞬、心の動揺を覚えておののいた。

「ことによればその謎の女は、トゥリウスとしゃべっているうちに、ケリドン殺しについてトゥリウスが何か知っていることに気づいたのではないか？　わかった！　トゥリウスはそいつをたねに女をゆするという馬鹿な真似をしたのだ。だから翌朝、房の中で死体になったというわけだ！」アウレリウスは、とくとくとして推論を展開した。

「お見事な推理でございますな」と秘書はこたえてから咳払いをした。「しかし、いささか符合しかねる事実がございまして」

「まだあるのか」アウレリウスは、がっかりしてため息をついた。

「ベールの婦人が入っていったのは、シチリア人剣闘士ヘリオドロスの房だったのです。トゥリウスの房ではございませんでした」カストルは内心に意地悪い喜びを覚えながら、主人に最後の冷水を浴びせた。

「そうか」アウレリウスは、二の句が継げなくなり、「ということは、つまり要するにだ、お前だって真相を突きとめたわけではないのだな」

「何ですと?」カストルは、色をなして言い返した。「わたしが身を粉にして働きまわればこそ、事件解決へと向かう道をはばんでいた無数の障害物、無意味な逸脱、偽りの手がかりが除去されたのですぞ。それはそうとして、ちなみにこれが経費の明細です」彼は急に声の調子をやわらげて請求額を示し、受け取った金をすばやく懐中にしまいこむや、主人が明細書をじっくり眺める暇もあらばこそ、さっさと引き下がった。

アウレリウスはあらためて、中庭柱廊の大理石の腰掛けに座りに行き、『世界地理』の書写本を手にとると、ストラボンの『地理書』の記述と比べ始めた。世界は何と広大なのだろう。それなのに知られていることの何とまだわずかなことか! 未知の土地があり、未開の民族がいる。神話的生き物、スキタイ人が蝮《まむし》の血の上澄みから抽出する猛毒、ケルト人が森の植物からつくる毒液……さらにまた、臭いを嗅いだだけで死ぬという、コーカサス山脈のソアネス人がつくる恐ろしい毒薬の存在。

アウレリウスは、考えこんだ表情で巻物から目を上げると、花壇にじっと視線をそそいだ。そこには、帝国各地にちらばる業務代理人を介して取り寄せた珍しい植物がとりどりに植えられていた。大理石でつくった庭池に、エジプトのパピルス草が青々と茂り、伝説によれば実を食べると過去の記憶が消えるという蓮《ロトス》の優美な花が咲いている。幸運の女神の小像と恋の神の青銅像の間からは、東方の葦の一叢《ひとむら》が、柱廊の円柱にも負けまいと高く背を伸ばしている。

アウレリウスは不意に立ち上がると、葦に近づいていった。

そして何かの考えに突然打たれたかのように、葦を一本折り取ると、茎の内部を覗いた。長い空洞が見えた。

その中空の茎を口元に近づけ、息を吹いてみた……。可能だ。彼は興奮を覚えながら、小さな丸い草の実をさがして、茎の中に入れると、胸いっぱいに息を吸いこんだ。そして、肺にたまった空気をプッと一気にはきだした。

草の実は柱廊の円柱の間を矢のように抜けて、応接室《タブリヌム》のさらに向こうまで飛んでいった。

「あいたっ！」という悲鳴があがり、こめかみに手をあてたセルウィリウスが入ってきた。「すべての神々にかけて！　いやはや君は何を思いついたんだね」

「これは悪かった。ちょっと実験していたことがあったものだから」とアウレリウスは詫びたが、当人は機嫌をそこねた様子もなく、それどころか、顔面への一撃も、うれしくてたまらなさそうなその表情をまったく曇らせていなかった。

最悪の予感をアウレリウスは感じた。

「劇場からの帰りなのさ」はたして、セルウィリウスが鼻高々と切り出した。「勝利だよ！」

《オリュンポスの神々よ！　万事休す。ポンポニアもかわいそうに》アウレリウスは、心中で嘆きの声をあげた。

「きのうの晩なんだがね」とセルウィリウスは続けて、「ニュッサはぼくになんか会ってくれないだろうと思ったんだが、あにはからんや……。信じられるかい。会ってくれたどころか……」そう言うと、顔を赤らめながら短衣《トゥニカ》の袖から刺繍の入った亜麻布の小片をとりだし、目配せをした。「わかるかな」

アウレリウスは、がっくりして腰掛けに体を落とした。わかるどころか、あれは先日の晩、ニュッサの下半身をわずかにおおっていた布ではないか。

ローマ騎士の目は、満足感できらきらと輝いていた。

「いやまったく、素晴らしい女性だね!」彼はうっとりした声をあげた。「おや? おめでとうと言ってくれないのかい」

「とんでもない、そんなことはないよ、ティトゥス……」アウレリウスは言葉をためらった。

「そりゃあ、君にとっては、女性の寵愛を受けるのは当たり前だろうさ」セルウィリウスは、腹立ちを隠さないで友人を難詰し始めた。「さぞかし君にもご努力があるんだろうねえ。若いし、金もあるし、もてるし……。ぼくは、君が恋の戦果をあげるたびに、いつも喜んであげたんだよ。それなのに、いざぼくの番が回ってくると、君は喜んでくれるどころか、まるで妬んでいるような顔をするんだね」

「まさか、妬むなんて。何を言いだすんだ。ぼくはとてもうれしいさ……」

「ほんとうに? そうは見えないぞ」

「ティトゥス、まさかぼくが……」

「いいや、そうだ」セルウィリウスは強引に相手の言葉をさえぎった。「ニュッサは君よりもぼくを選んだ。それが君には死ぬほどくやしい。そうなんだろう」

「オリュンポスのすべての神々にかけて！」アウレリウスは、何とか言い返そうとした。「驚いたよ、そんなことまで考えるなんて」実際、アウレリウスにしてみれば、色恋の道で自分とセルウィリウスが張り合うなどという考えは、まったく非現実的で馬鹿げていた。それではまるで、あの静かなウエスウィウス火山が――いつもゴロゴロと無邪気な音を鳴らしているだけのあの火山が――今にも大爆発を起こすと思うのと同じではないか。

「やれやれ、プブリウス君よ、君がそんなに情けない男だったとはねえ」

アウレリウスは目を天に向け、われに忍耐の力を恵みたまえと、不死の神々に――存在など信じていないのに――静かに祈った。

「誤解だよ、ティトゥス」アウレリウスは口を開いた。「信じてほしい……ぼくはただただ、ポンポニアのことを思いやっているんだ」

「だから?」セルウィリウスは、辛辣に言い返した。「娼館の方が神殿の数より多いのがローマの都さ。商売女を数に入れなくったって、遊女《あそびめ》や浮かれ女《め》から始まって、囲われ者の女や自由奔放な解放奴隷の女まで、この町は、いつでもどこでもという女であふれかえっているよ……。上流階級の婦人でさえ、今や羞恥心も貞操もどこ吹く風で励みまくっているというのに、このぼく、三十年の結婚歴をもつこのぼくが、たった一回のちょっとした悪さもしてはいけないのかい?」

「せめて、奥さんにわからないようにだけはしてほしいんだが」

「わかるはずがないじゃないか。証拠は何も残していないんだから……」セルウィリウスは胸を張って見えを切ったが、次の瞬間、思いあたるふしが何かあったように、ぴたりと動きをとめた。「しまった!」うめき声がもれる。「短衣《トゥニカ》のへりに、ニュッサの頬紅がついたままだったぞ!」セルウィリウスはくるりと背中を向けると、だから言わないことではないと首を横に振っている友人を残して、稲妻よりも早い勢いでとびだしていった。

「うおっほん……」アウレリウスの背後に、いつの間にかカストルがあらわれて咳払いをした。「われらが共通の友人のいたくご満悦だった様子から察しまするに、わたしの間違いでなければ、少々お支払いいただかねばならぬものがございますな」秘書は、主人の記憶を喚起した。

「誓ってもいいが、この裏にはきっとお前の策謀があるな、このギリシャ人の悪党めが！」アウレリウスはどなりながら金を渡したが、これほど理不尽でしゃくにさわる賭けの金の精算もなかった。

XII

ユリウス月のカレンダエの日の十五日前［六月十七日］

翌日、アウレリウスは気乗りしないまま、活動を再開した。

顔を洗い、髭をそり、元老院議員身分の象徴である緋色の縞飾り入り《ラティクラウィウス》の重い白服《トガ》を身にまとうと、セルウィリウスと並んで輿の上に横たわり、行列に出発を命じた。

先触れ奴隷たちが、アウレリウスの名前と地位を左右に大声で告げながら進む間、彼は、事件解明を進めるうえでそもそもこんな仰々しさが真に役立つことなどあるのだろうかと考えていた。むしろ、目立たない姿に身をやつして養成所の向かいにある居酒屋《カウポナ》にもぐりこんで探りを入れた方が、よっぽど得るところがあるのではなかろうか……。だが、皇帝クラウディウスからは公的な形で任務をまかされたのであり、悲しいかな、儀礼の型から外れることはできないのである。

今日もまた養成所の門が開き、徒歩で輿に従っていたカストルは、ただちに剣闘士の食堂の方へと姿を消した。

セルウィリウスも、いつもなら奴隷の助けをかりて輿から降りるのに、さっと身をひるがえして輿から降り立った。顎を上げ、自信に満ちた足取りで中庭を進んでいく友人を見て、アウレリウスは彼の背が高くなり、体まで少し引き締まって見えるのに気がついた。男性的成功は、こんなにも男を変えるものなのか！

嫉妬しているわけでは、もちろんなかった。とはいえ、平和的な性格のティトゥス・セルウィリウスがこんなにあっさりと女優《ミムラ》を陥落させたことは、いささか驚きだった。肥満したあの身体と同じくらい肥大した彼の財布に、思いきり物を言わせたのならともかく……。

友人の勝ち誇った満足げな表情に視線をそそいでいるうちに、アウレリウスはふっと苛立ちを覚えて、こうなったからには、セルウィリウスに向けられたニュッサの関心を逸らせるために自分がのりだすべきではなかろうかと考え始めた。むずかしくはないはずだ。どのみち、自分の方がまだセルウィリウスよりも金持ちだし、見てくれだってはるかにいい……。むろん自分のためにするのではない。これは、かわいそうなポンポニアを結婚生活の危機から救うという善意に発した犠牲的行為なのだ……。アウレリウスははっと我に返って思念を払いのけた。自分ともあろうものがどうして、嫉妬心に動かされたと勘繰《かんぐ》られてもしかたのないようなこんなさもしい考えを抱いてしまったのだろう。彼は自分が腹立たしかった。

「これはこれは、スタティウス様」例によって、アウフィディウスが卑屈なまでのうやうやしさで出迎えたが、丁重な口ぶりの裏には反感めいたものが容易に感じ取れた。この出しゃばり貴族にこう始終出入りされて鼻をつっこまれたのでは、一介の親方のおれに何がしでかせるというのだ。それどころか、こいつが中庭をうろうろして、皇帝の特命長官であることを笠にあれこれ命令するようになってから、剣闘士の上に立つおれの不動の権威までがあぶなくなってきた！

「ヘリオドロスを呼べ」アウレリウスはつっけんどんに命じた。

「ただちに、元老院議員様」とアウフィディウスはかしこまったが、すぐにおもねった声で、「お聞き及びのことと存じますが、皇帝陛下が今月の終わりに次の闘技会を実施するようご命令になりました。そうなりますと、わたしとしてもこれ以上、訓練を中止させたままにはしておけないのでございますが……」

「いいだろう、また肉切り包丁を振り回すんだな」アウレリウスは、しかたなく許可を与えた。

訓練再開が告げられるや、喜びの大声がひとしきりあがった。いったいこの連中は、いくら無分別で頭がおかしいからといって、殺されるのが待ち遠しかったのだろうか。アウレリウスは、部屋の片隅に立って彼を待つシチリア人剣闘士の方に向き直りながら、驚きとともに首をひねった。

ヘリオドロスは、不信の目でアウレリウスを見つめていた。彼に限らず、剣闘士たちの誰にとっても、緋色の縞飾り入り《ラティクラウィウス》の白服《トガ》を着たこの詮索好き貴族から関心の的にされたらろくでもない結末が降りかかるだけだということが、今や明白だったのである。

「お前のところに最近、ご婦人の来訪があったと聞いている」アウレリウスはわざとぼかした言い方で切り出した。

「ご婦人?」ヘリオドロスはすぐさま言葉を返した。「あの女がどんなに金持ちで身分が高いか知らないが、セルギアはご婦人どころか売女《ばいた》のくそったれだ!」

そうか、セルギウスの妹だったのか……。

「トゥリウスが死んだ前夜に、彼女がお前のところに何の用事で来たのだ」

「何の用事で来た? あの性悪女は、自分の邸でやる余興におれを出したいっていってぬかしたんだ」ヘリオドロスは、怒りにまかせてぶちまけ始めた。「だが、おれははっきり言ってやった。あの女のことを、あの女がやっている反吐《へど》が出るようなことを、おれがどう思っているか！『見そこなうな、おれはガッリクスじゃないぞ。おれにはシチリアにいいなずけがいる。立派な娘で、おれの帰りを待っている。ちゃんと金をためたら、すぐに女房にするんだ。いつくたばるかわからない稼業をおれがやってるからって、お前が言うようなけがらわしい真似まで喜んでですると思ったか。口からよだれを垂らしっぱなしの汚らしいギリシャ人やローマ人じゃあるまいし……。おれは山国生まれだ。十二歳を過ぎてからは、誰の前にだって裸で出たことなんかないんだ、母親の前でもな』そう言ったら、あの売女の畜生め、ゲラゲラ笑いだしやがって！」ヘリオドロスは憤激のあまり大声になった。

アウレリウスは、あえて何も言わずに、口を閉じたままうなずいた。

このシチリア人剣闘士はほんとうに真実を語っているのだろうか。闘技場《アレーナ》での命のやり取りを生業《なりわい》にする男にここまで廉恥心《れんちしん》があるのは、奇異と言えば奇異だ。しかし、筋骨隆々たる偉丈夫がじつは内心どうしようもなく臆病風に吹かれていた、といったたぐいの実例がないわけでもない。ひょっとしたらセルギアは、トゥリウスを始末しようと養成所に忍びこむ口実として、ヘリオドロスを使っただけなのだろうか……。

「次の日に、おれの房の布団の下からこいつが出てきた。あの女が置いていったに決まっている。おれを呪術で呪い殺そうっていう魂胆で！」ヘリオドロスは、満面に怒りをあらわしてののしると、二つの瞳をもつ目の呪物を見せた。「セルギアは呪術使いだ。見ればわかる。みんなに呪術をかけようとたくらんでいるんだ。トゥリウスがやられたように！　あんなふうに誰も入れない部屋で殺されるなんて……自然の理屈から外れている」

アウレリウスは、ヘリオドロスがさしだした護符をしばらくじっと見つめた。トゥリウスの死体の脇で発見されたものと、まったく同一だった。

なるほど、トゥリウスの死が人知の及ばない出来事になってくれれば誰かにとって都合がよくなるのかもしれない。しかし、呪術をもちださなければそれができないわけではない……。この犯罪は、神々や呪術使いの世界とは無関係だ。アウレリウスは、殺人のあった房をもう一度、今度は外側から調べてみるために宿舎の方に向かいながら、そう考えた。

半地下になったトゥリウスの房の明かり取りになっている小窓の上にかがみこむと、彼はあらためて鉄格子を検分し、自分の推測を確認してみた。やはりそうだ、細い葦の茎なら格子の隙間にかんたんに挿しこめるではないか……。

アウレリウスはもっと低くうずくまろうとして、すでに埃まみれになっている白服《トガ》の垂れた襞《ひだ》を内側にたくしこんだ。実用的なギリシャ風の短マント《クラミュス》を着用できないのがうらめしかった。どうしてローマ建国の父祖たちは、さまざまな衣服があるのに、よりによっていちばん不便な様式の衣服を正装用に選んだのだろう。

何とか小窓のすぐ近くにしゃがみこみ、どのくらいの角度からなら房の中に毒針を到達させられるかを確かめた。トゥリウスの死体が発見された位置ともぴったり対応する。これで密室の謎は説明がついた。

しかしケリドンの死は、まだ解けない。あのときは、殺された当人が闘技場《アレーナ》のど真ん中にいて、無数の観衆がそれを見守っていたのだから……。こうなったら一刻も早く円形闘技場におもむいて現場検証を行わなければと、アウレリウスは考えた。

「こんにちは、アウレリウス様！　地べたの上で何をしておいでなのです？　それじゃまるで、お仕置きを食らった子供じゃありませんか」足音を立てずに背後に忍び寄ったガッリクスの声が、アウレリウスの思索を中断させた。「しかるに、あなたのギリシャ人の部下の方は、じつに働き者ですね。あの調子でいけば、アルドゥイナも、もはや愛しのケリドンの死を嘆くことはないでしょう」

「どういうことだ。二人の間にそういう感情があったのか」アウレリウスは耳を疑った。

「なあに、一方的な片思いってやつですよ」ガッリクスは、小馬鹿にした笑いをあげた。「まあ、彼女の口からじかに聞いたわけではありませんけれどね……。しかし、そういう点ではわたしの目は節穴じゃない。このわたしは、養成所しか知らない人間じゃありませんからね。だいたい、ケリドンのような男が、品のないあんなのっぽの女を自分の何かにしたなんて、お思いになれますか。アルドゥイナは、遠くから憧れの君にじっと眼差しを送るだけで我慢するしかなかったわけですよ……。とはいっても、誰がケリドンを殺したのかわかるなら、あっという間にそいつをずたずたの肉片にしちまうことは請け合いですがね。ところが幸か不幸か、自分で犯人を見つけ出したくても、ちっとばかりおつむが足りない」

「しかるに君は目端がきく、というわけか」アウレリウスは皮肉を言った。彼は同輩を見下すこのケルト人剣闘士の態度が、どうも癇《かん》にさわってならなかった。

ガッリクスは、あきらめと無関心、そしていささかの狡猾さを同時に表現するしぐさで両手を広げた。「何とおこたえいたしましょうかね。世の中を変えることなんかできようはずもなし、わたしはできるだけ大過なく切り抜けていこうと思っているにすぎません。もうちょっとすれば契約が切れて、ここともおさらば。このまま闘技会《ルディ》の中止を命じ続けてくだされば……」

「それなら悪い知らせだ、ガッリクス」アウレリウスは、意地悪い喜びを少々覚えながら相手をさえぎった。「今月末に闘技会が催されることになった。クラウディウス帝のご命令だ」

「至上至高のユピテル神にかけて！　それなら急いで訓練を始めないと」ガッリクスは弾かれたようにとびあがって、武器庫《アルマメンタリウム》に向かおうとした。

「まあ、待て」アウレリウスは引きとめて、質問をぶつけた。「ケリドンがムティナの出身で、若い頃縄作りだったことは、知っていたか」

「ムティナの出身ですって？」ガッリクスは驚いて聞き返した。「トラキア人だと言っていたのに……。あのろくでなしの罰当たりときたら、そんな話をでっち上げて！　しかしまあ、考えてみれば悪くないやり方ではありましたね。わたしもその手を思いついてしかるべきでした。観衆の受けがぜんぜん違っていたでしょうから」そう言うと、世間の卑劣な手口は知り尽くしていたはずが意外なところで一杯食わされましたという表情をして、いささかおおげさに首を振ってみせた。「ムティナの出身なんて話は一言だってしませんでしたね、第一の親友だったこのわたしにも。やれやれ、とんでもない食わせ者だったわけです」

「たしかに、誰もかれも騙されていたくらいだからな……」とアウレリウスはうなずいて、「だが、剣闘士になりたいと言ってやってくる人間には、ふつう身元を明かした書類が要求されるのではないか？」

「あれでしたら、うるさいことなど誰も言いません。剣さえ使えれば、どこの馬の骨だろうとかまいませんから。まあ、たしかに実際には、推薦状付きでやってくる人間が多いです。そうかんたんに皇帝所有の剣闘士団に入れてもらえるものじゃありませんから」ガッリクスはそう認めてから、「親方《ラニスタ》だったら何か承知していたかもしれませんが……」と言い足した。

アウレリウスはただちにアウフィディウスをつかまえにいったが、中庭を横切る途中で、見るからにけんか腰のヘラクレスと鉢合わせした。

「なぜお前、訓練、中止させてる」粗野なサルマティア人剣闘士は大声でどなり、襟首につかみかかろうとした。「わし強い、わし闘う！」

「その機は近いぞ、ヘラクレス」アウレリウスは相手をなだめすかしながら、頭の中で、この鈍感な巨体がいつまで生き残れるのだろうと考えた。

大男は気をよくして、蛮族の言葉で雄叫びをあげながら、訓練用の回転棒が立っている方へのっしのっしと歩いていった。ほどなくして、アウレリウスは親方の自室に迎え入れられた。

「おっしゃるとおり、ケリドンは推薦状を持参していたはずです……」親方はうなずいて、協力をおしまない顔つきをした。

「それを探し出すのだ。文書はみな、保管してあるはずだろうからな」

「いやはや、その文書というやつなのですが……。今にもパピルスの山に押しつぶされそうなくらいでして」親方はぼそぼそと不平をこぼし、「皇帝陛下の剣闘士を鍛錬するというこの職務に就いて、まさかお役所仕事をするはめになるとは夢にも思いませんでした」

「で、その推薦状は？」

「さてもう、何年も前のことでございますからな。あれを全部、引きずりおろさないことには……」

親方は困り果てたような表情をして、高い所にいくつも押しこめられている木箱を指さした。

「ほほう、つまりはクラウディウス帝にじきじきお出まし願い、書類発掘の助っ人になってほしいと言いたいのか」アウレリウスは、皇帝の意向を受けた特命長官という自分の役職をもちだして脅かした。

「めっそうもない！　お待ちください。たぶん、あそこを探せば……」いやいやながらの顔のまま親方は観念し、やがて、「ああ、出てまいりました！」と言って、埃まみれの巻物をさしだした。

アウレリウスは食い入るように、文面に目を走らせた。「推薦状の署名人は、東方配備のローマ軍団司令官パピウス・ファティウス……。ケリドンのことを、トラキアの地で激戦の末にとらえて捕虜にした者であると記している」アウレリウスは、不審の目で指摘した。

「まさしくそう書かれておりますな」親方も、責任をかぶるのはごめんとばかり、声をそろえた。

「それなら、お前は自称トラキア人のケリドンが、実際にギリシャ語をしゃべるところを一度でも耳にしたというのか」アウレリウスは皮肉をこめて問いただした。ケリドンがじつはムティナの出――つまり、ガッリア・キサルピナ地方の出――であったのなら、親方は職務上、何年間も彼と接していたわけだから、話が違っていることに誰より先に気づいて当然ではないか。

「ここはギリシャの修辞学を教える学校ではございません。ケリドンは腕の立つ剣闘士でした。そういう男に、家系はどうなっているなどと問いただしたりはしません」

「お前は、法廷演説家のセルギウス・マウリクスとは知り合いか」アウレリウスは、間を置かずに次の質問を放った。

「口をきいたこともございません」親方は言下に否定した。「ただし、大の闘技好きであることは承知しております。ケリドンも何度か、お邸に呼ばれておりました……。そもそもケリドンが、破滅の元凶になったあの女に出会ったのも、あのお方のお邸でした。あの最後の晩、わたしがどれほど必死の思いでケリドンを外出させまいとしたことか！　しかし、何を言っても無駄。あの男は、さかりのついたオス猫のように、ニュッサのところに飛んでいくことしか頭になく……」

「セルギウスの妹も、養成所は出入り自由だそうだな」

「ああ、あの女ですか」親方は憮然とした顔をして、「剣闘士の房に入りびたっているのは、彼女一人に限りません。暇をもてあました大勢のご婦人が、ここの剣闘士たちに熱をあげています。まあ、わたしがそのへんをあまり厳しくしすぎると、今度はこっそり手引きしようなどというやからが出てきて、もっと面倒なことになりますからな」

「しかるに現状のままなら、お前はご来訪一回ごとに歩合をなにがしか懐におさめられる、という寸法か」アウレリウスは、揶揄《やゆ》するように言った。

「ま、たしかにちょっとした贈り物を頂戴することも、ないわけではございません」親方は、軽く受け流した。

アウレリウスは、親方に一瞥も与えずに外に出た。

そうか、トラキアの英雄という作り話のお膳立てをしたのはパピウス・ファティウスかと、アウレリウスは考えた。すぐに調べてみなければならない。そういえば、ここしばらくローマの都ではあの男の噂を聞かないが、パピウスは帝国最強の軍団の一つを指揮する将軍なのだから、短期間であれ噂がないのはかえって不自然だ。

そのとき、誰かが彼の服の裾を引っ張るのに気がついた。「ああ、クァドラトゥス、君か……」アウレリウスが振り向くと、悲しげな顔の元農夫が、まだ回転していない訓練用の棒の脇に、いつものごとく一人で立っていた。「君の事件の再審をなんとか開始できないか取り計らっているところだ。うまくいけば希望がもてるぞ。あの男とお前の妻が共謀していたことを、首尾よく証明できれば……」

「ありがたいことですが、ご尽力のかいはありませんよ。次の闘技会《ルディ》が終われば、おれはもうくたばってますから」クァドラトゥスの感謝の言葉は、相変わらず悲観的だった。

「反撃もしないうちから、そんなふうに白旗をあげてどうする」アウレリウスは怒った声で言った。「法廷で闘うんだ」

「そういう気にはあまりなれません」クァドラトゥスは暗い顔で言葉を返した。「おれの運の悪さときたら相当なものですからね。どうせ今度も、あのときおれの女房を弁護した悪党と同類の弁護人が出てくるに決まっている気がして……」

アウレリウスは耳をそばだてた。まさかひょっとして？「そのときの弁護人の名前を覚えているか」と、彼は身を乗りだしてたずねた。

「もちろん覚えていますとも。セルギウス……セルギウスって名前の悪党です。覚えているだけじゃありません。ここにも一度、姿をあらわしました。練習試合のときです。もちろん、やつはおれが誰だか気づきませんでした。おれは、やつのせいで人生を台無しにされたたくさんの不幸な人間の一人にすぎませんからね。だが、おれの方は、あいつの面《つら》をぜったいに忘れやしません」

クァドラトゥスは、生真面目な顔でそう断言した。しかし、セルギウスの方がクァドラトゥスの正体に気づかないふりをしていただけなのではないだろうか。不当な判決によって剣闘士にさせられた農夫を、実力トップの剣闘士と対戦させる――一大番狂わせを仕組むのに絶好の組み合わせだ。投網剣闘士を勝てない状態にしさえすれば十分で、それについては、ニュッサか、あるいはセルギウス当人の妹を使えばいい。それとも、ケリドンが会っていた謎の婦人を……。

そのとき、だしぬけに大きな浮かれ声が聞こえてきて、アウレリウスの思考を中断させた。どう見てもワインをたっぷりきこしめしているとしか思えない千鳥足《ちどりあし》の二人組が、体をふらふらさせて何やらしゃべりながら、彼の方においでおいでと手を振っている。

「いよう、元老院議員さんよ、あんたの秘書ってのはいい男だね！」アルドゥイナは、アウレリウスの肩をバシンと一発どやしつけると、コロコロとうれしそうな声を放った。「見なよ、こんなにいい短剣を贈り物にくれたんだ」小さくて丸い凶暴な目を喜びで輝かせて甲高い声をあげる。バサバサの黄色い髪の毛がアウレリウスの繊細な鼻の下で揺れた。

くしゃみが出かかったのをあやうくこらえ、さらに右の目に女剣闘士の髪の毛の先が入りそうになって思わず顔を横にそむけたアウレリウスの視界に、一人の下働きの男がそっと足早に、親方の部屋から表門の方へと向かっていく姿がとびこんだ。

「あの男を追うのだ、カストル！　急げ」アウレリウスの命令に、カストルはこのときばかりはアルドゥイナの手から脱出できる喜びを満面にあらわして、ただちに男の追跡を開始した。

ブリタンニア女はがっかりして、カストルの突然のグループ離脱を悲しみながら、見る見る小さくなっていくその姿をじっと目で追った。その間にも、ヌビア人の輿担ぎ奴隷の脇に立ってじりじりしていたセルウィリウスは、もう待てないというそぶりをしていた。もちろん、一刻も早く退屈な任務から解放されて、美女のもとに駆けつけたいのである……。

アウレリウスは、優雅からほど遠い女剣闘士の姿を見つめているうちに、ふと突飛な、少々あくどいとも言えることを思いついた。

「じつはわたしからも君に贈り物があるのだ」彼はいきなり顔をにこにこさせて、「セルウィリウス、輿の中から、今朝あつらえさせたあの花環をもってきてくれ」

「あれはニュッサへの贈り物だよ！」セルウィリウスが小声で反論した。「だいいち、あんなブリタンニアの大女が薔薇の花環をもらってどうするんだ」

「四の五の言わずに、すぐにもってきてくれないか」アウレリウスはそう命じながら、頭の中で、《女はいつだって女だ。剣闘士であろうとなかろうと、薔薇をもらって喜ばない女はいない》と考えていた。

「わたしに？」はたしてアルドゥイナは驚きを声にし、信じられないという目つきで、薄く柔らかな薔薇の花びらにいかつい夕コだらけの指を触れた。そして、本人としては愛らしいしぐさのつもりで花環を太い首にかけると、ぎこちなく口を歪ませてほほえんだ。「すてきな贈り物だよ、元老院議員さん！」か細い声で彼女がもらした言葉を聞いて、アウレリウスは、彼女の心を心底、動かすことができたかもしれないとさえ思った。

「あんな恐ろしい男勝りに、ニュッサに贈る花環を渡してしまうなんて！　君の考えていることがさっぱりわからないぞ……」表門に向かいながら、不機嫌な顔のセルウィリウスが恨みがましいセリフをつぶやいた。「どうも、ぼくのやることをじゃましたいようだね」

「丈夫《ますらお》顔負けの身体にも、少女の繊細な心が秘められていることがままあるものだよ」とアウレリウスは説きふせようとした。

「少女？　親しそうに背中を叩いて、骨を真っ二つに割る力があるんだよ！」セルウィリウスは口をとがらせ、「ほら、あの大女に撫でられたところが、あざになってきた」

「それなら、ポンポニアに頼んで軟膏を塗ってもらったらいいじゃないか」自分もアルドゥイナの率直な性格を生身で体験したアウレリウスは、期待をこめて友人に水を向けた。

「それだったらニュッサに頼んだ方がいいな……彼女の手は、そりゃあきめ細かくてすべすべしているから」彼は思わせぶりな笑みをこらえながら、アウレリウスの提案を一蹴した。

《聖なるアルテミス女神よ！　事がここまで進んでいるとなると、かわいそうなポンポニアには、もう望みなしだ！》アウレリウスはがっくりしてうめいた。

XIII

ユリウス月のカレンダエの日の十四日前［六月十八日］

そう遠くないうちにポンポニアがまたやってくるに違いないというアウレリウスの予感はあたった。

「女がいるのよ！　間違いないわ」彼女は慎みも忘れて口走った。「夫の短衣《トゥニカ》に頬紅のあとがあったの。たしかな証拠よ」と言うなり、アウレリウスの肩にすがって絶望の涙を流し始める。

「何を言うんだ、ポンポニア。それはきっとローソクの煤《すす》だよ……」

「赤い色の煤なんてあるの？　頬紅よ。ワインの澱《おり》からつくる典型的な頬紅よ。それに、きのう薔薇を買ったのに……わたしに贈ってくれる薔薇じゃなかったの」とすすりあげる。

「ああ、花環のことだね。あれは、アルドゥイナにもっていくためだったのさ」アウレリウスは彼女を安心させようとして、セルウィリウスがしぶったのを取り上げてブリタンニア女に渡した贈り物のことを物語った。

「じゃあ、わたしの思い違いだったのね……」彼女は少し安心した様子で、涙をふいた。

「そうだよ、ポンポニア。さあさあ、もう気に病むのはやめにしよう。目の前にいる友人のアウレリウス君が、ポンポニアさんを頼りにしているんだからね。例の女優の過去について突きとめてくれたことが、もちろんあるんだろう?」

「あんまりないの。だって今わたし、ちょっと開店休業状態なんですもの」と不本意な顔をすると、パリスが気をきかせて用意した大麦湯《プティサナ》は脇にどけて、気をとりなおすために、アウレリウスがさしだしたよく冷えたファレルヌス・ワインの杯を手に取った。

「でも、ちょっとおもしろいことを一つ、発見することはしたわ」とポンポニアが打ち明ける。

「何だい、それは? さあ、じらさないで教えてくれたまえ」アウレリウスがせきたてた。

「ニュッサの今の衣裳番《ウエスティアリア》の奴隷娘がその仕事についたのは、死んだ自分の叔母さんのあとを継いだからなのよ。その叔母さんは、ひどい風邪をひいたのが、思いがけなくこじれて肺炎になって、去年、亡くなったそうなのね」彼女は、細かい話にもいちいちふれながら語り始めた。「それで、その叔母さんというのが生前、ニュッサの初舞台の頃のことを話題にしたときに、劇場にしつこくやってきては、どうしても会わせろと言ってきかなかった男がいたって話をしたっていうのよ。ニュッサは一度しかたなく入れてやって、二人だけで楽屋にこもったそうなの。そしたらすぐに悲鳴があがって、女奴隷があわてて駆けつけて扉を開けたら、その乱暴者がニュッサに何度も平手打ちをくわせていたんですって。そのあと化粧係はたいへんだったらしいわ。舞台に出る前に、目のまわりにできた大きな青アザを塗り隠すために山のように白粉《おしろい》を使わなくちゃならなかったのね。それに、闖入したその男を追い出すのにも、門番は大骨を折ったそうだわ。やたらと力が強くて、顔じゅう傷だらけの、恐ろしい形相をした男だったんですって……」

「その男がケリドンだったのかな」アウレリウスは首をひねりながら、声に出して言った。「だとすると、ケリドンとニュッサがセルギウスの邸で初めて会ったという話は、嘘になる。ニュッサの名前が売れ始めたいきさつもわかると、いろいろ見えてくることがあるに違いないのだが……。官能が売り物の無言劇の世界にニュッサを引き入れたのは誰だったんだろう。数年前までまったく無名だったニュッサが、あんな閉鎖的な世界でいきなり人気女優にのしあがれたとは……」

「彼女を採用した座長なら教えてくれたんでしょうけど、おととし、馬車にひかれて死んでしまったのよ……。あら美味しいわ、このクルミの入った焼き菓子！」ポンポニアが口をもぐもぐさせながら言う。話が、こと他人の過去の詮索になると、自分がどんなやっかいな目にあっているときでも、決まって食欲が目覚めるポンポニアをよく知っているアウレリウスは、誘惑の材料として、自邸の料理人頭《アルキマギルス》であるホルテンシウス特製の、コショウの香りをきかせた菓子の山盛りの盆を目の前に用意しておいたのである。

「もう一つ、腑に落ちないことがあるのよ」ポンポニアはふたたび話し始めた。「お付きの女奴隷の話だと、ニュッサとケリドンは、ぜんぜん愛人どうしに見えなかったっていうのよね。女の目は、こういうことになると鋭いものだわ。二人が交わす視線、目配せ、ちょっとしたいたずら……それらしい気配がまるきりなかったっていうの。まるで仕事で組んだ相棒どうしのようだったって……」

「それとも、長く続いて飽きがきた愛人どうしということかな……」とアウレリウスはつぶやくと、

「ありがとう、ポンポニア。非常に役に立ったよ」

「お礼だったら、わたしの小間使いのクリュシスに言ってちょうだい。カツラ係の仕事を探しているって口実で劇場に行って、着付け係の奴隷娘たちから話をみんな聞き出してきたのはあの子なんだから」

彼はそれを頭の中に入れた。あとから首飾りか、きれいな布地を一反、おくってやることにしよう。

「それに比べて、夫のことは……」

話がまた伴侶の不実という悲痛な方向に向かいそうになったので、アウレリウスは急いで口をはさんで話題の切りかえを図った。

「最近、皇妃についてはどんな噂があるんだろうな。この頃ちっとも聞かせてくれないんだね」そう言って、さも興味しんしんの様子で身をのりだした。夫婦関係の不穏な雲行きからポンポニアの気を逸らすには、根拠の有無に関係なく、皇妃ヴァレリア・メッサリナの愛情生活に話を移すのがなによりに違いないのだ。

はたして彼女は、パッと元気を取り戻した。遠慮会釈もない噂話こそ、気分回復の最高の特効薬なのである。

「今、彼女は、役者のムネステルだけじゃなくって、シリウスとかいう男とも付き合っているのよ……いっしょにいるのをそこらじゅうで見られているし、人前でキスしているところまで目撃されているの。クラウディウス帝が何も気づいていないなんて、ほんとうかしら。これじゃまさに、知らぬは亭主ばかりなりってところよ」

《ときには、知らぬは女房ということもあるわけだ……》ポンポニアを邸の門までおくっていきながら、アウレリウスは、少なからず困惑して、心の中で嘆息した。

「あらいけない、忘れるところだった」彼女は、門の一歩手前で立ちどまった。「出入りの裁縫師たちにもあたってみたのよ。ポンペイウス劇場の衣裳係と知り合いの裁縫師が誰かいるかなと思って……。わたしね、ちょっとユニークな意匠の外衣《ストラ》がそろえられたらすてきだなって思うのよ。服装は簡素な方がいいって助言してもらったけど、やっぱり夫をハッとさせたいし……」

たしかに目の前の彼女は刺繍がみっしりとほどこされた藍色のローブにすっぽり身をくるんでおり、アウレリウスの賢明なる示唆に従うつもりは、どうやらぜんぜんなさそうな様子だった。

「それで裁縫師は？」彼は、ちょっといらいらして話を元に戻させた。彼女が例によって、流行の移り変わりをめぐる終わりのない談義に突入しそうになったら、ためらわずその場で阻止しなければならないのである。そのことをよくよく思い知らされている夫のセルウィリウスにしても、実際は待ったをかけられたためしがないのだが。

「そういう者は誰もいなかったの」彼女は肩を落として、ため息をつき、「でも、わたしの室内履き《クレピダエ》をつくらせている靴職人がね、ほらあれよ、お客様をお迎えしてないときに邸の中で履くあのかかとの低いサンダルをつくっている職人よ……あれ、すごく履き心地がいいの、かかとが低いのはわたしに合わないんだけど、それはそれで……」

「靴職人が何と言っていたんだって？」アウレリウスは、強引に割りこんだ。ここで無理やりに口をはさまなかったら、ポンポニアは、履物だの、かかとの低いサンダルだの、ブーツだの、ギリシャ風の靴だのの迷路に入りこんでいって、永遠に出てこなくなる。

「すごい偶然なのよ！」彼女はうれしそうに声をあげ、「彼は、ちょうどニュッサが劇場に採用された時期に、劇団から履物の注文を受ける仕事をしていたんですって。それで一度、彼女の家まで新品のサンダルを届けにいったことがあるっていうのよ。そりゃもう、すごくきれいなサンダルだったそうよ。金糸で縫い上げた薄いなめし革づくりで、革帯《パッラ》がくるぶしのところでぐるっと……」

「で、場所は？　その家がどこにあったか、教えてくれなかったのか」脇道に逸れていこうとする彼女を、アウレリウスが引っぱり戻す。

「教えてくれたわ」と彼女はうなずき、「プブリキウス坂にある大きな庶民用の共同住宅《インスラ》の、いちばん上の階だったっていうんだけど、せっかく階段をえんえんとのぼっていって、やっといちばん上までたどり着いたと思ったら、片一方を落としちゃって、革帯が切れてしまったんですって。それで、かわいそうに泣く泣く……」

「ポンポニア！　神々のご加護がありますように！」さよならのキスをして彼女のおしゃべりを封じると、アウレリウスはさっそく手に入った事実の活用にとりかかろうと門の扉をぴたりと閉めた。

玄関広間《アトリウム》を足早に通り過ぎようとして、彼はあやうくカストルとぶつかりそうになった。秘書はとてつもない悪臭を放ちながら、体からぐしょぐしょに汚れた衣服をもぎ放そうとしていた。

「あの男は、プブリキウス坂に入って、そのあとアルミルストリ通りの方へ曲がっていきました……」カストルは、剣闘士養成所からこっそり出ていった下働きの男を尾行した結末を語り始めた。

「で？」アウレリウスは興奮して、先をうながした。その二つの街路は、アウェンティヌスの丘に通じる道であり、セルギウス・マウリクスの邸《ドムス》のあるアルトゥス通りから遠くない。そのうえ、先ほどのポンポニアの靴職人の話が真実だったとするならば、ニュッサもまさにその近辺に住んでいたことになる。

「見失いました」カストルは両手を広げ、「死にものぐるいであとを追って走っていたところに、いまいましい洗濯野郎《フッロネス》の二人組がのこのこあらわれ、見事に正面衝突。そやつらが、布地を白くする原材料の回収に従事している連中だったものですから、もろに桶二杯分をひっかぶってしまいまして！」

アウレリウスは、秘書が体じゅうから小便のひどい臭いを発散させている理由がわかって、笑いをこらえた。少なからぬ洗濯屋《フッロニカ》が、布地の漂白に尿瓶の中身を用いているのである。

彼は今回は、自分が太っ腹な主人であるところを見せてやろうとした。何と言っても、秘書は課された任務の遂行中に災難にあったのであるから……。

「すぐに体を洗うがいいぞ、カストル。衣服が台無しになったことは心配しなくていい。新しいものを買ってやろう」アウレリウスは、気前よく約束した。

「ありがたいお言葉ですが、心配などぜんぜんしていませんから、どうぞお気づかいなく。これは、ご主人の服です」言うが早いか、カストルは真っ裸になって、熱浴室《カリダリウム》にとびこんでいった。あとに残されたアウレリウスは、秘書がそそくさと脱ぎ捨てていった、新調したばかりの亜麻布の短衣《トゥニカ》の変わり果てた姿を、悲しげな顔でじっと見つめるだけだった。

XIV

ユリウス月のカレンダエの日の十三日前〔六月十九日〕

地味な身なりにつつましい短マントをはおったアウレリウスは、目指す古ぼけた建物にたどり着くと、柱廊で足をとめて上方をふりあおいだ。蔓《つる》植物がみっしりからみついた張り出し《ペルグラ》や、所狭しと香草の鉢が並べられたバルコニーが上階の外壁からとびだしていて、空中に突き出た木の梁の上で、危なっかしげに均衡を保っている。

開け放たれたままの門の前にある石の踏み段をのぼり、そっと薄暗い入口広間《アトリウム》に入った彼は、内部にただようキャベツのすえた臭いに、たまらず鼻をおおった。

上階にのぼる階段に足をかけたちょうどそのとき、上方からアウレリウスめがけて、くたくたに汚れたマントが落下してきたかと思うと、次に虫食いだらけの古毛布が落ちてきた。さっと身をひるがえして壁に張りつき難を逃れた彼の頭をかすめて、六階からさらに、壊れかけた大鍋と二つの手鍋が飛来した。

「とっとと出ていかんか！」散らばったみじめな家財道具を必死に拾い集める二人の腰の曲がった老人と一人の若者に向かって、管理人の男がどなりつけた。「二度とこの階段をのぼるなと言ったはずだろうが。おとなしく明け渡すかと思えば、よけいな手間までかけさせおって」

　男は尊大な身振りで、外に待機していた腕っぷしの強そうな二人の奴隷を呼び入れ、「不法占拠だ！」と宣言すると、意地でも立ち退くまいと抵抗している若者をつまみ出すよう、部下のならず者に命じた。

　アウレリウスは驚かなかった。家賃の支払いがほんの二、三日遅れただけで、借家人は数少ないみじめな財産ごと路上に放り出されるのである。すなおに従わない者は、そのために仕込まれた屈強な奴隷の手で暴力的に叩き出され、家財道具は階段から蹴り落とされるか、何も知らない通行人の頭上めがけて窓から放り投げられることになる。

「神々に呪われるがいい、ニゲル！」若者は怒りをこめて叫ぶと、年老いた両親が背中を丸め、目に涙をためながらその場を離れるのを支えた。

「何の用だ、お前は？」ニゲルは、用心棒の役をつとめた二人に銅貨を二枚放りながら、アウレリウスの方を振り向いて、見下すように言った。「部屋なら、ちょうど今一つ空いた。さっさと決めるんだな。ローマじゃ、ねぐらはかんたんに見つからん」

　しかし、暗がりから姿をあらわしたアウレリウスを見て、こいつは商売にならないと家賃取り立て人はすぐにさとった。いくら地味な身なりとはいえ、相手のまとっているマントには穴一つなく、サンダル《ソレアエ》の革も真新しくて、とても共同住宅《インスラ》で雨露をしのぎ、物置同然の部屋に我慢して住む人間には見えない。

　しかしニゲルは、さほど残念に思わなかった。ローマの中心部で何とか貧相な部屋が借りられるくらいの金があれば、同じ金額で田舎にちょっとした居心地のいい家を、場合によっては周囲の土地付きで、誰でも手に入れられる。しかしそれでも、あらたに部屋を借りたがる人間はかんたんに見つけられた。

ローマはやはりローマなのだ。世界の真ん中であり、広大で果てしない帝国を動かす生きた中心軸であり、あらゆることが可能な魔法の場所——ほんの少しの幸運に恵まれれば、どんな突飛な夢も実現可能となる魔法の場所——なのである。かくして、ありとあらゆる種類の貧者や山師が大挙してローマの城門に押し寄せることになる。手っ取り早く金儲けを夢見る者、出世の野望に燃える者、あるいはまた、せめて定職にありついて家族を養えたならという淡い期待をいだく者……。

「何年か前にここに住んでいた若い娘について、知りたいことがあるのだが」とアウレリウスは切り出した。

「へっ、覚えとるやつがいるとでも思うか」ニゲルはけんもほろろに背を向けた。「ここは住人が始終、入れ替わっとる」

危なっかしげに高くそびえている建物を支える虫食いだらけの梁《はり》に目をやりながら、それはそうだとアウレリウスも思った。どん底の生活から少しでも抜け出せる境遇になれば、誰だってさっさと引っ越していくに違いない。ここにいたら早晩、命を落とすに決まっているのだ。建築業者が建材の費用を節約するために、建造物検査の役人に片目、あわよくば両目をつぶってもらおうと、たっぷり鼻薬をかがせているのは確実なのだから。

アウレリウスはちょっとがっかりして外に出たが、どのみちここに来ても大した収穫があると期待していたわけではなかった。家主に追い立てられる者、法による強制立ち退きをくらう者、みずから引っ越していく者……。共同住宅《インスラ》では隣人の顔ぶれがひっきりなしに変わる。このめまぐるしい都会では、お向かいさんと永遠の友情を誓いあう暇など、誰にもないのである。

先ほど追い出された一家は、まだ呆然として、柱廊にいた。粗末な衣服や道具類を毛布にくるんだものの、ついさっきまで自分たちの家だった場所から立ち去る気持ちになれないでいたのである。

「あのニゲルという男はけだものだ、人間の心がないんだ！」若者が怒りにまかせて声をあげた。「おれだけならいつティベリス川の橋の下で寝たってかまわない。だが、あわれな年寄りがどうやって……」

「隣りのガウィッラは追い出されていないねえ」老いた母親が不公平を嘆く。「それから、カエリアも……」

「そりゃそうさ」若者が歯ぎしりして唸るように言った。「若い娘をニゲルのところに行かせて、家賃の支払い期限を延ばさせているんだ」

アウレリウスは耳をそばだてた。あの家賃取り立て人が若い女の魅力次第でそれほど手加減に差をつけるというのなら、ニュッサを覚えていないはずがあるだろうか。

「ちょっと待ちなさい」彼は、荷物を拾い上げて歩き出そうとしていた一家に声をかけた。「僭越ながら、わたしは法律問題にちょっと経験があってね。たぶん、あきらめるのはまだ早いんじゃないかな」

ほどなくして、アウレリウスは小さな行列の先頭に立って、ふたたび建物の玄関広間に入った。

「まだうろうろしていたのか。よっぽど巡邏の夜警隊《ウィギレス》を呼んでほしいと見えるな」ニゲルは脅し文句をちらつかせた。

「そのとおりだ」とアウレリウスは応じて、「まさにそうしてほしいぞ、ニゲル。どうやらこのあばら家には、しばらく役人の目が入っていないようだからな」落ち着きはらってそう言うと、彼はあたりをつけながら足で二、三回壁を蹴って強度を確かめ始めた。「ほうら、砂だらけだ。レンガは姿も形も見えん。木材もぼろぼろになりかかっているぞ……。おやおや、何とまあ！」アウレリウスはおもしろそうに口笛を吹き、「何かと思ったら、倉庫とじかに隣り合わせか。建築物の共通壁が法令によって禁じられていることを知らないのか。うむ、これではたしかに建造物検査官に通報しておく必要があるな。自分の所有する建物がこんな悲惨な管理状態にあると知ったら家主が何と言うか、管理人たるお前さんの身にはなりたくないものだよ」

ニゲルは真っ青になってとびあがり、ごくりと唾を飲みこんで相手の顔をまじまじと見つめた。アウレリウスは愉快そうにあたりを見まわすと、一番まともな作りの椅子——もちろんニゲルの椅子だった——を選び、悠然と腰を下ろして両脚を机の上に乗せ、軽く口笛を吹きながらさらに話を続けた。「こちらにいらっしゃる方々からうかがったところによれば、あの部屋に対して、君はすでに正規の家賃として、ローマ不在のコッススなる人物から金を取っているというじゃないか。いやはや嘆かわしい。二重貸しに関する法規を君は理解していないのだな。夜警隊《ウィギレス》が到着したら、その件も君の頭によく叩きこむよう、取り計らうとするか」

「まあまあ旦那、そうお急ぎになったんじゃ身も蓋もありませんや。ゆっくりお話させていただければご理解いただけることですから……」身の危険を察知した管理人は、態度を一変させて、撤退に転じた。「いやどうも、こちらのご家族に退去願ったのは何かとんでもない手違いだったようで……」

「気にするな、誰にでもあることだ」アウレリウスはほほえみながら皮肉を返し、「とはいえ残念なことに、お前の助手たちの不作法によって、こちらの気の毒な方々は物質的、精神的被害をこうむった。法廷に召喚されたくないと思うなら、せめて向こう六カ月間は家賃なしにしてさしあげたらどうだ。それが無理というなら、わたしが喜んで訴訟の後ろ楯をすることになる。あるいはわたしの友人セルギウス・マウリクスがだ」

ニゲルは敗北の屈辱を耐え忍んだ。この貧乏人どもにこれ以上かかずらうのはまずい。損失はほかの借家人で埋め合わせよう。お偉いさんの庇護がないことをあらかじめよく調べてから……。彼はせっかちに手を振って、三人の借家人一家に、上階に戻っていいと合図した。

「おいおい、いつまで突っ立っている。遠慮するな、わたしたちは友人じゃないか」とアウレリウスが椅子の上でさらにゆったりした姿勢をとりながら明るい声でニゲルに着席をうながすと、管理人はびくびくしながら、脚のがたつく腰掛けの端にそっと尻を下ろした。「最上階に以前住んでいた娘のことなのだが、さっきはどういう話だったかな。お前のように審美眼のある男なら、あの娘を見逃したはずはないだろう」アウレリウスは、好き者めという目配せをニゲルに送った。

「いや別に、わたしは……」ニゲルは警戒してはぐらかそうとしたが、アウレリウスが短衣《トゥニカ》の裾を上げて、中身のたっぷり詰まった財布をちらつかせると、舌をすぐにゆるませた。

ニゲルはもちろんよく覚えていた。金がなければ現物で、という家賃支払い方式をしばしばとっていたからである。

とどのつまり、目の前にいる偉そうな人物に取り入っておこうという気持ちに加えて、その手の方面の記憶は思い出すたびに楽しいという心理も手伝って、ニゲルはたちまち、知っていることを洗いざらいしゃべりまくっていた。「かわいいと言えば、そりゃもうかわいい娘でしたなあ……しかし、とくにそれ以上どうこうって娘じゃありませんでしたよ」彼は通人のような顔つき――年代物のファレルヌス・ワインを一口含んだだけで、味わいの奥にスミレの香りを感知する人間のような顔つき――をした。「ま、ローマに掃いて捨てるほどいる尻軽女《アシネッラ》の一人でしたな。同情心にほだされるところもありましてね、それでわたしは……」

アウレリウスは、頬がゆるむのをおさえた。ローマ一の人気を誇る女優が、かつて――純粋な同情心とやらで――藁《わら》ぶとんの上でもてあそんでやった小娘にほかならないと知ったら、ニゲルはどんな顔をするだろう。

「あの娘をここに住まわせたのは、鍛冶職人のウィボーという、傷だらけの大男でした。こいつが娘に客をとらせていたんですが、わたしはうるさいことなんか言わずに、見て見ぬふりをしてやりましたよ。いえいえ、歩合を取ったということじゃありません、わたしはまっとうな人間ですから。でも、あの娘も四の五の言いませんでしたし、ま、わたしのようにいい年の男にしてみればめったにありつけない幸運でしたから……。いいえ、その後どうなったかは知りません。ここを出ていったのは、三年ばかり前になりますかね」

「そのウィボーというヒモの男といっしょに?」アウレリウスはその点が気になり、問い返した。

「ところがどっこいでして」ニゲルは首を振り、「一人の女といっしょに姿をくらましたんです。ウィボーはかんかんに怒りましたな。草の根わけても探し出すと息巻いて、見つけたらただじゃおかねえ、ボコボコにしてやるとののしっていました。まあ、やつにしてみれば、あの娘を女衒《ぜげん》をやっていたお袋から買い取るのに現ナマで十セステルティウスの大枚をはたいたうえに、体を張って商売を仕込んでやったわけですから、それがやっと金になり始めたと思ったとたんにとんずらされたんじゃ、かんべんできないってのもわかる話です」

「ウィボーは、今どこにいるのだ」

「墓の中です。ティベリス川に落ちたんです、べろべろに酔って」

鍛冶職人の溺死によって、ニュッサは貪欲なヒモから解放されたことになる。川への転落事故の裏に、はたしてセルギウス・マウリクスの暗躍がなかったと言い切れるか……。

アウレリウスは嘆息した。ニュッサとケリドンの間に昔からの関係があった事実がつかめるかとひそかに期待していたのだが、時間の浪費に終わったようだ。

腰を上げて立ち去ろうとすると、ニゲルが、お忘れなくという咳払いをした。ローマの都ではあらゆるものに値段がついていて、よき思い出もまた例外ではないのである。

アウレリウスは財布から貨幣を二枚取り出そうとして、ふと思いつき、金をやめて短衣《トゥニカ》の帯にはさんであった鉛の小片を抜き出した。ポンペイウス劇場にいつでも無料で入場できる割符である。

「ユピテル神にかけて！　ニュッサの舞台が見られます！」ニゲルは目を丸くした。「何カ月も前から見たかったのに、いつも黒山の人だかりで……」アウレリウスの方は大笑いをこらえていた。

「ああ、もう持ちきれません。あの女優はそれはもう素晴らしいという評判ですから！」

「最前列の席だ、じっくり見られるぞ。うむ、彼女はきっとお前をびっくりさせるに違いないな」

アウレリウスは満面に笑みを浮かべて、引く手あまたの入場券をニゲルに手渡してやった。

入口広間《アトリウム》の悪臭ただよう薄暗がりから表の小路に出たアウレリウスは、上階をふりあおいで、六階の窓から彼に向かって手を振っている三人家族に親しげな身振りでこたえると、人ごみの間をぬって足早に歩き出した。

どうせここまで時間を無駄にしてしまったのだ。目立たないよう姿を変えているのをさいわい、贅沢な邸宅にとじこもる大金持ちがあまりに忘れがちな素朴な楽しみというやつ――焼きたてのフォカッチャに挟んだ二本の腸詰め、温かい一杯のワイン、居酒屋の給仕娘の大胆な流し目――を、ついでに味わっていくのも悪くはあるまい。

もちろんローマは、そのたぐいの店にことかかなかった。プブリキウス坂を歩けば、店舗三、四軒ごとに居酒屋《ポピナ》や飲食店《テルモポリウム》が店を開いていたのである。魅惑の都ローマでは住民――たかだか数平方マイルの面積の中で押し合いへし合いし、巨大な危なっかしい共同住宅《インスラ》にブドウ粒のようにおしこめられた百万をこえる数の住民たち――は、夜明け、ときにはその前から、自分たちのほんとうの家ともいえる路上にあふれかえる。その結果、当然の成り行きとして、火鉢の暖を求め、サパ［濃縮したブドウの搾汁］を使って甘くしたワインの温もりを恋しがって、居酒屋に入ることになるのである。

洗練された趣味のアウレリウスは、どろりとした搾汁や煮詰めたワイン《デフルトゥム》が健康に有害で、その点においては粗悪なワインを変造するのに使われる松脂《まつやに》や白墨や灰汁《あく》といった添加物と変わりないことをよく知っていたが、それでもやっぱり誘惑に負けてしまうのだった。彼は、飲食店《テルモポリウム》の立ち席で飲み物を一椀注文すると、鼻をあてて、ツンとくる臭い、貧しさと生命力にあふれたその臭いを胸いっぱいに吸いこんだ。

しばらくすると、ユダヤの服装に身をつつんだ異邦人が、袋を片手に、首をきょろきょろさせながら店の中にころがりこんできた。変な服だと大声ではやしたてる腕白小僧のしつこい群れを振り切ろうとして逃げこんできたのである。

「ローマに着いたばかりなのだな」アウレリウスは笑いながら、まだ息を切らしている太った農民風の中年男に杯をさしだした。「まあしんぼうだ。すぐに慣れる」

「いやはや、けっこうな歓迎ぶりだったわい」とユダヤ人はつぶやき、「友人の家を探しているところなのだ。たぶん鷲《アクィラ》と呼ばれて……この近くに住んでいるはずなのだが」

いあわせた客の二人が、新参者に目的の場所への行き方を教えてやろうとして、激しい口論を始めた。

「おうおう、わしがこっちへ行って右と言ったら右なんじゃ！」

「しゃらくさい、十字路の先を左に決まっとる！」椿事《ちんじ》勃発の原因になってしまった本人が恐縮して小さくなっているのをよそに、二人はどなり合いを続けた。

「どうやら、わたしは消えた方がよさそうだ。ごちそうになったよ」喉の渇きをいやし終えた異邦人は、アウレリウスに礼を言うと、「仕事が見つかり次第、今度はこちらからおごらせてもらおう」

「どんな仕事をしているのだ」好奇心から、彼はたずねてみた。自分の事業は多岐にわたるから、この穏和で働く気のありそうな男にも、ひょっとして何か口を提供できるかもしれない。

「漁夫《すなどり》だ。この界隈で、シモンか、あるいはケファといってもらえばわかる」男は自分の名前を明かすと、そそくさと店を出た。アウレリウスは、後ろ姿を目で追いながら首を振った。あのユダヤ人が、ティベリス川で魚を獲って暮らしていけると思っているなら、生活は楽ではないだろう……。

だが、男は明らかに大都会の人ごみに不慣れだったに違いない。数歩も行かないうちに、野菜を積んだ手押し車を避けそこね、道の反対側から不意にとびだしてきた通行人とぶつかって、ぬかるみの中にもろに倒れてしまった。

たちまち小路は、路上にころがった野菜をちゃっかり持ち逃げしようとする子供をつかまえて平手打ちをくわせる野菜売りののしり声と、ひっぱたかれた子供が上げる泣き声が交錯する喧噪《けんそう》のちまたと化した。

居酒屋の常連たちが外にとびだして、騒ぎに一枚加わろうとし、ひっぱたかれた子供の母親たちが、無力な我が子に加勢しようと店からとびでてきた。

この大混乱の中で意外なことにただ一人黙っているのが、ケファがうっかり衝突した、本来なら誰よりも怒り狂っているはずの男であることに気づいて、アウレリウスはいぶかしく思った。それどころか、男は頭にかぶった頭巾《ククッルス》を目深《まぶか》に引きおろして自分の存在をなるべく目立たせまいとし、しかも、そろりそろりと十字路の方ににじり寄って、姿をくらまそうとしていた。

ところが、男が角を曲がった瞬間、頭巾が後ろにずれて素顔があらわになった。それはまぎれもなく、アウレリウスがよく知っている人物の顔だった。

彼は稲妻のような早さで居酒屋をとびだすと、泥の中に転んでいるあわれな漁師を飛び越えて、親方アウフィディウスのあとを追い始めた。

一時間後、アウレリウスはどろどろの汗まみれになりながら、首尾よく尾行を果たし終えた自分の能力に満足して自邸に帰り着いた。アウェンティヌスの丘をのぼっていく長い追跡の間、彼は注意に注意を重ねて、警戒する親方が振り返るたびにすばやく柱の陰に身を隠し、姿を見られないようにしていた。

感づかれたかと心配したときもないではなかったが、さいわい思い過ごしだった。つけられていることに気づいていれば、親方はセルギウスの邸《ドムス》にそっと入って行きなどしなかったろう……。

自邸の門をくぐりながらアウレリウスは、「たまには目を覚ましたらどうだ！」と大声を出した。いつものように門番《オスティアリウス》の詰め所でぐっすり眠りこんでいたファベッルスがびくっとしてとびおき、うらみがましい目つきで主人を見つめた。なんてこった、あわれな門番のわしはのんびりと居眠りを楽しむことも許されず、たちまち叩き起こされなければならんのか……。

《パリスが迎えに出てこないのはおかしいな》アウレリウスは心の中でつぶやいたが、中庭を取り巻く柱廊に入ったところで驚いて足をとめた。

そこでは忠実なる家産管理人が、大理石の柱の陰に身を隠しながら、頬をゆるませっぱなしの呆けた顔をして、まるでアフロディテ女神の化身でも見つめるように、カストルの好一対たる狡猾な奴隷娘クセニアをこっそりうかがっていたのである。主人に不意をおさえられてパリスはどぎまぎし、初々しい恥じらいを見せて真っ赤になった。たとえ遠回しにでも何か言おうものならパリスが恥辱のどん底に沈むとわかっているアウレリウスは、あえて黙ったままでいた。

「ご主人様《ドミネ》」パリスはなおもうろたえたままたどたどしく口を開き、「お目にかかりたいと申す者が一名、来ております」

「会う時間がない。これから体を洗って、また出かけなければならないのだ」

「承知いたしました」とパリスは頭を下げて、「それではそのように申しておきます。スプリウスという、ボノニアの縄作り職人ですが……」

「ボノニアだと？　それならすぐに会うぞ」アウレリウスは声をあげ、応接室《タブリヌム》にとびこんでいこうとした。

「そちらではございません。厨房におります。下僕たちの棟に通すべきであると考えましたので」相手を階級の違いからふるい分けるという点にかけては、パリスは古い家柄を誇る貴族たちよりもはるかに頑固だった。

アウレリウスは、はやる心で厨房に向かった。彼は、自邸の厨房を広くて快適で清潔この上なくつくらせてあった。世の中には、フレスコ画で壁を飾った広大な食堂や、大理石や象牙だらけの談話室《エクセドラ》をつくらせて前代未聞の贅沢を競い合っているくせに、かまどやパン竈《がま》は煙の充満する不衛生な狭い部屋におしこめている邸宅の主人が多すぎる、というのがアウレリウスの持論だった。ローマ人の家屋で、夕食の煮炊きが玄関広間《アトリウム》で行われていた時代は、さいわいなことに、しばらく前で終わりを告げていた。アウレリウスは、食事をととのえるための場所として、明るくて風通しのよい部屋を二つふりあて、すべてが一点の汚れもなく隅々まで輝いているように、大きな流し場も備えつけさせていた。

「……果梨《メスピルス》の実はだな、洗濯に使う灰汁をあったためて、その中に漬けておくのだ……」厨房に入ったアウレリウスの耳に、教えを垂れている大声がとびこんできた。

体格の大きな太った男が木製テーブルの主賓席に座っており、そのまわりで、料理人やパン職人、焼き菓子職人《ドゥルキアリイ》や蜜菓子作り《クルスティラリイ》がじっと耳を傾けている。

「それなら、マルメロの実は?」アウレリウス家の卓越した料理人頭《アルキマギルス》ホルテンシウスが質問した。

「マティウスの『果実蜜漬け製造術』を読むと……」

「本なんか放っておくんだな。《わたしを食べて》っていう名札を貼りつけてもいいくらい上等で味のいいマルメロの甘味漬けを作りたいっていうんだったら、物を言うのは経験さね」ボノニアから来た男は相手の言葉を一蹴した。「マルメロの実は、藁か、それともスズカケの葉っぱの上に並べて干してから、松脂を塗った壺の中に詰めこむのさ。あっしらの地元では、蜂蜜なんていう高価なものを使う贅沢はできねえ」

「スプリウス、お前は縄作り職人か、それとも料理人か」アウレリウスは、白熱の料理術講義を中断させた。

「これは元老院議員様。何なりとご命令のままに！」大男は立ち上がって、右腕をぎこちなく伸ばして挨拶した。「おじゃまして申しわけねえ次第です。でも、あっしの義弟のルスティクスってのが、気はいいやつなんですが、何かっていうと他人のことに首をつっこみたがる悪い癖がありまして、この間プラキドゥスの件で手紙をこちらにお出しするなんてご迷惑をかけちまったもんですから、そのことであっしはあいつに言ったんです。『何てことをしたんだ、あんな手紙を書いて元老院議員様をわずらわすなんて。あんな中途半端な書き方じゃ、何にもわかりゃしないぞ』って。そんでもって、あっしの友達がローマに出かけたもんですから、あっしも考えました。『こうなったらおいらもちょいとローマへ行って、じかにお目にかかってご説明申し上げよう。そうすりゃあ、ご褒美もいただけるというものだ。そうしなかったら、手紙なんてものは誰がどう届けるか知れたもんじゃねえし、だいたいいつ届くかもわからねえ、ひょっとしたら届く前にくすねられちまうかもしれねえもんな』って。それもこれも、じつの話、あっしには女房のデキアに産ませたガキが四人いましてね、そろって男なんですが、この頃は縄の買い手がさっぱりいねえもんですから……」

「心配は無用だ。知っていることを話してくれるなら、褒賞を与えよう」

「お安いご用でさ。もう十年ばかり前ですかね、まだムティナに住んでいたとき、店で人手が必要になりましてね、そしたらデキアが、まだそのときはあっしと所帯をかまえる前でしたが、こう言ったんです。『ソシマの息子のプラキドゥスを雇ったらいいわ、ソシマはかわいそうに亭主に死なれて、やりくりに困っているから』って。おいらはその気になれませんでした。なにしろ、このプラキドゥスってやつはガキの頃からおとなしい《プラキドゥス》なんてもんじゃなくって、いつもあちこちうろつきまわってはケンカをふっかけて殴り合いばかりしているやつでしたから。でも、デキアにやいのやいの言われるとおいらはいつも言われたとおりにしちまうんで、結局、そのときもやつを雇いましたが、そんなことをしなけりゃよかったですよ。あのならず者はさんざんぱら面倒ごとを引き起こしてくれて、おかげでえらく金を損しました。そのうえに、まだ不服があったのか下女を孕《はら》ませてくれましてね。そこでやつを追い出したら、もっとひどいことをやらかしました。町に公務で来ていた軍団兵と刃傷沙汰《にんじょうざた》を起こしまして、短刀だったのが長剣になって、早い話が、兵士の方がおだぶつ寸前にやられちまったんでさ。こんどはプラキドゥスのやつも笞打ちの刑どころじゃすまなくて、まっすぐ絞首台行き間違いなしだと、みんなして言ったもんです。ところがここに大物があらわれました。法廷の演説家ですよ。何をどうやったのか知りませんが、やつを放免させてローマの都に連れていっちまったんです。そのあと、プラキドゥスのやつが闘技場《アレーナ》の人気者になって、ケリドンと名乗っていることが伝わってきました。小ツバメ《ケリドン》だなんて、大の男につける名前じゃないとあっしは思いますがね」

「妊娠した下女は？」アウレリウスは、それがニュッサではないことにもう見当がついていたが、たずねてみた。

「農夫の娘でして、田舎の実家に帰りましたね。ともかく、プラキドゥスのやつは評判の悪い他の連中といっしょに町を出ていきました。あの法廷演説家は、どうやら悪人面《づら》が大のお気に入りなのですな。垢《あか》まみれのルリドゥスなんていう仇名《あだな》の、誰も相手にしない与太者まで安い金で買いましたし、うつけのポピヌスとか、すがめのグェルキウスまで……」

「よく教えてくれた、スプリウス。じつに重要な事実だ。だが、わざわざボノニアからやってくるまでもなかったのではないか？　手紙はわたしには届くぞ」

「とんでもない。こう誰もかれもがローマ、ローマと言うんじゃ、あっしもこの目で一度くらい拝んでおかなきゃ、って思ったんです」

アウレリウスは、優越感をくすぐられてほほえんだ。たしかに、地方人も一生に一度くらいは、世界の驚異たるローマの都を訪れてしかるべきだ。そして霧深い北のガッリア・キサルピナの地に戻って、その思い出を永遠に胸の奥にしまい続けるのだ……。

「おかげさんで見物させていただいたんで、もう満足です。ここだけの話ですが、有名なローマの都ってのも、まあ別にどうってことのない町ですな。中央広場《フォルム》ならあっしたちのボノニアにもありますしね。それにこちらには東西に抜ける大通り《デクマヌス・マクシムス》というものがありませんな。神殿はたしかにこちらの方がみな大きいですが、われらがボノニアにあるイシス神の礼拝所をごらんなさいまし。それこそ珠玉の……」

「わかった、わかった」アウレリウスはむっとしながらも、半分おもしろがって聞き流すことにした。「家産管理人のところに行って、褒賞を受け取るがいい。それから、お前の町では高価なのだから、蜂蜜も二、三壺もっていけ。だが、帰ったら、あまりローマの悪口を言うのではないぞ」

「心得ております。何のかの言っても、ローマもどうにかこうにか、やっていけてるようでございますからなあ」スプリウスは、まあ大目に見ましょうという顔でうなずくと、扉口の方へ足を向けた。そのあとを、料理人ホルテンシウスが書き付け用の小板を片手に追いかけていく。

　アウレリウスは当惑して腰を下ろし、ローマ人としての当然の誇りが頭をもたげようとするのを抑えながら、ゆっくりと首を横に振った。いずれボノニアの都とやらを見に行かねばならないのだろうか……。

「うつけのポピヌス、垢まみれのルリドゥス、すがめのグエルキウス……。はてさて、そのような風流な仇名で思いあたる者が、セルギウス・マウリクスの周辺におりましたかな」任務から戻ったカストルは、主人の酒壺《アンフォラ》からワインを自分用になみなみと注ぎながら首をかしげた。

　それから杯を片手に黒檀の椅子に腰を下ろすと、自分が着ている新調のダルマティア風短衣の襞《ひだ》に、そっと指をすべらせ始めた。布地の緑色が目にもまぶしい。

「美しい生地《きじ》だな。亜麻布とは思えないほどだ……」アウレリウスは感嘆の声をもらした。

「おっしゃるとおり。これはインド渡来の絹布でございます」秘書は、落ち着きはらってこたえた。

「ご主人様の船で到着したばかりのものです」

「何だと！　ということは、わたしがキュンティアに贈ると約束した布地じゃないか」

「たしか、あの遊女にはもう飽きたとおっしゃっていたはずでは？」カストルは、おやおやと意外そうな顔をし、「余り物の布地などもはやご不要であろうと考え、クセニアに頼んでこれを仕立てさせたのですが……」

「もしお前が、緋色の縞飾り入り白服《ラティクラウィウス》にも手を出そうと目をつけているんだったら、まず元老院《クリア》に入れてもらえるかどうか、そいつを確かめてからにするんだな！」不機嫌な顔でアウレリウスはうなった。

「その気はございませんから、どうぞご安心を」と秘書は真顔でこたえ、「判断いたしますするに、緋色という色は、わたしを引き立てる色ではありません。わたしの褐色の肌との調和がよろしくないのですな」

「それなら、こちらはどういうご判断なのだ」アウレリウスは堪忍袋の緒が切れて、細かい字で書きつけられた紙片を秘書の鼻先につきつけた。「食料庫から革袋に入れたワインが六袋もなくなっているぞ。それに、瑠璃《ラピスラズリ》の指環がまた消えた。後足で立つ獅子を彫りつけてあるあの指環だ。かてて加えて、わたしが私信を保管するのに使っているヒスパニア革の貴重品箱がお前の部屋から出てきた。中身が劇場の小間使いのよこしたいかがわしい内容の手紙であふれかえってな！」

「そのちっぽけな箱のことでしたら、今後ボノニアとの間で頻繁に書簡のやりとりが続くことを見越しまして、長持の大きな箱と交換した次第です」秘書は涼しい顔で言葉を返した。「それから、ワインの方は五袋でして、六袋目のことは存じません」

「お前ときたら、近衛兵の大隊《コホルス》と同じくらい食いまくり、軍団《レギオ》も顔負けなほど飲みまくっているくせに、すがめもうつけも見つけてこれないのだからな！」

カストルは、けわしい怒りの目つきになって主人を睨み返した。

「そのお言葉は取り下げていただきましょう。すがめの男は、たしかに存在します」勝ち誇るような笑みを浮かべて彼は宣言した。

「ほほう……」アウレリウスが身をのりだす。

「セルギウス・マウリクスが円形闘技場に引き連れていったならず者の中の一人が、まさに片方の目のない男。さらに、例のニュッサとの晩餐の夜、わたしが奴隷たちの棟を探っておりますと、どこから見ても頭が足りないとしか思えない、もっさりしたデブちん男を目撃しました」

「いいぞ、カストル。あとは垢まみれのルリドゥスだけだ」

「わたしが尾行を命じられましたあの大男は、並外れて汚らしい風体でした。それに、ガッリア・キサルピナ地方のなまりがありました……」

「よくやった！　あとは、養成所の親方とセルギウスとの間にどんな関係があるか探り出せばいいだけだ。親方の懐ぐあいについても調べるのだ。あの男も八百長に一枚噛んでいるに違いない。ならば、相当な金を貯めこんでいるはずだ」

「このカストルめの働き、ささやかな褒賞に値するのではございませんか」秘書は殊勝な顔をして目を伏せた。

「さしあたり、わたしから盗んだ瑠璃《ラピスラズリ》の指環をそのまま所持するがいい」と、アウレリウスは寛大なところを見せ、「親方について調べてきたら、さらに何か与えよう」

「指環は盗んでおりませんぞ、わたしは！……そうだ、それはきっとクセニアです。まてよ、ということはひょっとして……」おそろしい疑惑が心をよぎって、カストルは声をあげたが、「いや、何を馬鹿な、そんなことがあるものか。わたしというものがありながら、パリスなんぞに振り向く女がどこにいる」と打ち消して、嘲りの笑いを浮かべた。

アウレリウスもほほえもうとしたが、憐れみを含んだその笑いは、ただ顔をひきつらせるだけに終わった。

XV

ユリウス月のカレンダエの日の十二日前［六月二十日］

翌日、アウレリウスは例によって腹心の秘書カストルを供に従えて、ふたたび行動を開始した。「今さら円形闘技場に出かけて、何をするというのやら」秘書は、ヌビア人奴隷が力強く担いでいく輿の後ろにくっついて歩調を合わせようと息をはずませながら、不平をこぼしていた。

スタティリウス・タウルス円形闘技場が建っている地区は、ローマ市内でも新興の地区の一つだった。その一帯の建造物はほとんど、過去百二、三十年のうちに建てられたものばかりなのである。それは、ローマがとどまることを知らない都市化の進行によって、古風な木造建築にかわって、堅牢な石造建造物を必要とする段階に至った時期であった。実際、ポンペイウス劇場と、それに隣接する巨大な列柱回廊は、共和制期にポンペイウスが建てさせたものであるし、ユリウス・カエサルも、実現にこそ至らなかったものの、金色に輝くティベリス川の川筋を変えることによってマルスの野をウァティカヌスの野と直結させて、一つの広大な平地をつくりだす計画をあたためていたのである。

さらにアウグストゥス帝も、二十年間にわたって、この地区を文字どおりの「新しい都市」に変貌させるために精力を傾け、威容を誇る建築物の造営あるいは修復に次から次へと取り組んだ。オクタウィア回廊、アポッロ・ソシアヌス神殿、アグリッパ浴場、バルブス劇場、マルケッルス劇場、パンテオン、そしてクレオパトラに対する勝利の記念にエジプトから運ばせたオベリスクのうちの一本を指時針《グノモン》として立てさせた巨大な日時計。

疲れを知らないこの造営事業によって、皇帝アウグストゥスは七十五年の生涯を終えたとき、泥の町だったローマを大理石の町として残したと讃えられた。凱旋将軍スタティリウス・タウルスが建設した巨大な闘技場も、こうした新生ローマの大きな都市計画の一環をなしていたのであり、人々の気風が弛緩《しかん》することを懸念した保守派が、剣闘士闘技《ルディ》は古式どおり中央広場《フォルム》で行われるべきであると執拗に反対意見を唱えたにもかかわらず、それをおさえて造営されたのである。

アウレリウスは、保守主義者たちの懸念に同調しなかった。剣闘士試合を激しく嫌悪する彼にしてみれば、流血の対決が路上で行われようが専用の空間で行われようが、不快をもよおすことに変わりはなかった。

だから、スタティリウス・タウルス円形闘技場の技師たちが、闘技の舞台効果を高めるために、野獣を乗せる昇降機の複雑な仕掛けをはじめ、巧妙な創意工夫の数々をいかに駆使するか、野心的な構想をいくら解説しても、当然ながら、アウレリウスはそこに冷淡な関心以上のものを感じなかった。えんえんと続く説明をぶっきらぼうな身振りで打ち切らせ、みなに黙っているよう命じると、彼は一人で闘技場の砂の上に降り立った。

「砂場の真ん中に棒のように突っ立って、何をしておいでですか」カストルが大声でたずねる。

「ケリドンが殺されて倒れた直前の動きをたどってみたいのだ」アウレリウスは試合当日、自分が目にした光景をできる限り正確に思い出そうとしてみた。あのときの観客席の自分の位置からは、皇帝観覧席に座った皇妃メッサリナの美しいうなじが目に入り、同時にその右方向にケリドンの姿があった。したがってケリドンは、最後の瞬間を迎えたとき、まさに自分が今立っている位置にいたはずだ。

「カストル！　ここに立って、三叉の槍を構えるのと同じように腕を振り上げてみてくれ」

秘書は命令を受け、指定された場所にやってくると、じっと動かずに彫像のような姿勢をとった。

「人体模型になったとしても、こんな真似はお断りだわい……」カストルは、自分の姿がどうしようもなく馬鹿ばかしく感じられて、口の中で不平をもらしたが、たちまち主人から黙っているように命じられた。アウレリウスは秘書の首筋にさわって、トゥリウスの死体にあった傷と同じところを指で探り始めた。

「ひゃっ、何をなさるんです、くすぐったいではありませんか」カストルが、半分怒りながら悲鳴をあげる。

「じっとするのだ。動くんじゃない」秘書を叱りつけると、アウレリウスは観客席からの距離を目測し始めた。

剣闘士の命を奪った針は、どこからであれば発射できたか。観客席からか。だとすれば、上方から下方へと斜めに突き刺さったはずだ。いや違う。観客席のはずはない。傷口はぽつんとした小さな点で、まわりの皮膚は引き裂かれていなかった。推測どおりならば、毒の針はほとんどまっすぐ横から飛来したはずだ……。

アウレリウスの鋭い視線は、無人の空間を通り抜けて、地下への出入口の上にとまった。

「ご主人様《ドミネ》、腕がしびれてきました」上腕を上げたままのカストルが泣き声をあげた。

しかしアウレリウスは、すでに砂場の端に向かって走り出していた。

「ここだ！　すぐに試してみよう」カストルが節々を伸ばし、目を天に向けながらやってこようとするのを見て、アウレリウスは叫んだ。「立っていた位置に戻って、じっとしているのだ」

「またですか」秘書はうめきながら、酷使された代償として主人から何をせしめようかと頭をめぐらせた。

アウレリウスは懐から、中が空洞になった植物の茎を取り出し、小さく丸めたパピルスの切れ端を詰めた。そして胸いっぱいに空気を吸いこみ、勢いよく吹いてみた。茎からポンととびだした玉は、空中をふわりと飛翔してゆっくり弧を描きながら、秘書が立っている位置よりだいぶ手前に落下した。

「まだでございますか？　このままでは、わたしはカカシと間違われます」忍耐心のなくなったカストルが大声で呼ぶ。

「たぶん、もう少し重くしてみれば……」秘書の泣き言にまったく耳を貸さず、アウレリウスは自分の実験に没頭した。

落ちたパピルスの玉を拾い上げると、小さな石片を見つけて、玉の先端にぎゅっとはめこんだ。今度は玉は弧を描くことなく、真一文字に突き進んで、カストルの足もと近くに落ちた。

「剣闘士たちなら訓練で鍛えているのだから、当然、息を吐き出す力も強い。これと同じような道具を用いれば、彼らの誰でも容易に針をケリドンの首に打ちこめるわけだ」アウレリウスは、結果に大いに満足してうなずいた。

「しかし、どうしてケリドンをわざわざ毒針で打つ必要があったというのです」カストルが異を唱えた。「その点にずいぶんこだわっておいでのご様子ですが、ムティナの下女の場合にしても、結局は事件と無関係でした。もう事実は十分つきとめているではありませんか。ケリドンが一服盛られたこと、八百長による賭けが仕組まれていたことは確実です。おまけに、親方《ラニスタ》のアウフィディウスが一枚嚙んでいたことも明らか。いくら皇帝の剣闘士団をあずかる身とはいえ、一介の養成所の親方《ラニスタ》にしては有り余るくらい貯めこんでいることが判明したのですからな。やつをただちに捕縛すればすむことなのに、理解に苦しみますなあ！」

「証拠が足りないのだ、カストル。これだけではまだ不十分だ……」

「オリュンポスのすべての神々にかけて！　それは、ラバも顔負けの石頭というやつです」

「そのとおりかもしれない」アウレリウスは穏やかに認め、「しかし、腑に落ちない点がまだいくつかあるのだ。さあ、地下をもう一度調べよう」

「地下でしたら、もう幾度も申し上げましたとおり、闘技場の関係者以外、誰も入ってはおりません。試合前の剣闘士に会うことは固く禁じられておりますし、試合中となれば何ぴとであれ、地下は立入禁止なのですから」

「どうも納得できない……」アウレリウスは首を振った。

「いいえ、すべて明白です。法廷演説家セルギウス・マウリクスは、トラキアの勇士なる話をお膳立てにして、何もないところから無敵の剣闘士を作り上げました。実際、ケリドンには素質があって、その名はたちまち知られ渡るに至り、試合のたびに、都じゅうの人間はおろか、イタリア各地からも、伝書鳩の通信を使って、彼の勝ちに金を賭けたがる人間がぞくぞくと出るようになりました……。こうして向かうところ敵なしのケリドンの人気が絶頂に達したところで、われらが法廷演説家は銀行から金をしこたま引きおろし、全額を、かねて知る男、自分が偽りの証人を使って有罪におとしいれ、闘技場送りにさせた不運な男の方に賭けます。そして驚くなかれ、狡猾なセルギウス・マウリクスは、連戦連勝の剣闘士の愛人とも結託しており、このニュッサが試合の前夜、ケリドンの実力を一時的に鈍らせておけるような薬を当人に飲ませたわけです……」

「ところが肝心のケリドンが」アウレリウスは言葉を返した。「まるで薬などまったく効き目がなかったかのように、ピンピンして闘技場《アレーナ》にとびだしてきた。こいつは予想もしない展開だった……。ケリドンに勝たせるわけにはいかない。そこで、何者かがニュッサの仕事の仕上げをしなくてはならないことになったのだ……」

「しかし、あせったあまり薬の量を増やしすぎ、かくして投網剣闘士は一巻の終わり、というわけですか」

「もちろん、そこまでする意図はなかったのだ」アウレリウスは低くつぶやいた。「本人の知らぬ間に、ケリドンは金のタマゴを生むニワトリになっていたに違いないのだから。体の動きを鈍らされていれば、王者といえども試合に負ける。しかしそれでも、当人の人気の高さを考えれば、観客が親指を曲げて彼の死を要求することはない……」

「おっしゃるとおりです」カストルがうなずく。「たしかにあのときの勝負は、敗者が生きて闘技場を出られない助命なしの試合《ムネラ・シネ・ミッシオネ》ではありませんでしたし、それに臆病な振る舞いを見せた剣闘士に対してとりわけ処罰要求の声があがることを考えれば、ケリドンは度胸だけは有り余るほどあったわけですから、勝負に敗れていても、観客からは間違いなく、『喉を刺せ《ユグラ》!』の叫びではなくて

『放免《ミッスム》!』の叫びがあがっていたことでしょう。そして、投網剣闘士がお好きでないクラウディウス帝も、必ずやご自分の心情はおさえて、恩赦を与えたでしょう……」

「そして、自分たちの偶像に失望した観衆が、彼のことを見限って忘れてしまったら、そのあと頃合いを見はからって以前より強くなったケリドンを闘技場にふたたび送りこむ。かくして後ろ楯のセルギウスはまたしてもひと儲けすることになる、という筋書きだったのだ。それはともかくとして、ケリドンが死んでも法廷演説家と親方は蓄えを増やすことができたわけだ」

「蓄えとおっしゃいますが、まさに一財産ですぞ」とカストルは強調して、「それにひきかえ、わたしは金貨《ヌンミ》をほんの数枚得られただけ……」

「まさかお前はクァドラトゥスに賭けていたんじゃないだろうな」アウレリウスは驚いて声をあげた。

「まあ、じつを申しますと……」

「誰なのだ、お前に内密の情報を流したのは。裏を知る人間が誰かいたな」

「賭けの胴元のことをお考えなのでしたら、そうではありません。剣闘士たちがご乱行に繰り出す際におもしろがってくっついていく暇人《ひまじん》がいますが、じつはその一人が、試合当日の朝、ケリドンの前夜の大活躍についてニヤニヤ笑いながら、どうもニュッサ一人じゃご満足しきれなかったようでしてね、というような意味のことをもらしたのです。もちろんわたしはそんな話に耳を貸したわけではありませんが、ひょっとしたら数セステルティウスくらいなら、対戦相手に賭けてみてもいいかという気になりました。とはいえ、金をドブに捨てたも同然と思っておりましたところ、あにはからんや……」

「いかなる天の配剤か、ケリドンが殺され、めでたく配当が転がりこんだというわけか」

「それにしても、とんだ手ぬかりをした粗忽者《そこつ》の殺人者の身にはなりたくないものですな。セルギウス・マウリクスは、失敗を許すような男ではありません。早晩、このしくじりのツケを払わされることでしょう」

「すでにもう払わされたのかもしれんぞ！」アウレリウスはとびあがって叫んだ。「トゥリウスの証言を思い出してみろ。自分はケリドンのただ一人の親しい友人だと言っていた。ひょっとしたら、ケリドンを殺したのはあの男だったのかもしれん。すぐに養成所に向かえ、カストル！　解決の糸口はおそらくそこだ」

　この命令を聞いて、秘書は浮かない顔になった。

「どうも大養成所《ルドゥス・マグヌス》に足を踏み入れる気分にはなれませんな。何の因果か、アルドゥイナがわたしにえらくご執心でして。ケリドンの例でおわかりのように、あの女のお気に入りになるとろくな運命に見舞われません」

「アルドゥイナといえば、彼女は八百長とまったく関係していないと思うか？　ことによったら、一枚嚙んでいる可能性も考えてみるべきかもしれんぞ」

「率直に申しまして、無関係と見せてじつは共犯などという器用な真似ができるほどの狡猾な頭の持ち主とは、わたしには思われません。金に関心があるかどうかからして、あやしいものです。あの女が求めているのは戦いです。体と体のぶつかり合い、戦闘の野獣的な陶酔感、流血、そしてとりわけ群衆の喝采です。精妙な策をめぐらすには、あまりに情動的かつ粗暴であるかと……」

「だが、まさしくそれが人をあざむく姿だとしたら？　高貴な血を引く奴隷が、隷従のくびきに繋がれたおのれの部族の復讐をたくらむことは、前例がないわけではないぞ……」

「トラキア人剣闘士を殺すことによってですか」カストルが、懐疑的な目つきで主人を見つめる。

「お前の言うとおりだ。ちょっとありそうもないな」アウレリウスはしぶしぶ認めた。

二人は輿に乗って、円形闘技場を後にした。カストルは、不動の姿勢を長くとらされたせいで肉離れが起きましたと言いだして、徒歩ではなく、輿の上で主人と並んでのびのびとクッションに寝そべった。

「さて、わたしはここで降ろさせていただきます」しばらくして、カストルはポンペイウス列柱回廊に囲まれた緑豊かなスズカケの木々を指さして、そう告げた。すぐ背後には、無言劇が上演される巨大な劇場がそびえている。「探りを入れている最中に、とある上品な女優と知り合いました。この女が明かしてくれる事実が、事件究明のカギになるやもしれませんから」そう言うと、秘書は中庭の噴水の陰に姿を消した。

アウレリウスは何も言わなかった。このときばかりは、カストルが消えてくれてありがたい思いだった。これで、誰にも明かしたくない自分だけの秘密の訪問先に向かうことができるのだから。


郊外の野菜畑や果樹園の香りの中をプラエネステ門までやってきたとき、日はすでに落ちていた。すぐ近くの飼育場《ウィウァリウム》から、闘技場送りの閉じこめられた猛獣の発する臭い、森と絶望の突き刺すような臭いが、彼のところまで届いてくる。夜の闇は、けものたちの唸り、遠吠え、いなき、咆哮《ほうこう》に満ち満ちていた。それは、三つの大陸の生ける富、脈打つ富が、生贄《いけにえ》として、君主の冷酷非情な血まみれの祭壇に捧げられるうめきの声にほかならなかった。ローマは、なぶり殺しという死の儀式を執り行うことによって、おのれの絶対的な権力を再確認しているのである。

鉄の鎖をかけられ、船倉に詰めこまれ、平原と砂漠を引きずられたあげくに生きてローマの都にたどり着いた数少ない野獣たちは、たちまち闘技場の砂場の上でむごたらしい死を迎えさせられる。ナイルの岸辺にカバが見られなくなり、エジプトからライオンが姿を消し、マウレタニアでダチョウが絶滅していく一方で、前代未聞の規模で行う大虐殺にご満悦のローマ人たちは、自分たちこそが野蛮のはびこる地に道路を、水道を、文明をもたらしたのだと自惚《うぬぼ》れている……。

とらわれの野獣の苦痛の叫びは、アウレリウスの胸を打たずにはおかなかった。猛獣たちの咆哮の中に、彼は自分を突き動かしているのと同じ自由への強い憧れを感じとった。彼だったら隷従のうきめにあうよりは、いつでも死を選ぶ。しかし、見世物の動物には、選ぶことも許されない。アウレリウスは思わず、ある種の悪意をこめて、野獣たちがもう一つの野獣ども――自分が人間に生まれたことを忘れる道を選んだ野獣ども――の手にかかって命を落とす前に、相手に一泡も二泡も吹かせてやればいい、とさえ思った。

やりきれない思いにとらわれたアウレリウスは、早くこの苦悩の場所を離れたくて、輿を担ぐヌビア人奴隷たちに歩調を早めるよううながした。

先を急がせた輿が、ついにスタティリウス・タウルスの納骨堂――ケリドンが死を迎えた大円形闘技場の造営者の遺灰が納められている場所――にたどり着いた。アウレリウスは輿をとめさせ、奴隷たちに待機中の酒代をはずむと、エスクィリヌスの丘の斜面に沿った坂道を一人でのぼり始めた。

門の扉に手を触れる前に、彼は月の光にくっきりと浮かび上がる邸の輪郭をしばらく見つめた。

背を向けて逃げてしまいたい衝動に負けてはならないと思いながら……。やがて、彼は扉を叩いた。

「また来たの？　もう来るなと言ったはずだわ、アウレリウス」女は、暗闇の中に彼の姿を認めて言った。

「ほんの少しの間だから、入れてくれないだろうか、フラミニア」アウレリウスは、めったにしないへりくだった声で頼んだ。

「しかたないわね、お入りなさい」彼女は奥に入っていった。

自分にワインを注いだフラミニアは、醜くなった顔を隠している黒いベールを少しだけもちあげて、杯に口をつけた。

「一つだけ、また教えてもらいたいことがある。ケリドンが二度目にここに来たのは、試合前日の夜だったのだろう？」

彼女は臆することなく、真っ直ぐにアウレリウスの目を見つめた。

「明日は命を賭けた勝負をするという男と寝てみれば刺激的かと思ったのよ。でも、この間も言ったとおり、あて外れだったわ……」

「ここに来たときは、目がうつろで、体の動きもおぼつかなくなっていたのだな」

「そうよ。あのでくの坊は、例の女優の家から真っ直ぐここに来たのだけれど、もう半分眠っているような状態だった。二回も冷水浴をさせて、そのうえ気付け薬まで飲ませて、何とかやっと自分の足で立って帰れるようにしてやったのよ」

なるほど、それでニュッサが飲ませた薬が、所期の結果をもたらさなかったのかと、アウレリウスは納得した。

「あれでは試合に勝てるわけがないと初めは思った。でも、対戦相手がとくに弱い男だと聞いて、何とかいけるかもしれないとも思ったわ。まるでワインを飲みすぎて酔っ払っているような状態に見えたけれど」

「あるいは、ケシの液汁を飲んだ状態にね。この頃ローマでは、ケシがむやみに用いられている。あの男をめぐる賭けの金額の大きさを考えれば、何者かがひと山当てようとたくらんで、やつに薬を飲ませ、試合はできても体の動きが鈍くなるようにさせたと考えてもおかしくない。試合自体ができなくなったのでは、賭けも成立しないから……」

「だとしたら、そんなことができたのはニュッサ以外にいないわね。でも、あの馬鹿な小娘がそんな計画を立てただなんて、ほんとうに思っているの」

「ニュッサではないよ。考えたのは共犯のセルギウス・マウリクスだ。もしたくらみが明るみに出たら、あの男はただちに自分の関与をすべて否定して、一切合財をあの女優《ミムラ》になすりつけるだろうが……」

「当然よ。セルギウス・マウリクスは、いつだって自分が手先に使った人間に罪を着せて保身を図ってきた。彼までたどり着くのはむずかしいわ。大勢のならず者とつながりがあるし、法廷でも、合法的とは限らない手口を使って彼らを無罪にしてやっている。この手のつながりがあるから、邪魔者を始末するのも造作ないわけよ。第一、彼がのしあがり始めたのも、この手を使ってセイヤヌス［帝位簒奪を図った野心家。三一年に殺された］を殺した男を弁護したときからですものね。あのときは、目撃者が三人もそろっていたのに、二人は行方不明になり、残る一人はたっぷり金をつかまされて口をつぐんだものの、すぐあと不慮の事故によって命を落とし、真相ごと墓場へ行ってしまった……。アウレリウス、あの男に手を出してはいけない。わたしは彼をよく知っている。危険な人物よ。一点の疑惑もない市民というみせかけの裏に、たくさんの秘密を隠しているわ」

「教えてくれ。陰で何か策動があるのなら……」アウレリウスは、そっと注意深くたずねた。

「わたしは何も知らないわ。それに、もし何か知っていることがあったとしても、口には出さない……。このわたしが、生かすも殺すも思いのままに政治的な力をふるえたのは、何年も前のこと。誰かをひいきにしたり切って捨てたり……。わたしのおかげであなたもずいぶん助かることがあったはずよ。けれども、陰謀をめぐらす時期はもう終わった。わたしは今や一人の孤独な病気の女にすぎない。せいぜいときたま、気晴らしができる程度のね」

「もしプブリウスが生きていたなら、たぶん……」とアウレリウスは口に出してみた。

「でも、死んでしまった。どのみち何も変わらなかったでしょう。さあ、もう出ていって二度と来ないで。わたしはローマを離れるわ。今度こそ永遠に。この都はもうわたしの暮らすところではない」彼女はささやくように言った。「さようなら《ウァレ》」

「達者で《ウァレ》、フラミニア」彼はしかし、立ち去る気持ちになれずにいた。

ベールをかぶった姿は、不動のままだった。アウレリウスはゆっくりと手を伸ばし、黒いベールをもちあげると、こみあげる感動でこわばる指を、あれはてた彼女の頰にそっとあてた。

彼女ははっと身をすくめた。眼差しが問いかけるように、アウレリウスに向けられた。彼はフラミニアの手を取ると、かつて自分が指環をはめてやった指に触れた。そして、自分の子を宿したその腹をそっとやさしく撫でた。

「ケリドンが相手のときとは違う」と彼はささやいた。

瞳がうるんだ。フラミニアが泣くのを見たのは初めてだ。彼女をやさしく抱き寄せながら、彼はそう思った。

XVI

ユリウス月のカレンダエの日の十一日前〔六月二十一日〕

夜が明けて間もなくアウレリウスが自邸の門に足を踏み入れると、大邸宅はすでに活発な動きの真っ最中だった。奴隷の群れが、大理石の床におが屑を撒き終わって、水桶と雑巾で武装して、汚れを一つ残さず拭い去ろうと奮戦中かと思うと、洗濯女たちが濡れた下着を満載したカゴをかかえて行き来し、そのわきでは、下働きの一隊が、ヤシの葉のホウキと、濡れ海綿《かいめん》を先端につけた棒からなる武器を高々とさしあげて、中庭柱廊の薔薇色の柱の埃を相手に、果敢な闘いを挑んでいる。

「それ、あそこにご主人様が！　お部屋で眠っていらっしゃるのではないと言ったとおりだろう。いつも暗いうちからお目覚めになって、大事なお仕事に取り組んでいらっしゃるのだ！」パリスの大声が終わらないうちに、小さな群衆が眠たそうな顔のアウレリウスめがけてどっと押し寄せてきた。

「クラウディウス帝にお渡しいただきたい嘆願書を持参いたしました」骨と皮だけに痩せた老婆が、彼の衣服をぐいぐい引っ張りながら、泣かんばかりの声ですがりつく。

「あのぐうたら男のマルシクスときたら、このわたしがヤギを二頭盗んだといって告発したのです。

もう乳も出ない痩せこけたヤギ二頭をですぞ！　あなた様はわたしの庇護主です。裁判でわたしを弁護してくださいますでしょうな！」一人の解放奴隷が、噛みつくように言う。

「あっしの年金請求がどうなったか、おわかりで？」思い出せないくらい昔から皇帝の援助金を待ちわびている片足の小男が割りこむ。

しまった、今日は被護民《クリエンテス》たちが朝の表敬訪問《サルタティオ》にやってくる日だった！　そのことをすっかり忘れていたアウレリウスはうめいた。

「みな心配無用だ、なんとかしてやるから」その場を言いつくろって逃げ出そうとするアウレリウスを、しわくちゃの市民服《トガ》の一団がなおも取り巻く。その市民服《トガ》は、貧しい被護民たちがむさくるしい身なりのまま主人の前に出ないようにと、門番が入口で一人一人に配ったものなのである。

「果樹園のイチジクの木を倒せというのですじゃ！」耳のぜんぜん聞こえない年寄りの被護民が、胸を張って言う。「わしに向かって、土地の境界を侵犯しているなどと抜かしよるものですから、言い返してやりましたわ。『アウレリウス・スタティウス様のお耳に入れてやる。あとで吠え面かくなよ』と」

「うむうむ、それはよかったな」アウレリウスは適当な返事をし、「だが、わたしは今、少々疲れている。昨晩、皇帝のもとにうかがって、夜も眠らずにきわめて重大な国事についてご相談にあずかっていたのだ。とりあえずみな、管理人のところに行け。施し物《スポルトゥラ》を渡してくれるだろうから……」

「お待ちを、スタティウス様！」

「聞いてください、元老院議員様。死ぬか生きるかの瀬戸際でして！」

「ほんの一瞬でけっこうですから……」

「お願いでございます。わたくしめはお邸に、薔薇色の指の曙《アウロラ》がいまだ姿を見せぬ刻限から……」

被護民たちは口々に叫んで、自分たちの運命がかかっている有力貴族をみすみす逃がすまいとした。

アウレリウスは、避難場所を求めて秘書の部屋にとびこんだ。

「頼む、カストル！　あの連中をなんとかしてくれ」懇願する主人を、秘書はニヤニヤしながら見つめ返した。

「皇帝とごいっしょときましたか。いけしゃあしゃあと」大声をあげてそう言うと、くんくん鼻を鳴らし、「いつからクラウディウス帝は、このような甘い香りの香水をお使いになるようになったのですかな」

「お前のベッドを数時間使わせてくれ。死ぬほど眠いのに、あの者たちときたらすっかり興奮していて、わたしの部屋の中まで押し入らんばかりなのだ……」アウレリウスは布団の上に倒れこんで、あくびをした。

「それでしたら、どうぞ安んじて夢の神モルフェウスの腕《かいな》に身を投じなさいませ。厄介者どものことは、このカストルがよしなに取り計らっておきましょう」かけがえのない秘書がやさしい声を発してねぎらう。

アウレリウスは短衣《トゥニカ》を脱ぎもせず、寝床《クビレ》の上で体を伸ばした。忘れてしまいたい姿かたちや考えが、ほんの少しの間、脳裏をよぎった。

それから、慈悲深い眠りが、彼を追憶から連れ去っていった。

ふたたび目を覚ましたとき、日はすでに高く昇っていた。

中庭を囲む柱廊に出て手足を伸ばしていると、パリスが悲しげな顔をして大理石の腰掛けに座っているのが目に入った。浴室の方から、騒々しい浮かれた大声が聞こえてくる。

「あれが聞こえますでしょうか、ご主人様。まるでみんな自分の物であるかのように！　被護民《クリエンテス》への施し物《スポルトウラ》を倍にしたうえ、一人一人にワインを一壺与え、ご主人の名前で山ほど約束をして彼らを帰しました……。それで終わりかと思えば！　お邸の下僕や奴隷たちにならって公共浴場に行くことを肯《がえ》んぜず、ご主人の熱浴室《カリダリウム》を使い、いちばん上等な麻のシーツを使ってクセニアに体を拭かせております……。おそらくは、かわいそうなあの娘に、同衾《どうきん》さえ無理強いしているのではないかと疑われます」

「まあ、無理強いかどうかはわからないが……」アウレリウスは、去年カンパニアの地で、奸智に長けたこの奴隷娘がカストルを誘惑した大胆なやり口のことを思い出していた。

パリスは、主人が秘書の傲慢不遜な振る舞いをこらしめるために何かしてくれるものと期待してしばらく待っていたが、アウレリウスにその意向がまったくなさそうなことが明らかになると、少し不機嫌な顔つきになって、意を決したように立ち上がり、下がっていった。

アウレリウスは、温かいワインの杯を手に、図書室の脇にある書斎にこもった。エピクロスの胸像を前に、黒檀の小さなテーブルに座り、現時点での状況を検討してみようと考えた。

しかしすぐに、肩を落として首を振らなければならなかった。クラウディウス帝からこの厄介な事件を解明するよう命令を受けたときから、一歩も進んでいない。

解明できなければ、ローマの最高元首からの好意が失われる。だが、そのことをアウレリウスは気にしていなかった。彼は貴族としての自負心から、これまで一度としてクラウディウスに庇護を求めたことはなかった。これからも、それで何不足なく生きていけるだろう。また、任務を完遂できなかった場合に皇帝から首を求められることを恐れているわけでもなかった。そうではない。自分が失うかもしれないのは、年取った孤独な友人、今では人々が神と呼ぶその人が、自分に抱いてくれている評価という貴重な宝なのだ。昔、自分にエトルリア語を教えてくれた先生が、絶大な権力をもつ存在になりながら、腰を低くして助力を求めてきたのである。その彼を、アウレリウスは世の中の何に代えても失望させたくなかった。

「よし!」彼は気をひきしめて独語した。「何がどこまでわかったか? 投網剣闘士《レティアリウス》が二人死んだ。どう殺害されたかについては、およその見当がついた。しかし、殺したのが誰だったのか、それはまだ暗中模索の状態だ……自分の考えている仮説が正しいならば、犯人も剣闘士の一人のはずだ。だがそれならば、かりにあのような強力な毒薬をどこからか入手できたとしても、どうやって犯行後、使った道具を始末できたのか。闘技場の地下はくまなく調べたし、剣闘士も念入りに調べた。にもかかわらず見つからない……」

ニュッサについてはどうだろう。ケリドンに薬を飲ませたのは彼女だ。そのあとフラミニアの介入が功を奏して、ケリドンは試合ができる状態に回復したわけだが、ニュッサが自分の考えで行動したなどと考えるのは論外だ。もちろんセルギウス・マウリクスの命令に従ったのだ。ニュッサは彼に少なからず恩義がある。なかでも大きなのが、最初にヒモだった男、鍛冶職人ウィボーを厄介払いしてもらったことだ。彼女は法廷演説家の手駒にすぎない。セルギウスはその気になればいつでも消してしまえるのだ……。

そうだ、この事件は一から十までセルギウスが糸を引いていると、やはり考えるべきだ。巨額の金が動く八百長試合を裏であやつり、剣闘士、そして養成所の親方《ラニスタ》までがそこにかかわっているのだ。今までにもどれくらいアウフィディウスが闘技場で闘う当人たちの陰で不正を働いたか、知れたものではない……。

しかし、もしケリドンがその事実に気づき、そのうえ話に乗るのを拒んでいたとしたら、ニュッサ、そしてそのあとトゥリウスに与えられた仕事は、たんにケリドンの頭を薬で曇らせることだけではすまず、彼を殺すことになっていただろう。

アウレリウスはハッとして立ち上がった。自分に腹が立った。何を馬鹿な！　セルギウスほどの大物の法廷演説家、金をうなるほどもつあの男が、たかだか五万セステルティウスくらいの金で死刑の危険をおかすはずがあるものか。とりわけ、犠牲者が世間の信じるように奴隷ではなく、じつはローマ市民であることを承知していながら。

それに、八百長だけがあの狡猾な男の収入源なのではもちろんない。配下にやり手の法律家集団をかかえているセルギウスは、彼らを使って、怪しい活動で得た儲けを合法的な事業に投入しているのだ。セルギウスはローマじゅうに地所や、銀行の金、不動産を所有している。彼がいったん目をつけた建物の所有者は、いやおうなしに権利を彼に譲る羽目におちいる。さもなければ、不慮の火災によって、たちまちその建物は焼失するのだ。

よく知られた手法である。百年もしない前、巨大な富を蓄積したクラッススが、そのあと三頭政治で組んだカエサルにその金を融通してガッリア征服を援助したのも、同じ手法だったではないか。もちろん誰も、あまりに有名な人物をあえて法廷に召喚しようなどと考えない。セルギウスの場合は、彼に不利な証言をすると身が危うくなるという噂まで流れているだけになおさらだ。だが今回こそは、もしもケリドン殺しへの関与が証明されれば、セルギウスもついに罪を問われるだけでなく、過去のすべての悪事の償いをすることになる。

だが、誰が彼に立ち向かう勇気をもつ？　誰があのように強力な男に打ち勝とうと挑むことができるか？　それは自分だ。クラウディウス帝からじきじきに皇帝の名のもとに動く許しを与えられたプブリウス・アウレリウス・スタティウスをおいて誰がいるというのだ。セルギウスのまわりに張りめぐらされている沈黙の掟の鎖を打ち砕く手立てを、何としても見つけなければならない。さもなければ、クラウディウスから寄せられた信頼を、自分は裏切ることになってしまう……。アウレリウスは、顔を曇らせながら考えた。狙いを定めるべきは、鎖を繋ぐ環のいちばん脆弱な部分だろう。その弱い環とは、つまりニュッサだ。あのように人を見下す高慢なそぶりをしていても、ひと皮めくれば、その下にあるのはウィボーの暴力を受けていた頃と大して変わらない彼女自身なのではないか。そう思わせるものがあの女にはある。金もあり有名にはなったが、相変わらず誰かの道具なのだ。

あの女役者は、主人のくびきに繋がれていなければ生きられず、自分を搾取する男から逃れたとたんに、また別の男の爪にかかりにとびこんでいく、そんな種類の女なのだ。きらびやかな舞台衣裳の下にあるのは、永遠の子供、どんなに暴力的であれ父の権威を求めてやまない子供なのだ……。だからこそ、鍛冶職人のあとは法廷の大立者《おおだてもの》だった。だとするならば、三人目が登場することになってなぜいけない。その交代が利益になるのなら。

アウレリウスはテーブルから立ち上がると、壁にかかった銅製の古い鏡に自分を映して、まんざらでもなさそうにしげしげと眺め始めた。自分は元老院の一員であり、さらに皇帝から特命を受けた長官だ。古い家柄の貴族であり、年齢は四十をこしたばかりとはいえ、風貌は若々しい……。そのうえ、女性に関するちまたの噂にも——じつはいささか評判先行の部分がないわけではないが——不足はない。これで、小娘ニュッサの新たな、要求の厳しい主人になれないわけがあろうか。

よしとうなずいて、アウレリウスは書斎をとびだした。ニュッサのところに行って、おのれのものになるべきものを要求するのだ。それもただちに、上から下まで着飾って！　自分のもつ威厳をいっそう際立たせるためなら、緋色の縞飾り《ラティクラウィウス》入りの重い羊毛の白服《トガ》をまとって汗をかくのもいとわない。履物も、当然ながら元老院議員が使う象牙の甲当て《ルヌラ》付きの靴《カルケイ》にし、指環箱《ダクテュリオテカ》の中のありあまる宝石の中でも選《え》り抜きの宝石を身に着けていこう……。だが、まずはその前に風呂だ。

「カストル！　早く出てこい」浴室に長いことこもったままの秘書に業を煮やして、アウレリウスは温浴室《テピダリウム》の扉を叩いた。「あの汚ないアウゲイアスの家畜小屋を掃除したとしたってこんなに手間どらないぞ［ギリシャ神話。ヘラクレスの十二の功業の一つに言及している］……」

「お待たせいたしました！」扉が開いて、薔薇のつぼみのようにつるりと桃色になった秘書が姿をあらわした。しかし、なぜか左目のまわりだけがくっきり黒く、しかも汚れによる黒さではない。

そのとき、扉がふたたびそっと開き、浴室のもうもうたる湯気の中から、パリスが、今まで見せたこともない、得意げでうれしそうな顔をしてあらわれた。アウレリウスは彼の姿を見て唖然とした。忠実なる家産管理人も、カストルとまったく同じく目のまわりを黒くしていたのだが、彼の方は右目のまわりが黒かったのである。クセニアの姿は、どこにもなかった。

ニュッサの家の門は、固く閉じられていた。アウレリウスの先触れ奴隷が大声をはりあげて誇らしげに主人の名前と地位を告げても、扉はなかなか開こうとしなかった。

「元老院議員様なんて、ここじゃいくらでもお目にかかるが、ニュッサ様は天下にお一人なんだぜ」

門番は首を横に振って小声でうそぶいた。こんなセリフを、峻厳で名を轟かせたいにしえの監察官カトーが耳にしたら何と言っただろうと、アウレリウスは思わず考えた。

しかし有名女優は、やってきたのがアウレリウスだと知ると、即座に彼を邸内に通させた。女奴隷たちに案内され、花を描いたフレスコ画で飾られた広い応接室《タブリヌム》に彼は入った。

室内を見まわして、アウレリウスは戸惑いを覚えた。薔薇色の大理石造りの大きな部屋を飾っているのは、ギリシャの壺でもなければ、高価な彫像でもなかった。それは人形だった。髪の毛も本物なら、手足も自在に曲がる、信じられないくらいたくさんの種類の人形が、風変わりな服を着せられて並んでいたのである。

人形は文字どおり、部屋をうずめつくしていた。肘掛け椅子の上、丸椅子の上、真珠母で装飾された二人掛けの椅子の上……。そして、そんな人形たちの真ん中で、最新流行の型の長椅子の柔らかな背もたれにしどけなく身を投げて、生きている人形、ニュッサが蠱惑の眼差しをじっとアウレリウスにそそいでいた。手は、肩まで垂らした灰色の巻き毛を撫でている。《モゴンティアクムの髪染め《サポ》で脱色しているな。それもきわめて頻繁に……》手を伸ばして彼女の髪にそっと触れながら、アウレリウスは心の中でつぶやいた。《だいぶ傷みかけている》

彼は、髪の美しさに見とれたふりをしてほほえむと、クジャク石に金糸の装飾がほどこしてある腕環を白イタチの横にそっと置いた。紅玉《ルビー》がきらめく首環をすでに付けている白イタチは、それに見向きもしない。

「どうしてもっと早くいらっしゃらなかったの」ニュッサの細い指が、アウレリウスの頰にそっと伸びた。

「友人のセルウィリウスのお相手で、君が忙しいんじゃないかと思ってね」彼は誘惑に心を許すまいと気を引き締めながらこたえた。

「誰ですって？」ニュッサは意外そうな声をあげ、「ああ、わたしに薔薇の花環《はなわ》を送ってくれるあの滑稽な人のことね。でも、あれから顔を見ていないわ……。それに、どうして関心がもてるというの？　あなたと出会ったあとなのに」と、そっと目配せを送りながらささやく。

アウレリウスは、相手の誘惑を正面からはねつけずに受け流すつもりでいたが、あまりにわざとらしい言葉に思わず苛立ちを覚え、忍耐を忘れた。「いいかげんにしないか、この愚か者が！　なぜ黙ってほほえんでいるだけにしていられないのか。お前の前では、生殖神プリアポスでさえ、その気をなくすぞ！」

ニュッサは何が起こったのかわけがわからず、顔を歪ませてアウレリウスを見た。いつもうまくいくこの手が、どうして今回は通じないのだろう。

ほとんど反射的に、彼女は薄い短衣《トゥニカ》を着ただけの大胆に露出した身体を長椅子の上で縮こまらせ、宝石を付けた白イタチを、自分を守ってくれる最後の楯のように抱きしめた。しかめ面をした子供のように口を歪ませ、観客を魅惑する肉感的なくちびるも、しゃぶるようにあてた親指の下で閉じられている。官能とまったく無縁の、成長しない子供の絶望的な不安があるだけのしぐさだった。

「わたしが嫌いなの？　男はみんなわたしに夢中なのに……」彼女は、信じられないという口調でつぶやきをもらした。

「わたしがお前を好きか嫌いか、そんなことはどうでもよい。だが、言っておくが、ティトゥスをたぶらかしたようにわたしも騙せると思ったら大間違いだ」アウレリウスは、ぴしりと言い渡した。

「そんなことのためにわたしはここに来たのではない」

「そう……」ニュッサは当惑のあまり、侮辱を受けたとも感じないでいた。「わたしが目あてじゃないのね。わたしのことなんて、どうでもいいのね」

アウレリウスは彼女に視線を投げた――ほんの一瞬だけの、見るか見ないかの視線を。こんな女がどうして好きになれる、と彼は心の中で自分に言い聞かせた。わざとらしい、見せかけばかりの粗野な小娘。だがそこで、ポンポニアに対する自分の義務のこと、さらにセルウィリウスのことを考えた。心を惑わす妄想が覚めれば、セルウィリウスは古巣に戻っていくだろう……。アウレリウスは、自分が小さな寝台に近寄ってニュッサの脇に身を横たえてよい理由をあれこれ探し求めてみた。ただ一つの、真の理由以外のそれを。

近くで見ると、この女優《ミムラ》は舞台で見るより若かった。とはいっても、その若さも長くは続くまい。口を曲げれば紅の下に苦々しいしわが寄るし、肌も白粉《おしろい》のためにすでに荒れ始めている……。演劇の世界に入るまでに、この娘はどんな人生をおくってきたのか。人形がほしくても手にできなかった裸足の幼少期。ぼろを着せられたまま酷使され、やがて思春期になるやならずで、野獣のような悪辣な男にかどわかされた……。そんな彼女が、どうして男をまだ求めるだろう。目の前でよだれを垂らす観客を見ながら、無関心な態度をとること。それは、彼女の自己防御であり、おそらくは復讐でもあるのだ。

ことによれば、ローマの都のゴミ捨て場――そこはしばしば、厄介払いされた新生児のか細い泣き声が聞こえるところだ――が、もう彼女の腹に宿った生命を迎えているのか。それとも、薬や器具によって、暴行や売春の結果たる妊娠という面倒な事態を避けていたのか……。そう。だからこそ、彼女の慰めとなっているのは、白イタチであり、大小さまざまの人形なのだ。かつてあれほどほしかった遊び道具だが、ようやく手にできた今、それで幸せになるにはもう遅すぎる……。

「ウィボーのことを覚えているか」アウレリウスはあえて厳しい口調で問いただした。憐れみを感じていることをそれとなく見せたところで何も得られはしないと彼は直感していた。

「あの男はわたしをさんざんぶったわ。でも……」ニュッサは誇らしげにキッと顔を上げた。「でも、死んだわ！」

「ならばケリドンは？　セルギウス・マウリクスは？」彼はたたみかけた。

「今では決めるのはわたしよ」彼女は不遜なそぶりで肩をすくめ、「わたしがほしければ、みんな金を払って、わたしの前で這いつくばらないといけないのよ」

「馬鹿者！」アウレリウスの一喝がとんだ。「お前はセルギウスの所有物だ。お前を支配し、思いのままにしているのはセルギウスだ」

一瞬、恐怖が稲妻のようにニュッサの瞳の奥を走った。

「あの人がわたしをいじめるわけないわ。そんなこと、みんなが許さないもの……」彼女はすぐに強気に戻った。

「思い違いをするな」彼は強く否定し、「あの男のたくらみは、まもなく暴かれる。そのとき、やつは自分のかわりにお前を処刑台に送ろうとするぞ、お前がケリドンに毒を盛ったと言って。ケリドンに薬を飲ませたのがお前だったことは、われわれも知っている……」

　ニュッサは驚愕の視線を彼に向けた。「わたしが殺したんじゃない！」

　アウレリウスはその言葉にとりあおうとせず、「殺したのがお前であろうとなかろうと、お前は必ず告発される。お前の大事なお仲間セルギウスは、お前が抜き差しならない羽目におちいるように画策しているのだ。お前はただの女役者《ミムラ》、安っぽい役者にすぎない。いくら観客の人気があっても、法の前では《卑しい人間》にすぎない。セルギウスが、自分はそんな薬のことなど何も知らないと言明し、あの夜、お前はケリドンが他の女のところに行くと知って嫉妬に駆られて行動したのだと言えば、人々は誰の言葉を信じると思う？」

　ニュッサは何もこたえず、爪を噛んでいた。

「お前は共犯者に裏切られるのだ、ニュッサ。身を守るものをすべて奪われてな。それに、よく考えれば、告発だけではすまないに違いない。おそらく垢まみれのルリドゥスを使ってお前の口を永遠に封じようとするだろう。ルリドゥスがどんなことをやる男か、お前の方がわたしよりよく知っているはずだ」

　その言葉にニュッサは震え始めた。

「うそだわ……セルギウスは絶対にそんな……」

「誰がセルギウスを阻止できるというのだ」アウレリウスは挑みかかるように問い返した。

　彼女は口をつぐんだまま、不安にくちびるを噛みしめていた。

「このままじっと待つか。それとも、安全な場所に身を置くことを選ぶか」彼は穏やかな口調で問いかけた。「わたしはクラウディウス帝じきじきの命令で、事件解明にあたっている。わたしに協力する人間には、寛大な取り計らいがあるだろう……。さて、わたしはこれで帰る。もしついてきたければ、いっしょに来るがいい。わたしの邸でしかるべく守ってやることを保証しよう。ここにいるなら、お前はセルギウスの手中だ。どちらの運命を選ぶか、お前が決めればいいことだ……」

ニュッサはためらった。「決められない」

「お前はウィボーの手から脱け出すことができた。ならば、セルギウスの手からも脱け出せるはずだ」

金色に塗られたニュッサのまぶたの奥で、恐怖と疑念が入り混じっているのをアウレリウスは読み取った。結局、彼女は苦労して築き上げたピカピカの小さなすみかを捨てて、未知の人間に身をゆだねるのが不安なのだ……。しかし、やがて彼女の目の中で、アウレリウスよりも、ルリドゥスの恐ろしい姿の方が大きくふくれあがったようだった。ニュッサは決心した。脅し文句を突きつけられはしても、われ知らず魅力を感じてしまうこの奇妙な男の方がましだ。あの人殺しの野獣の方は、毛むくじゃらの手で人を痛めつけて絞め殺すのだから。

「いっしょに行く。でも、ちょっとだけ待って。この子をここに置いてはいけない。わたしの唯一のお友達で、わたしの秘密を守ってくれているの……」彼女は白イタチを抱き上げると、急いでアウレリウスのあとを追った。

ほどなくしてニュッサが、門番ファベッルスの目までパッチリ見開かせて、アウレリウスの邸《ドムス》の門をくぐった。大喜びのカストルと、いささか苦々しげな顔のパリスに、厳重な監視が命じられた。だが、ニュッサをかくまったことがいつまでも察知されないはずは当然なく、セルギウスの手下のならず者がいつどこからやってくるかわからない。したがって、あやしい人間は誰一人、ニュッサに会わせてはならない。少なくとも、新たな命令が下されるまで。

ニュッサには小さな部屋が与えられた。窓には厚いすりガラスがはめられており、さらにその内側から丈夫な板戸が重ねて閉められるようになっていた。アウレリウスはしっかり閉じておくよう命じ、室内を照らすための灯明を運んでくるよう言いつけた。

ふだんならそういった職務を引き受けたがらないカストルが、率先してガッリア産の羊毛の敷布団を使って寝心地のいいベッドをととのえ、ツルの羽毛をつめた枕まで用意したが、こちらは白イタチがたちまち占領し、その上で丸まっておとなしく眠り始めた。

アウレリウスはひとまず安心し、部屋から出ていこうとした。

「行ってしまうの?」ニュッサが背後から小さな、哀願するような声をもらした。「ほんとにわたしといっしょにいたくないのね」

娘はきまじめな顔つきで白イタチの毛を撫でていた。まるで、この小動物が、自分と眼前の未知の男との間の——彼女の魅力に無関心で、振り向かせようにも何もできないこの男との間の——仲立ちになってくれるかもしれない、というように。

アウレリウスは、背中に彼女の冷たい震える手が触れるのを感じて、振り返った。今やありのままの姿がそこにあるように思えた。巨大な陰謀に引きずりこまれてしまった、か弱い無防備な娘の姿が……。ニュッサが胸に身を寄せてきた。

《部屋を出なければ》とアウレリウスは思った。《この女の愛撫には偽りがある。隠していることがあまりに多いし、明らかに嘘をつき、そのうえひょっとすると人を殺しているかもしれない。この女は今、自分の魅力が相手に通じると思いこみたがっている。自分の身が安全になると思いたいからだ。おれを求めているのではなくて、昔、共同住宅《インスラ》で家賃を払っていたときのように、自分の流儀で家賃を払おうとしているだけなのだ……》彼は立ち去ろうとして、ニュッサの荒れた肌に目をとめ、顔立ちのよさをあらためて見つめた。ふと、彼女の頬紅の下にもう一つの顔をかいま見たように思った。男がけっして好ましく思わないだろう顔。その顔が二度とあらわれないよう、何としても消し去ってしまわねばと彼は思った。

アウレリウスはニュッサの脇に身を横たえ、目を閉じた。彼女の嘘を受け入れて。

XVII

ユリウス月のカレンダエの日の十日前［六月二十二日］

アウレリウスが身を起こしたのは、夜明けから数時間もたった頃だった。我ながらのびのびした気分で上機嫌のまま部屋を出ると、待ち構えていたようにカストルがニヤニヤしながらあらわれた。

「おや、またもや異なる香水の香り！」と意地悪く指摘し、「なるほど、昨日来のお客様ですな……。友情に対するティトゥス・セルウィリウス様のご信頼も、見事裏切られましたか」

アウレリウスはむっとして、「お前はいつから、わたしの夜の過ごし方を心配する仕事を始めた。恋のとりもち役か何かをする気になったか、それともウェスタ神殿の巫女を取り締まる身分にでもなったか」このギリシャ人秘書の口から道徳を説く言葉を聞かされることくらい、木に竹をついだような話があるだろうか。

わざと抑えたパリスの軽い咳払いが、二人の会話を中断させた。

「ご主人様《ドミネ》、ポンポニア様がお待ちでいらっしゃいます」

渋面をつくった忠実なる家産管理人の表情からは、せっかくの名誉ある職務をないがしろにし、国家の大事についやすべき貴重な時間を女役者ふぜいにつぎこんでいる人物に対して、彼がどんな評価を下しているかが、ありありとうかがえた。

　アウレリウスは、いつものように気がつかないふりをした。貴族が自分一人の秘事を妻に、また皇帝その人にさえも隠しておくことは、もちろんできた。しかし、自邸の奴隷たちに対しては、まったく不可能だった。ローマのそれぞれの邸宅《ドムス》にいる何十人もの奴隷たちは、姦通、近親相姦、密議、陰謀の目撃者だった。彼らは物として扱われ、自分のまわりで起こる事柄すべてにまったく無関心で黙っているのが当たり前とされていたが、無言の証人たる彼らには目もあれば、心に抱く自分の考えや判断もあったのである……。

「すぐ行くから、西の棟の応接室《タブリヌム》にお通ししてくれ」アウレリウスは、自分が広壮な邸宅を構えていて、二人のライバルの気まずい鉢合わせを防げることを幸いに思った。

「まあ、おしゃれなこと、パリス。緑色がよく似合うわね」ポンポニアが家産管理人の服装をほめていた。パリスは、カストルのそれとまったく同じダルマティア風短衣を着て、手でしきりに裾をととのえていた。指先には、瑠璃《ラピスラズリ》の指環が輝いている。

　部屋に入ったアウレリウスは、ポンポニアを見つめたまま、しばらくあっけにとられて口もきけなかった。嘘偽りのない賛嘆の言葉が口からもれた。「素晴らしい、じつに素晴らしい！」

　目の前にいる女性は、いつものように派手派手しい奇矯《ききょう》なところがまったくなかった。頭におなじみのうず高いカツラも載せていなければ、足に底上げしたサンダルも履いておらず、ゆうに手のひら二つ分は身長が低くなっていた。顔も、頬紅を厚塗りせず、すっきりとした象牙色で、表情のしわがわずかにうかがえるだけだった。豊満な胴体でさえ、いつもならきらびやかで色どり豊かな衣裳が巻きつけられているのに、今は黒色の簡素な長衣《ストラ》につつまれていて、ずっと細く見える。つつましい装いに変身したポンポニアの唯一の装飾は、肩まで届きそうなくらい長い、金と真珠の耳飾りだった。

　長年の女友達の印象的な新しい姿にすっかり見とれて、アウレリウスは話に耳を傾けることも忘れていた。

「……初めての舞台の直前に、彼女は堕胎したのよ」

「誰が？　ニュッサが？」アウレリウスは、はっと我に返った。「きっとウィボーの子だな……」一瞬の気のゆるみでもらしてしまった一言が、噂好きのポンポニアよりもアウレリウスの方が裏事情を把握していることを示す致命的な誤りとなった。

「あらそう！　もう全部知っていたの。だったらどうして、わたしなんかを当てにしたのかしら」はたして彼女がご機嫌をそこねる。

「何を言うんだ、ポンポニア。君の情報収集網の威力は、皇妃だって顔負けじゃないか。それに、他にも何か素晴らしい話をもってきてくれたんだろう？」

「それがそうなのよ！」彼女は、うれしくてたまらなさそうにうなずいた。

「当ててみせよう。セルウィリウスが妻の新しい魅力に目覚めた方に、二対一！」

「目覚めたなんてものじゃないわ。彼ったら、まさに引っくり返りそうになったくらいなの。激しい情熱の炎を燃え上がらせて」彼女の顔が喜びに輝く。

　アウレリウスはにっこりほほえんだ。ポンポニアが夫を取り戻したことがうれしかったのはもちろんだったが、セルウィリウスの情愛が妻に戻ったことによって、ニュッサとこっそり関係をもったことに後ろめたさを感じなくてもすむようになったからでもあった。

「アウレリウス、あなたには何てお礼を言っていいかわからないわ」彼女はうきうきした声で、「それなのに、わたしったら馬鹿ね、夫のことを疑っていたなんて。あんまりうれしかったから、パリスにもこのことを言ったの。わたしの気持ちをいつもわかってくれるから。そしたら、パリスも自分の秘密をわたしにこっそり……。彼、婚約相手を見つけたんですって！」

「ほう」アウレリウスは心中で首をひねった。誰を選んだのだろう。

「人の心に、遅すぎるってことはないものだわ。相手もまんざらでもないようよ。パリスが贈り物にもらったきれいな指環を見た？」

もちろん彼ははっきりと見ていた。それはまさに指環箱《ダクテュリオテカ》から消え失せていた彼の貴重な指環にほかならなかったのである……。ということはつまり、パリスがあの泥棒娘のクセニアと！　彼は、カストルがこのことをどう受けとめるだろうかと思わずにはいられなかった。

とはいえ、ここで秘書や管理人の色恋ざたに心を砕いている暇はなかった。夫をめでたく取り戻したポンポニアに詳細をしゃべる楽しみも与えないで早々に引き取ってもらうのはすまない気がしたが、しかし仲人《なこうど》役にばかり時間をついやしていたら、皇帝から託された任務をどうやって果たすことができるのか。どうにかして、セルギウス・マウリクスをおもてに引き出す手を見つけなければならないのである……。

ところが、それを考える余裕すらなかった。

「あちらにガッリクスが来ております」暗い顔をしたカストルがあらわれた。「養成所から悪い知らせですぞ。ベッドからベッドへと楽しく飛び歩いたり、ご友人の寝室の秩序回復に尽力されるのも結構ですが、その間に、皇帝の投網剣闘士《レティアリウス》がばたばた死んでいるのです。この調子でいけば、まもなくローマの剣闘士は一人残らずいなくなり、皇帝も、お前の首をさしだせと命じざるをえなくなるでしょう！」秘書の声が怒りで大きくなった。「この際ずばりと申し上げておきますが、高名なる元老院議員プブリウス・アウレリウス・スタティウスがこの世から消えたところで、ローマの都にとっては痛くもかゆくもありません。しかし、われわれはどうなります？　それこそ路頭に迷うか、奴隷市場で首に札をぶら下げて、新たな買い手を待つことになってしまうのですぞ……」

「今度は誰だったのだ」アウレリウスは、あきらめの嘆息をもらした。

「シチリア人剣闘士のヘリオドロスです。一時間前だそうです」

「今度も、首に小さな傷があったのだろうな」

「たしかに首は首。しかし、傷というより……」秘書はあいまいなつぶやき方をした。

「どういうことだ。はっきり言え！」

カストルはため息をつき、「はい……。ヘリオドロスが回転棒を使っての訓練中に、装置に何らかの不具合が生じたらしく、首がぽんと中庭の反対側に飛んだのです」

「何だと！」アウレリウスの顔が青ざめた。「よし、すぐ行くぞ」と命じて、「ガッリクスが来ていると言ったな。どこにいる」

「奴隷たちの棟です。そこで待ちたいと言うので、そうさせてあります。ニュッサの姿を見られてもよろしくないですし……。すぐに呼びましょう」カストルがそうこたえる間にも、アウレリウスは現場に一刻も早く到着するために、いつもの大きな輿ではなく軽便な座輿を用意するよう命じていた。

「この地獄の訓練装置には、細工がほどこされていたのだな」アウレリウスは回転棒をじっと見つめた。「剣がはめこまれている心棒がゆるみ、回転がまだ止まらないうちに下にずり落ちていく。ヘリオドロスは、足元の方の剣を避けるために跳び上がっていたので、刃の正面に頭部がもろに来たというわけだ」

「装置は毎朝、点検されます」とカストル。「心棒がゆるめられたのは、訓練開始の直前に相違ありません。つまり、夜明け頃ということになりますか」

「ルリドゥスはどうした」

「消えました」秘書は両手を広げた。「どのみち遠くへ行ったはずはないです。二、三日もすれば、ティベリス川にぽっかり浮かぶでしょう。八百長の元締めがセルギウス・マウリクスであるとしても、これで枕を高くして寝られるわけです。何かを知っていた人間はみな、あの世行きになるか姿を消してしまいましたから……」

「いいや、まだニュッサという証人がいるぞ。それに親方のアウフィディウスもいる。あの男も八百長にかかわっていることは間違いないのだ。さもなければ、あの日、セルギウスの邸《ドムス》の近辺で何をしていたというのか。それから、ガッリクスも、クアドラトゥスも、アルドゥイナもいる。ひょっとしてこの三人のうち誰かがセルギウスに金で雇われていたとしても、意外でも何でもない……」アウレリウスは考えこみながら言った。「あらためて全員を尋問することにしよう。だが、その前に医者の話を聞かねば」

クリュシッポスは、治療室《サナリウム》でアウレリウスを待ち構えていた。例によって、相手に不快感を覚えさせずにはいない態度だった。

「さてさて元老院議員殿、ヘリオドロスの首についてもよく調べて針を発見せよ、とのご下命ですか。ならば、どっちの方から手をつければよいか、なにとぞご助言願いたい。胴体に残っている方の首からか、それとも転がった頭の方に残った首からか」ギリシャ人医師が嘲弄した。

「つまらぬ軽口を叩くのはやめるのだ」アウレリウスは言い返した。「もしわたしの疑念が正しければ、お前もたちまちただではすまなくなるのだぞ」

「毒物のことを念頭に置いてのご発言ですな。まことにごもっとも！　ローマじゅうの穴倉や地下室で怪しげな毒素の抽出に従事する者がぞろぞろおりながら、いざ実際に使用された形跡が見つかったとなると、たちまち追及の対象にされるのは誰か。医者だ！」クリュシッポスは、低い声で吐き捨てるように言った。

「お前を告発するつもりはない。ただし、協力する気を起こせばだ」アウレリウスは堪忍袋の緒を切らせそうになりながら言い渡した。「今までは、どう見てもその気配がなかったからな」

「ならば、令名高き元老院議員殿のご用命をうかがいましょうか」医師があざける口調で問い返した。「一介の外科医師にすぎぬこのわたしが、クラウディウス帝の特命長官殿にご満足していただけるとしたら、それはいかなる点においてですかな」

「医薬品の棚から、最近、危険な毒物が消えてなくならなかったかどうかが知りたい」

「ご質問には、否とおこたえする。信じる信じないはそちらのご勝手。だが、わたしは営舎内に有毒物質を保管することは絶対にしない。わたしは医師、それも剣闘士の医師だ。この職務を受諾した日にゼウスがわたしを雷《いかずち》で打ってくだされればよかったものを！　ここでどんな人間を相手にしているか、わたしは十分にわきまえている。万が一にも何らかの毒物を営舎内にもちこもうものなら、やつらはわたしをぶちのめしてでもそいつを奪い取り、互いに殺し合いを始めかねない」

「しかし、現金と引き換えに売ることも、しようと思えばできなかったわけではあるまい」アウレリウスは、医師たちの貪欲さについてよく知っていた。

クリュシッポスは痩せた肩をぐっとそびやかし、大きくない体軀をいっぱいにそらせて胸を張った。そして、害虫の中でもとくに悪質な害虫を目のあたりにしたという目つきでアウレリウスを睨《ね》めまわした。

「よいか、ローマ人。テッサリア〔ギリシャ北東部の地方〕におけるわが土地は、幾日歩いても尽きぬ広さをもち、わが羊の群れはあまりのおびただしさに、わたし自身、頭数の把握を放棄したほどだ。ヘッラス〔ギリシャ人が自国を呼ぶ名〕の地に行き、クリュシッポスの名を口にして、わが一族のうち誰一人、金を必要とした者などあったためしのないことを思い知るがいい。わが父祖は、お前の先祖たちがまだ汗にまみれてちっぽけな畑地に犂《すき》を入れていた頃、ギリシャの半分を所有していたのだ」医師は誇らかに言い放った。

「それほどの富をもつというなら、なぜここで働いている」アウレリウスは納得できなかった。

「ラテン人ならではの問いだな！」軽蔑の念をただよわせて、クリュシッポスが言葉を吐き出した。

「愚かで傲慢なローマ人よ、わたしは若い頃、お前たちの軍隊に同行し、お前たちの軍団《レギオ》が通過後に残してゆく血だらけの泥と土埃に、わが身をまみれさせた。そのようにしてわたしは、人体という驚嘆すべきからくりと、それが受ける損傷について、わがもつ知識のすべてを獲得したのだ。今やわたしも年齢を重ね、お前たちが繰り返す虐殺のあとを追いまわすのも難儀となった。だが幸いにも、わざわざ遠方におもむくまでもない。ここローマにあっても、闘技場という場で、切り裂かれた手足がいくらでも手に入る……。いずれにせよ、わたしはこうして自分の探究を続行できるのだ。アレクサンドリアの学問所でさえ、解剖用の死体をこれほどふんだんには取り揃えていないからな」

アウレリウスは、怒らせてしまった相手が、人生を知識の探究に捧げてきた知者であったことを知っていささか心を痛め、頭を下げて口調をあらためた。

「クリュシッポス、学識豊かで能力も高いあなたのことだ、あの毒針についてもきっと何らかの考えをおもちに違いない。しかし、あなたは思慮深く沈黙を守っておられる。力を貸してはくれませんか。助けが必要なのです……」彼は辞を低くして助力を請うた。

「傲岸不遜で威張り散らすことしか知らぬローマ人の例にもれず、しかるべき礼節にのっとらずに人に物を要求するからこういうことになる」クリュシッポスはそう言葉を返したが、語調はやや穏やかになっていた。「もちろん、わたしは仮説を立ててみた、それも少なからぬ仮説を。あれほどの速効性を有する毒物はそう多くはない。どうやら見受けたところ――にわかに信じがたいとはいえ――ローマ人にしては多少物の知識もあるようだから当然知っているだろうが、強力な毒素を容易に抽出できる植物は数多く存在する。トリカブト、シュロソウ、アルム、ヘレボロス、イヌサフラン。他にもまだヒヨスを始め、さまざまにあるが、入手が容易ではなくなる。さて、これらを吟味してみるに、トリカブトとシュロソウは瞬時に麻痺を引き起こし心機能を停止させるが、山地に生える植物であり、ローマの町なかでは見られそうもない。アルムであれば、湿気を含んだ排水路ならどこにでも生えているし、町の中で見つかるが、秋にならなければ結実しないし、同様のことが、イヌサフランの球状種子についても言える。この場合、殺人犯は何カ月も前から犯行準備を進めていたことを想定せねばならなくなるが、その蓋然性は低いようにわたしには思える。残るはヘレボロス。これは冬の終わりに花をつける。森に自生するが、この都においても湿地に群生しているものがあちこちに見られ、神々に捧げられる花であるとの理由から誰も手を触れない。むろん、毒物としてはさほど懸念すべきものではない。とりわけ、摂取すればたちまち強い嘔吐反応が引き起こされ、体外に排出されてしまうがゆえに」

「しかし、血液中に直接注入すれば……」

「その場合には、瞬時にしてはるかに強烈な効力があらわれる。もし他の有毒物質と混合してあればなおさらに。例えば、蝮《まむし》の漿液や、腐敗した肉の滲出液などと」

アウレリウスは、自分の胃袋があまりに軟弱な印象を医師に与えまいとして、大きく息を吸いこみ唾を飲みこんだ。

「そのような混合物を作ろうとすれば、医学の知識がなければ……」

「そのとおり。だがとりわけ、植物学の十二分な知見の持ち主でなければならない」

「感謝します、クリュシッポス。非常に有益な指摘でした」アウレリウスはそう認めて敬意を示した。「先ほどは失礼しました」

「侍医は誰を使っておられるのかな」医師は無関心をよそおいながら話題を変えたが、内心、詫びの言葉を相手から引きだして大いに満足していることが見て取れた。

「カエサレアのヒッパルコスですが」

「知っておる。わたしの教え子だ。元老院議員殿の肝臓に留意するよう助言しておこう」クリュシッポスは、機嫌をすっかりよくして微笑を浮かべた。

治療室《サナリウム》の出口では、カストルが今か今かと主人を待ち受けていた。

「ご診察は無事終了ですか？　さて、調べを続行しなければなりませんな。考えてみれば、ここの人間たちについてわれわれが知っているのは、当人が話す気になった事柄だけなのですから。もっと掘り下げる必要がありますぞ……」

「お前の言うとおりだ、カストル。ブリタンニア女から始めよう」


しばらくして二人は、アルドゥイナがちょうど自分の房で脛当《すねあ》てを外しているところに入っていった。長椅子の上にはまだ花環《はなわ》が飾ってあったが、それはすっかり乾ききっており、まるではりつけの刑になりながら埋葬を禁じられたために干からびてしまった奴隷の死体のように見えた。

「よう色男、どうしたんだい、その目は」女剣闘士は、おもしろがってカストルの目を指さした。

「別に。ちょっとした意見の相違があってね」彼はとりあわないですませようとした。

「いいから見せてごらんよ。ああ、大したことはないね。生肉を湿布がわりに当てておけば治るよ」

「アルドゥイナ……」アウレリウスは、即席の診療に割って入った。「ルリドゥスを知っているか」

「さあ知らないね……」彼女はちょっと考えこむと、「待てよ……ひょっとして、いつも油まみれになっているあの大男の奴隷のことかい。武器を磨く係をやってる……」

「思い出してみてくれ。試合の前に、あの男が闘技場の地下をうろついているのを見かけはしなかったか」アウレリウスは、身をのりだした。

「地下の柱廊で見たような気はするけど」あやふやな顔つきだった。

アウレリウスはじっと黙っていた。地下通路には、採光のために砂場《アレーナ》に向かって直接開いている細い小窓があった。

「でも、はっきり思い出せないね」ブリタンニア女は言葉を続けて、「あいつは、わたしが剣闘士になった頃に下働きで雇われたんだが、別に何のかかわりもなかったし」

「そういえば、お前は戦闘で捕虜になったのだそうだな。ブリタンニア反乱民の族長にゆかりの者だと聞いたが……」

粗野で赤く、笑ってばかりいた顔にさっと影がさし、アルドゥイナは挑みかかるような表情で顎を突き出した。

「だとしたら？　カラタクスは勇士さ。お前たちの皇帝も、まだ勝てないでいるじゃないか」

「王の姪であるお前がどうして、闘技場《アレーナ》に身をさらして自民族の敵に娯楽を提供することに我慢していられるのかと思ってな」

ブリタンニア女はがさつな口を大きく開けて、ゲラゲラ笑い始めた。

「元老院議員さんよ、あんたはほんとに、わたしが遠く離れたアルビオン［ブリタンニアの古名］を懐かしんで、地位を失ったことを悔しがっていると思っているのかい？　やれやれ、イケニ族のお姫様のデアドラはとうとう剣闘士アルドゥイナにさせられちまいましたとさ……。そりゃまったく運のいいことにね！　あんたは、あの国に行ったことがないんだろうねえ。どんなところか教えてやるよ。カラタクス王の宮殿はあばら家で、あれに比べたら畑の真ん中にあるローマの貧相な一軒家だって大金持ちのお邸に見えちまう。季節は変わっても、いつも濃い霧ばかりで、一年のうち八カ月はガチガチの寒さ。言っとくが、風呂の湯をあっためる床下暖房なんて結構なものはないんだぜ。いや、風呂だってない。温浴場《テルマエ》だって、水道だって、別荘《ウィッラ》だって、石畳の道だってない。そもそも、町なんて呼べるようなものからしてありゃしないのさ。腹が減ったら狩りに行って、獲物を火であぶる。病気になったら、森に行ってそのへんの草を引きむしってきて、あとは治りますようにとスリス女神に祈る。それに……ふん、わたしは見てのとおり、このご面相だよ。夫なんてものはあの島で、髭を脂だらけにした大男の間を探したって見つかりっこない。殴り合いが子供の頃から好きだったから、戦士になることに決めたのさ。女が族長になったり戦場に出たりすることは、イケニ族じゃ変わったことでも何でもない。お前たちの軍団を待ち伏せしていたあの頃だって、たしかに命を落としそうな目にあっていた。けれど、夜は凍るような寒さの中で羊の皮にくるまるだけ、腹の中に入れる物さえないのもしょっちゅうだった。それがどうだい、今ではたっぷり食えて、ぬくぬく寝られて、剣を振り回せばお客が拍手をくれて、金まで入ってくる。そのうえ、このままうまく行ったら、あと数年で年季が明けて自由の身さ……。だが、いいかい、そうなっても誰がブリタンニアに戻ったりなんかするものか。あのときだってそうさ。ローマ軍の捕虜になって、だけど自分が殺されないとわかったとき、わたしが何を心配したと思う？　それはたった一つ、このまま島に置いてきぼりにされて、顔を青く染めた同族連中といっしょにされるんじゃないかってことさ」

「しかし、カラタクスは……」アウレリウスは、いささか驚いて口をはさもうとした。

「高潔な勇士さ。あんたたちのあの足の悪い皇帝が勝つ日が来たら、二人はいい友達になるよ。それでもってローマの都の生活を二、三カ月も味わってみれば、カラタクスの頭の中からブリタンニアの王権のことなんて消えちまうさ。それにしてもわからないね、どうしてお前さんたちローマ人はああまでして、あの国の泥づくりの掘っ立て小屋なんか蹴散らしに行くんだね……」

「たしかに」アウレリウスはうなずきながら、自分が自由なローマ人に生まれついたことを、また しても神々に感謝した。

「あてが外れましたな」外に出ると、カストルは失望を口にした。「奴隷にされた高貴な血筋の娘が、失った自由を取り戻すためにどんな手段も辞さないという、感動の筋立てを頭に思い描いていたのですが、あにはからんや……。どうやら、ここはもう引き上げの潮時ですな」

「何を言う！　これからが本番だ。相手はアウフィディウスだぞ」アウレリウスは、挑むように親方《ラニスタ》の姿を探し始めた。

親方は、アウレリウスをきわめてよそよそしい態度で迎えた。あちこちに鼻を突っこんでまわる出しゃばり貴族のせいで、よけいなことまで暴かれそうなばかりか、今や剣闘士たちまでが神経を苛つかせている。昨日は食堂で、あわや集団的命令拒否といっていい事態まで生じた。食事に毒が入っているかもしれないと言って、誰一人、手をつけようとしなかったのだ。闘技会《ルディ》の開催まで、あと数日しかないというのに！

「前にも申し上げましたとおり、武器は厳重な管理下に置かれているのです」アウフィディウスは不愉快そうに断言した。「剣闘士が試合で使う武器は、それぞれ開始直前に手渡され、試合の終了後にはすべて返却する決まりになっています。ふだんは誰も剣に手を出すことは許されません。あなたがたがアルドゥイナに贈った短剣も、このわたしが押収したくらいです。さらに、ケリドンが殺されたあの日は、とりわけ監視の目を厳しくしておりました。クラウディウス帝が剣闘士団の腕前にいたくご不満で、助命はいっさい与えないご意向らしいという噂が流れ、そのために剣闘士たちがいつになく殺気立っていたからです……」

「何だと？　その話は前にはしていなかったな……」アウレリウスは一瞬考えこんだが、親方に顔を向けると直ちに断を下した。「アウフィディウス、いずれにせよお前を逮捕する。剣闘士団を統括する地位にあることを利用して八百長をたくらんだことは、火を見るよりも明らかだ」

「わたしを逮捕？」親方は震えた。「そんなむちゃな。証拠がどこにあるというのです」

「お前が闘技場の砂場に立っていたのも、ずいぶん昔のことだ」アウレリウスはとりあわずに、軽蔑の口ぶりでこたえた。「剣の切っ先が体を掠《かす》めなくなってからだいぶたつ。もはや馴染みも失せたろう。自分の体で味わうよりも、他人を刃の下に送り出す方が楽だからな。お前が拷問にどのくらい耐えてみせるか、じっくり拝見しようか……」

「お待ちください。ほんとうは違うのです！」

「ほう、真の黒幕はセルギウス・マウリクスだと言いたいのか。だったら安心するがいい。そうであることはよく知っているのだ。ところが惜しいことに、やつを法廷に召喚するに足るだけの証拠がない……。だからわたしとしては、お前で我慢するしかないのだ」

「元老院議員様、すべてを申し上げます」アウフィディウスは恐怖にとらわれてうめいた。「わたしは二回しかやっていません……。それに、ケリドンも試合にちょっと負けるだけで、死ぬはずではありませんでした。皇帝が助命してくださるに決まっていましたから」

「ほほう、そうかな？　カストル！」

「ご用命を、ご主人《ドミネ》」

「この男を近衛兵舎に連行せよ。八百長を画策した罪、さらにおそらくは殺人罪かな」

「わたしがケリドンを殺すはずがないではありませんか！　いちばんすぐれた剣闘士で、あれがいなくなったら、わたしはぜんぜん金儲けにならなくなって……」絶望にとらわれた親方は、大声で訴えた。

「ならば、トゥリウスの方は？」

「あやつが殺された晩は、わたしはそもそも営舎にいませんでした。証人なら何十人もいます」

しかし、親方の必死の抗弁も、信じがたい光景を目のあたりにした剣闘士たちの叫び声によって掻き消されてしまった。ついさっきまで彼らの生死を握る絶対的な力をふるう支配者だった親方が、近衛兵によって引きずられていくのである。アウレリウスは剣闘士たちの顔を見た。そこには驚きだけでなく、一種の喜びが抑えようもなく浮かび上がっていた。

「今度はあいつも笞《むち》の味を思い知るぜ！」大男の魚剣闘士《ミルミッロ》がうれしそうに声をあげた。

「焼けた鉄鏝《てつごて》の味もだ！」別の一人がにやにやしながら付け加える。

どうやらあまり愛されていなかった男のようだなと思いながら、アウレリウスは、両側にいならぶ剣闘士たちの歓声を浴びて中庭を進んだ。

「アウレリウス・スタティウス様万歳！　皇帝万歳！　親方《ラニスタ》に死を！」思いがけなく自分たちの復讐をとげてくれた人物をほめたたえて、剣闘士たちは大声を張りあげていた。

「いやはや、すっかり彼らの英雄になってしまわれましたな」カストルが戸惑い顔でつぶやいた。

「これでアウフィディウスが処刑人の説得手段に屈してセルギウス・マウリクスの罪状を明らかにすれば、めでたく一件落着ということでしょう」

「いや違う」アウレリウスは、秘書の言葉を否定した。「親方が白状できるのは、セルギウスが八百長を仕組もうとしたという点だけだ。セルギウスはすべてを否定するに決まっている。それに、ニュッサの証言によって、ケリドンに一服盛ったのがセルギウスの指図によるものだと立証できたとしても、何の危険がやつに及ぶ？　毒はケリドンの命を奪うほど強くなかったとニュッサは言うに決まっているし、事実そのとおりだったことが判明している。ルリドゥスの所在を掻き消し、ケリドン殺害の罪を死人のトゥリウスにすべて着せてしまえば、セルギウスはせいぜい罰金刑だけで――たとえそれがどんなに高額でも――放免となるだろう……。やつはそれをよく知っているのだ。事実、八百長の告発を受けようとそんなことは屁《へ》でもないと言わんばかりに、悠然としているではないか。そもそも考えてもみろ、もしセルギウスが親方の証言から身を守るつもりだったら、とっくに殺しているはずだ、ヘリオドロスでなく彼をな。だがもしも……」

カストルは息を殺して、じっと主人を見つめた。

「……だがもしもだ、八百長が偽装工作にすぎなかったとすると、話は違ってくるぞ」

「どういうことです」秘書がいぶかしげに問い返す。

「いいか、カストル。ある人間が犯罪をおかそうとたくらみ、しかし万一の事態にそなえて、その犯罪をもう一つの犯罪、もっと軽微な別の犯罪の陰に隠蔽しておくと考えてみたらどうだ？　とてつもなく狡猾なやり口だと思わないか？　万一たくらみが露見しても、軽い方の犯罪を認めることによって、真の狙いに追及が及ぶのを阻止できるのだから」アウレリウスは説明しながら、自分自身でも興奮していた。

「ピンときませんなあ」カストルは首を振り、「八百長の裏に何があるとお考えなのです」

「犯罪の中でももっとも重い犯罪。一個人に対する犯罪ではなく、ローマそのものに対する犯罪だ……。だが待て、ひょっとしたらひねって考えすぎて、とんでもない勘違いをしているのかもしれない。先にガッリクスの話を聞いてみよう」

「先ほど、人形《ひとがた》を使って訓練をしておりましたが……。あそこです」

「元老院議員スタティウス様！」ガッリクスは一礼すると、「アウフィディウスからわれわれを解放してくださったことに感謝申し上げなければならないところですが、あいにく、事態は何も変わりません。すぐに次の親方《ラニスタ》がやってくるでしょう、ひょっとしたらもっと冷酷非情な親方が」

「少なくとも、自分の懐を肥やそうとしてお前たちを破滅に追いこむような真似はしないだろう」とアウレリウスはこたえた。

「いやあ、その話はごかんべんください。このわたしとしたことが面目ないことですが、何かおかしいと感づいていてしかるべきでした。ケリドンが殺されたあの日は、営舎に異様な雰囲気が流れていたのですから……」ガッリクスは、いつものように遠慮のない口のきき方をしながら話を続けた。「何がどうという明確なものではありませんでしたがね、まあ、落ち着かない空気とでもいいますか、不平不満の雰囲気とでもいいますか。皇帝がわれわれに腹を立てていて一人残らずくたばらせてやるとのお考えらしいという噂が、剣闘士の間でささやかれていました。誰がそんなおしゃべりを最初に流し始めたのかわかりませんが、わたしにそいつを伝えたのはヘリオドロスでした。いざとなれば黙って喉を切られるおれじゃない、手元に身を守る武器さえあれば、と見得を切っていましたよ」

アウレリウスは体が凍りつくのを覚えた。急いで剣闘士一人一人に問いただしていくと、全員、多少の違いはあってもガッリクスと同じ返答をした。誰もがヘリオドロスから話を聞いていたのである。それもきわめて内密な話なのだと言い含められて。

「反乱がたくらまれていたとのお考えですか」主人の考えを読み取ったかのように、カストルがたずねる。

「そうだ」アウレリウスは顔を曇らせ、「ヘリオドロスは故意に不満を煽りたてたのだ。そしてあの日、武器庫の鍵を預かっていたのは誰あろう、剣を磨く係のルリドゥスだったのだ」

「なるほど。すると筋書きとしては、ケリドンが試合で負ける、それを許しがたいクラウディウス帝が民衆の要望に反して親指を下に向ける……」

「観客席の間にしかるべく配置しておいた複数の煽動者が、ここぞとばかり、われらが王者を守れと叫んで人々を煽りたてる……。恐慌、混乱、負傷者、死者……。激昂した人間たちがどっとクラウディウス帝に押し寄せようとする」

「しかし、護衛の近衛兵が出てきますぞ」

「そこだ。皇帝が自分たちの死を望んでいると思いこまされている剣闘士たちは、近衛隊長が兵をひきいて繰り出してくるのを見れば、自分たちがやられるものとただちに考えるだろう」

「そこでルリドゥスが武器庫の扉を開いてやる、という段取りですか。どうやらこれはとてつもなく大きな……」

「ありえる話だ。先帝カリグラに対する陰謀のときも、皇帝が競技場で自分のお気に入りを幾度も勝たせたせいで人々の間にわだかまっていた不満が利用された……。直接のきっかけになったのは、カリグラが、ひいきの緑党の戦車馭者を不正に勝たせたときだ。怒り狂った群衆を前にして、皇帝は競技場の地下柱廊を抜けて脱出せざるをえなくなったが、陰謀者たちはそこに待ち伏せをしていたのだ」アウレリウスは不安をつのらせながら、記憶をたどった。

「もしわたしの理解が正しければ、このたびの策略はケリドンに対する助命を皇帝が拒否するところから始まるはずだったとおっしゃりたいわけですな……」秘書はまだ完全に納得しきれずに言葉をはさんだ。「しかし、そんなことから国家転覆の一大動乱に火がつくと考えるほど単純な頭の人間がいますかな」

「動乱が生じなくてもかまわない。猛りたった観客から逃れるために、クラウディウス帝が急遽、脇の門を使って闘技場から出ようとしてくれるだけでいいのだ」

「なるほど！　セルギウスがならず者どもを引き連れて陣取っていたのは、まさしくあの近辺……。これはやはりご推察のとおりですな。八百長うんぬんを仕組んだのは、事が思惑どおりに運ばなかった場合、ケリドンに薬を飲ませたのは八百長のためだったと言って真のたくらみを隠蔽するためであって、真の狙いは皇帝暗殺！」

「そう考えることで、話が何もかも通る……」アウレリウスがつぶやく。

「ただちにクラウディウス帝のもとにご報告に行くべきです！　きっと耳を傾けてくださいます。ご友人なのですから」

「たしかにな。しかし彼は何もできない。考えてみろ。もしセルギウスがほんとうにこんな大博打を打つ気なら、軍隊や近衛部隊や、さらに宮殿にも支持者をつくっていないはずがない。やつに刑を言い渡すには、有無を言わさぬ証拠が皇帝に必要なのだ」

「この広い都で誰一人セルギウスの陰謀を知らなかったなどということはありえません。証言する人間が見つけられるのでは……」

「そういう人間の口を、やつはいつものやり方どおり、すでに封じてしまっている。誰もあえてセルギウスを攻撃しないだろう。みな、失うものが多すぎるのだから」

「ほんとうに誰もいませんか」カストルは真剣な顔で考えこんだ。「いや、ひょっとすれば……」何か言おうとしたが気が変わったらしく、秘書は口を閉じた。

XVIII

ユリウス月のカレンダエの日の八日前〔六月二十四日〕

アウレリウスは、応接室《タブリヌム》の薄暗がりの中で、麦酒《ケルウエシア》の杯を前に腰を下ろし、待っていた。やってくるに違いなかった。

奴隷や下僕たちには、部屋に下がって主人を一人にしておくよう言い渡してあった。天井から吊り下げられた灯明が、大きな部屋を照らしている。夜のとばりがまだすっかり降りきらない頃、門を叩く音がアウレリウスの耳に入った。彼はゆっくりと立ち上がり、静まり返った玄関広間《アトリウム》を抜けて、大きな木の門扉に向かっていった。

「ようこそ、セルギウス」

「待っていたか、プブリウス・アウレリウス」

二人の声は冷たく、そこには闘技場《アレーナ》で剣闘士が向き合って最後の対決の前にかわす言葉と同じように、静かな決意がみなぎっていた。

「お一人か。護衛もなく」いささか意外に思ったアウレリウスの声には、敬意を表するような響きがあった。

「恐れることが、わしにあるとでも思うか」侮蔑の返答が返ってきた。そうだ、セルギウス・マウリクスには恐れるものなど何もない。名もあり富もあり、地位もつかんでいながら、狂気のくわだてに一擲乾坤《いってきけんこん》を賭す男が、たんなる皇帝の特命長官の前で震え上がるような人間であるはずがないのだ。アウレリウスは、おのれの敵を眼前にして、全身の血がわきあがってくるのを覚えた。あれほど親しんだ数々の哲学書も消せなかった太古の戦士的、野獣的本能に火がついたのである。

《自分は今、網を投げようとしている投網剣闘士《レティアリウス》と変わらない》アウレリウスは心の中でつぶやいた。《セルギウスも同様だ。危険に身をさらすことに喜びを覚え、短剣《シカ》を片手にこちらの三叉の槍をかわして懐にとびこもうと舌なめずりして狙っているのだ》彼は一瞬、あれほど多くの自由人がなぜ闘技場《アレーナ》で命を賭けようとするのか、その理由が理解できた気さえした。《神々がわれわれに憐れみをたまわるよう……もし神々というものがあるならば》

「元老院議員アウレリウス・スタティウス。お前は賭博の裏に仕組まれた計画をあばき、わしからニュッサまで奪い去った。なかなかの度胸だが、このままうまく行くと思ったら大間違いだぞ。皇帝の名を楯にしていれば誰もお前に手が出せないというわけではないのだ。だいいち、わしを追いつめているなどと思うな。八百長の陰にわしがいることの立証は、一苦労だぞ。それに、かりに立証できたところで、どのみち切り抜けられる。わしの力がどれほどのものか、知らないはずはあるまい」

「たしかに」アウレリウスはうなずいた。「だが、それならなぜ夜更けにわたしのところにやってくる。ニワトリ泥棒のようにこそこそと」

セルギウスが顔を青ざめさせて、くちびるを噛んだ。

「わしを敵に回そうとするな。友人としてやってきたのに、わしを怒らせるのは間違いだぞ。お前とわしはもともと異なる道を歩んできて、たまたま今、出会っているにすぎん。このまま互いに邪魔だてしあわず、素知らぬ顔をして歩み続ければよいのだ。いいか、プブリウス・アウレリウス、わしはお前の力をそれなりに認めておる。だからこそ、こうしてやってきたのだ。むろん、お前にわしを阻止することはできない。だが、妙な真似を始められては、あれこれ面倒が生じかねないからな。今さらそんなことをして何になるというのだ。お前は、八百長に関してアウフィディウスをすでに逮捕した。ケリドンがなぜ殺されたのかも知り、その下手人も知った。トゥリウスだ。クラウディウスもさぞ喜ぶだろう。ケリドン以外の二人の剣闘士の死も、説明はむずかしくない。営舎から逃亡した下働きの男をわしがお前にさしだしてやればな……」

「ムティナから連れてきたルリドゥスのことか。むろん、死体でだろう。お前を信用するのはむずかしい相談だ、セルギウス。金《かね》よりも剣で手間賃を払うのが好きなようだからな、自分の刺客たちに」

「やつらは、獣《けもの》、人殺し、命を奪うことを仕込まれた器械だ。ただの道具にすぎぬ連中の命に価値などない。だが、お前は違う、わしにはわかっている。金の話をしたな。折り合いがつけられると見たぞ」

「わたしの金庫はどれもいっぱいだ。このうえ、家を焼いたり、恐喝に及んだり、闘技場で人間を死なせたりして、金を詰めこむ必要はない」

「そうだろうとも。お前は生まれついての富豪で貴族。有力政治家や将軍を輩出した由緒ある家柄の子孫だからな」セルギウスの声が、憎しみを帯びて高くなった。「しかしこのわしは、お前がたんに血筋というだけでずっと手に入れてきたものを、すべてこの手でつかみとらねばならなかったのだ。だが、貴族階級のお前にはっきり言っておく。名高いお前の先祖たちが財産を溜めこんできたやり方と、わしのやり方との間に、畢竟《ひっきょう》、大した違いはないのだ。だから、自分の方がまっとうだなどと思うな！　わしは根本的に正しい人間なのだ。世の中には、法の力の及ばないところ、法が力を及ぼそうとしないところがある。世間の人間は、そういうところで難題を切り抜け、誤りを正し、秩序を取り戻すために、わしの力を求めてやってくるのだ。わしは事にあたるに際して、神聖なる共和制の定めを無視し、おのれの裁量ひとつで断を下すことのできる人間として振る舞わねばならぬことも、一再ならずあった。もっとも、共和制など名ばかりで、しばらく前からローマはたった一人の人間の巨大な財産にすぎなくなっているわけだが……。法の前にみなうやうやしくぬかずくべきだなどという御託は並べるなよ。

　お前自身、いつもそうしてきたわけではないのだからな」

　アウレリウスは、黙ったまま見つめていた。財をかすめ、強大な力をほしいままにし、人の命を奪っていながら、この男は自分を正義の旗手だと考えているのだ！

「わしは一対一で話をするためにやってきた。ともに自由な二人のローマ市民が、たがいに商取引の話を進めようというのだ。それ以上でも以下でもない。わしがお前に求めるのは、イノシシを嗅ぎつけた犬のようにわしに狙いをつけるのをやめることだ。このままわしを放っておくなら、取引をする用意がある。値段を言えば払ってやろう。金でも人間の命でもな。だが、わしのものをわしが手に入れる邪魔はするな！」

「お前のものと言うなかには、クラウディウス帝の命も入っているのか」アウレリウスは冷たく問い返した。

　石のように不動だったセルギウスの顔が、わずかにくちびるの端で震えた。

「お前はクラウディウス殺害をたくらんでいたのだ！」アウレリウスはきびしく問いつめた。

「いくらでもほざくがいい。だが、あいにくだが立証はできないぞ。まったくもって残念なことだな。わしが処刑されるのを見物したいだろうが、それはかなわぬ楽しみだ。ニュッサは何もしゃべらん。そう思え」

「思いどおりにいくものか」アウレリウスは言い返した。ニュッサは部屋の中にいて守られているのだから……。

「自分の男性的魅力にいささか自信過剰のようだな。たしかに、そいつに恵まれていないわけでもないようだが。少なくとも妹のセルギアの話では……」セルギウスは笑い声をあげ、「しかし、女はひねくれた性根の持ち主。思いもよらぬことがあるものだぞ。おとなしくわしの言うことを聞いて手を引け。皇帝のもとに行き、八百長試合の報告をし、アウフィディウスを処刑人の手に引き渡すのだ」

「八百長は偽装工作にすぎない。真の目的をごまかすための手段で、親方《ラニスタ》は何も知らずにいたのだ」アウレリウスは低い声で言った。「養成所でほんとうの共犯者だったのはヘリオドロスだ。あの日、剣闘士たちに不安の種を吹きこんでまわるよう、お前に命じられたのだ。目的は、クラウディウス帝に脇の門から出ることを余儀なくさせること。そして、その命令をヘリオドロスに伝えたのが、お前の妹だ！」

「ところがあいにく、ヘリオドロスは死んだ」法廷演説家はため息をつくふりをし、「わしがお前だったら、そんな陰謀の話で皇帝をわずらわせようなどとはしないぞ。妄想もいいかげんにせよと叱責されかねん……。さて、そろそろ帰るとするか。世迷言《よまいごと》を口走るあわれな空想家とつきあっているなどと噂が立ったのではかなわん。もう一度、よく考えてみるんだな。戦争を始めたいというなら、わしの方はかまわん。勝つことには慣れている」

アウレリウスは返答しようとも思わなかった。勝算はないだろう。だが、意地でも降伏する気はなかった。

セルギウスが闇の中に消えていくと、彼は暗い予感にとらわれたかのように、まっすぐにニュッサがいるはずの部屋へと向かった。


部屋にはまだうっすらと女性の香水の匂いがただよい、空の寝台の上では、白イタチが毛のクッションのように丸くなっていた。ニュッサの姿はなかった。果樹の立ち並ぶ裏庭に面した窓が開いていた。

地面を調べると、外界の無秩序から邸をへだてている高い壁の下で、石の間に根を張ったスイカズラが何カ所か踏みつぶされており、中空を見上げると、ぽっきり折れた一本の枝がぶら下がっていた。逃亡者がどこを通って外に出たかは明らかだった。

「おめおめ逃げられるとは何ごとだ！」アウレリウスは、パリスとカストルを呼びつけて一喝した。二人は恥じ入って目を伏せた。

「ご主人様《ドミネ》、ニュッサを守れとのご命令ではありましたが、閉じこめておけとのご指示ではありませんでした」秘書は弁明を試みた。「彼女が自分の意志で逃げ出すことがあろうとは、よもやお考えではなかったはず。しかし、そうであったことに疑いはありません。外から壁をよじのぼって庭に侵入するのはまず不可能。しかし、現にニュッサがやってのけたごとく、中から外に出てゆくのは容易なのです」

「あんな上から外に飛び降りてみろ、首をへし折るのが落ちだ」アウレリウスは、カストルの言うとおりだと思いながら、自分がこんなふうに裏をかかれたことを承服しかねて言い返した。

「もし何者かが下にいて手助けをすれば、話は別かと……」

「冥府《ハデス》の神々よ！　それにしても、セルギウスに命を狙われるとわかっていながら、なぜ逃げ出した。わたしはお前たちを信頼して託しておいたのだぞ、この役立たずが！　笞を食らっても当然のところだ！」内心では彼らの手落ちでないことがわかっていても、怒りのやり場がなく、アウレリウスは大声でどなった。

「ニュッサがいなくなったことに、誰も気づきませんでした」パリスが口を開いた。「眠くなったと言って、早くから部屋に引きこもったのです」

「昼の間も、部屋から出ることはありませんでした。二度ばかり、はばかりに出ただけです」とカストルが言い足す。

「何者かの誘導があったに違いない。単独でこんな危険な逃亡が決断できるような娘ではないからな」

「お邸にいたのは奴隷だけです。昼過ぎもずっと訪問客はありませんでした。垂れ幕を新しく作り変える仕事のためにやってきた職人の女たちを除けば」とパリス。

「急いで小間使いの奴隷たちを呼べ」疑惑にとらわれて、アウレリウスは命じた。「ニュッサがその女のうちの誰かと話しているところが目撃されなかったかどうかを調べるのだ！」

はたしてニュッサが一人の裁縫女と二言三言、口をきいていたことがすぐに判明した。しかし、つまるところ、一人の女にすぎず、しかも一瞬であれ姿をくらましてもいなかった。一方、あわれな奴隷たちにしても、ニュッサを無理やり連れ出そうとする敵があらわれるかもしれないから守るようにと言いつけられていたのであり、どうして彼女が自分から逃げ出すなどと想像できたろう。主人《ドミヌス》たるアウレリウスでさえ、考えてもいなかったのだ。

となると、やはりその女のしわざだ。それも、そんな危険をおかす気にさせられるくらい、ニュッサに対して影響力をもつ女なのだ……。セルギウスは先ほど、「思いもよらぬことがあるものだぞ」と言っていた。そういえば、共同住宅《インスラ》で聞いたニゲルの話の中に、ニュッサが最初の男から逃亡したときに一人の女がいっしょだったという話がなかったか？

アウレリウスはニュッサが自分の横に身を横たえたときのことを思い出してみた。冷たい、機械的な愛撫。まるで義務で行っているような愛撫で、そこには遊女を生業《なりわい》とする女、男といえば暴力と支配欲しか知らない女による計算された媚びしかなかった。しかしもしも、自己とは無縁の存在、敵たる存在の男ではなく、同性の人物が、好意、やさしさ、情愛を見せてあらわれていたのだったら？　搾取されるばかりのちっぽけな娼婦が、一人の女のゆるぎなく頼もしい腕の中に、安らぎと慰めを見出していたのだったら？　彼女はその女を何の疑念もなく目をつむって信じたのではないだろうか。

アウレリウスは、ニュッサが女に手を引かれながら、粗野なウィボーを棄てて共同住宅《インスラ》から出ていく姿を眼前に見る思いがした。ニュッサにしてみればその女は、拳骨と平手打ちで連れ戻されるかもしれない危険をおかして、女衒《ぜげん》の怒りに立ちはだかっていく勇気をもつ女なのだ。そしてその結果として、ニュッサは保護と人気と富と、なかんずく愛を手に入れた。少なくとも、無垢な彼女は最後までそう思った。

　アウレリウスは、セルギウスの妹、セルギアの顔を思い浮かべた。力強く、自信に満ち、どんな体験にもひるまない女。近親相姦を犯すことも平気な彼女が、ひ弱で、寄る辺ない、腕の中にいつでもとびこんでくるような小娘を前にして、何をためらうだろう。だからこそセルギウス・マウリクスには、ニュッサが裏切らないという自信があれほどあったのだ。

「そうです、彼女に違いありません」カストルが不安顔でうなずいた。

「しかし、セルギアはどんな口実を吹きこんで、ニュッサが命の危険もかえりみず邸を出ていくよう仕向けたのだろう」アウレリウスは首をひねった。

「憶測にすぎないかもしれませんが、ひょっとしたら……」カストルがためらいながら口を開いた。

「言ってみろ」もはやどんな突飛な仮説にも耳を貸すつもりになっていたアウレリウスは、秘書を急きたてた。

「いかなる動機のゆえに彼女が四方を壁に囲まれたこの安全な隠れ場所を捨て去る気になったかと言えば、それは真にかけがえなく思う唯一のもののため、すなわち彼女自身を娼婦の身から脚光を浴びる場へと引き上げた舞台の人気のためではないでしょうか。彼女は世に言う天才肌ではありません。もしあの狡猾なセルギアが、劇場に行って舞台にのぼれ、そうでないと観客から未来永劫、そっぽを向かれてしまうと言い聞かせたら……」

「そのとおりかどうかわからんが、カストル、確かめてみよう。劇場へ行くのだ、急げ！」アウレリウスは外にとびだしていった。

ポンペイウス劇場で、アウレリウスは大勢の人間の間を肘でかきわけるように進まなければならなかった。群衆は、しばらく前からニュッサが登場するのが待ちきれなくて騒いでいた。

劇団の他の座員たちはおそるおそる番外出し物をいくつか演じて、怒り狂う観客をしずめようとしてみたものの、今は楽屋に逃げこんで息をひそめ、夜警隊《ウィギレス》が駆けつけて観客の包囲から助け出してくれるのを、半分あきらめながら待ち続けていた。

そのとき突然、ニュッサの出演が延期になった——やむをえぬ事情の発生によって——という噂が流れた。観客席から激しい抗議の口笛や罵声があがり始めた。前日の晩から列をつくってようやく入場券を手にした客も少なからずいて、当然ながら彼らは、お気に入りの女優の姿を拝まないまま、そうかんたんにあきらめて帰ろうとはしなかった。激昂した人間の群れを前に、アウレリウスは元老院議員の権威を振りかざして騒ぎをしずめようなどとはまったく考えず、舞台裏にまわったカストルが何か成果をつかんでくることを願いながら、打ち身をいくつかつくったあげく、ようやく劇場の出入口まで戻った。

入口からだいぶ離れたスズカケの木立の陰に輿を置いてきたのは幸いだったと思いながら、彼は外に出た。

マントの裾が泥で汚れるのもかまわず、アウレリウスは急いで草地の上を走って輿の前にたどり着き、担ぎ役のヌビア人奴隷たちがどこにいるか、そっと目で探しながら、群衆がこの瞬間を選んで劇場前広場に繰り出してこないようにと心の中で祈った。誰もが知るとおり、暴動の際には高級そうな輿がつねに第一の標的にされるのである……。しかし彼の輿は、豊かな月桂樹の枝葉におおわれているため目につかず、どうやら安全であるように思われた。

素早く輿の中にもぐりこんで、そのまま長枕の上に身を投げる。早くも劇場から暴徒が外にあふれ出ようとしていた。彼は垂れ幕の陰に隠れて、ぴくりとも動かずに待った。興奮した一団が、足音高く隣の小路に駆けこんでいく。息を殺し、すぐ近くで騒ぐ熱狂する人間たちの目から完全に身を隠そうと、用心深く毛布の下に体を伸ばしていった。すると、柔らかい絹のクッションの間で、足先に何かあたるものがあった。ぐにゃりと冷たい。手も暗がりの中で、弱々しく力のない何かをかすめた。

むきだしの腕と思しきものをさぐっていった彼の指が、やがてとがった胸、そして焼き鏝《ごて》のためにぱさついた巻き毛に触れたとき、アウレリウスは全身が凍りついた。ランプの明かりなど必要なかった。それは、あの肉体、賞讃の的である有名な肉体……。

わずかに体を動かしたとたんに、死体が彼の上に倒れかかってきた。へし折られた首からぶらんと垂れ下がったニュッサの頭部が、遅すぎた助けを求めてアウレリウスの肩によりかかる。彼女を救うことができなかった――。彼は自責の念にかられたが、すぐに冷徹さを取り戻した。だめだ、今はぐずぐず悔やんでいるときではない。すぐこの場を離れるのだ。ここにいるところをあの狂信者どもに見つかったら、崇拝する女神の死体の脇にいる自分は八つ裂きにされるだろう。

できるだけ慎重に用心深く、そっと輿から脱け出そうとした……。しかし、もう遅かった。連中がこちらに近づいてくる！　息をじっとひそめた。信じたことなど一度もない恐ろしい冥府《タルタロス》がほんとうに存在するかもしれないと思いながら。

「輿がある。のぞいてみるぞ！」どなり声がそのとき聞こえ、無言劇女優の狂信的崇拝者の一人が足早にやってきて絹の垂れ幕の前で足をとめたのがわかった。

群衆の狂気から素手で身を守る決意をかためて、アウレリウスは拳を握った。
音を立てて垂れ幕が引きちぎられる。とびだそうと彼は身構えた。

「そこじゃない、あっちだ、彼女があっちの輿にいたぞ！」暗闇の中から叫ぶ声がした。「さらわれていく。急げ、助け出すんだ！」

垂れ幕を引き裂いた狂信者は、視線を下にも向けず、くるりと振り向くとたちまち美女を救出すべく走り出していった。そのあとを取り巻きの一団が、雄叫びをあげながら続いていく。人間の集団は、まるで厳粛な神の下した命令一下、いきなり逆流して水源へとさかのぼり始めた狂乱の河川のごとく、輿に背を向けた。

「今です、早く！」頼もしいカストルの声がアウレリウスをうながした。秘書が群衆の注意を逸らせたのである。

アウレリウスは一も二もなくとびだすと、カストルのあとについて通りへと駆け出した。

足に翼を生やしたようにローマの半分を駆け抜け、中央広場《フォルム》が見える場所までたどり着いたとき、髪がくしゃくしゃに乱れて泥だらけの人物を見て、そこによもやローマ元老院議員にして皇帝の特命長官、貴族プブリウス・アウレリウス・スタティウスを見出す者はいなかったろう。彼は、夜だというのにまるで集会に集まったかのように人垣ができているのを認めて、その後ろでぱたりと足をとめた。

「何があったのだ」視界をふさいでいる大柄な男に、不安げにたずねた。

「近衛兵のやつらよ。皇帝が近衛兵を繰り出して、自分の殺し屋を守ろうっていうんだ。ニュッサを殺しやがったあのスタティウスって野郎をな。おれたちは、あいつをぶちのめしてやるつもりで、邸に押しかけていくところだったんだが……」大男は、憤懣やるかたないといった口調で説明した。

「元老院議員のスタティウスのことか」アウレリウスはひどく驚いた。「あんなまっとうな人はいないぞ。疑われるようなことは何もしてないはずだが」

「誰が？　あの泥棒野郎がか？」男は嫌悪感をむきだしにして顔をしかめ、「あいつがてめえの船でローマに運んでくる錫《すず》に、いくらの値をつけて売っているか知らんのか。小麦だって、値段を吊り上げる魂胆で隠匿しているんだ。何百万セステルティウスも遺産で懐に入れやがったくせに、まだ足りなくて貧乏人を騙して金を儲けやがって……。あいつが腐りきったやつだってことは、ローマじゅうが知っているんだ。さあ、いっしょに来い。たっぷり思い知らせてやろうぜ」

アウレリウスは、もって生まれた諧謔心《かいぎゃくしん》も手伝って、この勧誘を少なからずおもしろがり、もうひと押しした。「あいつのことをよく知っているんだな。そんな悪党を向こうに回すんじゃ、一筋縄じゃいくまいぜ……」

「まあほんとはおれも、今夜になって初めて名前を聞いたんだがよ」大男は正直に認めた。「やつの輿の中でニュッサが殺されているのを見つけた連中なのよ、あの男がどんな野郎なのかおれたちに教えてくれたのは」

それを聞いてアウレリウスは、セルギウスが手段を選ばず、手下のならず者どもを使って民衆に彼を襲わせるよう煽動していることをようやくさとった。彼はよく知っていた。人間は、どんなに賢く、どんなにまっとうな者であっても、羊の群れのようにひとまとめにされて、同じことを何度もえんえんと聞かされたり、とくに多数の人間からいっせいに唱えられたりすると、どんな戯言《たわごと》でもすぐに信じてしまい、いくら理屈に合わない大義名分でも、大勢《たいせい》に逆らうわずらわしさを避けたくて、信奉者になってしまうものなのである。かくて兵士は嬉々として戦場におもむき、かくて選挙の勝敗は決まる……。

この間にもカストルは不安の眼差しをじっとアウレリウスにそそいだまま、いても立ってもいられず、自分の短衣《トゥニカ》の裾を両手でぎゅうぎゅうひねりながら、裾でなく目の前の無謀なわが主人《ドミヌス》の首をひねればいいのにとやきもきしていた。このあきれた無自覚男は、一目散に逃げ出しもしないで何をぐずぐずしているのだ。

しかし、アウレリウスはもうとまらなかった。

「じゃあ、いったい何だってあの男の邸に行くんだ！」彼は憤慨の声をあげ、「やつがセルギウス・マウリクスの邸に逃げこんだことを知らないのか。近衛兵たちも、まさか君たちがあそこにまで押し寄せてあの男を引っぱりだすとは予想していない……。急げ、おれのあとに続け。セルギウスの邸に向かうんだ。あのブタ野郎を隠れ家から叩き出そうぜ！」血気にはやる一行はくるりと針路を変更し、アウエンティヌスの丘を目指して突き進み始めた。

「神々の雷《いかずち》で頭をぶち抜かれますように！　まさかこんな子供だましの手で、全ローマをいつまでも欺き続けられるとお考えではないでしょうな。二度あることが三度あるとは限りませんぞ……」主人といっしょに脇の小路に逃げこみながら、カストルがとがめた。

「わかっている。自分でもちょっと試してみたかっただけだ。お前が輿の前で、あんなにあっさりとやってのけたものだからな……」アウレリウスはにやりと笑った。

「しかし、こうなるとすぐにはお邸に戻れません。セルギウスは時間を無駄にしない男のようですから、ここからパトリキウス通りに向かう道筋は、刺客があちこちで待ち伏せをしているに決まっています。かりに連中にぐっさりやられなくても、あわれな女優の狂信的崇拝者が襲ってきますぞ」

「そのとおりだ」アウレリウスはうなずき、「どこかで夜明かしをしなくてはならん。お前の方は明朝、日が昇る前に藁を積んだ荷車を引いて、プブリキウス坂の奥まで来てくれ。そこで待っているから、わたしを藁の下に隠して運ぶのだ……」

「その時刻まで、どこに身を隠されるのです？　正体を見破られますよ」カストルが心配してたずねる。

「大丈夫だ。わたしにだって、ローマに友達はいるさ」秘書を安心させると、アウレリウスはあのニゲルの共同住宅《インスラ》に向かって歩き始めた。六階に住む一家が彼を喜んで迎えてくれるだろう。あそこなら誰も探そうなどとは夢にも考えまい。

XIX

ユリウス月のカレンダエの日の七日前［六月二十五日］

「カストル！」アウレリウスは体をざっと洗うと、秘書の名を呼んだ。しかし、カストルは姿を消したようだった。

主人の隠れた荷車をみずから引っぱって無事に邸《ドムス》に帰還したあと、ギリシャ人秘書はきっと丸一日、休息をとる権利があると考えたに違いない。

そのかわり、パリスがあらわれた。顔に不安が仮面のように張りついている。

「クラウディウス帝からのお呼び出しがございました」冥界《エレボス》の奥から響いてくるような声で、パリスが告げた。「明日、パラティヌス宮殿に出頭せよとの仰せです。告発が提出されているとのことで……」

「セルギウス・マウリクスによる告発か」アウレリウスは暗い顔をして聞いた。

「あるいは彼の意を体した者でしょう」忠実なる家産管理人は悲しげにこたえた。胸中に抱いている評価はどんなに低くても、彼は自分の主人《ドミヌス》をこよなく愛していた。

アウレリウスは彼を下がらせようとしたが、パリスがいつものように腰を低くし背を丸めて扉から出ていくところを後ろから呼びとめた。

「パリス、お前はわたしの邸《ドムス》、わたしの財産、そしてわたしの下僕たちの家族を守ってくれた……このことはいつまでも忘れないぞ」

その朝、身をひそめていた荷車の藁の中から這い出て無事に自邸の敷居に足を下ろしたとき、彼は邸が略奪を受けていないことを知って大いに安堵したものだった。ところが、カストルとともに裏門に回ったアウレリウスは、驚きに打たれた。どんな犠牲を払っても主人の家を守り抜こうと全身くまなく武装して戦意に燃える奴隷の一団が、そこにいたのである。家産管理人が、穴のあいた手鍋を兜がわりに頭にかぶり、右手に長剣《グラディウス》、左手に短剣《シカ》を握って、包囲に対する英雄的抵抗の陣頭指揮に立っている姿は、いつものひ弱なパリスではなく、トロイアの城壁に立つ雄々しきヘクトルさながらであった。

「ご主人のお邸はわたしの邸、下僕たちはわたしの家族であります。わたしはなすべき務めを果たしただけです」パリスは謙遜してその場から下がろうとした。

「その功に報いたい、それもすぐに。明日では遅すぎるかもしれない。望みを言うがいい」

「それでは一つだけ。クセニアを妻に迎えるお許しがいただければと存じます」彼は耳まで真っ赤になった。

「彼女はお前を愛しているのか」アウレリウスがいぶかしげにたずねた。

「わかりません。じつは、まだ思い切って話を切り出す勇気が出せないでおりまして……」パリスは少し恥じ入った。

「もしクセニアが同意するというなら、主人としての祝福を与えよう」カストルをどうなだめるかが問題だなとためらいながらも、アウレリウスは許しを与えた。そして、忠実なる家産管理人の目に光る誇らしげな喜びの涙には気づかないふりをして、身振りで彼を下がらせ、図書室にこもった。棚に整然と並べられたパピルスの巻物。その象牙や鼈甲《べっこう》の軸先を、アウレリウスのていねいに磨かれた爪の先が、いとおしむがごとく、ほとんど肉感的な愛撫にも似てかすめていく。

どの書物をとってみても——そこには高価な布にていねいにくるまれて保管されている稀覯書もあった——熱心に探し求め、待ちに待った末にやっと入手したものばかりだった。手元に到着するのを待つ間も、女性の愛がもうすぐ得られそうなときに感じるのと同じ、期待に満ちたときめきが彼の心を満たしたものだった。書物あるいは女性は、自分のものにする困難が大きければ大きいほど、待つ喜びも刺激的になるのである。

手が、古い巻物の上でとまった。蔵書は、図書室係の五人の奴隷がつねに注意深くきれいに塵を払っているのだが、パピルス紙のすきまに入りこんでいる埃の層は、この書物が長いこと、あまりに長いこと、広げられていなかったことを物語っていた。

それはクラウディウスのエトルリア語の文法書だった。彼がまだ、皇帝一族の中で無視され嘲笑されてばかりの一員にすぎなかった頃に著されたものだった。もはや知る人間がほとんどいなくなった難解きわまりない動詞。我らが海《マレ・ノストルム》［地中海世界のこと］でもっとも古く、もっとも輝かしい文明の一つを花開かせた当の地域の住民でさえ、ローマ化されたすえに知識が失われてしまった言語……。クラウディウスはどれほどの根気をもってその理解に到達したことだろう。不具のクラウディウス、足のよじれたクラウディウス、阿呆のクラウディウスが、今や神君クラウディウスとなり、彼の統治によってついに世界に平和と繁栄とがもたらされている。

ところが、その永続をよしとしない人間がつねにいるのである。セルギウス・マウリクスのような人間、ファティウス将軍のような人間、陰謀をたくらみ、犯罪を犯すことも辞さない裏切り者たち……。それでいて、この自分にはわが皇帝、わが友人を守るための武器が何一つない！

明日は皇帝のもとに行く。事件解明が首尾よく運ばなかったこと、セルギウスのたくらんだ皇帝暗殺の証拠を断片すら入手できなかったことを言明しなければならない……。アウレリウスは怒りにかられて、奴隷にもってこさせてあった香辛料入り温ワインの杯を床に投げつけた。

銀の酒杯は金属的な響きを立ててモザイクの床を転がっていき、黒檀の大きな椅子の基部にぶつかって鈍い音とともにとまった。キキッとおびえた声がして、紅玉《ルビー》のきらめきを放つ毛のかたまりがとびだし、アウレリウスの脚の間をすりぬけてサンダルの後ろにまわりこむと身を縮めた。

「ニュッサの白イタチ……」彼はつぶやくと、永遠にいなくなったニュッサにかわって白イタチを腕に抱き上げ、耳の後ろ、宝石をちりばめた首環の下のへんをそっと撫でてやり始めた。《小動物なのに、こんな大きな金の首環をつけていて嫌がらないとは不思議だ》彼はふと首をかしげた。《かなり重いはずなのだが……》

「わたしの秘密を守ってくれているの……」

ニュッサの言葉が耳の底からよみがえった。アウレリウスは熱に浮かされたように、急いで白イタチの首から、もともと高価な腕飾りだった首環を外すと、指先であちこち調べ始めた。思ったよりだいぶ軽い。中が空洞になっているに違いないのだ！

じっと目を凝らす。あった。いちばん大きな紅玉《ルビー》のすぐ下、台座の留め金のところに継ぎ目のような溝が見える。目を近づけてよくよく観察しない限り、まず気がつかないほどかすかな溝なのだが……。おそらくここに秘密の隠し場所があるのだ。指で軽く力を加えてみた。振ってみた。あれこれひっくり返して試してみた。開かない。

膝の上の白イタチが、小さく光る目をきょときょと動かしながら、物珍しげにアウレリウスを見上げている。赤いその目は、彼が不当に取り上げてしまった紅玉《ルビー》の色のようだ。と、いきなり小動物が体を彼にこすりつけ始めた。光った毛があちこちに付着する。白い短衣《トゥニカ》から毛を払い落としながら、アウレリウスはその一本を指先で摘んでみた。指にはさんだままゆっくりよじってみる。非常に細いが、驚くほど硬い毛だ……。

彼は、不意に立ち上がった。白イタチが驚いて膝からとびおりる。腕飾りを手に取ったアウレリウスは、白イタチの毛の先端を継ぎ目のかすかな溝にさしこみ、そっと前後に動かしてみた。台座がパカッと開き、秘密の貴重品入れが正体をあらわした。

中から、アウレリウスは、薄い金箔の間にはさんで小さく折り畳まれた二枚の非常に薄いパピルス紙を取り出した。

最初に開いたパピルス紙には、女の筆跡で、《第七時［深夜一時頃にあたる］に、裏庭で》とあった。セルギアの書いたものに違いない。アウレリウスは、体の底から怒りがわきあがるのを覚えた。ニュッサはこれを読んで何の疑いももたず、死ぬために部屋を出たのだ。

もう一枚には、将軍たちの名前が並んでいた。その中に、東方配備の軍団《レギオ》を指揮するパピウス・ファティウスの名前がくっきりと記されていた。

XX

ユリウス月のカレンダエの日の六日前〔六月二十六日〕

翌日、アウレリウスはパラティヌス宮殿の廊下で、彫刻のほどこされた長椅子の上に腰を下ろしてじっと待っていた。楽観的な気分はわいてこなかった。白服《トガ》の襞《ひだ》の間には二枚の紙片と、さらに中空の茎と二本の針とをひそませていたが、こればかりでどうやって陰謀の存在を告発できるだろう。《謎解きの才に秀でているという評判も、こんな体たらくなのでは聞いてあきれるな……》思わず自嘲の苦笑いがもれた。

扉の前に直立不動の姿勢で立つ近衛兵は、まっすぐ正面を見つめているふりをしながら、一瞬も彼から目を離さなかった。すでに待ち始めてから一時間がたっている。アウレリウスは気が落ち着かず、短衣《トゥニカ》の縞飾りのところをくしゃくしゃいじっては、下僕やら警護の兵士やらが無関心な顔で目の前を行き来するのを見て、不安をまぎらわそうとしていた。一度は、解放奴隷のパッラスも通りかかった。ほんの数年のうちに、奴隷の身分からたちまち最有力の秘書官の地位に昇りつめた人物である。

パッラスはアウレリウスの前で立ちどまると、あからさまに視線を振り向けてきた。今や名門貴族でさえ彼の恩顧にあずかろうとして、卑屈な阿諛追従《あゆついしょう》の言葉をつらねて敬意を表するのが通例と化していたので、それを待っていたのである。しかしアウレリウスは、名前がどうしても思い出せない相手に出くわしたとでもいうような表情で眉根にしわを寄せてパッラスを見つめ返した。受けられるはずの敬意が得られないことにパッラスは腹を立て、くちびるをきっと結んで歩み去った。《また一人、敵をつくってしまったな》アウレリウスは心の中でつぶやいたが、今となっては自尊心を守り通す方が大事だった。

そのとき突然、暇そうな下僕たちのおしゃべりの声を打ち消すような、甲高い、とてつもなく音程の外れた大きな歌声が響いてきた。その声は、執務室の前に立っている二人の書記の膝の後ろのへんから聞こえてくるように思われた。彼らはびっくりして、この耳障りな騒音の発生源はいったいどこかときょろきょろ見まわした。

いきなり二人の書記の足の間をすりぬけて、歌い手が廊下に姿をあらわした。ぽっちゃりした小さな子供で、やけに大きな竪琴《キタラ》をかかえ、和音も何もなくめちゃくちゃに掻き鳴らしている。

子供は明らかに聴き手を探している様子だった。アウレリウスが長椅子に何もせずじっと座っているのを目にとめると、急いで駆け寄ってきて、調子っぱずれな歌声をもう一節披露してから批評を求めた。

「どう?」心配そうな顔をして判決の下るのを待っている。

アウレリウスは言葉を飲みこんだ。まもなく皇帝の前で告発を受けようとしている一貴族にとって、自分の声をこんなにも自慢そうにしているあわれな少年に向かって悲しくつらい真実を告げ、失望を味わわせたところで、何の意味があるだろう。

「素晴らしかったよ、オルフェウスの歌声にもひけをとらないね」また歌い始められたら困るなと思いながら、彼は上の空で嘘をついた。

「大人になったら舞台に立つんだ」子供はうっとりした顔になった。「ぼくはね、詩人なんだ、音楽家なんだ、こんな役人たちとはぜんぜん違うんだよ！　秘書官になったってつまんないよね。皇帝になったたって、もっとつまんないよね。みんなお金のことしか考えないケチな卑しい人間で、何にもわかっちゃいないんだ、芸術も歌の調べも」

「さあさあルキウス・ドミティウス様、こちらへいらしてくださいな」小間使いの女奴隷が子供を呼びに来た。「幾度も申し上げたじゃありませんか。あんな声でお歌をうたって、大伯父《おじ》様のお客様のじゃまをなすってはなりませんよ」

アウレリウスが少年をかばう言葉を口にしようとしたとき、扉が開いて、奴隷が皇帝の御前にまかり出るようにと合図を送ってよこした。

皇帝は、書類がうず高く積まれた仕事机に座っていた。その前に、セルギウスとセルギアの二人が、威嚇するような眼差しをアウレリウスに向けて立っている。

「アウレリウス……」クラウディウスが戸惑いながら口を開いた。「わしは、君に対するきわめて重大な告発を受け取っている。ここにいるセルギウス・マウリクスが、君がニュッサを君自身の輿の中で殺害したと告発しておるのだ。さらに、群衆を煽動して彼の邸を襲撃させたこと、くわえて、事実無根のまま、親方《ラニスタ》アウフィディウスが仕組んだ剣闘士の八百長試合に彼も関与していると決めつけたことに対する抗議も提出されておる。むろん、君の方はこの告発に根拠がないことを立証できるはずだと思うが、どう弁明をする」その疲れた声は、《わしは君に大いに期待をかけていたのだが……》と暗に告げているようだった。

こうなったら当たって砕けよだと、アウレリウスは腹をくくった。そして断固たる声で、自分の立てた仮説と、わずかながらも確認できた事実を、一つ一つ説明し始めた。ケリドンが吹き矢で殺されたこと、薬を飲まされていたこと、八百長が仕組まれていたこと、トゥリウス、ヘリオドロス、垢まみれのルリドゥス、そして陰謀のこと。そして最後に皇帝の手に、唯一の証拠として持参した二枚の今にも破れそうなパピルスの紙片――はなはだ不十分な証拠の品――を渡したとき、アウレリウスは自分の人生が砕け散っていく音と、それと同時に、一大帝国がゆっくりと崩壊していく音が聞こえるように思った……。

「先ほども申し上げたように、こやつは気がふれておるのです」セルギウスがどなった。「この男は、わたしという人間に対するいわれなき憎悪に突き動かされ、わたしに文字どおり迫害の刃を向けております。皇帝ご自身の手で、この狂気の振る舞いに正式なる終止符を打っていただくようお願いいたします」

「しかし、そのルリドゥスという男は……」クラウディウスが弱々しく問い返そうとした。

「そのような氏素性の知れぬ人物、わたしの知るところではありません。……そもそもどこにいるというのでしょう、かりにそんな人間が実在したとして」セルギウスはくちびるに嘲笑を浮かべた。

「ティベリス川の川底だ」とアウレリウスはこたえた。「ウィボーやその他の人間と同じように」

「お聞きになりましたか、皇帝。こやつは、わたしの愛人を誘拐し、自分の輿の中で殺害しておきながら、ぬけぬけと……」

「ニュッサはお前の愛人ではない、お前の妹の愛人だったのだ」アウレリウスは静かにそう言い放つと、セルギアを見据えた。

彼女は昂然と胸をそらし、小馬鹿にした笑みを浮かべた。老皇帝が女性の魅力に動かされやすいことをよく知っているセルギアは、重要な対面にのぞんで用意万端、抜かりなかった。化粧係の女奴隷に白粉《おしろい》を幾重にも塗らせて、年齢と不摂生でそこなわれた肌を完璧に、まるでうら若い乙女さながらの艶やかさに変貌させていた。とはいえ、噂のとおり彼女が酒に溺れ、媚薬を乱用していることは、まぶたが腫れて、薄黒い隈《くま》が浮かんでいることからもはっきりうかがえた。アウレリウスはふと、フラミニアもこうなっていたことだろうと考えた。もし、彼女が恐ろしい病によって容貌を破壊され、人前に出るのがはばかられる顔面になる悲運に見舞われていなかったとしたら。

「ニュッサはお前のことを信じていた。彼女なりにお前を愛していたのだ。それなのに、そんなニュッサを、セルギア、お前は無防備のままルリドゥスの手に引き渡した！」憎しみをこめてそう言いながら、アウレリウスは心の中で、ニュッサが最後のこの究極の裏切りに気づくことなく死んでいったことを願った。

「こんな紙切れにいったい何の意味がありましょうぞ」セルギウスはその間にも、あたかも自分が大講堂にいて、隅々までおのれの弁舌の声を響きわたらせずにはおかないといわんばかりの大声を放っていた。「よろしいですか、皇帝陛下、この狂人はたかが三文役者の飼っていた小動物の首環に名前があったからというそれだけを根拠にして、陛下の大帝国の偉大な将軍の名声に泥を塗りつけんとしておるのです。番犬の首環に名前が刻まれていたからと言ってユリウス・カエサルを騒擾《そうじょう》罪で捕縛せよと要求する人間が出たらどうなっていたか、そうお考えになってみてください！」

皇帝は、パピルス紙から目を上げなかった。疲労で垂れ落ちたまぶたから、アウレリウスに深い悲しみが伝わってくる。固く結ばれたくちびるを通して、かつての師が口ごもりながら発する声がじかに聞こえてくるようだった。《ああ、アウレリウスよ。何という苦境にわしを追いこんでくれたのか。この悪党は人を殺《あや》め、世人を瞞着し、陰謀をたくらんだ。だが、わしは皇帝であり、お前を捕縛するほか道がない。よりによって、このような仕儀にわしを立ち至らせるとは、いったい何という大馬鹿者だ！》

「元老院議員プブリウス・アウレリウス・スタティウスを、殺人罪、誣告《ぶこく》罪、偽証罪で裁判にかけることを要求いたします！　この要求を却下することはできませんぞ、皇帝陛下。そんなことをなすったら、民衆が何と言い出しますかな。陛下がこの狂人の邸を守らせるために近衛兵を繰り出したことによって、民衆の間にはすでに怒りが渦巻いておるのですから」セルギウスは一語一語、噛んで含めるように言うと、告発状をクラウディウスの目の前に置いた。

皇帝はしばらくの間、じっと動かなかった。それは誰にとってもじつに長い時間のように思えた。クラウディウスは、かつての教え子に対する深い愛情と、自分の暗殺をくわだてた男に有利な裁決を強いる非情な国家統治の論理との間で板ばさみになって、不可避の決定を下す決心がつかずにいた。内心ではどんなにかアウレリウスの潔白を述べたて、近衛兵を呼び入れてセルギウスとその妹を連行させ、マメルティヌス牢獄に放りこんでしまいたかったろう。しかし、巨大でありながら同時に脆弱《ぜいじゃく》な彼の権力は、パラティヌスの丘のふもとに蝟集《いしゅう》する大衆から得られる合意という支えの上に存続しているのである。せわしない蟻のように首都の街路や小路にうごめきながら、いつ何どき、自分たちの理屈で勝手に理非曲直を決して暴動へと走りだすかわからない無数の群衆が与える合意の上に。

　血管が青く浮き出ているしわだらけの右手がかすかに上がって、薬指にはめられた皇帝の印章の輝く指環が、告発状を認可する朱肉に近づいていく……。その指が宙でとまった。

《こんなことがどうしてできるのだ》クラウディウスは自問した。《古い友人を犠牲にすることを余儀なくされ、ひそかに陰謀をたくらむ敵を喜ばせなければならぬとしたら、自分が地上の神であったところで、それが何の役に立つ。こんなざまでは、全能の支配者も、書記のはしくれ以下の奴隷と変わらぬではないか》

　そのとき、廊下で何者かが争う物音がして、皇帝の苦々しい思索は断ち切られた。クラウディウスは驚いて顔を上げた。大胆にもこの部屋の正面で騒ぎを起こすとは、いったい何者なのか。

「オリュンポスの神々よ！　どうやってここまで入りこんだのだ、この狼藉者は！　ひっとらえろ、皇帝の神聖なる身体を傷つけんものとして雇われた刺客に違いないぞ」当番の近衛兵が大声をあげて同僚の助太刀を求めていた。

「冥府のプルトン神、海のネプトゥヌス神を始め、大地女神レアーのすべての御子神よ、ご照覧あれ！　刺客とは何だ、このすっとこどっこい！　元老院議員プブリウス・アウレリウス・スタティウス様がこの書類をお待ちなのだ、何が何でもお手元にお届けしなければならんのだ！　皇帝にご覧いただかねばならない陰謀の動かぬ証拠がここにあるのだ！」

「この狂人を連行せよ、急げ」将校の命令とともに、近衛兵たちが闖入者《ちんにゅうしゃ》につかみかかり、力ずくで体を宙にもちあげた。

　だがアウレリウスはその間に、礼儀も作法もすべて無視して全ローマの支配者に背を向けると、部屋の外にとびだしていた。

「ご主人様《ドミネ》、ようやく声が届きましたか！」カストルは自分を引きずっていこうとする二人の屈強な兵士からすばやく身をふりほどくと、安堵のため息をついた。「クラウディウス帝はもう耳が遠いですからしかたないとしても、わがご主人は……」

「この男は何をしに来たのだ」そのとき、不自由な足を引きずりながらようやく扉のところまでたどり着いた皇帝がたずねた。

「セルギウス・マウリクスとパピウス・ファティウスの両名が皇帝に危害を及ぼさんとたくらんだ陰謀の証拠を、わがご主人プブリウス・アウレリウス・スタティウス様のご命令に従い、陛下にお届けすべく参上つかまつりました！」カストルは晴れ晴れとした顔で、クラウディウスの手に手紙の大きな束を引き渡した。

老皇帝は立ったまま、不自由な足の方でかまちに寄りかかり、その束を開いた。「ほほう……。マウリクスとファティウスの間で五年前にひそかに約定が取り交わされていたのだな。くれぐれも慎重にとセルギウスが将軍に念を押しておる……」

アウレリウスは信じられない思いに打たれながらも、興奮がわきあがってくるのを覚えた。歓喜の笑みが顔に広がる。クラウディウスはなおも手紙に目を通し続けた。「こちらは、ファティウスの背信行為にかかわる書簡だ。パルティア人と密約が交わされ、セルギウスも加担しておる！うむ、思い出したぞ。偵察に出た分遣隊がおびき寄せられて待ち伏せにあい、一人の兵士も生還しなかったことがあった。やっ！　これはセルギウスが先帝カリグラの治下でカッシウス・カエレア［カリグラを暗殺した近衛隊副官］に宛てた書簡ではないか。わしも含め、皇帝一族全員を抹殺すべしとある。うむ、これは首都ローマどころか全帝国を納得させるに十分な証拠だ。さあ、わが忠実なるブリタンニア兵よ、この男を捕縛するのだ！」皇帝が喜びの声を高らかにあげて二名の赤毛の大男に命令を下すや、二人は、握りしめていた長槍をただちに放り出して、素手でセルギウスに躍りかかった。ブリタンニア兵が手放した長槍の一本が、とっさによけきれなかったアウレリウスの頭にぶつかったが、さいわいにも槍は見かけより軽く、かすり傷がついただけだった。

彼はただちに、宮殿を必死で駆け抜けていくセルギアの追跡に移った。兄が捕縛された混乱に乗じて廊下に抜け出していた彼女は、すでに宮殿外に出る最後の大階段の手前までたどり着こうとしていた。

彼女を追って廊下を走るアウレリウスは、階段の先にセルギアの姿を認めた。遅かった、もう追いつけない！　セルギアは逃げ切ったも同然と、高らかに喜びの笑いを響かせながら、勢いをゆるめずに大階段を駆けおりる一歩を踏み出した。

一瞬ののち、勝利の哄笑は恐怖の悲鳴に変じていた。手すりにたどり着いたアウレリウスの目に、大階段を頭から転げ落ちていくセルギアの姿が映った。玄関広間《アトリウム》の床にまっさかさまに激突した彼女は、あわれなニュッサと同じように、首の骨を折った。

アウレリウスは生命のないセルギアの体を見つめながら、転落という天の配剤によって絞首台にのぼる恥辱を彼女にまぬがれさせた運命《ファトゥム》に感謝した。

「音楽がわかる人を助けてあげられるのは、やっぱりうれしいな」振り返ると、ルキウス・ドミティウス少年が、子供にしては異様に大きな脚を誇示するようにぶらぶらさせていた。乳母の手から幾度も走って逃げた訓練のたまものとして、その脚は足搦《あしがら》をかけることにかけて非凡なまでの巧みさを得ているに相違なかった。

少年はアウレリウスに片目をつぶって目配せを送ると、歌いながら階段をぴょんぴょん跳ね降りていった。

「素晴らしかったぞ、アウレリウス、じつに素晴らしかった！」クラウディウスが感謝の抱擁をした。「もう少しで、わしはお前が白旗をあげるのかと思った。もっとも、心の底ではけっしてお前がしくじるはずがないと思っておったのだが」彼は満面に喜びをあらわにし、「それに、お前の友人も大したものだ。初めて見る顔と思うが……」

「アレクサンドリアのカストルと申します。以後、お見知りおきを」秘書は最高の敬意を表して深々とお辞儀をした。

「よしカストル、お前もわれわれといっしょに杯をとれ。祝杯を上げねばならん。それから、次の闘技会《ルディ》では、わしの隣の貴賓席に座るがよいぞ」皇帝の言葉を聞いて、アウレリウスは思わずぞっとした。この図々しい秘書が、慎みと無縁の皇妃メッサリナの前に出たら、いったい何を口にしだすか……。

三人は杯を手にとり、まずは情け深い神々への献酒としてワインをひとたらし、床にふりまいたあと、杯を高くかかげた。

「ローマの守護神たる軍神マルスと女神ウェヌスに乾杯！」クラウディウスが、軽くふらつきながら第一声を発した。皇帝の多忙な一日の中で、むろんこれが一杯目のワインではなかったのである。

「わたしはヘルメス神に乾杯！　この神こそは……」カストルはいつも自分が乾杯をするときの勢いで、あやうく「泥棒の神！」と口走りかけたが、予想外の機転を見せて言い換えた。

「……商人の神！」即興で無事に乾杯の文句をひねり出せたことに、秘書はご満悦だった。

「それではわたしは、われらが神君クラウディウスに乾杯！」アウレリウスが杯を上げた。

こうして三人が酒杯に口をつけようとしたとき、またしても調子っぱずれの甲高い声が静寂を突きやぶって鼓膜をつんざいた。

「ああたまらん！　お前たちに頼む、ルキウスを静かにさせてくれ」皇帝が癇癪《かんしゃく》を起した。「流罪中の姪のアグリッピナに、息子はローマに送ってもよいと許してからというもの、わしの耳から平和の二文字は消え失せたわ！」

アウレリウスはうなずいた。そう、アグリッピナ。皇妃メッサリナの不倶戴天のライバル。吝嗇《りんしょく》で、傲慢で、権力欲をみなぎらせた女性。偉大な将軍ゲルマニクスの不詳の娘というべきアグリッピナは、兄カリグラに対するおのれの影響力を失うまいとして彼と近親相姦さえ犯した。彼女の夫ドミティウス・アエノバルブスも、けがらわしい二人の関係を黙認していたが、そんな夫自身も、自分の妹レピダと兄妹愛ならぬ愛で結ばれていた。稚《いとけな》いルキウスにとって、このような親族がどうして良い手本となれるだろう……。だが、幸いなことに、あわれなルキウス少年も芸術への感受性はあるようだ。もっとも才能にはまったく恵まれていないのだが。

「歌わせてあげてはどうでしょう、クラウディウス。それに値する立派な働きをしたのですから」

アウレリウスは笑いながら、少年の絶妙な足搦《あしがら》のことを語った。

「まったくもって奇妙きてれつなやつだ。もっともユリウス＝クラウディウス一族の者は、そろいもそろってみなそうだが」すでにほろ酔いかげんの皇帝が冗談をとばした。「なにしろ、いちばん正常なのがこのわしなのだからな！」

秘書、貴族、皇帝の三人は、友愛の抱擁とともに、いっせいに杯を空けた。

こうして二時間ばかりの間、酒とサイコロ遊びの楽しみが続いた。アウレリウスが大いに心を痛めたことに、カストルは皇帝その人に対しても縦横無尽のイカサマの才を容赦なく発揮した。やがて、秘書が闘技会《ルディ》への招待という貴重な戦果にほくほくしながら退出すると、部屋には友人どうしの二人が残った。

「さてアウレリウスよ、君には何と礼を言おうか。わしは剣闘士殺害の犯人を見つけてくれるよう頼んだわけだが、君は陰謀を暴き出した……。君が優秀な人間であることはわかっていたが、まさかここまでとはな」老人は笑い声をあげた。

「運がよかったのです」アウレリウスは謙遜の言葉でかわして、最後の酒杯を干した。

「こうやって君をふたたびつかまえたからには、もうのんびりした生活はさせんぞ。まさか戻れるつもりではあるまいな、書物や、彫像や、魅力的な女性陣に囲まれる日々に……」ここでクラウディウスは、仲間どうしのような目配せをよこした。皇帝が女性の美に弱いことは、誰の秘密でもなかった。「……かつてのエトルリア語教師が、帝国統治の書類の山にうずもれて孤軍奮闘しておるのに背を向けて」

「それはどうかご勘弁ください、ティベリウス・クラウディウス・カエサル」アウレリウスは急に真顔になった。「助力を尽くした友人に対して、あまりの仕打ちではありませんか」

「ほんとうに嫌なのか？　信頼のできる人間がわしには非常に少ないのだがな……」

「皇妃が、そして秘書官がいるではありませんか……」

「ああ、秘書官のナルキッソスとパッラスか。たしかにあの二人はじつに有能だ。しかし、わしの利益よりも、まず自分の利益を図る。それに、皇妃は若い。わしには若すぎる」クラウディウスはつぶやきながらため息をつき、ふたたび杯を飲み干した。もう何度も杯を重ねており、酔いがかなり回っていた。「あれに愛人がいることはわかっておる。わしだって馬鹿ではない。この紫衣をまとう以前には《うつけのクラウディウス》と呼ばれていたものだがな。しかし、皇妃はわしより四十歳近く若いし、わしは何も知らぬふりをしておらねばならんのだ。わかるか。皇帝を裏切ることは、国家に対する裏切りにほかならん。もしわしが皇妃を責めれば、断罪しないわけにはいかなくなる。だが、わしは何であれ、あれをまだ愛しておるのだ。それにあれはオクタウィアとブリタンニクスという二人の子供の母親だ……。じつにかわいい子供たちだよ。皇妃によく似ておる。わしのような醜男《ぶおとこ》の子供とは思えんくらいだ」

アウレリウスは黙ったままうなずいた。そうだ、やはりクラウディウスは皇妃ウァレリア・メッサリナのはばかるところない品行を承知しているのだ……。とはいえ、見ざる聞かざるのふりも、いつまで続けることができるだろうか。

「何の話だったかな。ああそうだ、君に宮殿で仕事をしてもらう話だったな」皇帝はあきらめずに話を戻した。

「お断りいたします、クラウディウス。わたしの決心は変わりません」アウレリウスはかたくなに首を振った。

「ふむ、そういうことなら好きにするがいいだろう。だが、せめて今度の闘技会《ルディ》のときは、隣の席に座ってわしを喜ばせてくれ」

「わかりました。しかし、称賛の大喝采はやめさせてください。わたしは鼓膜が少々弱いので」アウレリウスの懇願に、皇帝はうわべだけうなずいてみせた。

国を救った英雄として闘技場《アレーナ》で大観衆の歓呼を浴びる……。それはそれで、女性陣には効果抜群だろうから、まあいいか。そう自分で自分を慰めて、アウレリウスはそれ以上あえて逆らわないことにした。

XXI

ユリウス月のカレンダエの日の五日前［六月二十七日］

次の日、カストルはつねにもまして得意満面の表情で、部屋の入口に姿をあらわした。

「いったいどうやった、神と牝ヤギの間の息子め、いったいどうやったのだ、不死のヘルメス神にかけて！」アウレリウスは跳ねるように立ち上がって、秘書の肩をたたいた。「まったく大したやつだ、お前というやつは」

「わたしが何かをしてまわったわけではございません」主人の言葉にカストルは軽く謙遜をよそおった。「ただたんに、さるお方に助力を懇願しただけのこと」

「誰のことだ」アウレリウスは見当がつかずにたずねた。

「謀反のたくらみについて知ることができ、同時にそれを暴露しようというお気持ちになられた御仁。長く東方にご在住で、ファティウス将軍と昵懇《じっこん》の間柄、ことによればご自身、密議に加わっておられたやもしれぬ人物……。かつては大きな力をもちながら、もはや失うべきものが何もなき境涯に立ち至り、にもかかわらず、とあるローマ貴族が汚辱にまみれる憂き目にさらされてはならぬとお考えになったお方。さ、これをお受け取りくださいさい、ご主人様宛てです」カストルは署名も封印もない一通の書簡をアウレリウスにさしだした。そこには女性の優雅な筆跡で、たった一言が記されていた。「ウァレ」――お元気で。

「フラミニア！」アウレリウスは茫然として叫んだ。「わたしのことが我慢ならないといつも言っていた彼女が！　われわれの結婚は、利害関係のために余儀なくされた結婚だった。短かった共同生活は、互いにとって拷問にも等しいものとなって終わったのだ」

「おそらくは、いささか遅まきながらも、相手に対する自分の考えが間違っていたことに、ようやく気がついたというところでありましょうかな」秘書が、明らかな皮肉をにおわせて口をはさんだ。

「そもそもお前はどうやってフラミニアのことを知ったのだ、カストル。アレクサンドリアで初めてお前と出会ったときには、わたしはもう何年も前に離婚していて、フラミニアはシュリアに住んでいたというのに」アウレリウスはあらためて驚いた。

「賢い奴隷とは、おのれの主人を選択するにあたって、十二分なる注意を払うもの。アレクサンドリアで自分が買い取られる際に、わたしもわたしなりに情報収集につとめまして……」

「だがあのとき、お前ははりつけにされていたのだぞ。半分死にかけていたところを、わたしが引き降ろしてやったのではないか」思わずアウレリウスはまくしたてた。彼がカストルの主人となったのは、このアレクサンドリア人が仕組んだ一大詐欺によってまんまと一杯食わされたアモン神の神官たちが、怒り狂って彼を半死半生の目にあわせようとしているところを助命してやったのが始まりだった。

「おっしゃるとおりです。ま、あの折は緊急事態にありましたゆえ、わたしとしてもあまりうるさいことを言うわけにいきませんでしたが、そのあとゆっくり算盤《そろばん》をはじいて勘案いたしました次第」

「で、その結果、わたしは無事合格したというわけか」アウレリウスは青くなって言葉を継いだ。つまり、そもそもの初めから、カストルに知られていない人生の秘密などまったくなかったのだ。「やれやれ、ひょっとしたらお眼鏡にかなわなくて落第、ということもありえたわけだな……」彼は皮肉を返した。

「わたしには人を見る目があります。自分が誰を相手にしているのか、ただちに見抜きました」カストルは誇らしげにそう言って、主人を安堵させた。

《それにしてもかけがえのないやつだ、カストルという男は》アウレリウスはあらためて彼に愛着を覚えたが、たちまちクセニアのことが頭に浮かんだ。忠実に仕えてくれる秘書の信頼を裏切って、クセニアを妻にする許しをパリスに与えてしまうとは、何ということをしてしまったのか。

そのとき、騒々しく入口広間《ウェスティブルム》に入ってきて、誰かれなく邸の人間《ファミリア》に祝いの言葉をかけてまわるセルウィリウスの声が聞こえてきた。召使い、下働き、小間使い、皿洗い、解放奴隷、さらには眠そうな目をした門番奴隷のファベッルスまで、人の善いローマ騎士の熱い祝詞の対象にならない者はなかった。

「いやあ、よくやった、よくやった!」セルウィリウスの興奮はとまらなかった。「ほんとうにおめでとう、ローマじゅうが君たちの噂でもちきりだ!」

「これはこれは、セルウィリウス様……」カストルはお辞儀をするが、すばやく部屋から退出した。

「ぼくもすっかり有名人になったよ、アウレリウス。なにしろ帝国を救った英雄の無二の親友なんだからね。今朝はうちの玄関広間《アトリウム》も被護民《クリエンテス》であふれかえってしまったし、ポンポニアは君のために闘技会《ルディ》の晩から大晩餐会をもよおそうと、はりきって準備しているよ」セルウィリウスは上機嫌で明るくそう告げたが、だしぬけに浮かない顔になった。「でも、ニュッサが来ることはないんだよね、かわいそうに……」沈んだつぶやきの声がもれる。

アウレリウスは、自分がニュッサと結んだ関係については口をつぐんでいようと、今一度、決心した。いまさら事の真相を明かしたところで何になるだろう。彼女がいかに不実であったか友人が知り、男としての自信を失って傷つくのを見たくはなかった。何も言わないでおけば、ニュッサは永遠にセルウィリウスの心の秘密として生き続けるのだ……。

ところが、ローマ騎士は目を伏せたまま、何やら戸惑った様子でぼそぼそと言い始めた。

「あのねえ、アウレリウス。ぼくはポンポニアのことをそれはもう愛している。それに彼女はこの頃になってまた、以前とすごく違って……。君、もしぼくが、結婚して何年もたっているのに、まだポンポニアの魅力にまいっているなんて言ったら、ぼくをからかいのたねにするかい」

「とんでもない！　それどころか、じつに素晴らしいことじゃないか」アウレリウスは喜びを満面にあらわして断言した。これでよし、善良なる夫セルウィリウスはめでたく豊満な妻のもとに帰還したのだ。「ぼくもうれしいよ。ほんとうに素晴らしい夫婦だ。いや心配ご無用、ニュッサとの浮気の件はポンポニアには絶対に言わないから」

「そのことなんだが、じつはその、彼女とは……」セルウィリウスはますます口ごもり、とうとうささやくような声になって、「つまり、ほんとうは何もなかったんだよ」と、すまなそうな顔をして言った。

「何だって？　だが、ぼくに見せてくれたあの肌着は？　あれはたしかに彼女のものだった、ぼくはよく覚えている」アウレリウスは問い返した。

「すまない、アウレリウス、ぼくは君に嘘をついていた。君がぼくのことを当然のように、ニュッサを口説き落とせるはずがない、そんなことは無理に決まっている、って言っているように思えたものだから、それで……カストルから、あの下着を買いませんかともちかけられたとき、これで君を一杯食わせてやれるという気についなってしまって……」

「あのペテン師め！　まんまと金貨《ヌンミ》十枚をせしめられたぞ！」アウレリウスは怒りの声をあげ、カストルを呼びつけようとしたが、すぐに思い直した。カストルによって、自分自身ばかりか全ローマ帝国が破滅の一歩手前で救われたことを考えれば、金貨十枚など大した額ではないではないか。

「ぼくの方は下着の代価に、二アウレウスとられたよ」セルウィリウスは肩を落としながら言い添え、「でも、カストルをとがめないでくれたまえ。ぼくが愚かだったんだ。ポンポニアというたぐいまれな女性がすぐ近くにいるというのに、若い小娘に入れあげたりしたんだから。さいわい今度のことは何も気がついていないようだからよかったけれど……。しかし一件落着とはいえ、ニュッサはやっぱりかわいそうだったな……」セルウィリウスは、白イタチを手で撫でてやりながら、あらためて嘆息をもらした。この小動物は、女主人を失って以来、アウレリウスの膝をおのれの住みかと決めたようだった。

「ぼくもそう思うよ……。いわば、早く大人になりすぎた子供だったんだな」悲しげにそう言いながら、アウレリウスは友人を送り出した。

しばらくして自室に戻って休もうとしたアウレリウスは、驚いたことに、廊下に立ちはだかるガッリクスと出くわした。剣闘士はいつもの醒《さ》めた態度をすっかりなくし、破れかぶれ同然の口調で、アウレリウスに怒りと敵意に満ちた言葉をぶつけてきた。

「この出しゃばりの間抜け貴族！」怒気もあらわに食ってかかると、「あと一日あれば、おれは逃げ切れたんだ。あんたがローマ帝国を救うのを一日のばしていれば、おれは命拾いができたっていうのに！」

「この男はわたしの家の中で何をしているんだ、カストル」アウレリウスはむっとして秘書を振り返った。「いつからわたしの邸は、中央広場《フォルム》の出張所になったのだ。ローマじゅうの人間が、知らない間に出入りしているぞ。これではファベッルスをとりかえて、まともな仕事をする門番を見つけてこなければならん」

「まさか本気ではありますまいな」秘書が憤慨し、「そんなことをしてごらんなさい、どこの誰があんな居眠りの老人奴隷を門番として買い取ってくれるというのです。むしろファベッルスはあのまま休ませてやって、ご主人もお休みください。もう事件はすっかり解決したのですから、その成果をゆっくりと味わってはいかがです」

「いや、まだ終わっていない。やり残していることが一つある」アウレリウスは秘書の言葉をただした。

「オリュンポスのすべての神々にかけて！　いったい何がまだあるというのです」新たな仕事がまた降りかかってくることを恐れてカストルがうめいた。

「ケリドンを殺害した人物をとらえることだ」アウレリウスの返答に、秘書は呆然と立ちすくんだ。

XXII

ユリウス月のカレンダエの日の三日前〔六月二十九日〕

スタティリウス・タウルス円形闘技場は、信じがたい数の観衆であふれかえっていた。前夜から列をつくって木製の桟敷席《さじきせき》を確保できたのはもっとも運のよかった観客で、席のとれなかった多くの人間が闘技場の壁の上によじのぼり、命の危険もかえりみないで危ういバランスをとりながらひしめき合っていた。実際、転落して地表に叩きつけられた者がもう六名出ていたが、それでもなんとかもぐりこもうと群衆がまだ入場門につめかけてくる。元老院議員席でさえ、大理石張りの座席は隙間なくうずまり、誰もがこの一大行事を見逃すまいとしていた。

闘技場の地下では、緊張した剣闘士たちが神経を高ぶらせていた。いよいよその日がやってきた。ケリドン亡きあと初めての剣闘士試合となる今日こそは、空位になった王座を奪い、死者に代わる新たな王者として観衆の心に自分の雄姿をくっきり刻みこむチャンスなのである。

魚剣闘士《ミルミッロニス》は剣を振り回し、大きなガッリア式の楯を石壁に打ち当てて強度を確かめていた。トラキア剣闘士は脛当てを結び直しながら、相手のはらわたを切り裂いてくれるはずの弓形の短剣から目を離さずにいた。サムニウム剣闘士は兜の具合を点検し、長い匕首《あいくち》の切れ味を指先で確認していた。その真ん中で、サルマティア人剣闘士のヘラクレスが、自分の勝利を確信して威嚇するように胸を叩き、対戦相手の闘志をくじけさせようと恐ろしげな吠え声をあげている。アルドゥイナは笑いながら、まもなく殺すことになる相手であろうがなかろうが、誰かれかまわず同輩の肩を叩いてまわっていた。隅の方で、クァドラトゥスがうなだれて座りこんだまま、野獣の唸り声に耳を傾け、あきらめた表情で運命に身を任せていた。

そんな皆からぽつんと離れて、ガッリクスは床の敷石の上を大またでいらいらと歩きまわっていた。軍神アレスにかけて！　あと一日、あとたった一日あれば、契約期間が満了していたのに！　ギリシャとローマの神々は、おれを運命の前に放り出した。オリュンポスの山頂で象牙の座におわす神々からすれば、おれは所詮、ただの蛮人にすぎないのか……。

もう何年もたっていながら今初めて、ガッリクスは自分の過去を振り返った。おんぼろだった生家、いつも恥ずかしくてたまらなかった父親の赤い口髭と長ズボン姿、ローマ人になろうとして自分が見捨てた世界と人間と神々。ごわごわした羊毛の服ではなく刺繡入りの短衣《トゥニカ》を着用し、泥のあばら家ではなく石造りの家に住まい、髪を短く整え、風呂に毎日入り、ラテン語のやわらかい響きにひたって……。そしてあるときふと、自分が生国の言葉をもうわずかしか覚えていないことに気づき、ワインに慣れきった口がもはや麦酒《ケルウエシア》のほろ苦い味を受け付けなくなっていることに驚いたものだった。そう、自分は見事にやってのけた。頭のてっぺんから足の先までローマ人になりおおせた。そして今、その見返りを受けようとしている。高い文明を謳歌するローマ同胞の娯楽のたねとなって死ぬ特権という形で……。あともう一日、もう一日あればよかったのだ。ふたたびそう思いながら、呼びかけるべき神の名、ギリシャ人のそれでもなくラテン人のそれでもなく、ドルイドの民の神の名を、彼は記憶の中にさぐった。しかしそれは見つからなかった。

そこで、身につけている唯一の護符である瑠璃《るり》色の指環を指のまわりで回すと、剣をつかみ、砂場《アレーナ》へと足を向けた。自由人も奴隷も、ケルト人もローマ人も、誰であれ、その力の前では頭《こうべ》を垂れなければならない宿命《ファトゥム》を受け入れて。

観客席からは、円形闘技場を揺るがすような歓呼の声がどっとあがっていた。皇帝が入場したのである。

クラウディウスは、観衆の称賛に喜びの大きなしぐさでこたえた。彼の左側では、真新しいギリシャ風短衣《キトン》を優雅この上なく着たカストルが、きれいに手入れした顎髭を満足げに撫でながら、美しい皇妃ウァレリア・メッサリナに向けて悩殺の視線を放っていた。皇妃は自分がおもしろいと思う男がいれば、誰もが知るとおり、社会的地位の差に頓着しないのである。

ふと秘書は眉根にしわを寄せた。本来なら貴賓席の天蓋の下、皇帝夫妻のすぐ右側に、盛装したわがご主人が民衆の歓呼を浴びるべく、姿を見せていなければならないはずなのだ。ところが、席はからっぽのままだった。

アウレリウスは誰にも妨げられずに地下通路に入っていった。祝祭の偉大な主役、満場の観衆が称賛の喝采を浴びせようとしているローマ帝国の救済者が足を向ける先を、あえて阻む衛兵はいなかった。

「お前の番はいつなのだ」彼はクァドラトゥスの肩に手を置いて声をかけた。

「いちばん最後です。観客がすっかり血に飽きてしまったところで下手くそ剣闘士を出す寸法なのですよ。これでわたしは、あと二時間ばかり生きながらえさせてもらえるってわけですが」目に涙が浮かんでいた。

「お前ならやれる、クァドラトゥス。闘うんだ、一泡吹かせてやれ。実力でひけをとるわけではないのだから。お前の勝ちに、わたしは五百セステルティウス賭けているのだぞ」

「無駄使いする金がおありというわけですね」あきらめ顔で両腕を広げるクァドラトゥスに、アウレリウスは嘆息し、彼を一人にしてその場を離れた。

剣闘士の大半はすでに団体戦という大量虐殺に投入されて砂場《アレーナ》の上に出ていた。それが終わったあとで上位の者たちが個別に、一対一の対戦および野獣との対戦に出場するのである。

アルドゥイナは、単独で狼の群れを相手にするときに使う長槍を手に握りしめながら、小窓を通して闘いの様子を目で追っていた。黄色い髪に挿した一輪の枯れた薔薇が、兜の下から斜めにのぞいている。

彼女は、アウレリウスが背後に近づくまで気づかなかった。

「やあ元老院議員さん。あの連中、なかなか頑張っているだろう?」ブリタンニア女は興奮の笑い声を放った。

アウレリウスは、彼女から槍を手に取り、重さを確認しながらうなずいた。

「だいぶ軽いのだな、ブリタンニア人の使う槍は。最初に気がついたのは、剣闘士養成所でお前の槍を手に受け取ったときだった。次は、宮殿で近衛兵の槍がわたしの頭にぶつかったときだ。投網剣闘士の使う三叉の槍と違って、柄の内部に空洞があるに違いない」

「だから？」女はびくりとして聞き返した。

「それも、吹き矢の筒を入れておけるくらい直径のある空洞がだ。さらに、捕虜となる以前、お前は故郷の島でつねに森を住処《すみか》として闘っていた。ヘレボロスがいくらでも生えている森だ……。わたしが読んだ新しい地理学の論考には、この植物をブリタンニア人は狩りのときの毒矢にも用いると記してあった。つまり、お前ももちろんヘレボロスを知らなかったはずがないのだ。養成所の処置室《スポリアリウム》に収容された死体の傷口の中にヘレボロスをひたして、毒性を強めたに違いあるまい。なぜケリドンを殺したのだ、アルドゥイナ」

凶暴な光を放つ小さな目がアウレリウスをじっと見つめた。目の奥に野獣の狡猾さがよぎるのを彼は認めた。

「大きなお世話だね、元老院議員さん」ブリタンニア女は、がさつな笑い声でこたえた。

「わたしにはわかっている。お前は、あの男を愛していたのだ」

「ちょっと熱をあげてみただけだよ、それだけさ。あいつには何も言わなかった」

「いや、ケリドンはよく知っていた。そのうえ、そのことをトゥリウスにもしゃべったのだとわたしはにらんでいる」アウレリウスは低くつぶやくように言った。「殺したのは、嫉妬からか」

ブリタンニア女の表情が一変し、感情のおもむくままに引きつらせていた顔が、怒りと苦悩の塗りこめられた仮面に変貌した。

「違う。あいつが誰と寝ようがわたしにはどうでもよかった。理由は別さ。教えてやるよ、元老院議員さん。わかってくれるのは、たぶんあんただけだろうからね。今まで出くわした男の中であんた一人が、わたしを化け物扱いしないで女として扱ってくれた……。そうだよ、ケリドンはわたしが惚れていることに気づいた。そして、良い仲になってやってもいいとわたしに思いこませた……。あいつの房に行ったよ。体を洗って、髪もとかしてね。抱かれると思っていたから」

アルドゥイナがうつむいた。髪に挿した薔薇の花が、野卑で大きな顔面の前に垂れた。彼女は軽蔑の唾を床に吐きつけた。

「あのブタ野郎は大喜びした！ 腹をかかえて狂ったように笑いころげながら、大声をあげて、『まんまと引っかかりやがったぜ。この間抜け女ときたら、本気でおれが寝てやると思うんだからよ』と言った。そのときだよ、こいつを殺さねばと思ったのは」

アウレリウスはうなずいた。女性に対する侮辱として、これ以上ひどい拒絶のしかたがあるだろうか。グロテスクなまでに男の格好をしていても、アルドゥイナはやはり女なのだ。がさつで、醜く、野卑粗暴ではあっても、やはり女であり、女なら誰しもそうであるように、心に愛を秘め、誇りを抱き……復讐を忘れないのである。

「トゥリウスもお前が殺したのだ。お前が味わった屈辱のことを知っていたからだ。トゥリウスの死体に二つの瞳の呪物を置いたのはなぜだ」

「あれかい？ あれはわたしが置いたんじゃない。それどころか、わたしの部屋からも同じ物が出てきたよ。あんな呪《まじな》いの目をこそこそ置いてまわったのは、ウドの大木のヘラクレスさ、わたしたちに邪視の呪いをかけようって魂胆でね。トゥリウスには何のうらみもなかった。悪いやつじゃなかった。けれど、わたしとケリドンの間に何があったか知っていたのはあの男だけだった。生かしておいたら、そのうち必ず、やったのはわたしだと気づく……。最初は、ケリドンがセルギウスたちの片棒をかつがされた一件とまぎれるから、あいつも真相はわからないだろうと踏んでいた。でも、わたしが吹き矢を使うのを見たことがあったのを、あとになって思い出したに違いない。妙な目でわたしを見始めた。そこへ、あんたに会いたがっているって話が耳に入ったから、どうしても始末しなければならなくなった。誰にも知られるわけにはいかなかった。ケリドンのやつがわたしにどんな真似をしたか、ブリタンニアの王族の娘であるこのわたしに！」

アウレリウスは目を伏せた。つまりは、一連の思いもよらぬ状況の連鎖によって、女心を傷つけられた一人の女性の復讐が、皇帝その人の命を救うことにつながったのだ。

髪をくしけずり、逢引《あいびき》のため、たぶん生まれて初めての逢引のために身支度をととのえていたアルドゥイナ……。荒々しい男まさりの身体の奥深くに封じこめられていた娘心を思うと、アウレリウスは理解と思いやりの気持ちがわきあがるのを覚え、慰めの言葉をかけようとして、われ知らず一歩前に出た。

相手をかき抱こうとした胸は、左の胸骨、心臓の上にぴたりと狙いをつけられた槍の穂先に出くわした。

「あんたにも死んでもらうよ、スタティウスさん。わたしに花を贈ってくれたこの世でたった一人の男を殺さなきゃならないのは残念だけどね」胸に突きつけた槍に力が加わる。「わたしを探しになんかこなけりゃよかったんだよ。トゥリウスに罪をかぶせるように、セルギウスが全部お膳立てしてくれてあったのに……」

次の瞬間、アウレリウスは体軀をひるがえして床に身を投げた。切っ先がむなしく空を突いた。アルドゥイナは悪態をつきながら突進すると、振り下ろした拳で脇腹に一撃を加え、金属の脛当てを巻いた脚による強力な蹴りを放った。苦痛に身をのけぞらせてあおむけに転がったアウレリウスの目に、自分に向かって容赦なく突きおろされてくる槍が映った。おれは女の手にかかって死ぬのだ、女をあんなに愛してきたおれが……。

猛烈な勢いで繰り出された槍の鋭い先端が、苦しみあえぐ心臓まであとわずかに迫ったとき、穂先は予期せぬ抵抗にぶつかった。切っ先がまさに肉に食いこもうとしたそのぎりぎりの瞬間に、畏怖すべき刃とアウレリウスの胸との間を、長剣《グラディウス》がさえぎったのだ。

激突した二つの武器が鼓膜をつんざく金属音を立てた。アウレリウスは激しい痛みに歯を食いしばりながら床の上を転がって、体ごと女剣闘士の足にぶつかっていった。彼女は、ひ弱な敵の剣をひと突きで払い落としたところだった。

アルドゥイナがどっと倒れる。クァドラトゥスは自分の剣を拾い上げもせずに逃げていった。アウレリウスは女の上に跳びかかった。

あらん限りの力をふりしぼったものの、ブリタンニア女を組み敷くことは容易ではなかった。無言で互いをつかみあう長い格闘が続いた。やがてアウレリウスが上になり、狂ったように身をふりほどこうとするアルドゥイナもついに力尽きてぐったり横たわるだけとなった。

「わたしはローマの元老院議員を殺そうとした。はりつけの刑になるわけだね」傷を負った獣のようにアルドゥイナが苦しげにうめいた。「祖先と同じく、武器を握ったまま死ぬつもりでいたこのわたしが……」

床に放られた槍と剣が女剣闘士の手の届く範囲外にあることを確認したうえで、アウレリウスは少しずつ力をゆるめていった。

「おーい、アルドゥイナ、どこにいる?」廊下の向こうから大声で呼ぶ声が聞こえてきた。「お前の出番だぞ。今、狼を放っているところだ。五頭だ。二日間、絶食させてある」

アウレリウスは立ち上がって、彼女を自由にした。「王女デアドラよ、ブリタンニアの女としてふさわしい死を迎えたいか」彼は荒々しく言った。「ならば行くがいい。お前を呼んでいる！」

女は信じられないという表情をして、すばやく身を起こした。

「行くよ、あんたが見に来てくれるなら。今日は、あんたのためだけにわたしは闘う……」くちびるに薄く微笑を浮かべてそうこたえると、彼女は野獣係の男の方に向かって叫んだ。「狼は十頭出しとくれ！　わたしが腑抜け女だと思っているんじゃないだろうね！」

アルドゥイナは槍を拾い上げると、ぐっと握りしめた。そして兜を外して薔薇の花をあらためて髪に挿し直すと、丸腰のアウレリウスに向かって一瞬、突きを繰り出すふりをした。

びくっとしたアウレリウスが後ろに跳びのくと、ブリタンニア女は武器を引いて笑い声をあげ、別れの言葉を告げた。「さらば《アウェ》、アウレリウス殿《アウレリ》、死なんとする女がお別れを申し上げます《モリトゥラ・テ・サルタト》！」

そして、闘技場《アレーナ》の白く明るい光の中へと、足早に向かっていった。


「十頭も相手にしたら太刀打ちできるわけがあるか！」新任の親方《ラニスタ》が声をあげた。「あの女はいったい何を考えていたんだ」

「しかし、大した気力だった。ずたずたにやられる前に、半分以上を倒したのだから」訓練士《ドクトル》たちが感嘆の声をもらす。

「なぜわれわれが決めたとおりに五頭で我慢してくれなかったのだ。闘技場《アレーナ》の呼び物の一つだったのに！　ケリドン、トゥリウス、ヘリオドロスときて、今度はアルドゥイナまで死んだ。このままでは店じまいするしかないぞ」親方が嘆いた。

「まだヘラクレスがいます、サルマティア人の」剣を磨いていた奴隷が、おずおずと口をはさもうとした。

親方は振り向いて奴隷を見た。うやうやしい控えめな声だが、聞き覚えがある……以前はもっといかめしくて強い、岩を揺るがすような声だった気がするのだが。

奴隷が顔を上げた。訓練士たちはぎょっとした。それはアウフィディウスだった。刑吏の責め具でいささかつらい目を見させられはしたものの五体はそろっていて、残りの一生を奴隷身分で過ごさねばならないとはいえ、死なずにすんだことを神々に感謝しているに違いなかった。

「ヘラクレスのやつもくたばったのだ、あの馬鹿者めが！」新しい親方がアウフィディウスに教えた。「相手のサムニウム剣闘士が倒れたとたんに、観衆の喝采を浴びたいものだから背中を向けてしまった。その隙に相手が立ち上がり、短剣をひと突きお見舞いしたというわけだ。これで残ったのはカスばかり、どいつもこいつもクァドラトゥスのような役立たずだけだ……。そういえば、あいつはどこに行った。腕の立つ剣闘士がみんなあの世行きになったというのに、あんなやつがまだ命拾いしておって！」

「ここにおります」武具をきちんとまとったクァドラトゥスが進み出た。「今度は立派にやってみせます」

「だったらさっさと行って殺されてくるんだ、今度こそはな！」激昂した親方がどなった。「死ねるように神々に祈れ。もし生きて戻ったら、おれが相手だ、根性なしのごくつぶしが！」

クァドラトゥスはうなだれて出ていこうとした。

「ちょっと待て。その男はわたしのものだ」物陰からアウレリウスが姿をあらわした。

「しかしクァドラトゥスは皇帝の剣闘士団の一員ですが……」親方が異を唱えた。

「皇帝がわたしに譲られたのだ。このたびのわたしの働きに対する見返りとして」

「そんな馬鹿な。こやつは裁判で有罪になったのですぞ」

「皇帝がじきじきに恩赦に署名されたのだ、つい先ほどな」高らかにそう告げると、アウレリウスは親方の鼻先でパピルスの巻紙を振ってみせた。

「そうでしたか。スタティウス様はまことにいい剣闘士を引き抜かれましたな。この能無しは今晩まで生き延びられませんよ」親方は低くつぶやくと、背を向けて歩み去った。

「耳をお貸しにならないでください、ご主人様《ドミネ》。お賭けになった五百セステルティウスをぜったい無駄にはさせせません」クァドラトゥスがうけあった。「見ていてください。わたしも王者になってみせます」

「そいつは残念だ」アウレリウスは失望のため息をつき、「ローマの都からほど近いアルバヌム丘陵にあるわたしの地所に耕作管理人を置く必要があったので、お前がちょうどよいかなと考えていたのだが」

「田舎の……畑地ですか?」クァドラトゥスは信じられないという顔をして聞き返した。

「うむ、ちょっと広いがな。人によっては大農場《ラティフンディウム》と言うかもしれん。まあ、お前にその気がないとあれば……。土を耕していたお前の経験を生かしてもらおうと思ったのだが、闘技場《アレーナ》で名を上げる決意をしてしまったあとではな」

「ご主人様!」クァドラトゥスは目に涙を浮かべてひと声叫ぶと、アウレリウスの足元に身を投げ出して、手にキスをした。

「立ってくれ、クァドラトゥス。ひざまずかなければならないのはこのわたし、ローマ元老院議員プブリウス・アウレリウス・スタティウスの方だ。何しろお前はわたしの命を救ってくれたのだから……。さあ、儀式はもう十分だろう。それよりわたしを邸までおくってくれ。どうやら肋骨が二本ばかり折れているようだから」

「あの男勝りは強く殴りつけたものですね。しかし、わたしが槍を食いとめました！」クァドラトゥスはそう言いながら立ち上がって胸を張り、円形闘技場をあとにする新しい主《あるじ》を護衛した。もし主人を襲撃せんとするやからがあらわれたら、このおれが相手だ……。

クァドラトゥスに支えられながら、ようやくアウレリウスが広壮な自邸の入口広間に足を踏み入れたとき、そこにはすでに大喜びのセルウィリウスとポンポニアが待っていた。

「感動したわ、アウレリウス！　観衆が皇帝の命の救い主に大喝采をおくったとき、わたし、こらえきれなくて泣いちゃったくらい。それに、見た？　メッサリナがあなたのことをどんなに食い入るように見つめていたか」ポンポニアは、隆々と結い上げた真っ赤な髪の毛を頭上で揺らせながら、アウレリウスをうれしそうに抱擁した。ライバルによる危険が消え去った彼女は、たちまちいつもどおりの派手で奇矯な装いに戻り、まずは髪をただちにバタウィア［現在のオランダ付近］産の泡剤を使って赤く染めていたのである。

「クラウディウスは、さぞかし君を恩賞だらけにするだろうな」形式上の栄誉に関心がなく中身重視のセルウィリウスが、期待に満ち満ちた顔をした。

「褒美なら、もうお願いして授けていただいたよ」アウレリウスは元剣闘士を指さした。クァドラトゥスは、ローマ騎士の失望の眼差しに気づかないふりをしながら、愛想のよい微笑を浮かべた。

「祝辞はもうこれくらいでいいから、医者のヒッパルコスを呼んでくれ。思わぬ事態に遭遇して、どうも骨が二、三本折れたようだから」アウレリウスは、痛む胸に手をあてた。「それにしても、カストルとパリスが迎えに出てこないが、どうしたのだ」

「ここにおります、ご主人様《ドミネ》」二人がそろって返事をする声が聞こえた。

すぐに玄関広間《アトリウム》の奥から、沈んだ顔のカストルとパリスが重い足取りで進み出てきた。二人とも、もともと遊女のキュンティアに贈るはずだったタプロバネ産のあざやかな緑の絹布で仕立てた短衣《トゥニカ》を着ている。

「医者はすでに来ております」と秘書。

《さすがはカストルだ。いつも自分の主人の体の具合に気を配っている》アウレリウスはうれしく思った。

「まもなく診《み》にまいります……」家産管理人が言い添える。

《パリスもよく働いてくれる。忠実で誠実な管理人で、自分の主人が何を必要としているか、つねに注意を怠らないのだ》アウレリウスは満足げに考えた。

「……もう一人の患者の手当てが終わりましたらすぐに！」二人がいっしょに言葉を結んだ。

そのとき、クセニアの小房の扉がぱたんと開き、ヒッパルコスと、あとに続いて女奴隷本人が出てきた。

「大丈夫でしょうか、先生」クセニアが心配そうにたずねる。

「あちこち負傷しているが、墓場行きになるほどの傷ではないぞ」医者が安心させた。「だがむろん、これは幸運のたまものなのだ。長剣《グラディウス》で受けた九つの傷のどれ一つとして、命にかかわる臓器を損傷するに至っていなかったのだからな。お前が熱心に看病してやれば、すぐに起き上がれるようになる。女の愛は奇跡を呼ぶ力があるのだから」

アウレリウスは、クセニアが医者の頬に大きなキスを一つして、うれしそうに小走りで患者のもとに戻っていくのを、ぽかんと見つめた。

「元老院議員殿もなかなか太っ腹ですな。あの剣闘士がおたくの女奴隷のいいなずけだからというだけで、お邸に引きとって寝かせ、診察代金も肩代わりとは……」医者はアウレリウスの方に向き直ってそう言いながら、肋骨の折れた箇所を触診し始め、「なに、出費は返ってきます。あの男は試合のあと、とてつもない額の引退金を手に入れたのです。新任の親方《ラニスタ》の方では契約期間を延長させたくて一財産、提示したらしいですが、それを断ったそうですな。あの娘といっしょに演劇の道に専心するつもりとか。娘を売っておやりになるのでしょう？　生き延びられたのがまだ信じられない様子です。本人の話では、娘が愛のあかしに贈ってくれた指環のおかげで、闘技場《アレーナ》で命を救われたとのこと……」

「賭けてもいい。それは瑠璃《ラピスラズリ》の指環のことだろう！　後足で立つ獅子が彫りつけてあるはずだ」ようやく事の次第に合点がいき始めたアウレリウスはうめいた。ガッリクスがあれほど頻繁に邸の中をうろついていたのは、そういうわけだったのか。

「そのとおりです、なかなか高価な造りの指環でした。あのクセニアという娘は、趣味がいい」そう言って医者は帰っていった。

「わたしどもは、ぜんぜんそう思いません！」パリスとカストルは、医者を横目でにらむと、声をそろえて断言した。

XXIII

ユリウス月のカレンダエの日［七月一日］

祝賀の宴は、昨晩で終わった。しめくくりはポンポニアがもよおした仮装の大晩餐会で、この機に作らせた再生神イシスの衣裳に身をつつんだポンポニアが、エジプト王《ファラオ》に扮したセルウィリウスと並んで登場した。

アウレリウスの邸《ドムス》は、しかし、クセニアがいなくなるという予想外の展開がいまだに影を落としていた。カストルは落ち着きなく廊下をうろつきまわり、まるで犠牲の祭壇の前にいる若い牝牛のように暗い顔つきをしていた。

「いいかげんに元気を出せ。お前にとってあの娘がそれほどまでに大事だったとは信じられないぞ」

アウレリウスは秘書の気を引きたてようとした。

「ああ、何と素晴らしい手でありましたことか……。愛撫のときはあくまで甘く、財布を抜き取るときはあくまで軽やかであったあの手！　現にあの娘は、わたしの蓄えを丸ごともって姿を消してしまいました。それとともに、大切であった思い出も消え、長年立派に務めを果たしてきた間にご主人の目を盗んで手元に置いてあった高価な衣裳留め《フィブラ》の数々もまたことごとく消え失せました」

「皇帝からの贈り物で埋め合わせがつくではないか」アウレリウスはカストルを励ましたが、心の中では、泥棒娘が白羽の矢を立てたのが狡猾な秘書ではなく、さらにありがたいことに正直者の家産管理人でもなく、剣闘士ガッリクスであったことに大いに幸せを覚えていた。「それに、あと数日後にはバイアエ［ナポリ近郊にあった一大温泉地］に保養に出かけるのだから、いくらでも楽しむことができるぞ。温泉に行けば、言い寄られるのを待っている女たちがよりどりみどりだ」

「それまでとても待っておれません。あまりにも気分が沈みこんでおりますゆえ、すぐにでも何ごとかをして紛らわせませんと。何か気散じをご配慮いただけるとありがたいのですが……」

「それなら娼館に繰り出したらどうだ。好みの娘を選んだらいいだろう」

カストルは、心外なという目つきで主人を見返した。

「馬鹿にしないでください。汗臭い娼婦《ルパ》が、わが心の比類なきクセニアに代わりうるとお考えとは！」

「だったらもっと上品な女か。遊女《ヘタイラ》とか……」

カストルが急に元気になった。「キュンティア様ではいかがでしょう。彼女なら、ごいっしょに出かけられますな！」

「だが、あれはローマで一番高い遊女なのだぞ。客に取るのは、宮殿の高官や元老院議員だけだ……」

アウレリウスは、どのみち要求をのむことになるとわかっていながら、弱々しく拒絶を試みた。

「おおいに結構です！　さっそく短衣《トゥニカ》を着てきますから、出かけましょう！」秘書は勢いよくとびだしていった。

《あのおどけ者め、自分のことを失恋男と思わせたいらしいが、そんなはずがあるものか》アウレリウスは思いをめぐらせた。《だが、パリスの方はほんとうにそうだ。何ともつらい目にあったものだ、気の毒に。ずいぶん夢をふくらませていたからな》実際、パリスはもう三日にわたって自室にこもりきりだった、手負いの獣《けもの》のように……。

その手負いの獣がそのとき、不実な愛人を思い出させる唯一の品、カストルが着ていたのと同じ緑色の短衣《トゥニカ》をまとった姿で部屋の入口にあらわれた。髭のないやつれた顔が、耐え忍ぶ不幸のつらさをまざまざと物語っていたが、悲嘆に打ちくれた瞳の奥に、何やら新たな決意の光がほの見えるようだった。

「どちらにお出かけになるか聞こえました。お帰りは遅いのでございましょうね」

「心配するな、パリス。待つ必要はないから、早く休むがいい」アウレリウスは、品行方正な管理人が遊女についてどう考えているかよく知っていたので、また非難を浴びせられてはかなわないと思い、急いで下がらせようとした。

「そのことではございませんでして……」パリスが口ごもった。

「何だ、何かほしいものでもあるのか？　よく眠れるように大麦湯《プティサナ》か、それとも気つけの飲み物か？」質素を旨とし、酒にまったく手を出さない家産管理人に、ワインの杯の慰めをすすめるのはさすがに控えて、アウレリウスはやさしくたずねた。

「じつを申しますと、わたし……」管理人は文字どおり真っ赤になった。そして口の中でもぐもぐと何か言った。

「何？」言葉が聞き取れずに、アウレリウスは聞き返した。

パリスは息を大きく吸いこんでから、一気に短くささやくような声で言った。「何でしたら、わたしもごいっしょに連れて行ってもらえないかと思いまして」口に出すや、恥ずかしさを隠そうとして顔を伏せた。

アウレリウスは仰天して、ぽかんと口を開けたままだった。

突然、扉の近くでどすんという音がした。部屋にちょうど戻ってきたカストルが、パリスの驚くべき願い事を耳にして、驚嘆のあまり気を失って倒れたのである。

ほどなくして、名告げ奴隷《ノメンクラトレス》、挨拶奴隷《サルテイゲルリ》、扇あおぎ奴隷《フラベッリフェリ》からなる長い行列の準備がととのい、歩き出すばかりとなった。

アウレリウスは、すりガラスをはめた新調の輿の窓《スペクラリア》を開けた。彼の両脇には、美しい光沢を放つ緑の絹の短衣《トゥニカ》姿でカストルとパリスが控えている。

「元老院議員スタティウス様のお通りである。輿に道を開けよ!」先触れ奴隷が、松脂《まつやに》の松明《フナリア》を振りながら大声でどなった。

《緑の絹布は、結局、キュンティアのところに行く運命だったわけだ》アウレリウスが明るい気分でそんなことを思いめぐらす間にも、松明に先導された行列は、群衆の喧騒につつまれた世界の首都ローマの曲がりくねった道を進み始めるのだった。

イシス女神の謎

◉登場人物

プブリウス・アウレリウス・スタティウス……ローマ元老院議員
カストル……アウレリウスの秘書
ティトゥス・セルウィリウス……ローマ騎士、アウレリウスの友人
ポンポニア……その妻
パレムノン……イシス神殿の大祭司
ウィビウス……
ニゲッルス……
ヒュッポリュトス……
}信者
ダマスス……イシス神殿の番人
ファビアナ……その妻
アイグレ……
アルシノエ……
}イシス神殿の巫女

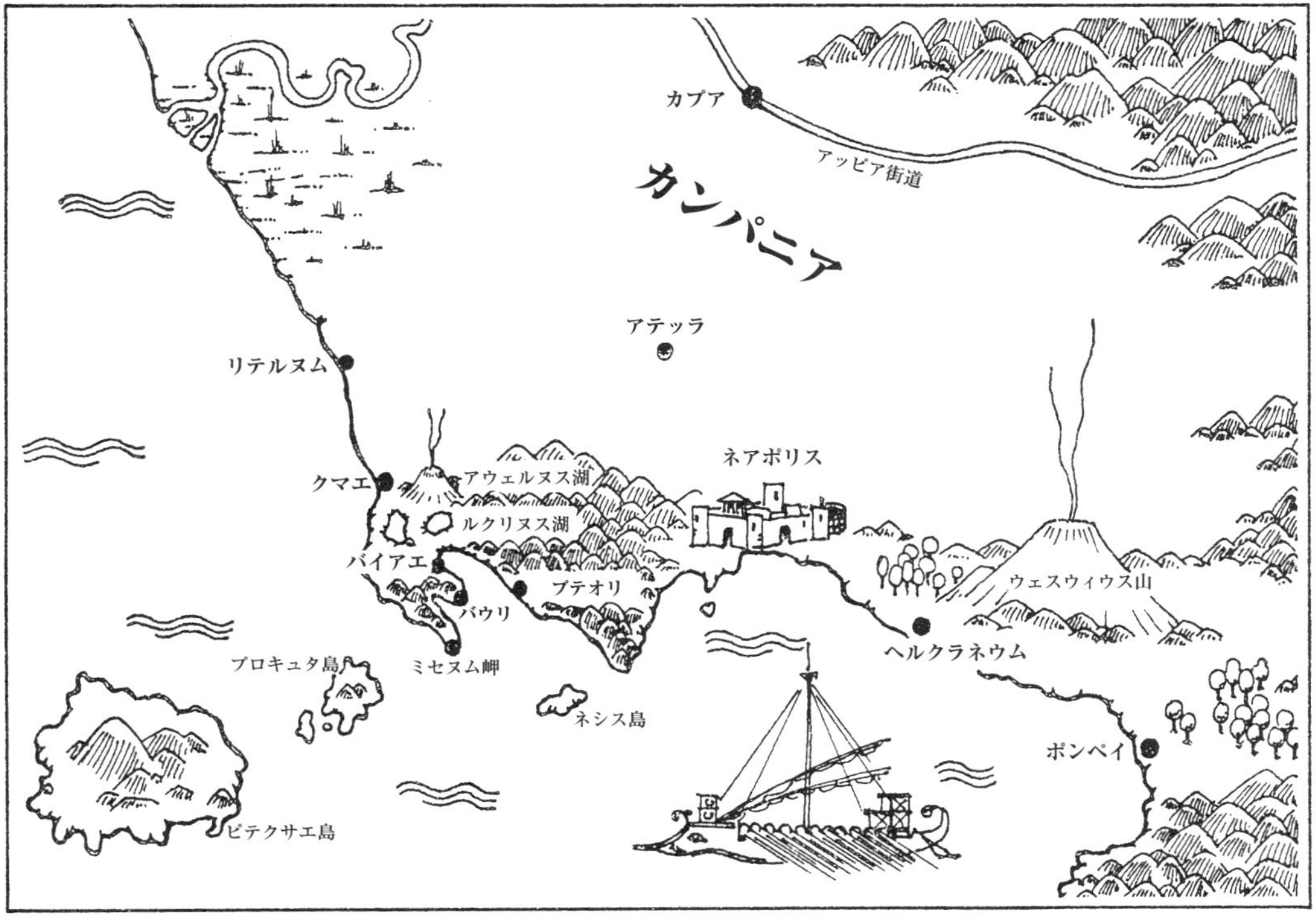
カンパニア
カプア
アッピア街道
アテッラ
リテルヌム
クマエ
アウェルヌス湖
ルクリヌス湖
バイアエ
バウリ
プテオリ
ミセヌム岬
プロキュタ島
ピテクサエ島
ネシス島
ネアポリス
ヘルクラネウム
ウェスウィウス山
ポンペイ

ローマ建国《アブ・ウルベ・コンディタ》より七九八年目、バイアエ（紀元四五年、夏）

車をつらねた旅の一行は、バウリの近くで小休止に入った。プブリウス・アウレリウス・スタティウスは、手足を伸ばそうと主人用の馬車から降り立って、ヌビア人奴隷たちが軽快な輿《こし》の組み立てに取りかかっている間に、眼下に広がるバイアエ港の素晴らしい眺めをいま一度堪能しようと、街道の縁に立った。

あらゆる歓喜と悦楽をもたらしてくれる地、バイアエ。それは、奇跡を生む温泉施設《テルマエ》が、肉体の喜びと魂の喜びとを無上の洗練さで結びつけてくれるところ。海の真珠バイアエ。老人を若返らせ、少年に武を忘れさせて少女の心を吹きこみ、処女を処女のままで長くとどまらせないところ。恋の戯れを追う男の楽園バイアエ。身体の健康を回復した美しい貴婦人たちが、心に傷を負って帰路につくところ……。

きれいに円弧を描く入江の夢見るような美しさ、海際にそそり立つ円柱の列、丸く突き出た浴場の巨大な屋根、色とりどりに花咲き乱れる庭園、皇帝のそれを筆頭とするローマ貴顕の豪邸の数々。そんなすべてが一体となって、バイアエを帝国一の景観美と知名度を誇る保養地にしている。

アウレリウスにとって、バイアエに戻ってくるのはいつも喜びだった。長年の女友達のポンポニアが言うように、たしかに近年、出自のあやしい、教養の点でもだいぶ問題のある新興の資産家たちが多数訪れるようになって、雰囲気がいささか低俗化したことは否めない。しかし——とアウレリウスは考える——上品さと教養がいつも中身の詰まった財布をお伴にしているとは限らないし、逆もまたしかりだ。それに、往時の力を失ってしまった指導的貴族階級にふたたび活力を吹きこむために、ローマは今、新たな血を大いに必要としているのである。

アウレリウスは、自分の到着を待っているはずのポンポニアのことを考えて、思わずほほえんだ。保養の季節をもりあげるために、今年はいったいどんな趣向をこらすのだろう。去年は夜の水上大宴会を企画して、招待客一人一人に、海神の子トリトンや海の精ネレイス、はては半人半魚のセイレンの扮装をさせたものだったが……。

「ラバを二手に分けて、片方をピテクサエ島に上陸させるために先発させておきました」そのとき、秘書のカストルが報告にやってきた。

アウレリウスがうなずく。名高い湯治場であるバイアエの濃密な社交生活を満喫することも楽しみだが、少しは安らぎの時間も確保し、温水浴や宴《うたげ》のあいまをぬって、沖に浮かぶピテクサエ島の方の別邸にもこもりたい。そこなら、ほんの三十人ほどしか奴隷を置いていないから、まずまずの孤独が楽しめるのである。

「最初の数日は、セルウィリウス様ご夫妻の別荘に、客人として逗留のご予定ですな」

「そうだ。奴隷たちが別荘の掃除をすませ、わたしの衣類を衣裳部屋にととのえるのにも時間が必要だからな。衣裳といえばあらかじめ言っておくが、わたしの夏の衣服は一着一着、目録を作らせてある。お前が例によって、こっそり抜き取る魂胆でいる場合を考えてだ」他人の所有物をくすねようとするギリシャ人秘書の性癖をよく心得ているアウレリウスは釘をさした。「さてと、それでは奴隷を一人先にやって、われわれがもうすぐ到着すると知らせるのだ。それから、短衣《トゥニカ》を着替えるから手を貸してくれ。いま着ているのはもう汗ぐっしょりだ」

「ご主人《ドミネ》！　われわれの体は水分の欠乏が過度の状態なのです。ただちに体液の均衡を図らねばなりませんぞ。さもないと、体内が乾燥し、突然の昏倒にいたる事態もありえます」さも一大事とばかり秘書がまくしたてる。

アウレリウスは憮然たる面持ちで鼻を鳴らした。カストルの言う水分の欠乏とは、もちろん水の欠乏ではないのだ。「お前はさっき、リテルヌムでセティア・ワインを一甕空け、クマエでもウルバヌス酒を大盃で二杯あおったはずだぞ」彼は秘書の記憶をよびおこそうとした。

「さればこそ！　そいつを分解吸収させるために、軽いやつを飲まねばならないのです。さあ、もう用意がしてございます。いかがですか、少々？」そう言って主人を誘いながら、カストルは旅の間ずっと二枚の氷の板にはさんで冷やしてある主人の酒壺から、ワインを自分用になみなみと汲み出した。「わたしは荷物を別荘に搬入いたしましたら、すぐに追いかけます。酒を飲み終えてからでよろしいでしょうか。なにせ、ご主人はもう到着したも同然ですが、わたしはまだまだ先が長いですから……」

アウレリウスは苦々しい顔で秘書を見やった。彼の別荘は、バイアエの町からすぐ北のルクリヌス湖に連なる小高い丘の上にある。一方、ポンポニアの別荘はバイアエで最大規模を誇る温泉施設のすぐ隣に位置していた。そこならテラスにゆったりと御輿《みこし》を据えて、浴場《テルマエ》に出入りする客の行き来を観察し、彼らの衣裳や装身具の豪華さから始まって、健康状態、交友関係の雲行き、その他もろもろを適切な目で論評できるのである。

「別荘までは、せいぜい半里《マイル》ではないか」アウレリウスが地理的事実を指摘する。

「しかし、のぼり道ですからな。さあさあ、新しい短衣《トゥニカ》をお着せしましょう……おや、ほんとうにこれを着るおつもりなのですか」カストルは、アウレリウスの選択した地味な、砂色の短衣《トゥニカ》を指さした。「ポンポニア様が贈ってくださった短衣《トゥニカ》をご着用になった方が喜んでいただけますぞ。舞い上がる白鳥の刺繍が入った緋色の飾りつきのあれです」

「だがあれは、白鳥というよりガチョウに見えるのだがな……」アウレリウスは弱々しく言い返してみたが、すでにもう、自分の高雅な趣味を台無しにするのを承知の上で長年の女友達を喜ばせることにしようと観念していた。

ほどなくして羽ばたく白鳥にくるまれた姿で町に入ったアウレリウスは、一握りでも二握りでも貨幣を投げてもらおうとわっと群がってくる腕白小僧たちの歓声に迎えられた。

すぐに車はポンポニアの別荘の前で止まった。しかし奇妙なことに、門前で到着を待っていたのは門番でも奴隷頭でもなく、ローマ騎士ティトゥス・セルウィリウスその人だった。

「ああアウレリウス！　来てくれて助かったよ」セルウィリウスが動揺もあらわに大声をあげて駆け寄ってきた。「いやまったく、いろんなことがあってね。ちょっと模様替えしたところがあっても、驚かないでくれたまえ……」

しかし、その警告は遅すぎた。入口《ファウケス》からまっすぐ邸内に入ったアウレリウスは、玄関広間《アトリウム》の敷居の上で目を上げたまま、びっくりして立ちすくんだ。そこには犬の頭部をした二体の巨大な黒い彫像が、のしかからんばかりにそびえていたのである。怪物の両側には、これまた巨大な薄紅色《ピンク》の御《み》影石《かげいし》造りのヒヒの像が、威嚇するような鋭い視線を彼に向かって放っており、奥の壁には、にょっきり角《つの》の立った被り物を頭にのせ、白い亜麻布の衣をまとい、宝玉で身を飾った女神の大きな画像が迫力たっぷりに描かれていた。

「お客様にエジプト王《ファラオ》をお迎えしているのかい」アウレリウスの軽口に、友人のローマ騎士はあきらめた顔で両手を広げた。

「それだったらましさ、アウレリウス」とため息をつき、「妻がね、イシス信仰に入信してしまったんだよ」

「まさか！」アウレリウスは思わずうめいた。あのポンポニアが敬虔で信心深く、おまけにエジプト・マニアになったら、どんなやっかいなことが生ずるだろう。彼はぞっとした。

「じつに最悪だよ。祭儀にはすべて参加して、自分の手で女神像の着物を着せ替えたり、市《ヌンディナエ》の日には必ず断食したりしている」

「断食だって？」アウレリウスは耳を疑った。誰もが知る飽くことなき食いしん坊の豊満な彼女が珍味佳肴に手を出さないとなると、事態はかなり深刻に違いない……。

「そうさ。ぼくにも同じことを要求しそうな勢いなんだよ」セルウィリウスは口をとがらせながら、自分の太鼓腹に手を置いた。

「それは気の毒だ」金儲けよりも美食の道によっぽど長けているローマ騎士に、アウレリウスは同情した。

「それだけじゃない。毎日、ここに信者が押しかけてくる。香の匂いをぷんぷんさせて、とんでもない作り話をぺらぺらしゃべる狂信者の連中だよ……。ほら、ちょうどやってきた。儀式が終わるごとに、いつも時間ぴったりにあらわれて、ぼくの経費で飲み食いを始めるんだ。断食しているなんて言っているあの連中が一回の食事でむさぼり食う量ときたら！ 見たら腰を抜かすよ」

「まあ、アウレリウス！ やっと来てくれたのね」ポンポニアがうれしそうに腕をふってアウレリウスに駆け寄ってきた。「新しいお話がたくさんあるのよ……わたしね、今日、奇跡を見たの！」

「神殿に安置されたイシス女神の像の目から、血の涙が流れたのです」ポンポニアの後ろについてきた青年が、感動もあらわに言葉を添えた。

「まもなく選挙なのかな」アウレリウスのにべもない応答に、一団の先頭にいた真っ白な衣裳の男がたちまち敵意に満ちた視線をぎらりと放った。

男の後ろには、愛らしい顔立ちの若い娘が二人、肩をむき出しに亜麻布を胴に巻きつけた姿で立っている。腰のところをイシス結びでとめている二人は、アウレリウスにほほえんだ。

「この方は大祭司のパレムノン様なのよ」ポンポニアが男を紹介する。

「お目にかかれて光栄ですな」アウレリウスはできるだけ真面目そうな顔をした。「わたしのセティア・ワインを何壺か、神殿の酒庫に奉献させていただきますよ」彼はポンポニアが大祭司をずいぶん尊敬しているらしい様子を見て取って、古い女友達を喜ばせるために言い添えた。

「それはかたじけない。では、これをお受け取りください。旅の災難から身を守ってくれるたいへんありがたいお守りですぞ」大祭司は、トルコ石でできたスカラベを首から外した。

「なるほど美しい。ここに刻まれている聖刻文字《ヒエログリフ》は何を意味するのですか」アウレリウスは好奇心からたずねた。

「鰐《わに》の神ソベクに守護を祈願する文言です」大祭司は重々しげにこたえた。

初対面の儀礼的やりとりは、全員を早く紹介したがっているポンポニアによって中断された。

「こちらが聖所の番人をつとめているダマススと、奥さんのファビアナよ。それから、こちらは巫《み》女《こ》のアイグレとアルシノエ。二人はイシス女神のご神体をお清めしてお髪《ぐし》をととのえるお務めをしているの」ポンポニアが二人の娘を前に押し出した。

イシス信仰もまんざら悪くないじゃないかと、アウレリウスは美しい乙女二人を見つめながら思い直した。娘たちの方も、瞳を輝かせて彼を見つめ返している。しかし、どうやら誰もがアウレリウスと同じ思考法をしているとは限らない模様だった。というのも、肌をおしげもなく露出した二人の巫女に目をやりながら、聖所の番人の妻は——ずいぶん厳格そうな感じの婦人だったが——身にまとった地味な短衣《トゥニカ》の裾をぐっと引き寄せ、眉をひそめて口をへの字に結んだからである。

「こちらの三人は、いちばん信仰があついウィビウスとニゲッルスとヒュッポリュトス」とポンポニアが紹介を続ける。三番目に名前の出されたヒュッポリュトスは、先ほど神像が涙を流した出来事を力をこめて語った青年だったが、待ちきれなかったように口を開いて、神殿にぜひとも足を運んでほしいとアウレリウスに誘いかけた。

「喜んでと申し上げたいのだが、あいにく先約があって……」そう言って誘いをかわそうとしたアウレリウスをポンポニアが強くさえぎって、翌日の祭儀のときに彼も威儀を正して立ち会うことをしっかり約束させてしまった。それが攻撃開始の合図となって、アウレリウスは、願かけやら、九日間の祈りやら、瞑想やら、言葉にならない法悦やらについての、頼みもしないこまごました解説の渦にあっという間に巻きこまれてしまった。

弱りはてたアウレリウスがあたりを見まわすと、ちょうど丘の上の別荘から戻ってきたカストルの痩身が目に入った。秘書は応接室《タブリヌム》の垂れ幕の後ろから合図を送ってよこした。アウレリウスはこれ幸いと、ありがたくない会話から逃れて、急いでカストルのところに歩み寄った。

「ご主人様《ドミネ》、夜の褥《しとね》には普通のお布団をお使いになりますか？　それとも今夜は石棺の中でおやすみになりますか？」秘書がからかう。

「オリュンポスの神々にかけて！」アウレリウスは自分の泊まる部屋に足を向けながら、髪を手でかきあげて叫んだ。「どんな単純な子供でも、あんな馬鹿ばかしい話を山のように聞かされたら信じるものか！　あのウィビウスという男は流行病《はやりやまい》にかかって死にかけたところをイシス神に治してもらったそうだ。ニゲッルスは瞑想の最中にイシスの声を聞いたと言うし、ヒュッポリュトスにいたっては、女神自身のご寵愛をじかに受けたと言い張っている」

「それだけではありませんぞ。奴隷たちから聞いたところでは、さる法務官《プラエトル》の妻が、もう長年子供を授かっていなかったのに、たった一晩の祈禱によって懐妊したとのことです」カストルが、いかにも不可解という顔つきで報告した。

「みんな作り話だ」アウレリウスは首を振り、「困ったことに、ポンポニアは信者仲間の言うことを頭から信じ切っている。われわれが反駁《はんばく》したりしようものなら、それこそ火を吹いたように怒り出すだろう。だが幸い、彼女のことだ、宗教への熱中も長続きはしない。その気が失せるようにする手立てを見つければすむことだ。カストル、すぐにあの熱狂者連中について探ってくれ。とくに大祭司だ。わたしの見るところ、相当にうさんくさそうだからな」

「しかし大祭司というあの男、ずいぶん醜悪な面《つら》つきですな。おまけに目が突き出ていますから、首のまわりに金の装身具をつけている姿は、くびきをかけられた牡牛そっくりです。何かもっとやる気の出る仕事をお与えくださいませんか」カストルがねだる。

「ならば、法務官《プラエトル》の妻が妊娠した件と、ウィビウスの病気の件を調べるのだ。両方ともかなり眉唾ものだ」

「いっそ、巫女から着手させていただくのはどうでしょう」秘書は、熱意たっぷりに自分から買って出た。「あの二人なら神殿の秘密をいろいろ知っているに違いありませんし、探りを入れるためには、如才がなく節度を心得た人間でないと務まりませんから」

「そのとおりだ。かるがゆえに、その任務にはわたし自身があたることにしよう」アウレリウスはそう言い渡して秘書をがっかりさせ、「お前はむしろ、パレムノンが信者の奉納によって今までどのくらい溜めこんでいるか突きとめてくれ。聖所の番人を除いて、信者はみな懐がはち切れそうな人間ばかりだ。何かにつけて財布の紐をゆるめて、寄付をたっぷり神殿に納めているはずだ」

「詐欺の臭いあり、というわけですな?」

「そんなところだ。こういう新しい東方の神々は、むやみに強烈な印象の儀式を行って人の心をとりこにするだけに、ギリシャ人やラテン人の神々よりもなおさら信用する気になれん」

「神秘的なものに対するご主人のエピクロス流の毛嫌いはわかりますが、今回ばかりは、あらぬ疑いをかけることにもなりかねませんぞ。海岸地帯では、イシス女神は異邦の神ではなく、何百年も前から土地に根を下ろしている神です。エジプト人が大半だった初期の船乗りたちが初めてプテオリ〔現在のナポリ近郊のポッツオーリ〕の港にやってきた、いにしえの時代までさかのぼる古い神なのです」

「たしかに、プテオリにはイシス女神の大きな神殿があるな」

「ネアポリス［現、ナポリ］にも、ポンペイにもあります。イシス信仰は今や帝国中に広がっていて、現にローマのユリウス投票所《サエプタ・ユリア》の隣に建つイシス神殿《イセウム》には上流社会の市民が出入りしていますし、国家の好遇さえ受けているくらいです」

「都だったら神殿の運営に厳重な管理の目が光るが、バイアエでは話が違うぞ。ここが何でもありの町であることは、お前も知るとおりだ。温水浴や宴や遊女に入れこむかわりに、宗教で荒稼ぎしてやろうと考える人間が出てきても驚くにはあたらない。宗教は大昔から衰えたためしのない業界の一つだからな」

「そういえば、二年ほど前までバイアエのイシス神殿は一般人に扉を閉ざしていたのに、今ではすっかり大流行ですな。美容マッサージと湯ぶねに跳びこむ合間をぬって、ほんのいっときでも祈禱に没入するために時間を割かないご婦人はいないくらいです」

「肉体への気づかいと魂への気づかいを組み合わせるわけだ。まったく、やれやれとしか言いようがないな。おや、何だあの声は……」アウレリウスが聞き耳を立てた。「誰か具合の悪い人間がいるらしい……玄関広間《アトリウム》の方から苦しそうなうなり声が聞こえてくるぞ」

「ご懸念には及びません。あれはイシス女神を讃えて聖歌をささげている声です。わたしも若い頃、アレクサンドリアで何度も聞きました。明日、神殿にいらっしゃった折にたっぷりとご堪能できますぞ」泰然とほほえむカストルに背を向け、アウレリウスは両手で耳をふさいだまま寝床に身を投げた。

「ご主人《ドミネ》、ご主人《ドミネ》！　目をお覚ましください。一大事です！」カストルがぐいぐいと主人の体を揺さぶった。

アウレリウスがとびおきて、たらいの水に頭をつっこんでいる間に、秘書は話を続けた。「今朝、夜明けのことです。いつものようにイシス神殿にお出かけになったポンポニア様は、中庭をまっすぐ抜けて、本殿の集会室《エックレシアステリオン》に入り、両手に聖油を塗って祈禱に入りました。大祭司が浄め室《プルガトリウム》から穢《けが》れを祓《はら》うための聖なる水をもってくるのを待ち受けていたのです。パレムノンの姿がまだあらわれないうちに、ふと、聖所の奥から声が聞こえてきたのだそうです。興奮した、まるで誰かが争っているような……」

「神々よ！　好奇心の強いポンポニアのことだから、きっと覗かずにはいられなくなったろうな」

「おっしゃるとおりです。しばらくじっとしていたそうですが、声がしなくなったので、掟に背くのは承知の上で、密儀入信をすませた信者しか足を踏み入れてはならない神殿内の一角にパレムノンを探しに行ってみることにしたそうです。奥には祭司たちの居室があって、誰も立ち入ってはならないのです」

「しかしポンポニアはかまわずに入っていった……」

「そこで運悪く、災難が降りかかりました。浄め室《プルガトリウム》の聖水盤で大祭司が溺死していたのです。何者かによって頭を水中に押しつけられた姿で」

「不死の神々よ！　ポンポニアは体つきが立派だから、うっかりすると疑われて……」アウレリウスが顔を曇らせてつぶやく。

「すでにご懸念の事態に立ち至っております。神殿にやってきたウィビウス、ニゲッルス、ヒュッポリュトスの三人が、彼女を発見しました。三人はともに密儀入信者であったので、入室を許されている浄め室《プルガトリウム》にそのまま向かい、ちょうどそこで、大祭司を救おうと彼の頭を水盤からもちあげているポンポニア様を目のあたりにすることになったのです。彼らがその光景を目撃して何を考えたか、ご想像は容易でしょう……。三人はポンポニア様を殺人の罪で当局に訴え出ることにしたとのことです」

「聖牛アピスの角《つの》にかけて！　すぐに神殿に向かうのだ」アウレリウスは部屋からとびだして、通りへと駆け出していった。

聖所の番人とその妻、二人の巫女、三人の筆頭信者は、解放してほしいと必死に懇願するセルウィリウスの言葉にまったく耳を貸そうとしないで、ポンポニアを取り囲んでいた。彼女はただすすめざめと泣くばかりで、その涙のおびただしさは、これなら聖水を使わなくても十分にパレムノンを溺れさせることができたのではないかと思われるくらいだった。

「君たちに命ずる。ただちに彼女を解き放て！」大階段を駆け上がりながらアウレリウスは大声でどなった。

「何の権威によってわれわれに命令するのですか」ニゲッルスが荒々しく言葉を返した。

「ローマ元老院の権威によってだ」アウレリウスは一語一語、言い聞かせるように言った。

「ここはバイアエです」聖所の番人が反駁しようとした。

「どこであろうと元老院は元老院だ。ブリタンニアであろうと、ユダエアであろうと、ゲルマニアであろうと、ヒスパニアであろうと」アウレリウスは冷たく応じた。

「アウレリウス殿の言うとおりだ」ウィビウスが口をはさんだ。「ローマの元老院議員の下す決定に、地方の政務官は誰も異を唱えることができない……。とはいえ、われわれが望むのは正義が行われることだ」彼はあらためてアウレリウスに向き直ると、「パレムノン様は、この町の尊敬を一身に集められていたお方です。ですから、ほかならぬ元老院議員としてのあなたにお願いしたい。この女を監視下に置き、犯した罪にふさわしい刑罰が下されるよう取り計らうことを」

「それは有罪が立証された場合だ」アウレリウスが釘をさすかたわらで、ポンポニアがぐったりと夫の腕の中にくずおれた。

「しかし、わたしたち三人はこの目で見たのです、この女が聖水盤の上で大祭司様の頭をつかんでいるところを」ヒュッポリュトスが強い口調で主張した。

「水の中に押しつけていたとどうしてわかる。まだ息があるかもしれないと思ってもちあげようとしていたと本人が言っているのに、なぜその言葉を信じない」

「神殿にはこの女以外、誰もいなかったのですよ」ヒュッポリュトスが険しい顔でこたえる。

「巫女がいたではないか」アウレリウスは、肩を寄せ合って震えている二人の娘を指した。

「元老院議員殿、よく見てください！　この二人のどちらにせよ、必死で抵抗する大の男の頭をつかんで水中に押しこむ力があるとお思いですか。そもそも、聖水盤の高さを考えれば、椅子の上にでも立たなければ、この二人には不可能です」

アウレリウスには反駁の言葉がなかった。たしかにアイグレとアルシノエは二人とも体が葦のように細く、背丈もアウレリウスの肩にすら届かないほど低い。「なるほど。しかし神殿の扉はすでに開いていた。誰でも入ろうと思えば入りこめたわけだ……」彼は矛先を変えてみた。

「番人は誰も目撃しておりませんし、そうそう注意を怠る男ではありません」

「聖所にはもちろん裏手に通用口があるのだろうな……」

「ありますが、鍵はパレムノン様が保管されていて、夜は必ずかんぬきをかけて通れないようにしていました」

「だからといって、本人の方から、自分がよく知っている誰かに扉を開けてやらなかったとは限るまい。例えば、君たちのうちの一人とか……」

「よりによって、わたしたちがイシス神の祭司様に手をかけたというのですか！　よくもそんな大それたことが考えられるものですね」ヒュッポリュトスの声が怒りで震えた。

《いちばん弱い鎖の環はこの若者だな》とアウレリウスは考えた。《ならば、ここに押しをかけるべきだろう……》

「これからどうする考えですか」ウィビウスがたずねた。

「まず死体を見せてもらおう」遺骸が葬儀屋《リビティナリイ》の手に渡ってミイラ化の作業に入ってしまう前に検分しなければと心に決めて、アウレリウスは命じた。ガイウス・ケスティウスが首都ローマの城門のすぐ脇にピラミッドを造らせ、そこに自分を埋葬させてからというもの、エジプト風のややこしい葬送の儀式がすっかり流行になってしまった……。

「亡骸《なきがら》を冒瀆することになるのでは……」ヒュッポリュトスがためらったが、他の二人はすばやく視線を交わしあい、同意が与えられた。

ほどなくして、アウレリウスは大司祭の遺体の前に立った。遺体はすでに筆頭信者たちの手でねんごろに装束をととのえられ、浄め室《プルガトリウム》の、彼が死を迎えることになった聖水盤の脇にある長い石の腰掛けの上に横たえられていた。ふくれあがった青白い顔面は、通常の溺死者ととりたてて異なる点はなかった。ずんぐりした身体には祭礼のときに祭司がまとう真っ白な亜麻布の短衣《トゥニカ》が着せつけられ、胸までおおうがっしりした黄金の装身具が首にかかっている。信者たちはほんとうにこの高価な装飾品ごと遺体を埋葬してしまうつもりなのだろうか……。アウレリウスはずっしり重い飾り物を遺体の首から外して価値のほどを確かめてみようとした。

ところがこれが思いのほか手こずる作業となった。いくら留め金をいじってみても、金色に輝く幅広の金属板は、うなじに濃いワイン色のあざをもつ大祭司の硬直した首から、なかなか外れてくれなかった。とはいえ、この格闘も無駄ではなかった。きらびやかな装身具をあちこちにらんでいるうちに、二カ所のごく小さな傷やいくつかの不出来な箇所に気づき、そこから、金色の光を放つ表面の下がじつはふつうの金属にすぎないことが判明したからである。つまりパレムノンは、莫大な寄進を受けていながら、女神崇拝のために、薄い金の被膜をかぶせた銅製の首飾りしか使用していなかったのである。

「秘儀入信に関して不案内のままでは、真相解明を一歩も進められないな」アウレリウスは首飾りを置くと言った。「犯行に至った動機をつかむには、儀礼についてもっと知識を得るしかない」

ウィビウス、ニゲッルス、ヒュッポリュトスの三人は当惑した顔で互いを見つめ合っていたが、やがて一人が代表になって発言した。

「秘儀の内容を明かすことは当然ながらできません。けれども、わたしたちの儀礼に親しんでいただくのに役立つことなら、わたしが何でも説明します」新信者の獲得となると熱意が燃えるニゲッルスが切り出した。「あなたのように感性の鋭い方ならば、必ずや儀式のもつ至高の精神的意味に深く心打たれるでしょう。低俗な物質主義にぬりこめられたこの時代にあって、イシス信仰こそは卑しい肉体的欲求を超越し去って精神を高みへとみちびくただ一つの道なのです」

《やれやれ、この事件を解決するために、これから何回お説教を聞かされる羽目になるのかな》アウレリウスは観念して心の中でつぶやいたが、ニゲッルスは臆する色もなく熱弁をふるい始めた。

「今日では、およそ神聖なるものに対する尊敬の念が地をはらっています。若者の頭の中にあるのはひたすら、金儲け、きらびやかな装い、安直な色恋ばかり。今やわたしたちの生きるこの社会は、豊かではあっても、絶望的な、恐ろしいまでに不幸な社会であると言わなければなりません」

ポンポニアを救うという義務に忠誠を誓ったアウレリウスは、くちびるを結んで何も言わず、同意したしるしに見えてくれと願いながら頭を下に向けた。

「さあ正直におっしゃるのです、あなた自身も贅沢に囲まれ、宴に明け暮れ、おおぜいの奴隷を従えていながら、心の奥底では空虚な思い、倦怠感を覚えることがよくおありでしょう」ニゲッルスは大仰に顔をしかめた。「この腐敗しきった町においてやすやすとあなたに身をまかせる女も、所詮は嫌悪感をかきたてるだけですし、いくら珍味佳肴をつめこもうと、舌はもはやその味を感じません。性愛、温浴、饗宴、不毛な教養、空疎なおしゃべり。こうした退廃のすべてから、イシス女神は必ずやわたしたちを浄化し、救い出してくださらずにはおかないのです」

アウレリウスは、願わくば女神がおのれの職務に励みすぎないで、熱血信者ニゲッルスが力強く糾弾する畏怖すべき醜悪な所業の数々を自分がまだもう少し味わえるように時間を残していただきたいものだと念じながら、ひとまず相手に合わせてあいまいにうなずくにとどめた。宗教的狂信者とは話のしようがないなと、彼はひそかにため息をついた。議論の余地なき唯一の真理を握っていると固く信じているから、他人はみな何も言わずに折伏《しゃくぶく》されて当たり前だと思いこんでいる。

「イシス女神への帰依によって、精神はこの混濁した汚辱の世界を離れて、高みへと上昇します」ニゲッルスは声をいっそう高め、「この地上の生活とは何か。死後の世界という王国をめざす通過点にすぎません。殺された夫オシリスの男性としての力を蘇生させたイシス女神は、わたしたちをも死から救い出し、久遠の平安と歓喜を、しかるべき者にお授けくださるのです」

《久遠の平安と歓喜ときたか。そいつは退屈でかなわないぞ》しかつめらしい顔つきで説法を聞きながら、アウレリウスはひそかに独語した。

ようやくニゲッルスは、祭儀をとりしきりに行くために、しぶしぶ説教を中断した。信者の小集団は、エジプトから新しい大祭司について指示が来るのを待ちながら、当面は、故パレムノンの遂行していた役職をニゲッルスが果たすことに決めていたのである。とはいえ、アレクサンドリアの本神殿がそんなにバイアエの新信者たちのことを気づかっているようには思われなかったから、ニゲッルスがこれからしばらく大祭司の要職を保持するものと見て間違いはなかった。

なりたての大祭司が姿を消すや、ウィビウスが露骨な不信の色を浮かべてアウレリウスをにらんだ。「あなたがイシス女神に関心をもち始めたのを真に受けるとは、ニゲッルスのお人好しにも困ったものだ！」乱暴にそう言うと、「しかし、わたしの目はごまかせない。あなたの顔には、自分はエピクロスの徒だと自慢げに書いてある。神々を馬鹿にし、人間の薄っぺらな理性しか信じない教説を奉っているのだ。そういう態度は、真の信者に対する侮辱だ」

「君の信念は尊重しよう、ウィビウス。だから君もわたしの信念を尊重することだな」アウレリウスはぴしりと応じた。説教を聞くのは、もうたくさんだった。

「わたしも同じように懐疑論者だった、カプアの町で名医とされるすべての医者から匙を投げられたあげくに死を覚悟してバイアエにやってきたときは……。希望も何もなかった。ところが、イシス様が病気をすっかり治してくださったのだ。その日以来、わたしは女神にお仕えするようになった。この驚嘆すべき快癒も、あなたに言わせればむろん、偶然の成り行きか、医者が誤診していたからだということになるのだろうが……」

ヒュッポリュトスが、とりなそうとして口をはさんだ。「性急になってはなりません、ウィビウス。アウレリウス殿に一足飛びの改心を期待してはならないのです。ご意見はご意見としてうかがいながら、こちらから、イシス女神の慈悲深い御業《みわざ》を示す明白この上ない証拠をお見せするよう、わたしたちは努めるべきです。もちろん、真に理解していただくためには、アウレリウス殿にもみずから密儀入信式を受けていただき、わたしたちと同じ、驚くべき体験をくぐっていただかなければなりませんが……」

アウレリウスは耳をそばだてた。外部からでは、事実上いつまでたっても秘密儀礼の内実に迫ることは不可能だ。しかし信仰の帰依者になれば自由に動ける。考えてみれば以前にも、ペテンを暴いてやろうとネクロマンテイオンで降霊術師に霊を呼ばせたり、デルフォイの神託を聞いたり、クマエの巫女《シビュッラ・クマナ》に予言をさせたりしたこともあったではないか。だったら、ここでもう一つ入信儀式を受けたからといって、何がどうなるわけでもあるまい……。「じつは大いに気を引かれているのだが、まだ迷っているところがないわけでもないのだ」彼は逡巡《しゅんじゅん》しているふりをよそおった。

「当然です、それが当たり前です！　でも、きっとイシス様が疑問をすっかり晴らしてくださいますよ」ヒュッポリュトスが、全身を喜びにして叫んだ。ウィビウスの方は、アウレリウスが示し始めた唐突な熱意に相変わらず納得しないまま、口実をもうけて足早にその場を離れていった。

二人だけになると、ヒュッポリュトスが打ち明け始めた。「ほんとうのことを言いますと、イシス女神はあらゆる楽しみ事の断念を要求するわけではないのです。それどころか、奪い去ったと思ったものを千倍にもして返してくださるのですよ」

「そんなことが?」アウレリウスは驚いて聞き返しながら、その太っ腹な損失補塡には、ことによったらあの二人の魅力的な巫女も関与しているのだろうかと考えた。

「そうなんです! わたしがどんなことを体験したか、お知りになったら!」ヒュッポリュトスの目が喜びに輝く。

「じゃあ、例の話は真実なのか、君と女神が……」アウレリウスは秘密の仲間のような口ぶりになって声をひそめた。

「まさかとお思いでしょうね」若者の顔に浮かんだ陶然たる微笑を前に、アウレリウスはあえて反論する気にもならなかった。

「あれは夜も更けた頃でした」ヒュッポリュトスが思い出をたぐり始める。「わたしはずっとお祈りを捧げていました。魂が法悦を迎えられるように前もって飲む秘薬を、パレムノン様がご用意してくださってありました……」

つまり、信じやすい人間を欺くために祭司たちは麻薬や幻覚剤を用いるのだなと、アウレリウスは理解した。

「……眠気にくじけてしまいそうになったときでした。お香の煙の中からイシス様がお姿をあらわされたのです。それはそれは大きくて威厳があって、金色の長いマントに身をくるんでおいででした……」

演技のうまい女優が竹馬を使い、ゆったりしたマントで身を隠しているのだと、アウレリウスは解釈した。正体は誰なのか、一刻も早く突きとめなくてはならない。

「……わたしの身体の上に女神様が身を横たえました。わたしは、黄道十二宮を描いた絨毯の中央に裸で横臥していたのです。すると……」

ここで若者は感極まって、言葉がそれ以上続かなくなってしまった。

《舞台演出としてはなかなかだ。それに、いろいろおもしろいことがありそうだぞ》アウレリウスはその場で、新規入信者のための密儀入信式を受けることに決心した。

カストルは、主人の食事用臥台《トリクリニウム》の足元にある丸椅子に座って、ポンポニアが執政官クラスの客人用にとってある年代物のファレルヌス・ワインで喉の渇きをいやしていた。

「ヒュッポリュトスとニゲッルスの二人は、おのおの全財産の半分以上をすでに寄進していて、そのうえ両人とも、神殿にたっぷり残すように遺言状を作成しています。ところがウィビウスの方は、そこまでのお大尽《だいじん》ぶりを発揮していません。二年前にカプアからこの町に移り住んで以来、船造りに資金をつぎこんだのが大当たりして、うなぎのぼりの収益を得ているにもかかわらずです」カストルは酒酌み奴隷《ポキッラトル》に合図して、空になった杯を満たさせた。

「そういえば、イシスはまさに航海者の守護神だったな。邪悪なセトに殺されてバラバラに切断された夫オシリスの遺骸を集めるために海を旅したという言い伝えによって……」アウレリウスは神話を想起した。

「そしてイシスは、亡き夫から息子ホルスを身ごもり、そのことから復活の女神とされているのです。船乗りたちの守り神として、海岸地帯のどこでも崇拝されていて、毎年、海路が開く季節になると女神に捧げる祭礼が行われますよ」よきアレクサンドリア人としてエジプトの伝承を知り尽くしているカストルがしめくくる。

「パレムノンと巫女については、何かわかったか」

「巫女のアイグレとアルシノエは姉妹です。スタビアエ［ナポリ近郊の町。のちにウェスウィウス火山の噴火で埋もれた］のさる破産した一族の解放奴隷ですが、解放されたものの一文無しだったので、選択肢としては神殿か娼館しかなく、二人は躊躇《ちゅうちょ》せず巫女になりました。巫女という役回りは、なかなか多くの特権がありますからな」

「といっても、ある種の楽しみを自分にお授けしたくなれば、いちばん若手の熱心な密儀入信者を相手に女神の役を演じるしか手はないのだな」アウレリウスが皮肉った。

「パレムノンの方については、正直なところあまりわかっていません。しばらく前に、呪術を使う占い師という触れ込みでプテオリの町にあらわれ、その後バイアエに移ってきました。こちらだと金持ちの保養者がたくさんいますから、そこから活動の幅が大いに広がり、ほどなくしてイシス神殿の大祭司の役職を獲得しました」

「ということは、そもそもエジプト人かどうかもわからないわけだ。初対面のときに、スカラベに刻まれた文字の意味について質問したら、即答していたが……。そういえばあれはどこに行ったかな。ああ、ここにあった」アウレリウスはトルコ石のお守りを手に取った。「この祈願の文句の意味がほんとうに自称大祭司の言うとおりか、ひとつ確かめてみるか」

「ネフェルをローマに残してきたのが悔やまれますな。役に立ってくれたはずなのに」カストルはため息とともに、アウレリウスのマッサージ係であるエジプト人女奴隷の名前を口にした。

「そうかな。ネフェルに遠い祖先の儀礼の言語を翻訳させるのは、ちょっと荷が重いだろう。お前の方こそ、アレクサンドリアに長年住んでいたのに、どうして聖刻文字《ヒエログリフ》が読めないのだ。わたしは以前、エジプト滞在中に何度か読み方を習得しようとしてみたが、いつも中途で挫折した」

「聖刻文字《ヒエログリフ》とは、正式な文書にしか用いられない文字なのです。それを崩した民衆文字《デモティック》なら、アレクサンドリアでもまだ読める人間が少しはいますが、今はもう住民のほとんどはギリシャ語でしか書きませんし、イシス神を讃える連禱でさえ、ギリシャ語で唱えられているくらいです。ま、それはともかく、どのくらい読めるものか、ごいっしょに取り組んでみますか」そう言ってカストルはお守りをにらみ始めた。「ええっと、ここにガチョウがありますが、これはたしか《息子》の意味です。次に書かれている下が開いたこの四角形は、《家》の意味になりましょうかな。それから二人の女と鷹が来て、そのあとは何だかわからない奇妙な形がありますな」

「おかしいぞ、人間の形が向かい合せに書いてある」アウレリウスがだしぬけに指さした。「ふつうは、人間の向いている向きから、文をどっちの方向に向かって読むかがわかるのだ。聖刻文字《ヒエログリフ》は書かれる向きが決まっていない。左からでも右からでも、上からでも下からでも、ことによったら斜めにでも書けるのだ」

「なるほど、それは矛盾ですな」秘書が同意する。

「もうちょっとがんばってみよう。何かわかるかもしれん。例えば、この矢が曲がったような形の棒だが、わたしの記憶では、いつも《王》を指すはずだったと思うが……」

「こいつを解読しようなどと考えるのは、よしにしませんか。わたしは無理だと思いますが、かりに時間をかけて絵文字一つ一つの意味をつきとめるところまでどうにかこうにか漕ぎつけたとしても、振り出しから一歩も進んだことにはならないのです。エジプトの文字は、二つか三つの絵文字がいっしょになって一つの語を作っている場合がありますから。アルファベット文字と同じで、そういう絵文字は意味ではなく音をあらわしているのです」

「そうか。そうなるととても無理だな、《王》を指す絵文字を使ってつくられる単語だけでも何十もあって、それがみな違った意味をもつときては……。待てよ、思い出したことが一つある」アウレリウスはスカラベにじっと目をこらした。「ここを見てみろ。今言った棒の絵文字だが、語中の二つの絵文字の間にはさまれている……」

「それが何か」カストルが当惑顔でたずねる。

「これはありえない。エジプト王《ファラオ》たちの神聖な血にかけて確かなことだが、《王》の絵文字はつねに語頭に置かれるのだ。間違いない」

「ということは、つまり？」秘書は、顎鬚のとがった先端を撫でながら聞き返した。

「カストル、ここに刻まれている文言には何の意味もない。昔のエジプトのことなど何一つ知らない人間が、適当に絵文字を並べたにすぎないのだ」アウレリウスは自分で大きくうなずきながら断言した。

「すなわち、無知な人間の目を引きつけるためだけに作られた偽物ということですか」

「そのとおりだ。だが驚くまでもないな。ペテンだと最初から考えるべきだったのだ。東方の宗教は、濡れ手に粟《あわ》の商売だ。セステルティウス貨を雨のように降らせたければ、護符の二、三個も作り、仰々しく練り歩き、異国風の秘密めかした雰囲気をちょっと醸《かも》し出せば十分なのだ。もっと食いつきそうな人間が出てきたら、じつは入信儀式を受けた者だけにしか明かされない奥義がありまして、と釣るわけだ……」

「エジプト人は民衆の心をとらえる名人ですからな。あのような舞台装置といい、とてつもない巨像といい、動物の頭をした神々といい、効果満点です。そこに奇跡を巧みに仕組んで付け足せば……」

「奇跡で思い出した。法務官《プラエトル》の妻については、町でどんな話を聞きこんできた?」

「彼女がすぐに跡取りを生まなければ、夫は離婚を言い渡すつもりでいたそうです。妻の方は嫁資が返却されてもそれで生活していけるほど財産持ちではなかったので、何としても息子を生まねばならない必要に迫られていました。それで切羽つまって、まっすぐパレムノンのもとに赴いたようです」

「パレムノンの方も、奇跡が起こるように、さぞかしたっぷり力を注入したんだろうな」アウレリウスが皮肉でしめくくる。

「しかしまだ、ウィビウスの病気が突然快癒した一件があります。あれは何百人もの信者が目にしていますからな」カストルが思い出させた。

「ほんとうに重い病気だったのならともかく、自己暗示が原因で生ずる病気も多数あることはお前もよく知っているだろう……。神経症《ヒュステリア》についての医学論考を読めば、ヒッポクラテスの著作を始めとして、どれも想像からくる疾患の存在について指摘している」

「イシス女神とねんごろな関係を結んだというヒュッポリュトスの主張もありますが」

「その件については、わたしが身をもって確かめようと思っている。巫女の二人をとっくり拝見させてもらったが、真夜中の密儀入信式の最中に、女神の成り代わりとして、アイグレが来てくれてもアルシノエが来てくれても、わたしとしてはぜんぜん異存がないな」アウレリウスが冗談めかした。

「残るは聖所の番人です。一晩中、妻といっしょだったと言っていますが、妻が嘘をついて夫をかばわないとも限りません……」

「それはないだろう。ファビアナはそうかんたんに言われたとおりになる女のようには見えない。それに、二人の若い巫女をにらんでいたあの目つきからすると、奥義と無関係な法悦など、きっぱり非難するに違いない。夫のアリバイについて問いただしてみよう……。首の上にまともな頭をのせている人間は、神殿関係者の中でどうやら彼女だけのようだからな」

ファビアナは番人詰め所にアウレリウスを迎え入れるに先だって、ひどく地味なローブ《パッラ》を体に巻いて手首までおおい隠し、頭にもすっぽりベールをかぶって、ぶしつけな視線から身を守れるようにしていた。

アウレリウスは、思わずふんと鼻を鳴らした。二言目にはローマの武徳《ウィルトゥス》を声高に唱える多くの男性市民に対してもそうだったが、羞じらいの心を戦《いくさ》の旗印さながら、これ見よがしに見せつける女性についても、彼は不信を抱いていた。人前で顕示される道徳的峻厳さが、じつにしばしば、模範的とはとても言えない私生活の素行を隠蔽する隠れ蓑《みの》にすぎないのを、彼は経験から教わっていたのである。

ところが、ファビアナにはそういった偽善的なところがまるでなかった。アウレリウスに対して言葉を発するときもずっと目を伏せたままで、高位の人物と一対一の差し向かいになってももじもじしている様子は、心の戸惑いそのままに見えた。

「たしかに、イシスを信仰する人たちの中に偽りの信者がまじっている可能性はあります」彼女は、しぶしぶ認めた。「神殿ではずいぶん大きなお金が動きますから、なかには信心よりも私利私欲を目的にした入信者がないとは言い切れません。そのことを夫に言って用心させようとしたこともあるのですが、相手にしてもらえませんでした。夫は、法務官《プラエトル》の妻が身ごもった話を耳にしたとたんにそのとき従事していた厩舎番の仕事を放擲《ほうてき》して、収入がはるかに低くなるのもかまわず、わたしたちにも同じ奇跡が起こると信じて、神殿の番人としてここに移り住んだのです。何をおいても子供を授かりたいというのが夫の強い願いで、イシス女神ならきっとかなえてくださるに違いないと信じ切っています。もちろん、わたしも子供を望んでいます。けれども、時がたてばたつほど、自分は女神からそんなに大きな恩寵を受けられるだけの信心をもっていなかったのではないかと、ますます思うようになりました。ときどき、つい考えてしまうのですが、男性は自分たちの神々に願い事をしすぎるのではないでしょうか。みな一人一人の小さな、自分勝手な必要に応じて、助力を乞い求めてばかりいます。決めるのは神々におまかせした方がいいのではないでしょうか……」

　健全な分別の女だと、アウレリウスは思った。頭に血をのぼらせた信者の群れの中にあって、いかにも場違いだ。これではパレムノンも容易に彼女を欺《あざむ》いたり、共犯にして口をつぐませたりなど、できたはずがない。法務官《プラエトル》の妻の場合に明らかにそうできたように……。

「ひょっとしたら、君の夫のダマススはイシス崇拝に没入するあまり、信者の誰かを守ろうとして嘘をついているのではないかな」アウレリウスはあえて口にしてみた。

「そんな真似ができる人ではありません。根が正直すぎるほどですから、悪事をはたらいた人間をかばうようなことはとても……」と彼女は否定して、「それに、あの朝、家から出なかったことは、わたしが証言できます。いつも日が暮れると小さな子供のようにすとんと眠ってしまい、夜明けもわたしが夫を起こす役目なのです」

「つまり、君の目を盗んで外に出ることなどできなかったということか……」

「はい。わたしは眠りがとても浅いたちですから、もしもそんなことがあれば必ず気がついたはずです」ファビアナは自信をもって断言した。

「君は眠りが浅いということだが、それなら、信者が夜中に神殿にこもっているときに、妙な物音が聞こえてきたりしたことはなかったか」

ファビアナはくちびるを結んだまま不快そうな表情に顔を歪ませたが、口を開こうとしなかった。

「女神があらわれたといっても、うのみにしにくい場合もあるからな。とくに、参籠者と同じ屋根の下に、二人の可憐な乙女がいる事実を考えあわせると……」こうかまをかければ、道徳堅固なこの女性に対して絶好の呼び水になるに違いないと考えて、アウレリウスはたたみかけた。

「たしかに、巫女を選ぶなら、もっと目立ちたがりでない娘の中から選ぶ方が望ましいでしょう。でもそれは、わたしごときが口を出すべき事柄ではありませんから」ファビアナは辛辣な口調でそう言うとぴったり口を閉ざしたが、その頑《かたく》なまでの沈黙は彼女の考えを雄弁に物語っていた。

次の日、アウレリウスは判明した事実をセルウィリウス夫妻の前でくわしく説明し、そのうえで夫とともに、ポンポニアから事情をさらに聴取しようとした。

「何度も言ったでしょう！　あのとき浄め室《プルガトリウム》から聞こえてきたのが誰の声だったか、わからないのよ」彼女は腹を立てて、大声をあげた。「とにかく、パレムノン様はもう女神を夜のお眠りから覚ますために出てきていたから、聖所の扉は開いていたはずだわ……」

　アウレリウスは忍耐心をなんとか保とうとしながら、うなずいた。イシス女神があれこれ要求の多い神であることは知っていた。夜明けとともに目覚めの祈禱を捧げて目を覚まさせ、身を清め、着物を着せ、象牙のくしで髪をととのえ、高価な塗り油を使ってかぐわしい香りをつけなくてはならないのである。日没になればなったで、今度はすべての手順を逆に遂行して眠りに就かせなければならない。

「それに」とポンポニアが続ける。「ウィビウスやパレムノン様が以前に何をしていたかなんて、知りません！　信仰を共にしているんですからね、あれこれほじくり返したりするのはよくないことよ」

《神々よ！　こいつはたいへんだ》アウレリウスはあらためて驚いた。大好きな気晴らしまで断念するくらいポンポニアが本気で入信しているとは！

「それなら、法務官《プラエトル》の妻のことはどうだい？」彼はなおも水を向けた。「信仰心の深さはともかくとして、こんなご馳走が目の前にさしだされているのに、事の次第を探るために猟犬の二、三匹を放ちもしないでじっとしているなんて、信じられないね。婚外妊娠、不義の子供、奇跡をあやつってみせる祭司……願ったりかなったり、まさに棚からぼた餅の話題じゃないか。指をくわえて見ているだけだなんて、そんなことができるのかな」

「それはまあ、ほんとうを言えば、噂くらいはちょっと聞いたわ。じつはわたしの小間使いの一人が、法務官《プラエトル》の使っている理髪師の従姉妹《いとこ》だったの。しばらく前に、わたし、たまたまなんだけどこの理髪師に子供について聞いてみたのよね」ポンポニアはとうとう認めた。

「で？」セルウィリウスとアウレリウスが声をそろえてたずねる。

「目がちょっと突き出ているそうだわ」彼女は、しぶしぶながら事実を明かした。「でも、だからといって、大祭司様の子供とは限りませんからね。イシス女神のお姿は、牛の姿で描かれることがよくあるわ。何らかの思し召しがあって、生まれてくる子供にそういう容貌をお授けになったのかもしれないもの」

アウレリウスはもう苛立ちを隠せなかった。「ポンポニア、理屈をこじつけるのはよしたまえ。あのイカサマ師の集団のせいで殺人の罪におとしいれられようとしているのに、まだ連中を守ってやろうと考えるなんて！」

「アウレリウスの言うことに耳を貸しておくれよ、君」セルウィリウスも妻に懇願する。

するとポンポニアは眉を逆立て、ひたいにしわを寄せ、握りこぶしを腰にあてて臨戦態勢になり、アウレリウスをにらみ返した。豊満な体軀を白衣でくるみこんでいるその姿は、完成したてのユーノー女神の彫像そっくりで、その怒りも、夫たるユピテル大神が美しいアルクメネと浮気しているのを知った日のユーノー女神の怒りにまさに等しかった。

「まさか全部嘘っぱちだなんて信じさせるつもりじゃないでしょうね！」憤慨の大声が轟きわたる。

「この目で見たって証言してくれる信者が何百人もいるのよ」

「人は自分の見たいものを見るときがあるものなんだよ」アウレリウスが反論した。

「今度だけはいくら言ってもだめよ、アウレリウス。あなたは何でも疑いの目で見すぎるのよ。だから、どこもかしこもインチキばかりのように見えてしまうのよ」ポンポニアが怒りをつのらせる。

「冷静に考えてごらん、君」夫が割って入った。「ぼくらの友人のアウレリウスが君をこの災難から救い出すためにできるとしたら、イシス崇拝の裏に隠された背徳行為を暴き出すこと以外にないんだよ。でも、だからといってそれは、信者がみなごまかしを働いているということじゃ全然なくて、ほんのひと握りの不正直者が空っぽの財布をふくらませようとして善良な信者の真面目な信仰心を利用しているということだけなんだ。そういう連中の化けの皮を剝がせれば、イシスを信じる人たちにとってもいいことばかりじゃないか」

その言葉にポンポニアはちょっと怒りをしずめ、頑固一徹の姿勢を軟化させた。「しかたないわね……」彼女はそう言うと、両手を広げた。「法務官《プラエトル》の息子だということになっている子供の首には、ワイン色のあざがあるの」

「やっといつものポンポニアになってくれた!」アウレリウスはうれしそうに言い、「それじゃあ、ぼくが密儀入信式を受けるのも賛成してくれるね」

「わかったわ、アウレリウス。でも言っておくけど、もし秘儀をからかうつもりだってわかったら……」ポンポニアは暗い目つきで警告の視線を放った。

アウレリウスは、そんなことは絶対にないと、指を交差させて誓った。

翌日、アウレリウスはダマススを口説いてひと働きしてもらおうと、番人詰め所の扉を叩いた。というのも、あれこれ思いめぐらしてみて、やはりウィビウスの信仰心に裏があるに違いないとにらみ、それに賭けてみることにしたのである。何といっても、ウィビウスは船造りで大儲けをしてバイアエでも指折りの著名人にのし上がったわけだが、相当な額にのぼるはずの資金の出所がまったく不明だったからである。

事業家として、ウィビウスは非凡な嗅覚を発揮していた。巨大な図体の四段櫂船は建造せず、小回りのきく小型船を、銀に輝く船首、真珠母でおおった櫂、深紅の帆といったきらびやかな仕立てで何艘も造り、クッションと臥台の内装もととのえたうえで、海岸沿いをあちこち探検したがっている季節滞在者向けに貸し出したのである。誰もが自家用の船をもっているわけではなかったから、保養期間中、ウィビウスの船は引っ張りだこの人気を呼び、今では人々の口の端に彼の名が、町の二頭執政官《ドゥウムウィル》の有力候補者としてのぼるまでになっていた。

とはいえ、ウィビウスの成功物語の始まりは、大まかにいえば、彼がイシス女神の力によって奇跡の快癒をみた時期にほぼあたっている。それだけでも、アウレリウスの疑惑をかきたてるに十分だった。彼はカストルに、ウィビウスがまだ突然の財をなさない頃に住んでいたカプアまで出かけて前歴を探ってくるよう命じた。残るはダマススを説得して、殺人犯に罠をしかけるために協力させるだけだったのである。

「そんな！　わたしたちの中に騙《かた》り者がいるなんて、とても信じられません」番人はアウレリウスの話を聞くと、びっくりして口をあんぐり開けた。

「残念だけど、ダマスス、ありえないことじゃないわ、わたしたちのことを利用している人間がいるというのは」ファビアナが夫の肩に手を置いて言葉を添える。

しかし、番人は頑固だった。元老院議員の熱弁も、セステルティウス貨の詰まった頼もしい財布の音も、ダマススの首を縦に振らせることはできなかった。

そこでアウレリウスは最後の手段に出て、跡継ぎが生まれることをひたすら願っている実直な番人の心情に訴えることにした。「イシス女神を愚弄し、大祭司の命を奪った悪辣な詐欺師がいるのだ。

こいつの正体を暴く手助けをすれば、女神はきっと、君が何年も待ち望んでいる恩寵によって報いてくださるのではないかな」アウレリウスがそう言う間、ファビアナは目を逸らしていた。

ようやくダマススは折れる決心をした。

「たしかにあの朝、浄め室《プルガトリウム》の前を通ったときに、誰かの興奮した声が聞こえて、そのしばらくあと、ウィビウス様が急ぎ足で出ていくのをわたしは見ました」番人はきっぱりと言明した。「でもわたしがそう言っても、あの時刻にあそこにいたことをお認めになりますかどうか。わたしは一介の番人にすぎません。先方はバイアエで一、二を争う大実業家です。たとえ大嘘つきだったところで、証明する手立てがないのではないでしょうか」

「方法はあるさ。この巻紙を女神の祭壇の上にそっと置いておいてくれ。数日後に行われる大きな祭礼の前までに」アウレリウスは、蠟で封をしたパピルス紙を番人の手に渡した。

「承知しました。けれども、お言葉を実行できる機会が見つかるまで時間がかかるかもしれません。パレムノン様はいつも町をそぞろ歩きなさっていたので、わたしは自由に動けましたが、ニゲッルス様は新しい職務をたいそう真剣に受けとめていらして、めったに集会室《エックレシアステリオン》をお出になることがないのです」ダマススは、目で妻の無言の承認を求めながら、アウレリウスの要請を受け入れた。

アウレリウスが密儀入信式を受ける夜、神殿には日没から聖歌が響きわたっていた。

犬の頭のアヌビス神、聖牛アピス、そしてオシリス神の巨像が、壁にとりつけられた松明《フナリア》の光に背後から照らされて、不気味な長い影を聖所の円柱の間に投げかけている。すぐ近くには、大きさこそ劣るものの、はるかに恐ろしげなセメフト神――瀆神者を容赦なく呪いで罰するという恐ろしい復讐の女神――の像が立ち、そのネコのような目が、奇怪な光のたわむれによって、まるで新規入信者の心の底を探り、意図がどこまで真摯なものかを見抜こうとしているかのように思われた。アウレリウスは、もし神々が存在するとしても死すべき人間のことなどまったく気にとめていない、というエピクロスの教説が正しくあってほしいと念じながら、視線をそらした……。

突然、聖歌の声が低く律動的になり、椀の中のおぞましい混合物がぶつぶつと泡を立て始めた。アウレリウスは、胸をはだけ、腰から下を足先まで白い布でおおった姿で立たされていたが、身の毛がよだつような液体を前にして、何とか飲まないですませる手はないものかと考えていた。重大な一歩を踏み出す前の予防策として、あらかじめ解毒剤を飲んではあった。それが薬の力をまったく打ち消さないまでも、鈍らせてはくれるだろう。目を盗んでこっそり吐き出せるのでは、という一縷《いちる》の望みも、心の中に抱いていないわけではなかったが、今や、全員の視線が彼に集中しており、とりわけニゲッルスは一瞬たりとも目を離そうとしなかった。

入信の秘儀にあずかりたいというアウレリウスの唐突な希望表明が、新任の大祭司に当惑をかきたてていなかったわけではない。少なからず迷いながらも結局受け入れることにしたのは、ひとえに新信者のきわめて高い地位がもたらしてくれるはずの威信のためだった。ローマの元老院議員が入信したということになれば神殿の名声は大いに高まるし、プブリウス・アウレリウス・スタティウスがバイアエでも評判の人物であることを考えれば、彼にならって、多くの被護民《クリエンテス》が、たんに流行に乗るためだけでも新宗教に入信する気をおこすに違いない。

そう考えてニゲッルスは、ひとまず初回の密儀に限って入信儀式を許した。すなわち、秘薬を飲み、神殿の一室に一人こもって瞑想による一夜を明かすという儀式である。徹夜の瞑想の最中に新規の入信者がイシス女神の化身と出会うかもしれないことについて、大祭司はまったく気にしていないように見えた。それとも彼は、女神があらわれる気のないことを確実に知っているのだろうか……。

その間にも、ニゲッルスは儀式の執行者として、聖なるコブラの入っている籠を何度も振ってみせたあと、薬液の入った椀をアウレリウスの口元にしきりに突きつけようとしていた。飲まずにいることはもはや不可能だった。

アウレリウスは、解毒剤の効き目がいくらかでもあることを願いながら、ぐいと一気に飲み干した。やがて信者が声をあわせて聖歌を歌うなかで、黄道十二宮の刺繍された絨毯の上に寝かされた。最後にまた香炉がひとわたり振られると、部屋の扉が閉ざされ、あとは香雲が重く垂れこめるだけとなった。

アウレリウスはまごつきながら、ちっぽけな灯明の光の中で周囲を見まわし、自分が聖なるコブラといっしょに室内に閉じこめられたわけではないことをすぐに確かめようとした。籠はない。蛇のたぐいも見えない。ほっと安堵の息をもらした。

そのとき、頭がくらっとし始めた。首を振って立ち上がり、まぶたに重くのしかかる眠気を払いのけようとした。しかし、いくらもしないうちに腰が立たなくなり、心ならずも、疲れ切った子供のようにふたたび絨毯の上に横たわらざるをえなくなった。

急に光が揺らめきだしたように感じられた。薬液が効力を発揮しているのだ。もう少しすれば幻覚が始まるだろう。ここで気をゆるめたら流されてしまう。意識を覚醒させておこうとして、彼はローマの自邸にいる百人をこす奴隷の名前を一人一人数えあげ始めた。次に、おおぜいの被護民《クリエンテス》の名を、そしてさらにアリストテレス、ついでテオフラストスの学術的論考の表題を頭の中で列挙していった。

森羅万象にわたるポセイドニオスの著作の数々にとりかかろうとしたとき、闇の中で何かがそっと動いたのに気づいた。扉が開く音は聞こえなかったから、何者なのかはともかく、侵入者は部屋の奥に立つアヌビス神の巨像の後ろにある秘密の通路から入ってきたのに違いない。

まもなく女神が姿をあらわした。堂々として背が高く、牛の仮面の上に角が突き出た恐ろしい姿をしていた。《アイグレか？　それともアルシノエか？》アウレリウスは考えた。すぐ近くまで来たら、仮面を一気に剝ぎ取るのだ。

マントが開き、ギリシャ彫刻のような見事な裸身があらわれた。今や女神の化身はアウレリウスまであと一歩に迫り、体の上に屈みこもうとしていた。

彼は腕を上げて、女神をつかもうとした。しかし痺れた筋肉は反応しようとしてくれず、手は不器用に宙をつかむばかりだった。解毒剤は効かなかった。麻薬に身体の力をすべて奪い取られ、自分はまもなく女神の思うがままにされる……。

いや違う。目の前で肉体の上にのしかかっているのは女神ではない。生身の女だ。アウレリウスはわずかに残る分明な意識の中で考えた。しかし、正体を確かめるのはもう無理だ。目がかすんで、相手の姿がよく見えない。胸郭に乳房が押しつけられ、体の上に腹の重みが加わり、真っ白い腕が自分を抱きしめるのを感じたとき、彼は心ならずも激しい興奮が体内からわきあがってくるのを覚えた。このまま身をまかせるのは不本意だが、この異様に強烈な官能の快楽を前にして、抵抗の気持ちはたちまちくじけ去るに違いない。そこで、残った力を振り絞って首をもちあげると、女の左側の肩に口を押しあて、思い切り歯を立てた。

苦痛のうめきがあがった。角つきの仮面のせいでくぐもっているとはいえ、その声に神らしいところはまったくなかった。

アウレリウスはさらに強く嚙んで絶対に口を放すまいとしたが、顔に手を押しつけられて息ができなくなり、口を大きく開いて女を自由にした。相手はたちまち身をひるがえして去っていった。

力の尽きたアウレリウスは、夢も見ない闇の中へとまっすぐに落ちていった。


「まことに快挙でしたな！ もっとも、わたしでしたらもうちょっと待ってみてから嚙んだでしょうが……」カストルが主人をほめる。彼はこれからカプアに出発するしたくの途中だった。アウレリウスは五十セステルティウスの褒賞に加えて、ワイン一甕、さらに主人用の輿を十日間ぶっ通しで使用してもよいという許可まで約束して、やっと秘書にこの短い旅の御輿《みこし》をあげさせたのである。

「もちろん、奇跡のことはニゲッルスには一言も言ってない」アウレリウスは前夜の神秘的な女神出現の話を続けた。「二人の巫女は、姿を探したが見つからなかった。しかし、いつまでも身を隠し続けるわけにはいかない。あさってには、新しい船の進水を祝う盛大な祭礼行列が行われるからな。船主はイシス女神の祝福を受けるために大枚を投じている。アイグレとアルシノエも、肩をはだけた白の亜麻布姿で行列に加わらなければならないから、そこでどちらが女神になりすましたかが判明するわけだ」

「ひょっとして、二人のうちのどちらかがやったのですかな。女神のふりをしていたのがパレムノンに見つかって、告発されそうになったので殺したとか」秘書が考えこみながら言う。

「いや。二人とも、頑丈な男と格闘できるような体格ではない。ことによったら、どちらかが犯人とぐるということはあるかもしれないが」

「ほんとうにウィビウスが下手人だと考えていらっしゃるのですか」カストルが疑念を呈した。

「いやぜんぜん。とはいえ、パレムノンと組んで信者を食いものにしていたことは、理屈からして明らかだ。病人のふりをすることはむずかしくない。ウィビウスの突然の快復が女神が見せた最初の奇跡で、そのうえいちばん劇的なやつだった。それ以来、神殿には嵐に降る雹《ひょう》の粒のように金が降り始めたのだ」

「たしかに……。そもそも詐欺を仕組んだのがヒュッポリュトスかニゲッルスだったら、今の彼らの懐ぐあいはもっといいはずなのに、両人とも神殿に貢ぎ尽くしてしまって、だいぶ財布に隙間風が吹いている模様ですからな」

「事の次第はおそらくこうだ」アウレリウスは推測をさらに進めた。「二人は長いこと手を組んで儲けてきたが、戦利品の分配をめぐっていさかいになった。ウィビウスが問題をもっとも単純、かつ自分の利益に都合のいいやり方で解決しようと決意した。つまり、共犯関係の輪をしぼってパレムノンを閉め出すことだ」

「それにしても、どうしてわざわざ聖水盤の浄めの水で窒息させねばならなかったのでしょう。殺すなら、もっと確実で手っ取り早いやり方がいくらでもあるのに……」カストルは首をひねり、「たぶんパレムノンがウィビウスをゆすろうとして、かっとなったウィビウスが前後の見さかいなく……」

「かもしれん」アウレリウスはそう言ったが、納得はしていなかった。

「一つ教えてください」秘書が眉を寄せながら質問した。「聖所の番人にあずけたパピルス紙にお書きになった聖刻文字《ヒエログリフ》ですが、あれはどういう意味なのですか」

「《死》を意味する文字を書いたのだ。ほんの少しでもエジプト宗教にかかわりをもつ人間なら、それがわかるはずだ」

「どういう狙いなのです。本物の信者ならそういうものを読んで影響を受けるでしょうが、偽信者だったら大笑いするだけでしょうに」

「真面目な信者はありあまるほどだ。殺人犯と女神に化けた女以外は、みなそうだと言っていい」

「女の正体は、肩に嚙み傷がありますからすぐに判明するでしょう。いよいよ先が見えてきましたな」カストルが話をしめくくった。「運命が事態をもつれさせない限り……」


イシス女神を讃える祭礼行列は町いちばんの催物であり、大勢の保養滞在者がこれを見逃すまいとして、健康のための朝の入浴まで放棄してつめかけていた。

神殿の中庭で、正装用の市民服《トガ》に身をつつんだアウレリウスは、居心地の悪さを隠し切れないでいた。聖所の一室で秘儀の一夜を明かしたうえに、宗教行列の最前列に立ったとなれば、エピクロスの徒としてこれまで一点の曇りもなかった彼の評判も、影がさすのをとびこえて面目まるつぶれの事態にも至りかねない。

そのとき、ニゲッルスが両手に神の力を象徴する品々——小舟の形をした燭台、黄金の棕櫚《しゅろ》の葉、月桂樹の小枝でいっぱいの箕《み》——をうやうやしく戴きながら、神殿の大階段を重々しい足取りで降りてきた。

続けてその後ろに、四人の信者に担がれたイシス女神の像があらわれた。黒髪のかつら、刺繍をほどこしたマント、牛の仮面、湾曲した二本の角《つの》が立つ被り物、昇る太陽をかたどった丸い円盤。それはアウレリウスの前に化身としてあらわれた姿とまったく同じだった。

信者たちが、進んでいく像の前にひざまずいた。東方の習慣にのっとって、額を地面につける者もいる。アウレリウスは、頭を下げるようヒュッポリュトスが必死に身振りで合図を送ってくるのを無視して突っ立っていた。真相解明の必要上、しなければならないこともある。しかし、ローマの元老院議員は、たとえ神君ローマ皇帝を前にしても、頭を下げることはけっしてしないのである。実際、元老院議員《パトレス・コンスクリプティ》の中には、狂気のカリグラ帝の治下、皇帝の前にひれ伏すことを誇り高くも断固拒否して、その代償を命で支払った人物さえいた。

ニゲッルスは、アウレリウスの態度を意に介していないように見えた。心ここにあらずといった、ほとんど恍惚の表情をして歩を進めながら、まるで女神と直接言葉を交わしているかのようにくちびるを動かしていた。考えてみれば、法悦状態に入ったときに女神の力強い声が聞こえてくると繰り返し語っていたのはニゲッルスではなかったか。

一方、ウィビウスは、白い若牛像の前足を支えるのに精一杯で、まわりを見まわす余裕などなかった。古くからのしきたりで、像の足を地面につけてはならないのである。アウレリウスは、筋肉が隆々と盛り上がっている彼の腕を見た。あれほど力のある男だったら、パレムノンの頭を水中に押しつけ続けることくらい朝飯前に違いない……。

若牛像のすぐ後ろに続いて、とびきりかかとの高いサンダルを履いた二人の巫女が、頭のてっぺんから足先まで、全身を白くまばゆい亜麻布のマントにすっぽりくるんで、軽やかに進み出てきた。

無垢の純白に二人の身体がつつまれているのを見て、アウレリウスは怒りのあまり、口からののしりの言葉をもらしそうになった。が、そのときアイグレがやにわに両腕を高々とさしあげたかと思うと、花環《はなわ》を飾った頭髪から自分のショールを優雅な手つきで外し、そっと女神像の頭にかぶせた。アウレリウスは、むきだしになった彼女の肩に目をこらした。嚙み傷はない……。ということは、アルシノエの方が目指す女なのだ。彼はただちに群衆をかきわけて近づくと、彼女の前に立ちはだかった。

娘はびっくりしたふうでもなく、彼に向かってにっこりとほほえむと、かぶっていた薄いマントをじらすように髪からずらし落としていき、胸元まで露わにした。アウレリウスは真っ青になって、一点の傷跡もない艶やかな肌を見つめていた。失望の表情が顔にはっきりあらわれたに違いない。アルシノエは相手の愛想のなさに機嫌をそこね、たちまちマントをかぶり直すと、アウレリウスにはもう目もくれなかった。

「アウレリウス殿、アウレリウス殿、またですよ！」そのときヒュッポリュトスが、アウレリウスの市民服《トガ》の裾を引っぱって呼びかけてきた。うれしそうな青年は夢心地で、イシス女神の化身とふたたびあいまみえたことをあれこれしゃべり始めた。

アウレリウスは、渡りに舟とばかりにたずねた。「ひょっとして、女神の左の肩に傷跡がなかったか」

「……正直なところ何とも言えません。腕全体を、マントでおおっていらっしゃいましたし」こたえをじっと待つアウレリウスに、ヒュッポリュトスははっきりしない顔で打ち明けた。

「なるほど。だとしたら、真相はどうやら別のところにありそうだぞ」ようやく事の成り行きをつかみ始めたアウレリウスは、急いで対話を打ち切った。

そこにカストルがやってきた。カプアから戻った秘書は、新事実を主人に伝えるべく、時をおかずに祭礼行列に駆けつけてきたのである。

「ワイン一甕の働きをいたしましたぞ！　いい話をつかみました」彼は興奮のあまり叫んだ。「ご推察のとおり、ウィビウスはとんだ食わせ者でした！」行列をもりあげる太鼓の響きに負けまいと大声を張りあげながら、カストルは報告を続けた。

三時間も祈願の祈りをささげ、連禱を唱え続ければ、誰であれ疲労困憊してしまう。まして、二時間は若牛像を腕で支え続け、一時間は新しい船に聖水を振りかけてまわったウィビウスはくたくたになったに違いない。神殿の中で彼がまだ大きく息をしているのを見て、アウレリウスは驚かなかった。

「救いを得るのも楽じゃないな」彼は腰掛けに座っているウィビウスの隣に腰を下ろした。

「まったく気に入りませんね、あなたのその態度は」ウィビウスが怒りの口調で言葉を返してきた。「わたしたちのことをお人好しの間抜けぞろいと考えているのが丸見えだ。それに、イシス信仰に関心があるように思わせたがっているのも、ただあの太った女友達とやらを窮地から脱け出させるためなのだ。しかし、そうは問屋が卸さない。罰をまぬがれられると思ったら大間違いです！」

「君は相変わらず告発するつもりでいるのだな。ニゲッルスは目をつむってもよいと考えているようだが……」

「これは威信の問題です。われらが大祭司に危害を加えたらただではすまないことを、全バイアエが知るべきなのです!」

「それはそうだ。でないと、信者が神の力に疑念をもち始めて、もう君の金庫に金をつぎこまなくなるからな」とアウレリウスは応じ、「だがウィビウス、計算違いをしたな。パレムノンをあやつったのと同じようにニゲッルスをあやつろうとしても、それは無理だぞ」

「何が言いたいのです」ウィビウスは顔を青ざめさせた。

「君の元相棒は、エジプトとの関係など爪の先ほどもなかった。たしかに、これ見よがしにイシス崇拝の祭司の扮装をしていたからそれなりにもっともらしかったが、スカラベに刻まれたエジプト文字までわかるふりをしたのはやりすぎだった。あのときの説明にわたしは不審を抱き、そこから一歩進めて、自称大祭司がわたしよりもっと聖刻文字《ヒエログリフ》の知識に乏しいことを突きとめたのだ。そこで、わたしはちょっとした調べ事をさせるために、秘書を近郊の地に派遣した。正確に言うなら、カプアに……。君の出身地だったはずだな」

「好きなだけわたしの過去をほじくり返せばいいでしょう。不名誉なことは何もないのですから」

「詐欺をはたらいた廉《かど》で一度告発されていることを除けば」

「よく調べているようですね。だったら、その訴訟で、わたしの評判には一点の傷もつかなかったこともついでにご存じでしょう」

「審判人はしかし、君の無罪について強い疑惑を抱いた……」

「ふん、審判人なんて!　あんな連中は、昇官コース《クルスス・ホノルム》に乗る足がかりをつくりたいものだから、善良な人間に対して根も葉もない罪をでっちあげてなすりつけようとする狡猾な出世主義者のごろつき集団じゃありませんか!」ウィビウスは軽蔑の身振りとともに、吐き捨てるように言った。

「君は無罪放免で法廷を出た。そうだな？　それも、告発側の主要証人になるはずだった、首の後ろに大きなあざのある古着回収業の男が、裁判当日になって行方をくらましてくれたおかげで。法廷にあらわれなかったこの証人に、詮索好きのわたしの秘書は目をつけた。審判人は、君のことも証人のこともよく覚えていたそうだ。なにしろ彼の出世の道を阻んだのは君たちだったのだから。この証人、ワイン色のあざをもつ男は、出頭しなかった裁判のあと、今度はプテオリに姿をあらわした。パレムノンなる名を名乗り、古着を回収してまわる仕事にはもう従事せず、それどころか中身の詰まった財布を所持していた。まるで誰かに大きな恩を売って見返りを得たかのように……」

ウィビウスは反論しようとしたが、アウレリウスの突き刺すような視線に射すくめられて、口を閉じている方が賢明だと思い直した。

「私腹を肥やすために、昔なじみの相棒と語らって計画をつくるのは容易だったはずだ」アウレリウスは言葉を続けた。「実際、君も裏で動いてパレムノンはさびれかけたイシス神殿の祭司に選ばれた。首につける聖具はあざを隠すのに絶好の装身具だ。彼は祭儀のしきたりどおり、常時それを着用した。その間に、君の方は、体のひどい不調を訴え始めた。じつに巧みな仮病ぶりだったから、友人も親族も君のことをもう絶望だと信じた。そしてある日、大勢の人間の目の前で何が起こったか。奇跡の快癒だ。この驚異の出来事によって信者も寄付もどっと増えた。善良なる彼ら彼女らは、もちろん君たちが仕組んだ陰謀のことなどまったく知らない。憐れなニゲッルスには、ラッパ状に丸めた羊皮紙で声を拡大することによって、イシス神の声をじかに聞いたように思いこませた。また、女神像が血の涙を流したのを見せることで、まんまと民衆の心をとりこにした……ほんとうは赤ワインの涙だったのに。法務官《プラエトル》の妻については、当人の言に嘘偽りがないかどうか、大いにあやしいと言わせてもらおう。自分が妊娠させられようとしていることに気づかなかったとは想像しがたい……」

「もういい！」ウィビウスが怒りの大声をあげた。

「計画は着々と進み、献金が雨あられと降りそそいで、事業は順風満帆だった」アウレリウスは動ずることなく続けた。「ところが何と、そこに予期していなかった奇跡が起こる。呼びかけられもしないのに女神があらわれ、ヒュッポリュトスと愛を交わし始めたのだ。パレムノンは腹を立てた。君が彼と手を切って一人で荒稼ぎを続けるつもりになったに違いないと思いこんだ。かくして元相棒は君を脅す。君はパレムノンの口を永久に封じるために、頭を水の中に押しこむ」

「証拠が一つもないくせに、よくもそんなことをべらべらと！」ウィビウスが言い返した。

「たしかに証拠はないかもしれない」アウレリウスがこたえる。「しかし、さっき言った審判人は、受けた恥辱を忘れず、必ず礼をしてやると言っている。まもなくバイアエに来るそうだ。たとえミイラになっていてもパレムノンを見れば正体を見破るに違いない。法務官《プラエトル》の妻も、子供の父親について疑いがかかっては危ないから、殺人もひっくるめて、君が極悪非道をはたらいたといって告発するつもりでいる。加えて、わたしの友人のセルウィウスは、君に騙された憐れな人々を全員集めて、法廷で対決させようとしている。君は破滅するのだ、ウィビウス。勝負はついた。今度は誰も救ってはくれない。君はガレー船送りか岩塩鉱送りになるのだ。むろん共犯者殺害の罪で処刑台に送られなければの話だが……」

ウィビウスは震え始めた。「よくないことをずるずるやったことは認めてもいい。だが、犯してもいない人殺しの罪をかぶることはしないぞ！」

「濡《ぬ》れ衣《ぎぬ》だと言うのだな……しかし聖所の番人は、あの朝、君を神殿で目撃したのだぞ」

「いたことは認める。わたしはパレムノンと口論になった。あの男は、女神の出現をわたしのしわざだと思いこんでいた。しかし、わたしが浄め室《プルガトリウム》から出たとき、パレムノンは怒りで顔色がおかしくなってはいたが、死んでなどいなかった。あなたの女友達のポンポニアだ、殺したのは!」

「違うな、ウィビウス。ポンポニアは無実だ。証明もできる。彼女は聖なる油でお浄めをしたばかりだった。パレムノンは頭をつるりと剃っていたから、油ですべりやすい彼女の手で、息をしようと必死にもがくパレムノンの頭を水中にじっと押さえつけられていたはずがない」

「そんなことを言っても、わたしが最後に見たとき、パレムノンはピンピンしていたんだ! ダマススに聞いてくれ。ポンポニアが聖水盤のある部屋に入ったときには、わたしはとっくに離れた別のところにいたことを思い出すはずだ。彼女の言っていることがほんとうなら、パレムノンは彼女が部屋に入る直前に死んだはずじゃないか」ウィビウスは自分の身に危険が及び始めているのに気づいて言い張った。「そうだ、犯人はきっとヒュッポリュトスなんだ……。あの男は何か狙いがあって、女神があらわれたなどというあんなホラ話をでっち上げたんだ!」

「つまり、すべてはみな作り話だというわたしの考えに、君は同意しているわけか」アウレリウスはほほえんだ。

「決まっているだろう、女神なんて初めからいないんだから。ヒュッポリュトスは、頭がおかしくなって幻覚にとりつかれているか、それとも腹にいちもつあってたちの悪いいたずらを仕掛けているか、どっちにしても……」ウィビウスは何とか自分の身代わりを差し出そうとして必死にあがいた。

「それは間違いだ、ウィビウス。女神はほんとうに存在するのだ」アウレリウスは相手の言葉を否定した。

「そうだ！　そして復讐を求めているのだ」二人の背後で声がした。大きな黄金の首飾りと至高の権威を示す標章を身につけたニゲッルスが、大またで歩み出てきた。手に握られた聖なるコブラがシュッシュッと不気味な音を発している。「お前の告白は聞いたぞ、ウィビウス」

「ニゲッルス、まさか真《ま》に受けたんじゃや……」ウィビウスが唾を飲んであとずさった。

「お前たち二人の悪事のことは、前々から知っていたのだ。わたしは、イシス様をお守りするために、イシス様の恩寵をひそかに金で売っていた不届き者の祭司を抹殺した。聖水盤の浄めの水が、やつの犯した罪を洗い落とし、お前らの堕落から神殿を浄めてくれたわ。さあ、次はお前の番だ。このまま元老院議員殿に捕縛されたのでは、お前のことだ、つまらぬ手段を弄してまんまと逃げおおせるに違いない。だが、イシス神はお前に死の罰を下さずにはおかないのだ！」ニゲッルスはそう言い渡すと、恐怖におののく男めがけて蛇を投げつけようと振り上げた。

しかし、神々がいつも人間の要望をかなえる気になってくれるとは限らない。まして蛇はなおさらである。自分に対する粗暴な扱いに腹を立てたコブラは、おとなしくしているのをやめ、シュッという音とともに、自分を握っていた手に襲いかかった。恐ろしい叫び声があがり、ニゲッルスがよろめいて、手から蛇を放した。

コブラはまるで自分の振る舞いの正当性を説明するかのように、もう一度シュッと音を発すると、籠の中に戻ってとぐろを巻いた。恐怖の汗にまみれたアウレリウスは、籠にとびつき、急いで蓋を閉めた。

「わたしは死ぬ。もはや手も足も感覚がなくなった」床にくずおれたニゲッルスがつぶやく。もう冷たくなりかかっている手が、白い短衣《トゥニカ》の下をまさぐり、アウレリウスのパピルス紙をつかみ出した。「わたしはお伝えを受けた。死のお知らせだ。ウィビウスのことだと思っていたのだが、女神のご決定は違った。今やイシス様がわたしをお待ちだ。わたしに永遠の幸福をお授けくださるために……」

「ああ！　何とかならないのか」ウィビウスがうろたえるかたわらで、アウレリウスはマントを丸めて瀕死のニゲッルスの頭の下にあてがった。

「イシス様、イシス様、お声が聞こえます……」死に臨んで、静寂のかなたから聞こえてくる彼岸の呼び声に耳を傾けて大祭司がささやくように言った。「今、御許《みもと》に参ります……」

「何ということだ、本気で信じていたのか」くちびるに微笑を浮かべて最後の息を引き取っていくニゲッルスを見て、ウィビウスが驚きの声をもらした。「アウレリウス！　あんたはわたしが犯人でないことを知っていたのだな！」

「わたしはずっと君を泥棒だとにらんでいたが、殺人犯とは思わなかった。人を殺そうとするには度胸がいるのだ、ウィビウス、あるいは自分は正しいという強固な信念が。君にはそのどちらもなかった。ニゲッルスのしわざではないかと疑わせたのは、浄めの水だ。この犯罪には、たんなる殺人というより儀礼を思わせる特徴があった。事実、ニゲッルスはパレムノンに裁きを下すつもりでいた」アウレリウスは、生命のない大祭司の身体をととのえてやりながら言葉を続けた。「そこでわたしは、ニゲッルスの耳に入るようにしながら君との会話ができるように計らった。ダマススが口実をもうけて彼をここに来させ、君がイシス女神を冒瀆する言葉を立ち聞きできるようにしたのだ。怒り心頭に発したニゲッルスがすべてをさらけ出すだろうと考えてな。で、実際にそうなった」

「そのパピルスは……あんたがニゲッルスの手に渡るようにしたのだな。あんたには証拠がなかった。そこで現行犯でとらえようと考えた。わたしを殺そうとするに違いないと踏んで！」

「君の命を守るためにわたしが横にいただろう？　まあ、どっちに転んでも、大した損失にはならないし」アウレリウスは肩をすくめた。

「売女《ばいた》の息子め！」ウィビウスが恨みをこめて毒づいた。

アウレリウスは眉ひとつ動かさなかった。怒ってみたところで何になるだろう。そもそも自分の母も、けっして貞淑の鑑《かがみ》といえる女性ではなかったのだから。

「だが、あんたよりもっとひどいのが、この宗教狂いだ。そうだろう？　何もかも順調に行って、イシス崇拝は日に日に新しい信者を獲得し、わたしたちはどんどん金持ちになっていた……。それを全部台無しにしてしまうなんて、いったいなぜなのだ」ウィビウスは理解を絶した事実を前に頭を振った。

「ニゲッルスの死を憐れむ必要はない。あの世で再生することを確信して、幸せに死んでいったのだ。しかし、君の方はこれから長い裁判に立ち向かう覚悟が要るな……」

「まあまあ、元老院議員殿。そんなに急がなくても、われわれは折り合いがつけられるんじゃないですか？」あらゆる機会を逃さない現実主義者のウィビウスは、アウレリウスの言葉をさえぎった。

「ならば、逃げ道を提供しよう」アウレリウスはそっけなくこたえた。「君のもつすべての船を神殿に譲渡すること、そしてヒュッポリュトスを大祭司の地位に就かせること。あの青年はお人好しかもしれないが、人物は正直だ。君の悪行の成果を、困っている人々のために善用するだろう」

「わたしの船を全部？　正気ですか」ウィビウスが天を仰いだ。

「漁師用の船くらいは残してやろう。それで食いつなげるさ。条件を受け入れるか、それとも、次の旅は船倉で鎖に繋がれて櫂《かい》を握るか、二つに一つだ」

「漁師用の船ときましたか……投網だって打てないこのわたしに」話を呑むことにしたペテン師は、うめくように言った。

ポンポニアは祝宴のために特別に縫わせた銀色のローブ《パッラ》をまとって、部屋の中を行ったり来たりしていた。

「ああアウレリウス、わたし、ほんとうに馬鹿だったわ。イシス神のあの話がみんなインチキだったなんて、すぐに気がつかなくちゃいけなかったのよね。これ見よがしにあんなにお金が動いて、あんなに贅沢で。ほんとうの信仰心があんなふうなわけないですもの……。でも、今度はずっと真面目な宗教を見つけたのよ。何年か前に死んだガリラヤの大工を崇めているの。素朴で善良な人たちばかりということだわ……」

「ポンポニア、まさかまた得体の知れない東方の宗教の迷路にはまりこむつもりじゃないだろうね」セルウィリウスが、せめて一度くらいはと、夫の権威に物を言わせてたしなめようとした。「ぼくたちの聞き分けのいいローマの神々で我慢したまえよ。誰にも迷惑をかけずにオリュンポス山の高みでいい子にしていて、たまに動物を生贄《いけにえ》に捧げてくれとねだるだけなんだから。その珍妙な信仰のことは、すぐに世間の話題から消えてしまうさ」

ポンポニアはため息をつくと、客人をもてなすおのれの務めに心を向けて気を取り直そうとした。というのも、そのとき、頭から足先まで白衣にくるまれたヒュッポリュトスが、アイグレとアルシノエ、そしてダマススとファビアナを従えて入ってきたからである。

「新しい大祭司様をご紹介いたします」聖所の番人が高らかに告げた。

「君たちは最上の適任者を選んだものだな」アウレリウスがこたえる。

ヒュッポリュトスは謙遜で受けとめた。「彼らがわたしを選んだのではありません。ほんとうに信じられない幸運に恵まれまして、アレクサンドリアからプテオリに向かう旅の途上の大尊師様にお目にかかる機会を得たのです。そのお方がおんみずから、わたしを大祭司に任じてくださいました」

「アレクサンドリアの大尊師？　ひょっとしたら、秘書が知っているかもしれんな……」まさか、かつて青春の輝かしき時代にカストルがペテンにひっかけた祭司の一人ということはないだろうなと思いながら、アウレリウスは反射的に目で秘書の姿を探した。本来なら脇に控えて客人に敬意を表していなければならないはずなのだが……。

カストルは影も形も見えなかった。どうもおかしいとアウレリウスは首をひねった。温ワインの満ちた混酒器《クラテル》から立ち昇る香辛料をきかせた酒の芳香は、ふだんなら喉の渇いた秘書に対して抗しがたい誘惑の力を及ぼすはずなのである。

「これで心からほっといたしました。正式のお許しのもとにお勤めに専念できますので。大尊師様はわたしを聖水につからせて浄めてくださいました」ヒュッポリュトスが話を続ける。「そのあと、アイグレとアルシノエの二人だけを連れてしばらくお籠りをしたいとおっしゃいまして、それというのも……」

《天上の神々よ！》大尊師なる人物の正体にうすうす疑惑を感じ始めていたアウレリウスは、内心で震えた。

「……それというのも、もちろん、わたしたちの信仰のさらなる奥義に参入なさるためです！」二人の娘があわてて声をそろえて補足した。

「しかし、いったいどうしてエジプトの祭司がこの土地にあらわれたのかな」不審げにアウレリウスがたずねる。

「シュエネ〔現、エジプトのアスワン〕の大聖所修復のための浄財をつのる旅の途上とのことでした。わたしも喜んで、わずかではありましたが、神殿の金庫に残っていた金をそっくり寄付しました。もう必要はないのです。ウィビウス殿が資産をすべてわたしどもに譲渡してくださることになりましたので」

アウレリウスは、はっきりと煙の臭いをかぎつけた。「教えてくれ。大尊師は、君たちみんなと同じように、頭髪をすっかり剃っていたのかな」

「もちろんです」ヒュッポリュトスがうなずく。アウレリウスはほっと安堵の息をもらし、早まって疑いをかけたことを恥ずかしく思った。

「けれども、お髭を生やしていらっしゃいましたよ。短くそろえて先をとがらせた顎髭です」番人のダマススが思い出して言い添えた。「女神様が次にお出ましになったときに、わたしどもも髭を生やすお許しをお願いするつもりです」

「残念なことに、もうイシス様はあらわれてくださらない。ご自身でわたしにそうおっしゃった」いかにも残念そうにヒュッポリュトスが嘆いた。「しかしそれでも、わたしは全身全霊、イシス様にお仕えしてまいります」

「うむ。しかし女神は必ずや君たちの願っていた恩寵を全部すぐにかなえて、労に報いてくださるだろう」アウレリウスはそっとダマススを見やりながら言った。

「もうかなえてくださいました、元老院議員様！」喜びに目を輝かせて、ダマススがこたえた。「ついに跡取りが生まれるのです」

ほどなくして、アウレリウスは口実をつくって客人たちのもとを離れると、革の鞭を手に、使用人たちの居住する棟にとびこんでいった。

「カストルはどこだ！」と大声を轟かせる。

「ここにおります」

その姿を見て、アウレリウスははっとした。きれいにくしの入った短い頭髪が、頭部全体をおおっている。やはり、勘違いをしていたのか……。

しかし、秘書が部屋から下がろうとした瞬間、うなじに何やら糊《のり》のようなものの跡がついているのがアウレリウスの目に入った。

「カストル、つるつる頭に見せかけるために、頭にいったい何をつけたのだ」早く返答せよと、足で床をコツコツ鳴らしながら、主人が問いただす。

「若牛の膀胱《ぼうこう》です。濃い練り粉をちょっとつけると、皮膚にぴったり張りつきます。あいにく顎髭の方は隠す手立てがありませんでしたが」カストルは、言いわけせず正直に認めた。

「だまし取った金をすぐに返すのだ」アウレリウスが命ずる。

「ご命令とあれば……。おや、変な音が聞こえませんか。かすかですがシュッシュッという……まるで蛇のような」

「冥界《タルタルス》の神々よ！　聖なるコブラだ」アウレリウスはぞっとなって、後ろに跳びはねた。

「ご避難ください！　わたしが楯になります」秘書は主人を扉から外に押し出すと、敢然として立ち向かった。アウレリウスは、カストルの思いがけない勇ましい振る舞いにまごついて、問い返すいとまもなく外に出た。

バタンバタンと争うような音が聞こえ、しばらくするとカストルが無事に部屋から出てきた。その顔は、揺り籠に襲いかかった二匹の蛇をつかみ殺した嬰児ヘラクレスもかくやと思わせるような得意げな表情に輝いていた。

「ああ、もしわたしが居合わせていなかったら……。でも、万事片がつきました。けしからん長虫めはわたしの手で取り押さえて、あそこに封じこめました」秘書は、籐《とう》の小さな籠を指でさした。

「さいわいわたしは幼少の頃より蛇には慣れ切っております。エジプトでは何匹か飼育しておりましたくらい……。そうそう、神殿で彼らがわたしにさしだした乏しい蓄えの話をしておりましたな。返却するのが何よりとほんとうにお考えですか」

「違うというのか」アウレリウスは驚いた。

「まず第一に、道徳上の観点から見て、だまし取ったと見なすことが至当か否か。というのも、カプアにおけるわたしの有能なる真相究明の活動があったればこそ、イシスを信仰する彼らはこのたびウィビウスの船をそっくり手中に収める運びに至ったわけで、わずかとは申せその利益の一部がわたしに帰着すると考えることは正当でありましょう。第二に、正直さをもって最優先とするご主人の潔癖さは、あわれなヒュッポリュトスの抱いている美しい夢を打ち砕き、苦い幻滅を味わわせることになりましょう。大尊師本人から大祭司の位を授けられたと信じているのですから、それがじつはわたしだったと知ったときの失望のほどをご想像ください」

小悪人の目から見れば、ヒュッポリュトスのような人間こそ、まさに鴨が葱《ねぎ》を背負っているような存在なのだろうなとアウレリウスは考えた。事をこのまま放置すべしとするカストルの言も、ことによったら一理あるのかも……。

「第三にですな、みずからの危険をもかえりみず、主人の命を救ったばかりの忠実なる僕《しもべ》を罰する勇気を、どこからご調達になりますかな」カストルはだめ押しの論点を最後にくりだした。

アウレリウスは口を曲げた。秘書の高潔な行いは、いささかタイミングがよすぎはしなかっただろうか。彼は迷わずコブラの籠に近づいた。

「あぶない！　たいへん危険ですぞ」秘書が警告を放って、主人を後ろへ引っぱった。しかし、アウレリウスはすでに鞭の先端を使って籠の蓋を開けていた。中にいたのは、小さな無毒のミズヘビだった。

「これが毒蛇だというのか！　いっぱい食わせようとして、こんな猿芝居を思いついたのだろう」アウレリウスは声をあげながら、鞭をふりあげた。

見破られたと知って、カストルは当然しごくの罰から身を守ろうと、頭を両手でおおった。そのときミズヘビが籠から跳ねだし、カストルの右足にからみついた。

「ああっ！　お願いです、こいつを取ってください。わたしは蛇が大の苦手でして！」カストルの叫びに、アウレリウスは大笑いして鞭を放り出した。

この隙にカストルはすばやく逃げ出し、玄関に向かって姿を消した――しっかりと獲物にからみついて離れない蛇といっしょに。アウレリウスは秘書を呼び戻そうともしなかった。あのペテン師を追いかけるよりも他にすることがある。女神と一対一の差し向かいで会うことなどめったにないのだから、こんな珍しい機会をどうして逃がすことができよう……。

女は、港を見渡す露台の欄干によりかかって、幸せそうな笑みを浮かべながら海を見つめていた。

「白き腕《かいな》のイシスは讃えられてあれ、おんみは傷病者を癒し、不妊の者に子を授ける神……」アウレリウスは背後から音を立てずに近寄ると、そっと小声でささやいた。

ファビアナは、びくっとしてとびあがった。

「とはいえ不死の神々も、ときにはちょっとした手助けを必要とすることがある。だが、慎み深く地味な衣裳の下におのれを隠すことを常とする美しき女性にとっては、信者の床で女神の代役を務めることも、さしてむずかしくない」

女は否定しなかった。「子供が欲しかったのです。ダマススにはその力がなかった」

「法務官《プラエトル》の妻の一件の内幕を知ったときに思いついた、そうだろう？　それにしても、つつましやかに見える君だが、官能的な女神の演技はじつに迫真的だったと言わねばならないな」

ファビアナは赤面して、くちびるを噛んだ。

「恥ずかしがることはない。すぐれた俳優は演技の際、しばしば登場人物に完全になりきってしまうものだ」アウレリウスはいたずらっぽい言葉で彼女の気を引きたてた。

「このことをダマススに言うのですか」彼女の声が震えた。

アウレリウスはほほえんだ。正直を押し通すことの不適切さについてのカストルの立論に、彼はもう納得していた。

「なぜ言わなければならない」彼はファビアナに語りかけた。「君は思慮にもとづく行動によって、三人の人間に喜びをもたらした。君自身に、君の夫に、そしてヒュッポリュトスに。このわたしだって、もうちょっと早く真相をつかんでさえいたら、少しはご利益にあずかるところだったのに……」

「それならば、イシスの神に乾杯を！」心動かされたファビアナは、杯をとると、高くさしあげて神々に献杯したあと、アウレリウスにさしだした。

「うむ。イシスの神に乾杯！」アウレリウスは彼女の言葉に唱和し、酒杯を一息に飲み干した。

原　注［原書のアルファベット順の配列を五十音順に並べ変えた］

ギリシャ語・ラテン語の語彙

アウェ（ave）　複数の相手に対してはアウェテ（avete）と言う。出会いのときの挨拶。

アウロス（aulos）　ギリシャ語。縦笛。管が二本からなる。

アケタリア（acetaria）　サラダ。

アシネッラ（asinella）　身持ちのよくない娘。ローマ時代は、ロバ（asinus）が好色の典型とされたことに由来する（現代で好色の典型とされるブタは、当時、評価が非常に高かった）。

アド・ベスティアス（ad bestias）　訓練なしで野獣と闘わせる刑罰。

アド・ルドゥム（ad ludum）　しかるべき訓練のあと闘技場で闘わせる刑罰。

アブ・ウルベ・コンディタ（ab Urbe condita）　「首都建設から」の意（逐語的には「創建された都市から」の意）。都市ローマの発祥は、伝承では紀元前七五三年四月二十一日とされている。

アルカリウス（arcarius）　複数形アルカリイ（arcarii）。箱・金庫（arca）を担当する使用人の意。つまり会計係・出納係のこと。また衣裳係も指す。

アルキマギルス（archimagirus）　料理人頭。現代ならばシェフにあたる言葉。

アルマメンタリウム（armamentarium）　武器庫。

イセウム（Iseum）　イシス神の神殿。ポンペイにあったイセウムの遺跡が、現在、ナポリ国立考古学博物館に保存されている。

インスラ（insula） 複数形インスラエ（insulae）。多層の集合住宅建築。五階建てや六階建てに及ぶものもあり、一般に賃貸アパートとして使われた。現在でもオスティアの遺跡を訪れるとインスラの多くの遺構を見ることができる。

ウァレ（vale） 複数の相手に対してはウァレテ（valete）と言う。「お元気で、さようなら」。別れのときの挨拶。

ウィウァリウム（vivarium） 円形闘技場に出す野獣を飼育しておく場所。

ウィギレス（vigiles） 夜警《ウィギレス・ノクトゥルニ》隊のこと。消防活動以外に、夜間の警邏にもあたっていた。

ウィルトゥス（virtus） ローマの成人男子（vir）にふさわしい徳・行いのすべて。イタリア語のvirilità（男らしさ）も同じ語源に由来する。

ウェスティアリア（vestiaria） 衣裳番の女奴隷。

ウォミトリア（vomitoria） 円形闘技場や劇場の出入口。

ウォルメン（volumen） パピルスの巻物、本、書物。

エックレシアステリオン（ekklesiasterion） ギリシャ語。集会をもよおす場所。

エッセダリイ（essedarii） 二輪戦車に乗って闘う剣闘士。

エロス、ポトス、ヒメロス（Eros, Pothos, Himeros） あらゆる形の性愛の守護神。

オスティアリウス（ostiarius） 複数形オスティアリイ（ostiarii）。門番。

カウポナ（caupona） 居酒屋。

カラミストルム（calamistrum） 熱して、髪の毛をカールさせるのに使う鏝《こて》。

カリダリウム（calidarium） 浴場の熱浴室。

カルケイ（calcei） 足首までおおう靴。革紐で結ぶ。元老院議員が履くカルケイは、黒色で、革紐を四回巻き、銀色の甲当てが装飾として付いていた。

ククッルス（cucullus） 複数形ククッリ（cuculli）。頭巾。

グスタティオ（gustatio） 前菜、つまみ。

クリウィウス（clivius）　坂になっている道。例えば、カピトリウムの丘にのぼっていくカピトリヌス坂（Clivius Capitolinus）など。

クリエンテス（clientes）　被護民。高い身分の人物の保護を受けている平民のこと。保護者《パトロヌス》に朝の表敬訪問《サルタティオ・マトゥティナ》をして施し物《スポルトゥラ》を受け取るのが慣習だった。

クルスス・ホノルム（cursus honorum）　「官職の道程」。最高の政治的地位に立候補できる前提としてローマ市民が経験しておくべきとされた官職のコースのこと。執政官《コンスル》になろうとする者は、その前に按察官《アエディリス》と法務官《プラエトル》に就かねばならなかった。執政官職を狙う者の乱立を防ぎ、早すぎる出世を防止する目的で共和制時代にスッラが定めた規則だが、帝制期に入ると多くの例外が許容されるようになった。

クルスティラリウス（crustilarius）　複数形クルスティラリイ（crustilarii）。菓子職人、ジャム職人。

クレピダエ（crepidae）　室内履き。

ケルウェシア（cervesia）　ビール。

コスメティカ（cosmetica）　美容師。

サナリウム（sanarium）　剣闘士養成所内で医療処置が行われる部屋。

サパ（sapa）　ブドウの搾り汁を煮詰めたもの。

サポ（sapo）　染髪剤。

サルタティオ（salutatio）　被護民《クリエンテス》による朝の表敬訪問。

サルティゲルリ（salutigeruli）　挨拶や言づてを伝える役目の奴隷。

シカ（sica）　短い剣。イタリア語の sicario（刺客・殺し屋）はこの語に由来する。

シビュッラ・クマナ（Sibylla Cumana）　クマエにいた、アポッロ神の神託を告げる巫女。

シュンテシス（synthesis）　ギリシャ語。ギリシャ風衣服の一つ。ふつう饗宴の際に着る。

スペクラリア（specularia）　輿にはめた不透明なガラスの窓。

スポリアリウム（spoliarium）　死体安置所。

スポルトゥラ（sportula）　朝の表敬訪問《サルタティオ・マトゥティナ》に対して主人が被護民《クリエンテス》に与える現物ないし金銭による施し物。

セクトレス（secutores）　字義通りには「追跡する者」。追撃剣闘士。投網剣闘士と対戦する。

セルウス・アブ・アドミッシオネ（servus ab admissione）　入口で出入りの人間をチェックする役目の奴隷。

ソレア（solea）　複数形ソレアエ（soleae）。サンダル。

ダクテュリオテカ（dactyliotheca）　指環を入れておく貴重品箱。

タブリヌム（tablinum）　用談などをするための応接室、事務室。

ディクセルント（dixerunt）　字義通りには「彼らは言った」。審判人が弁論終了を確認するときに発する言葉。

デナリウス（denarius）　複数形デナリイ（denarii）。ローマの貨幣の一つ。一デナリウスは四セステルティウス。

テピダリウム（tepidarium）　浴場の温浴室。

デフルトゥム（defrutum）　煮詰めたワイン。

テルモポリウム（thermopolium）　現代のバールや簡易軽食堂にあたる飲食店。カウンターがあり、そこに温かいスープの入った大きな土瓶がはめこまれていた。首都ローマや地方都市に数多く存在した。現在でもポンペイ、エルコラーノ、オスティアなどの遺跡を訪れると、多くの遺構が見られる。

ドゥウムウィル（duumvir）　二頭執政職《ドゥウムウィラトゥス》を構成する政務官。

ドゥルキアリウス（dulciarius）　複数形ドゥルキアリイ（dulciarii）。菓子作り職人。

ドクトレス（doctores）　剣闘士の訓練・指導にあたる者。

ドミヌス（dominus）　呼格形（呼びかけの語形）はドミネ（domine）。主人。

ドムス（domus）　一階建てで一家族が居住する大邸宅。ポンペイやエルコラーノの遺跡において多くの実例を見ることができる。都市ローマは宅地価格が法外に高かったために集合住宅《インスラ》の方がふつうで、ドムスの数は二千を越えなかった。

ナウマキア（naumachia）　海戦を再現して水上で行われる模擬戦。

ヌンディナエ（nundinae）　市《いち》の立つ日。転じて、市と市の間の九日間も指す。

ヌンミ（nummi）　金貨。

ノメンクラトレス（nomenclatores）　被護民《クリエンテス》の名前を主人に告げる役目の奴隷。

バスカニア（baskania）　ギリシャ語で「蠱惑」。

パッラ（palla）　女性が体に巻きつけて着る衣、ローブ。

パトレス・コンスクリプティ（patres conscripti）　元老院議員。

パネム・エト・キルケンセス（panem et circenses）　パンと円形闘技場の試合・競技。

パルカ（Parca）　人間の運命の糸をつむぐとされる女神。三人いて、三番目のパルカ神であるアトロポスがその糸を断つ。

パルマ（parma）　小ぶりの円形の楯。

ファウケス（fauces）　大邸宅《ドムス》において、外から玄関広間に入るときの狭まった出入口。玄関。

ファミリア（familia）　奴隷や解放奴隷をも含めたローマ家族。

フッロニカ（fullonica）　洗濯業、染物業。

フッロネス（fullones）　洗濯業者、染物業者。

フナリア（funalia）　夜の照明のために壁に取り付けられた松脂《まつやに》の松明《たいまつ》。

フラベッリフェリ（flabelliferi）　大きな扇をあおいで風を送る役目の奴隷。

フリギダリウム（frigidarium）　浴場の冷浴室。

プルガトリウム（purgatorium）　聖なる水で体の穢れを浄める神殿内の部屋。

プロバティオ（probatio）　法廷用語としては、有罪または無罪を証明する証拠の呈示。

ポキッラトル（pocillator）　複数形ポキッラトレス（pocillatores）。ワインを混ぜる役目の奴隷。

ポスカ（posca）　水に酢を混ぜた清涼飲料。
ポピナ（popina）　居酒屋。
マッパ（mappa）　各人が使う大きなナプキンのこと。饗宴の際に客が持参した。ときには、翌日食べるために食事の残り物を包んで持ち帰るのにも使われた。
ミッテ！（mitte!）　字義通りには「送り返せ！」（敗れた剣闘士を指して）。つまり、「生きたまま放免せよ」ということ。手を開いたり親指を立てたりする身振りに対応する言語表現［なお、本文中ではラテン語の語形としてこの命令形でなく missum!《ミッスム》「放免！」というスピーヌム形が使われている］。
ミムラ（mimula）　女性の役者。
ミルミッロ（mirmillo）　魚剣闘士。魚形の前立てのついた兜を着用する。
ムネラ（munera）　剣闘士試合。
ムネラ・シネ・ミッシオネ（munera sine missione）　一方が死ぬまで続けられる試合。
ムルスム（mulsum）　蜂蜜を混ぜたワイン。
モリトゥリ（morituri）　これから死のうとする人間たち。
ユグラ！（iugula!）　「喉を刺せ！」
ラエナ（laena）　小外套の一つ。
ラケルナ（lacerna）　フード付きの小外套。
ラティクラウィウス（laticlavius）　元老院議員の着る市民服《トガ》や短衣《トゥニカ》についている緋色の縞飾りで、縞幅が広い。騎士階級の着るものにも緋色の縞があるが、幅は狭い。
ラトルンクリ（latrunculi）　盤面ゲームの一つ。現在のチェッカーやチェスに似ていたと思われる。六十個のマスに区切った盤面が使われた。
ラニスタ（lanista）　複数形ラニスティ（lanisti）。剣闘士を所有あるいは監督し、剣闘士試合の企画・興行にたずさわる者。

リビティナリイ（libitinarii）　墓掘り、葬儀屋。

リベラ・ケナ（libera cena）　剣闘士が試合前夜にとる最後の食事。

ルディ（ludi）　剣闘士試合。

ルヌラ（lunula）　元老院議員が履く靴《カルケイ》についている象牙の甲当て。元老院議員の地位を示す。

ルパ（lupa）　娼婦。

レティアリウス（retiarius）　投網剣闘士。投網と三叉の槍を武器とする。

歴史上の人物

アグリッピナ　母の「大アグリッピナ」と区別して「小アグリッピナ」と呼ばれる。父は将軍ゲルマニクス。息子ルキウス・ドミティウスは後の皇帝ネロ。

アッティクス　前一世紀の知識人。アテネに住み、エピクロス派の哲学に接した。キケロの親友で、ローマ史について多くの著述をした。

クラウディウス　ローマ皇帝。父方の祖母が初代皇帝アウグストゥスの妻リウィア。アウグストゥス、ティベリウス、カリグラに続いて、紀元後四一年、第四代皇帝となった。元老院の権威を（形式上）回復させ、多くの植民市にローマ市民権を与えた。騎士階級の社会的・政治的地位の上昇を助け、マウレタニア、ユダエア、トラキアに対する帝国支配を強化した。三回目の結婚でメッサリナを妻とした。その次の結婚で、姪の小アグリッピナを妻とし、彼女がドミティウス・アエノバルブスとの間にもうけていた息子ルキウスを養子とした。後のネロである。

ケスティウス　法務官、護民官を務め、前一二年に没。大理石で造らせたピラミッド形の堂々たる彼の墓は、現在もローマの聖パオロ門の脇にそびえている。

パッラス　クラウディウスの解放奴隷。きわめて短期間に出世をとげ、国庫の管理官となった。

メッサリナ　クラウディウス帝の愛妻。娘オクタウィア、息子ブリタンニクスをもうける。度重なる姦通ののち、愛人シリウスを帝位に就けるためにクラウディウス殺害を謀り、皇帝から死刑宣告を受けた。

地名・場所名

アウグストドゥヌム　現在のフランス、ブルターニュ地方のオータン。

タプロバネ　現在のスリランカ（セイロン島）。

デルフォイ　アポッロ神の神託で有名なギリシャ都市。神託はデルフォイの巫女ピュティアの口を通じて与えられた。

トゥスクス通り　ローマの道路の一つで、フォルム・ロマヌムにあるカストル＝ポッルクスの神殿を起点に家畜広場《フォルム・ボアリウム》へと抜けていく道。

ネアポリス　現在のナポリ。

ネクロマンテイオン　ギリシャ語で「死者のお告げ」の意。場所は、現在の北西ギリシャ、イグメニツァの南方にあたる、エペイロス地方テスプロティアの、アケロン川河口付近。

バイアエ　小ローマ《プシッラ・ローマ》と呼ばれた一大温泉地。現在のバイア。古代世界でもっとも洗練された保養地で、皇帝はじめローマの貴顕が夏の別荘をかまえた。数百年間の地盤変動によってローマ時代の建造物の多くが海中に没したが、現在でもバイア考古学公園を訪れると、大浴場の浴室やいくつかの大邸宅の遺構を見ることができる。

バウリ　現在のバーコリ。ナポリ近郊のポッツォーリ湾に面する小都市。

パトリキウス通り　ローマの道路の一つで、アルギレトゥム通りからスブラ地区をかすめてウィミナリスの丘へのぼっていく道。

ピテクサエ　字義通りには「サルの島」。現在のイスキア島。別名アエナリア。

フォルム・ガッロルム　現在のカステルフランコ・エミーリア。北イタリアのモデナ付近。

プテオリ　現在のポッツォーリ。

プブリキウス坂　アウェンティヌスの丘にのぼっていくローマの道路。

プラエネステ　現在のパレストリーナ。ローマにほど近いプレネスティーニ山地のふもとに位置する。

フルメンタナ門　ローマのセルウィウス王の城壁にあった門の一つ。場所は、おそらく家畜広場《フォルム・ボアリウム》と青物広場《フォルム・ホリトリウム》の間、アエミリウス橋のあたり。

ヘルビタ　現在のニコシーア。シチリアのエンナ県の小都市（キプロス共和国の同名の首都ではないことに注意）。

ボノニア　現在のボローニャ。

マレ・ノストルム（我らが海）　地中海を指すローマ人の呼称。

ムティナ　現在の北イタリアのモデナ。

ルドゥス・マグヌス（大養成所）　剣闘士の養成所。クラウディウス帝ないしドミティアヌス帝（おそらく後者）が造ったローマでもっとも有名な養成所。遺構が現在もローマのラビカーナ通りに見られる。

訳者あとがき

古代ローマというと、しばらく前までは、カエサル（シーザー）の暗殺とか、ネロのような暴君の支配、あるいはキリスト教徒の迫害といった歴史像がまず浮かんだものだが、ローマの入浴文化にスポットをあてたヤマザキマリの漫画『テルマエ・ロマエ』が大ヒットし、映画化もされて、ローマ世界も、日本の読者・観客にとってぐっと身近で、日常的な面についてずいぶんイメージがわきやすいものになった感がある。

書店に並ぶ図版の豊富な古代ローマの解説本やビジュアル・ブックを開けば、真っ先に目にとびこんでくる公共浴場《テルマエ》、豪華な饗宴、闘技場でのスペクタクル、等々の情景――そうした「定番」シーンに彩られたローマの都を舞台に、美女と美食と哲学書を愛する元老院貴族アウレリウスが、元泥棒で狡猾なギリシャ人秘書カストルとともに、謎の死をとげた剣闘士の事件に挑むという本家イタリア発の歴史ミステリ、それがこの『剣闘士に薔薇を』である。

――時は紀元四五年。人気・実力ともにナンバー・ワンを誇る剣闘士ケリドンが、円形闘技場をうずめつくす大観衆の見守るなか、勝利を目前にして突然倒れて絶命するという一大番狂わせが起こる。何者が、どのようにしてケリドンの命を奪ったのか？　皇帝クラウディウスからじきじきに真相解明の依頼を受けたアウレリウスは、腹心の秘書カストルを従え、剣闘士はじめ、ひと癖もふた癖もある人物たちを相手に調査を開始するが、やがて事件の黒幕とおぼしき老獪な法廷演説家の存在が浮かび上がり……。

アウレリウスとカストルのコンビが活躍するこの作品は、イタリアですでに十七作目まで刊行されている人気シリーズの第四作である。何といっても、主人公を始めとする登場人物たちのキャラクターの魅力、ウィットに富んだ軽妙なセリフのやりとり、それに加えて、ページを繰って主人公とともに、大邸宅のサロンや宮殿、貧民街の共同住宅、さらに路ばたの居酒屋など、ローマ社会の上から下まで、さまざまな情景や人間たちに立ち会っていくうちに、文中に織りこまれた作者の解説的ナレーションにも導かれて、読者もまるで自然にローマ社会にとけこんでいく気分になる――そんなところに、このシリーズが長い人気を保っている理由があるのではないだろうか。

なかでも第四作『剣闘士に薔薇を』は、舞台設定のはなばなしさだけでなく、クラウディウス帝や幼年時代のネロなど、歴史上の人物をうまく織りこんだおもしろさもあり、さらに初版（一九九四年）刊行後、リドリー・スコット監督の映画『グラディエーター』（二〇〇〇年公開）のヒットが追い風になってますます部数をのばし、フランス語、ドイツ語、ポルトガル語、ルーマニア語などの外国語にも翻訳された。かねて本シリーズを愛読し、日本の翻訳ミステリ界に紹介したいものと考えていた訳者にとって、まずは本作品を訳出しようと考えた理由でもある。

作者ダニーラ・コマストリ＝モンタナーリ（Danila Comastri Montanari）は、一九四八年に北イタリアのボローニャに生まれた。もともと作家をこころざしたわけではなく、大学で教育学、政治学を学んだあと、教職についていたが、四十歳のとき、思い立ってアウレリウス・シリーズの第一作にあたる『汝の死はわが生』を一気に執筆して、推理小説のシリーズを出している大手出版社モンダドーリにもちこんだところ、ただちに出版の運びとなり、一九九〇年のテデスキ賞（すぐれた推理小説の処女作に与えられる賞）も受賞、そのまま作家生活に入ったという経歴の持ち主である。その後、次々とアウレリウス・シリーズの続篇を発表するかたわら、フランス革命期を始め、さまざまな時代・場所を舞台にした長篇、短篇の歴史ミステリを発表している。

主要な作品は次のとおり。

アウレリウス・シリーズ

Mors tua（汝の死はわが生）(1990)
In corpore sano（健全な身体に）(1991)
Cave canem（猛犬注意）(1993)
Morituri te salutant（1994） 本書
Parce sepulto（死者は静かに眠らせよ）(1996)
Cui prodest?（誰が利益を得るか）(1997)
Spes, ultima dea（希望こそ最後の女神）(1999)
Scelera（邪悪）(2000)
Gallia est（ガッリアの地）(2001)

Saturnalia（サトゥルナリア祭）(2002)
Ars moriendi. Un'indagine a Pompei（死の技法）(2003)
Olympia. Un'indagine ai giochi olimpici（オリュンピア）(2004)
Tenebrae（闇）(2005)
Nemesis（復讐の女神）(2007)
Dura lex（法は法）(2009)
Tabula rasa（白紙）(2011)
Pallida mors（青白き死）(2013)

それ以外の歴史ミステリ
Ricette per un delitto（犯罪レシピ集）(1995)
La campana dell'arciprete（司祭長の鐘）(1996)
Il panno di mastro Gervaso（ジェルヴァーゾ師の布）(1997)
Una strada giallo sangue（血と謎のエミーリア街道）(1999)
Istigazione a delinquere（犯行をそそのかした声）(2003)
Terrore（テロル）(2008)

入門書
Giallo antico. Come si scrive un poliziesco storico（古き昔の謎物語――歴史ミステリの書き方）(2007)

ちなみにアウレリウス・シリーズのタイトルはすべてラテン語である。名句・定型句や詩句の一部などが使われており、いかにもローマを舞台にした歴史ミステリという雰囲気をかもし出すと同時に、内容もある程度ピンとこさせる工夫になっている。本書の原題 **Morituri te salutant** にしても、本文一二ページでおわかりのように、剣闘士が闘技会の開始に先立って発する決まり文句であり、イタリアの読者たちは、このタイトルを見てただちに剣闘士の世界がテーマであることを知るわけである（映画『グラディエーター』でも、この文句を発する場面が、意外とあっさりとだが出てくる）。

作者は少女時代から歴史に熱中すると同時に、熱心なミステリ読者だったという。そもそもアウレリウス・シリーズを思いついたのも、自分が小説の書き手になるなど、まだ夢にも考えていなかった二十歳の頃、唐代の中国を舞台にしたロバート・ファン・ヒューリックの探偵小説、ディー判事シリーズを読んでいて、それなら舞台を古代ローマに移して元老院貴族を探偵役にした推理小説も可能なのではないか、と思ったのが最初の着想だったそうである。

彼女が、英米の古典期以降のパズラー的作品を中心にしてミステリを広く読み漁り、さらにＳＦやファンタジー、その他のジャンルのエンターテインメント作品に広く親しんでいることは、歴史ミステリの技法を説いた入門書『古き昔の謎物語』の内容からもうかがえるが、同書の中で彼女は、自分が歴史ミステリに手を染めたのも、探偵と犯人が一対一で知恵比べをするような、古き良き探偵小説の枠組みに惹かれていたからだと明言している。たしかに、ＤＮＡ鑑定に象徴されるように科学技術が高度に発達し、マフィアのごとき犯罪組織が存在する現代世界では、拡大鏡を片手のシャーロック・ホームズの手法も出番がだいぶ限られてしまうだろう。

推理小説・探偵小説に対するそうした作者の「愛情」は、アウレリウス・シリーズの各篇にさまざまな形で反映されている。本書にしても、開巻早々、「衆人環視の殺人」というミステリ・ファンおなじみのテーマをローマの円形闘技場に舞台を移し、けれん味たっぷりの筆づかいで読者にさしだしていることに、訳者自身、初読の際、「この手で来たか！」と感心して、すっかりうれしくなってしまったことをよく覚えている。また、作品ごとに趣向をこらす作者のサービス精神は、八七分署シリーズのエド・マクベインに通じるものを感じさせるが、例えば、『剣闘士に薔薇を』は、捜査の進展につれて新たな手がかりや容疑者が浮上する「刑事などを主人公にした推理小説」のパターンをふまえているのに対して、前作にあたる『猛犬注意』は、大邸宅における連続殺人をテーマに選び、犯行の行われる場所と関係者の顔ぶれが最初から限定されたなかで名探偵が活躍する「クリスティばりの古典探偵小説」のパターンにのっとったことが（実際、詩句にあわせて殺人が起こったり、ダイイング・メッセージがあったりとサービスたっぷりである）、やはり『古き昔の謎物語』の中でふれられている。最新作『青白き死』でも、「まだアウレリウスにスパイの役回りをさせたことがなかった」と気がついてスパイ小説の要素を盛りこんだと、作者は新聞の取材に対して語っている。

登場人物についても、主人公アウレリウスには作者自身の物の考え方が大いに投入されているというが、カストルとのコンビは、レックス・スタウトのニーロ・ウルフ（Nero のカタカナ表記は米語発音に従う）とアーチー・グッドウィンのコンビを意識したという（本作にちらりと登場するアウレリウス家の料理人頭ホルテンシウスも、ウルフの料理人フリッツがモデルとのよし。ちなみにレックス・スタウトはイタリアでは日本以上に人気があり、国によってミステリ読者の好みが異なるのは興味深い）。カストルのキャラクターは、基本はローマ喜劇のプラウトゥスの作品に登場する狡猾な召使い奴隷がモデルだが、そこにP・G・ウッドハウスの執事ジーヴズを重ねているという。
なお､本作で奴隷娘のクセニアに関連してときおり言及されている「去年のカンパニアでの事件」とは、前作『猛犬注意』におけるアウレリウスの活躍を指している。これに限らず、主人公や、脇をかためる登場人物たちの過去のエピソードや人間関係についての事実が、作品が重ねられていくなかで、ちらりちらりと明かされたり、紹介されたりしていくのもこのシリーズの特徴で、このへんにも、シリーズ性を意識した作者の遊びが感じられる。

作者が少女時代から歴史に大いに興味をもっていたことは先ほども触れたが、とりわけ古代ローマとフランス革命期に熱中し、さらに考古学にも関心を寄せ、本書の短篇「イシス女神の謎」の舞台バイアエが位置する南イタリアのナポリ西方に広がるフレグレイ平野のローマ遺跡にも何度も足を運び、発掘にも首をつっこんだらしい。そんな歴史マニアの彼女がアウレリウス・シリーズの時代設定に選んだ第四代皇帝クラウディウス治下のローマについてちょっとふれておくとすれば、それはおよそ百年にわたって続いたローマ支配層の主導権争いが、カエサル暗殺（前四四年）やアクティウム海戦（前三一年）のような、ローマ人どうしが殺し合いを繰り広げる内戦状態をへて、ついにオクタウィアヌス（＝初代皇帝アウグストゥス）の一人勝ちによる「ローマの平和」にたどりついたあとの時代にあたる。少々強引な喩えを使って日本史で言えば、天下分け目の関ケ原、大坂冬の陣・夏の陣のあと、徳川の単独支配体制が確立した江戸時代の初期のようなものであって、後一四年のアウグストゥス帝の没後も第三代カリグラ帝や第五代ネロ帝といった暴君があらわれるとはいえ、まずはローマ領内に待望の「平和」が訪れて社会が繁栄を享受したのが、主人公アウレリウスの生きた紀元後一世紀前半のローマなのである。

タキトゥス『年代記』やスエトニウス『ローマ皇帝伝』を読めばわかるように、支配層では相変わらず陰謀が渦巻き、悪徳がさながら汚水となって下水溝に流れこむがごとき観を呈するローマ世界ではあるのだが、ユウェナリスの諷刺詩などからうかがえるローマの爛熟した世相や風俗は、意外にわれわれ現代の世界に近いものを感じさせるので、ついつい、「昔も今も人間は変わらない」との思いに打たれてしまう。その当否はともかく、作者が古代ローマの中でもクラウディウス帝治下という、ある意味で「おちついた」時期を舞台にとったのは、探偵小説の枠組みを古代ローマに移すうえでの意図的な選択であったろう。その点、イタリアでもアウレリウス・シリーズと並んでよく読まれている古代ローマ・ミステリで、日本でもおなじみのリンゼイ・デイヴィスの密偵ファルコ・シリーズ（邦訳は光文社文庫刊）が、もうちょっとあとの時代、具体的にいえば、ネロ帝が死んでアウグストゥス帝以来のユリウス＝クラウディウス朝が絶え、内乱が生じたあとのウエスパシアヌス帝時代に、一匹狼のハードボイルド的主人公ファルコを、雰囲気に緊張感をもたせながら置いているのと好対照と言えよう。

とはいえ、念のために付言すれば、作者は歴史的厳密性を最優先にしているわけではない。何度か引き合いに出した『古き昔の謎物語』の中でも、「歴史ミステリは歴史学の著作ではなく」、自分は推理小説の作家として物語のおもしろさを優先させているのだ、と作者は釘をさしている。多少ともローマ史について親しんでいる読者なら、本書を読み始めてすぐに、皇帝を死後でなく生前から「神」として仰ぐのはもっとあとの時代からなのでは、と気づくだろう。しかし、時代考証のまねごとをしてエンターテインメント作品に向かい合うなど、野暮である以前に、訳者の能力をはるかに超えることなので、訳注でさかしらな指摘をすることは避けた。

なお、各章の標題になっているローマ時代の日の表わし方についてだけふれておく。現代人の目からすると非常にややこしいのだが、ごく大まかに言えば、一カ月の中で基準となる日が三つあり（カレンダエの日、ノナエの日、イドゥスの日）、その日から逆算して「×××の日の何日前」（基準日も含めて数える）という言い方で日を表わすのがローマ式暦である。このままだと現代で言う何月何日にあたるのかがわからないので、［　］で補記しておいた。

最後にイタリア・ミステリの流れを見渡したなかで、作者をとらえておきたい。まず指摘しておかなければならないのは、ミステリ・ファンにとっていささか残念なことに、そもそもイタリアには英米や日本と異なって、探偵小説、推理小説自体にそれほど豊かな歴史がないことである。たしかに一九三〇年代をピークにイタリアでも英米の本格派を中心に、サスペンスものからハードボイルドまで、多くの作品が次々と翻訳・紹介され、ブームの様相を呈した。イタリアでは推理小説や犯罪小説を広くジャッロ（黄色）と総称するが、このジャンル名の起源になったモンダドーリ社の黄色表紙のミステリ・シリーズ「イ・リブリ・ジャッリ（黄色い本）」（I Libri Gialli）がスタートしたのが一九二九年（第一巻は、ヴァン・ダイン『ベンスン殺人事件』）。イタリア人の間からも、アウグスト・デ・アンジェリス（一八八八〜一九四四年）のような独自の作風をもつすぐれた作家が登場し、三〇年代半ばにはミステリ専門雑誌『緑の輪《チエルキヨ・ヴエルデ》』も発刊されるのだが、英米文化の影響を嫌うファシズム政権が、イタリア人作者のミステリ作品に対して課した制約があったうえに（例えば、犯人はイタリア人であってはならない、などの内容的制約が大衆文化省によって出版界に課された）、四〇年代に入ってまもなく、翻訳作品も含めて出版が全面的に禁止され、ミステリの灯は消えるに至る。

第二次大戦後、戦前からミステリを始め、さまざまなジャンルの小説を書いていたジョルジョ・シェルバネンコ（一九一一〜六九年）が、六〇年代に、「黄色《ジャッロ》を黒色《ネーロ》に変えた」と評されるような、ノワール色濃厚で強烈な個性をみなぎらせた犯罪小説の長短篇を次々と放ってイタリア・ミステリの存在感を内外に示したものの、パズラー的な作品が出ることはなく、また、ミステリ的手法を取り入れた文学者は出ても、もともと推理小説を低俗な消費文学として蔑視する知識人層の視線は依然として厳しく、読書人の間にミステリが根づくことはなかった。一九八〇年に突如出現したウンベルト・エーコ『薔薇の名前』は一大ベストセラーになったが、これとて推理小説というジャンル自体の復権には直結せず、やがて九〇年代後半に至ったところで、今度は一転して、スリラー、サスペンス的作品が出版市場にどっとあふれ始め、毎週のベストセラー・リストにもジャッロが頻繁に登場するようになって二十一世紀に入るわけだが、内容的に見れば、あたかも英米圏の流れを追うかのようにサイコスリラーもの、猟奇殺人もの、組織犯罪ものが大勢を占め、イタリア社会や政治の矛盾を告発する社会派的モチーフが強い、というのがイタリア・ミステリのごく大づかみな特徴なのである。

そんななかで、ダニーラ・コマストリ＝モンタナーリは、数少ない探偵小説指向の作家の一人である。とくに歴史ミステリの世界を見渡せば、他には、大詩人ダンテを探偵役に据えた作品を現在までに五作発表しているジューリオ・レオーニがいるくらいである（邦訳に『未完のモザイク』鈴木恵訳、二見書房、がある）。

ともすれば、血なまぐさく陰惨なミステリが、次から次へと刊行されて脚光を浴びる内外のミステリ界にあって、過去の時代に舞台を置くかどうかは別として、たとえ浮世離れと言われようと、しゃれた遊びごころと良質のユーモアに満ちたエンターテインメントとしてジャッロを書くという点で、訳者は作者の健筆を祈らずにはいられない。

本書の初版は一九九四年にモンダドーリ社から刊行された。その後、ホビー&ワーク社に移って何度か版を重ねたが（イタリアでは珍しいことではないが、同一出版社の版であっても、版があらたまるたびに装丁や造本が変更されるだけでなく、巻末付録のたぐいが付け加わったり省かれたり、併載の短篇があったりなかったりと、本づくりがさまざまである）、二〇一三年にふたたびモンダドーリ社に戻って、ペーパーバック版のオスカル・ベストセラーズ叢書の一冊として刊行された。本書はその最新版にもとづく全訳である。

訳出にあたっては、多くのローマ史研究書、概説書、辞典類の恩恵をこうむった。とりわけ、青柳正規『皇帝たちの都ローマ』（中央公論社、一九九二年）、本村凌二『帝国を魅せる剣闘士』（山川出版社、二〇一一年）、小川英雄『ローマ帝国の神々』（中央公論新社、二〇〇三年）、K＝W・ヴェーバー『古代ローマ生活事典』（小竹澄栄訳、みすず書房、二〇一一年）、**Samuel Ball Platner:** *A Topographical Dictionary of Rome* (Oxford University Press, 1929) はつねに座右から離せなかった。また、タキトゥス『年代記』、スエトニウス『ローマ皇帝伝』、ペトロニウス『サテュリコン』（すべて国原吉之助訳、岩波文庫）など、かつて親しんだローマの古典は、今回、史実を確認し、時代の雰囲気をつかむうえでもあらためて参考になった。

訳文中のラテン語・ギリシャ語のカタカナ表記は、音引を省くことを原則としたが、「アレーナ」「ユーノー」「ウィボー」など、訳者の恣意によって例外的に音引を残したものもある。［ ］は訳者の注記であるが、最小限にとどめることを旨とした。書名『剣闘士に薔薇を』は、編集部と相談しながら邦訳独自のタイトルとして決めたものである。

訳出の過程でさまざまな方のお世話になった。イタリア語の疑問点については、リッカルド・アマデイ氏にご教示いただいた。また、原稿段階でローマ史研究者の井上文則氏に閲読を乞い、多くの貴重なご指摘をたまわった。この場をかりて両氏にあつくお礼申し上げたい。言うまでもなく、残っているに違いない誤りや不適切な箇所はすべて訳者の責任であり、それについては大方のご叱正を俟ちたい。企画の段階から終始お世話になった国書刊行会編集部の伊藤嘉孝氏にも心よりお礼申し上げる。

（二〇一五年五月）

著者略歴

ダニーラ・コマストリ＝モンタナーリ（Danila Comastri Montanari）
1948年、北イタリアのボローニャに生まれる。歴史ミステリの作家。とくに古代ローマの貴族プブリウス・アウレリウス・スタティウスを主人公にした連作で知られる。
大学卒業後、教職についていたが、少女時代からの歴史とくに古代史に対する強い関心と生来の探偵小説好きを結合させて、1990年にアウレリウス・シリーズの第一作『汝の死は我が生』（*Mors tua*）を発表。すぐれた推理小説の処女作に与えられるテデスキ賞を受賞し、作家生活に入った。
アウレリウス・シリーズの続篇を次々と執筆するかたわら、古代から近代までさまざまな時代・場所を舞台にした長篇・短篇を発表している。歴史ミステリの技法を説いた入門書『古き昔の謎物語──歴史ミステリの書き方』（*Giallo antico*, 2007）も著している。

訳者略歴

天野泰明（あまの　やすあき）
1952年生まれ。東京外国語大学ポルトガル・ブラジル語学科卒。出版社勤務をへてイタリア語翻訳。訳書に『シャーロック・ホームズ 七つの挑戦』（国書刊行会）。

剣闘士《けんとうし》に薔薇《ばら》を

2015年6月18日初版第1刷印刷
2015年6月24日初版第1刷発行

著　者　ダニーラ・コマストリ＝モンタナーリ
訳　者　天野泰明

発行者　佐藤今朝夫
発行所　株式会社国書刊行会
〒174-0056　東京都板橋区志村1-13-15
TEL.03-5970-7421　FAX.03-5970-7427
http://www.kokusho.co.jp

装丁者　今垣知沙子
印刷所　株式会社シーフォース
製本所　株式会社ブックアート

ISBN978-4-336-05895-9 C0097